SARAH MORGAN

Cuatro mujeres y un destino

Editado por Harlequin Ibérica.
Una división de HarperCollins Ibérica, S. A.
Avenida de Burgos, 8B - Planta 18
28036 Madrid

© 2023, Sarah Morgan
© 2025 Harlequin Ibérica, una división de HarperCollins Ibérica, S. A.
Cuatro mujeres y un destino, n.º 325 - 15.10.25
Título original: The Book Club Hotel
Publicada originalmente por Canary Street Press

Diseño de cubierta: Peggy Dean Art / Erin Craig

ISBN: 979-13-7000-955-7
Depósito legal: M-17043-2025
Impreso en España por: BLACK PRINT
Fecha impresión Argentina: 13.4.26
Distribuidor exclusivo para España: LOGISTA
Distribuidor para México: Distibuidora Intermex, S.A. de C.V.
Distribuidores para Argentina: Interior, DGP, S.A. Alvarado 2118.
Cap. Fed./Buenos Aires y Gran Buenos Aires, VACCARO HNOS.

MIXTO
Papel procedente de fuentes responsables
FSC® C159065

Capítulo 1
Hattie

—Maple Sugar Inn, ¿en qué puedo ayudarle?

Hattie contestó a la llamada de teléfono con una sonrisa, porque había descubierto que era imposible dar la impresión de estar derrotada, de mal humor o al borde de las lágrimas cuando una sonreía. Y, en aquel momento, sentía todas esas cosas.

—Llevo años pensando en un viaje a Vermont en invierno y he visto las fotografías de su posada en las redes sociales —respondió una mujer, con entusiasmo—. Es tan acogedora... Es el típico sitio en el que no puedes evitar relajarte.

«Es una ilusión», pensó.

Allí no había relajación. Por lo menos, para ella, no. Le dolía la cabeza y tenía un escozor en los ojos tras pasar otra noche más sin poder dormir. La gobernanta amenazaba con marcharse y el chef llevaba dos noches seguidas llegando tarde, y a ella le preocupaba que aquella fuese la tercera, lo cual sería un desastre porque ya lo tenían todo reservado.

Tucker, el chef, había ganado la codiciada estrella de su restaurante y su confit de pato era famoso por arrancar gemidos de éxtasis entre los comensales, pero algunos días ella hubiera cambiado la estrella por un chef con un temperamento más sereno. Tenía un genio tan vivo que, a veces, ella se preguntaba para qué se molestaba él en encender la parrilla. Estaba siendo irrespetuoso y aprovechándose de ella.

Ella lo sabía, y también sabía que debería despedirlo, pero lo había elegido Brent y, si lo despedía, estaría cortando otro vínculo con el pasado. Además, el conflicto la agotaba y, en aquel momento, no tenía energía suficiente para todos. Era más sencillo apaciguarlo.

—Me alegra que le guste —le dijo a la mujer que estaba al teléfono—. ¿Quiere que le haga una reserva?

—Sí, por favor, pero soy muy exigente con la habitación. ¿Puedo decirle lo que necesito?

—Por supuesto que sí —dijo ella, y se preparó para escuchar una larga lista de deseos inalcanzables, conteniéndose para no dejar caer la frente sobre el escritorio. En vez de eso, tomó un bloc y un bolígrafo—. Adelante.

Seguramente, no sería tan malo. La semana anterior, una mujer había preguntado si podía llevarse a su rata de vacaciones y la respuesta había sido un «no» rotundo. Y, hacía dos semanas, un hombre le había exigido que bajara el volumen del río que pasaba junto a la ventana de su habitación porque no le dejaba dormir. Ella se esforzaba al máximo para satisfacer los caprichos de los huéspedes, pero todo tenía un límite.

—Me gustaría que la habitación tuviera vistas a la montaña —dijo la mujer—. Y una chimenea de verdad sería un detalle muy agradable.

—Todas nuestras habitaciones tienen chimeneas de verdad —dijo Hattie—, y las habitaciones de la parte de atrás tienen unas vistas maravillosas de las montañas. Las de la parte de delante dan al río.

Se relajó un poco. Hasta el momento todo iba bien.

—Para mí, las montañas. Aparte de eso, soy muy exigente con la ropa de cama. Después de todo, nos pasamos un tercio de la vida durmiendo, así que es algo importante, ¿no cree?

Hattie sintió una punzada de envidia. Ella no se pasaba un tercio de la vida durmiendo. Tenía un hijo pequeño y un hotel, y estaba en pleno duelo por la pérdida de su marido. Casi no dormía. Soñaba con hacerlo, pero, por desgracia, soñaba cuando estaba despierta.

—Sí, la ropa de cama es importante —dijo.

Respondió lo que se esperaba de ella, que era lo que había estado haciendo desde hacía dos años, cuando la policía había llamado a su puerta para decirle que Brent había muerto en un extraño accidente. Su marido iba caminando por la acera, hacia el banco, y le había caído un ladrillo en la cabeza.

Acordarse de su primera reacción le resultaba mortificante. Se había echado a reír porque estaba convencida de que era una broma. La gente normal no moría a causa de ladrillos que caían de los edificios, ¿no? Sin embargo, se dio cuenta de que los policías no se reían y de que, probablemente, no era porque no tuviesen sentido del humor.

Les preguntó si estaban seguros de que había muerto y, después, tuvo que disculparse por interrogarles, porque, por supuesto, estaban seguros. ¿Cuántas veces decía la policía «Lamentamos tener que comunicárselo» seguido de un «¡Uy! Nos hemos equivocado»?

Después de que le repitieran la noticia, ella les dio las gracias. Saludó amablemente. Y les preparó una taza de té, porque era mitad británica y porque estaba conmocionada. Cuando ellos se tomaron el té y dos de sus galletas de canela caseras, los acompañó a la puerta como si fueran unos queridos invitados que la habían honrado con su presencia y no dos personas que acababan de destruir su mundo en una breve conversación.

Se quedó mirando la puerta cerrada durante cinco minutos después de que se fueran, tratando de asimilarlo todo. En un instante, su vida había cambiado por completo. El futuro que había planeado con Brent y sus esperanzas habían quedado destrozados.

Aunque ya habían pasado dos años, algunos días seguía pareciéndole que todo era irreal. Días en los que todavía esperaba a que Brent entrara por la puerta con su paso alegre, lleno de emoción porque había tenido una de sus brillantes ideas y estaba deseando compartirla con ella.

«Creo que deberíamos casarnos...».

«Creo que deberíamos formar una familia...».

«Creo que deberíamos comprar esa posada histórica que vimos en nuestro viaje a Vermont...».

Se habían conocido en Inglaterra durante el último curso de la universidad y, desde el primer momento, ella se había dejado llevar por el entusiasmo de Brent. Cuando se licenciaron, los dos buscaron trabajo en Londres, pero, entonces, sucedieron dos cosas: falleció la abuela de Brent y le dejó una generosa cantidad de dinero, e hicieron un viaje a Vermont. Se enamoraron del lugar y, ahora, allí estaba ella, viuda a los veintiocho años, criando a su hija de cinco años y dirigiendo una posada histórica.

Desde que había perdido a Brent, había tratado de que todo funcionara tal y como él quería, pero no le estaba resultando fácil. Le preocupaba no poder hacerlo sola. Le preocupaba perder la posada. Y, sobre todo, le preocupaba no ser suficiente para su hija.

Sin Brent, ella tenía que ocupar el lugar de dos personas. ¿Cómo iba a ser dos personas si la mayor parte de los días ni siquiera se sentía completa?

Se dio cuenta de que, mientras se estaba compadeciendo de sí misma, la mujer del teléfono seguía hablando.

—Disculpe, ¿podría repetirlo?

—Me gustaría que las sábanas fueran de lino porque lo paso mal con el calor.

—Tenemos ropa de cama de lino, así que eso no será un problema.

—Y rosa.

—¿Disculpe?

—Me gustaría que la ropa de cama fuera rosa. Duermo mejor. El blanco es demasiado llamativo y los colores apagados me deprimen.

Rosa.

—Tomo nota —dijo ella, y garabateó «Ayuda» en el bloc, seguido de cuatro signos de exclamación. Podría haber escrito algo más grosero, pero su hija ya leía extraordinariamente bien y se dedicaba a demostrarlo siempre que podía, así que ella había aprendido a tener mucho cuidado con lo que escribía y dejaba por ahí—. ¿Tiene pensada alguna fecha?

—Navidad. Es la mejor época, ¿verdad?

«Para mí, no», pensó Hattie mientras comprobaba si la habitación estaba libre.

La primera Navidad después de la muerte de Brent había sido horrible, y el año pasado no había sido mejor. Ella solo quería esconderse debajo de las sábanas hasta que pasaran las fiestas y, sin embargo, se esperaba que le infundiera alegría navideña a la vida de otras personas. Y ya estaban a finales de noviembre otra vez, solo faltaban unas semanas para Navidad.

Aun así, siempre y cuando no perdiera más personal, encontraría la forma de salir adelante. Lo había superado dos veces y sobreviviría una tercera.

—Ha habido suerte. Todavía quedan habitaciones libres, incluyendo una doble con vistas a las montañas. ¿Quiere que se la reserve?

—¿Es una habitación en esquina? Me gustan las que tienen más de una ventana.

—No es una habitación en esquina, y esta, en concreto, solo tiene una ventana, pero tiene unas vistas maravillosas y un balcón cubierto.

—¿Y no hay forma de conseguir una segunda ventana?

—Lamentablemente, no —dijo ella. ¿Qué se suponía que tenía que hacer? ¿Un agujero en la pared?—. Pero puedo enviarle un vídeo de la habitación antes de que la elija, si eso le sirve de ayuda.

Para cuando apuntó el correo electrónico de la mujer, le reservó la habitación durante veinticuatro horas y respondió al resto de sus preguntas, había pasado media hora.

Cuando, por fin, la conversación terminó, ella dio un suspiro.

La Navidad iba a ser una pesadilla. Debajo de la reserva, apuntó *Sábanas rosas. Lino.*

¿Cómo lo llevaría Brent? Se lo preguntaba mil veces al día. Miró una de las dos fotografías que tenía en el escritorio, la de Brent balanceando a su hija en el aire. Los dos se estaban riendo. Ella había descubierto que, a veces, recordar los buenos momentos ayudaba a superar los peores.

Estaba a punto de ponerse a buscar sábanas de lino rosas en internet cuando alguien carraspeó exageradamente.

Alzó la vista y se encontró con Stephanie, la encargada de limpieza, que la miraba con el ceño fruncido. A Stephanie también la había seleccionado Brent. Antes de que él la contratara, Stephanie era encargada de limpieza de un famoso hotel de Boston.

—Sus credenciales son impecables —dijo él, después de entrevistarla— y es extraordinariamente organizada y eficiente.

Hattie había querido añadir que era una fiera. Le dijo a Brent que el comportamiento de Stephanie rozaba la mala educación y que podría ser difícil de manejar, pero él les quitó importancia a sus preocupaciones y le aseguró que se encargaría del personal, así que no iba a ser su problema. Solo que, ahora, sí se estaba encargando y sí era su problema. Todo era su problema.

—¿Te duele la garganta, Stephanie? —preguntó.

Sabía que no debería haber dicho eso, pero la actitud de aquella mujer, que era negativa de un modo implacable, la dejaba agotada. Lidiar con ella era extenuante. Stephanie respetaba a Brent; algunas veces, ella se había preguntado si la gobernanta sentía algo más que respeto. Stephanie reaccionaba positivamente al entusiasmo desenfrenado que Brent sentía por todo, pero ella se daba cuenta de que, claramente, su naturaleza más amable le causaba irritación.

—Tengo problemas más graves que un dolor de garganta. Esa estúpida ha juntado algo rojo con la ropa de cama cuando estaba limpiando la Habitación del Río.

Ella se hizo la tonta.

—No sé a quién te refieres.

—A Chloe —dijo Stephanie—. Es un desastre. He perdido la cuenta de las veces que le he advertido que sacuda la ropa de cama para asegurarse de que los huéspedes no se han dejado nada entre las sábanas. Te dije que no la contrataras y no tengo ni idea de por qué lo hiciste. Y, ahora, ha pasado esto.

Había contratado a Chloe porque era amable y entusiasta, cualidades que ella consideraba importantes. Un establecimiento como Maple Sugar Inn sobrevivía gracias a su reputación, y la reputación dependía en gran medida de su personal. Chloe conseguía que la gente se sintiera cuidada e importante. Stephanie era más como un dóberman cuidando un recinto.

—Chloe es amable y servicial, y los huéspedes la adoran. Estoy segura de que no lo volverá a hacer.

—Brent no la habría contratado.

Ella se sintió como si le hubieran dado una patada en el estómago.

—Brent ya no está.

Stephanie, al menos, se ruborizó.

—Sé que los últimos años han sido difíciles para ti, Harriet, y que no eres una gerente nata, pero tienes que ser firme con los empleados. Tú eres la directora. Ahora eres quien manda. El problema es que eres demasiado amable. Un buen gerente debería ser capaz de despedir a alguien.

Ella no tenía ninguna intención de despedir a Chloe. Era una de las pocas empleadas que no generaba tensión en la sala con ella.

—Es su primer trabajo —dijo Hattie—. Está aprendiendo. A veces se cometen errores.

—Se supone que este es un establecimiento de calidad. En un establecimiento de calidad no se toleran los errores.

«Todo este asunto fue un error», pensó Hattie, con cansancio. «¿En qué estabas pensando, Brent?».

—Voy a hablar con ella. ¿Dónde está?

—En la lavandería, llorando. Espero que no se esté sonando la nariz con las sábanas.

Quizá pudieran llorar juntas, pensó Hattie, mientras atravesaba la acogedora recepción y pasaba a la biblioteca.

Miró con anhelo las estanterías llenas de libros. Ojalá tuviera tiempo para acurrucarse en una butaca, delante de la chimenea, y desconectar un rato. La biblioteca era su sala preferida y le complacía ver a alguien leyendo tranquilamente en uno de los sofás.

Algunas veces les tenía envidia a sus huéspedes, porque los mimaban, atendían todas sus necesidades y cumplían sus deseos. Parecía que los huéspedes eran felices, y la mayoría volvía a reservar en la posada, así que tal vez no fuera una gestora de personal tan horrible. ¿Era una mala gestora de personal? ¿O acaso no se le daba bien gestionar a gente mala? Bajó las escaleras y se encontró a Chloe exactamente donde le había dicho Stephanie: en la lavandería. Tenía los ojos enrojecidos y se frotó la cara con una mano al verla.

—Lo siento —murmuró Chloe—. Me dijo que tenía que cambiar la ropa de cama en cuatro minutos, así que iba como loca. He metido la pata, lo sé, pero es que la señora Bowman frunce tanto el ceño que me pone nerviosa, me siento avergonzada, y cometo errores.

Hattie se preguntó si no debería confesar que a ella le producía el mismo efecto.

—No te preocupes —dijo, y le dio una palmadita en el hombro a la muchacha—. No pasa nada.

—Sí, sí pasa. Se han desteñido todas las sábanas —dijo Chloe, que estaba muy roja—. La ropa de cama era blanca como la nieve, pero, ahora, es rosa. Y no rosa claro, sino rosa. Voy a lavarla de nuevo, pero no creo que el color se arregle. Tendré que tirarlas.

—De verdad que no... Espera un momento. ¿Has dicho rosa?

—Sí. Por culpa de un gorro. Creo que era parte del traje de Papá Noel del señor Graham. Lo alquiló y, obviamente, la tela desteñía —respondió Chloe, y frunció el ceño—. Y es raro, porque yo juraría que les había guardado todo el traje, incluyendo el gorro. Tuve mucho cuidado, pero, no sé cómo, el sombrero se mezcló con el resto de la colada, así que...

Hattie pestañeó.

—¿Traje de Papá Noel?

—Los señores Graham, de Ohio. Pasaron dos noches en la Suite Cider. El señor Graham me dijo que la fantasía de la señora Graham era pasar una noche con Papá Noel, así que alquiló un traje para darle una sorpresa.

—Estamos en noviembre.

—No creo que eso tuviera importancia. También compró un juguete sexual navideño, pero no pregunté detalles. Pensé que podría destrozarme las Navidades.

—En efecto —dijo Hattie. Estaba tan fascinada que se olvidó del cansancio—. ¿Cómo sabes todo esto?

—Porque la gente habla conmigo —respondió Chloe—. Lo cual, a veces, puede ser un poco alarmante, la verdad, pero lleva a revelaciones interesantes.

—Y a sábanas rosas —dijo Hattie. Tomó una caja de pañuelos del estante del lavadero y se sonó la nariz—. No llores más, Chloe. Puede que me hayas hecho un favor.

Chloe tomó el pañuelo y se sonó la nariz.

—¿De verdad?

—Sí, de verdad. Al parecer, hay huéspedes a los que les gustaría dormir entre sábanas rosas. Son relajantes, ¿lo sabías?

—No —dijo la muchacha, con aturdimiento—. No lo sabía.

—Bueno, pues ya lo sabes. Deja apartadas las sábanas rosas. No las tires —dijo Hattie.

Volvió rápidamente a la recepción. Stephanie estaba dando golpecitos en el suelo con el pie, junto al mostrador.

Hattie respiró hondo y sonrió, con la esperanza de reducir la tensión.

—Arreglado.

—¿La has despedido?

—No, no la he despedido. Fue un error —respondió Hattie. Aunque... ¿había sido algo distinto? Estaba dándole vueltas a una de las cosas que había dicho Chloe—. Qué extraño, la verdad, porque parecía que estaba totalmente convencida de que había guardado el gorro rojo con el resto del traje de Papá Noel que trajo el señor Graham. No entendía cómo se había mezclado con el resto de la ropa para lavar.

—Probablemente, porque es una descuidada —respondió Stephanie, sin cambiar de expresión—. Tú eres demasiado indulgente. Brent la habría despedido.

Brent no habría despedido a Chloe, pero sí habría encontrado la manera de controlar a Stephanie. Ella tenía la impresión de que Stephanie quería que fracasara.

—Somos un equipo —dijo—, y debemos apoyarnos mutuamente.

Por suerte, Gwen y Ellen Bishop, dos hermanas octogenarias que habían sido huéspedes habituales desde la inauguración de la posada, entraron en la recepción justo en aquel momento. Ella nunca se había sentido tan aliviada de ver a alguien.

—Disculpa, Stephanie. Tengo que atender a nuestras huéspedes.

Se acercó apresuradamente a las hermanas Bishop y las saludó como si fueran un bote salvavidas en mitad de un mar embravecido.

—¿Qué tal el desayuno? —preguntó.

—Delicioso, como siempre —dijo Gwen, sonriendo—. El jarabe de arce es el mejor que hemos probado. Aquí todo es perfecto, como siempre. Y todo, gracias a ti, querida Hattie.

Ojalá todo el mundo fuera tan bondadoso y tan fácil de complacer.

—Le vamos a dar un frasco para que se lo lleve a casa, señora Bishop. Voy a encargarme ahora mismo.

—Te he dicho muchas veces que me llames Gwen, cariño —le dijo la anciana, al tiempo que le daba unas suaves palmaditas en el brazo—. Tienes cara de cansada. ¿No duermes bien?

—Sí, estoy bien —dijo Hattie, mintiendo. Gwen la miró comprensivamente.

—Sigue adelante —le dijo a Hattie, en voz baja—. Un día a la vez, un paso a la vez. Eso es lo que yo me decía a mí misma cuando perdí a mi Bill.

—Yo también te lo decía —añadió Ellen, y Gwen asintió.

—Es verdad que me lo decías. A diario. Quería tirarte el desayuno por la cabeza.

—Para eso están las hermanas.

Hattie sintió una punzada de envidia. Habría sido bonito tener una hermana, pero su madre murió una semana después de traerla al mundo y su padre no volvió a casarse. Su padre y ella siempre habían estado muy unidos y ella todavía sentía el dolor de su pérdida, y más aún, con la muerte de Brent. Lo echaba de menos, sobre todo, en Navidad. Su padre siempre había hecho que las Navidades fueran especiales.

—El problema —dijo Gwen— es que la gente es comprensiva al principio y, después, piensa que es hora de seguir adelante. No se dan cuenta de que el dolor nunca te abandona.

Hattie asintió. Normalmente, se guardaba las lágrimas para cuando estaba en la ducha o paseando al perro, pero la amabilidad de Gwen le hizo un nudo en la garganta y estuvo a punto de perder el control.

—Es cierto. Yo todavía echo de menos a mi padre, y murió hace siete años —confesó.

Gwen le apretó el brazo.

—Nuestros seres queridos nunca nos abandonan.

La gente decía eso, pero no era cierto. Brent sí la había abandonado, y la había dejado con un montón de problemas que resolver.

—Parece que va a hacer buen tiempo para nuestro viaje de vuelta —dijo Ellen, cambiando de tema bruscamente—. Pero, antes de irnos, tenemos un regalito para ese tesoro tuyo.

—Delphine —dijo su hermana, como si Hattie tuviera muchos tesoros para elegir—. Nos encantaría despedirnos de ella.

Hattie recuperó la compostura.

—Está leyendo en mi despacho, con Rufus. Voy a buscarla.

Rufus, el labrador de cuatro años, había sido una de las mejores ideas de Brent. Además de ser una niñera digna de toda confianza, era fuente inagotable de cariño y amor incondicional. Ella había derramado tantas lágrimas en su pelaje liso y dorado durante aquellos dos pasados años que el perro casi nunca necesitaba bañarse.

—¿Delphi? —preguntó Hattie, asomando la cabeza por la puerta del despacho.

Su hija estaba boca abajo, pasando las páginas del libro, con Rufus a su lado. Él levantó la cabeza, atento como siempre, y golpeó el suelo con la cola. Delphi también alzó la vista, y el rostro se le iluminó.

—¿Sabías que un tiranosaurio rex tenía sesenta dientes?

—No, no lo sabía. Siempre me estás enseñando cosas.

—¿Los dinosaurios iban al dentista?

—No.

No sabía de dónde había salido aquella obsesión de Delphi por los dinosaurios, pero era un entretenimiento constante para ella. De repente, el corazón se le llenó. La niña era todo su mundo.

Tenía suerte y no debía olvidarlo.

Parecía que fue ayer cuando descubrió que estaba embarazada. Su hija crecía tan rápidamente que daba miedo.

—Después puedes contarme más cosas sobre los dinosaurios, pero, ahora mismo, las señoras Bishop quieren despedirse de ti.

—¿Se van? ¡No! No quiero que se vayan —exclamó Delphi, y se puso de pie de un salto—. Odio que la gente se vaya.

Hattie tuvo una punzada de dolor en el pecho.

—Yo, también. Pero van a volver dentro de un mes, por Navidad. ¿No te acuerdas?

Siempre y cuando la vida no les deparara un susto

desagradable, como la caída de un ladrillo en la cabeza justo al pasar junto a un edificio.

Tenía que dejar de pensar esas cosas.

Se estaba volviendo catastrófica y no quería que su hija viviera con miedo a todo, esperándose un desastre a cada paso.

Delphi salió corriendo del despacho y abrazó con fuerza a la señora Bishop.

—No te vayas. Quiero que te quedes para siempre.

—Las cosas cambian, cariño. Así es la vida —le dijo Gwen, mientras le acariciaba el pelo con delicadeza. A Ellen se le empañaron los ojos—. Querida niña, vamos a volver pronto. Y, mientras, tenemos un regalo para ti.

Las dos hermanas abrazaron a Delphi por turnos y le dieron un paquete con un envoltorio muy bonito.

—¿Un regalo? —preguntó Delphi, mientras tomaba el paquete con los ojos muy abiertos—. Pero si todavía no es Navidad.

—No es un regalo de Navidad —dijo Ellen—. De hecho, no es un regalo. Es un libro, y mi hermana y yo pensamos que un libro es una necesidad, más que un lujo.

—¿Qué significa «una necesidad»? —preguntó Delphi.

—Es algo que necesitas —dijo Gwen—. Como la comida o el agua.

—Algunas veces, Rufus piensa que los libros son comida —dijo Delphi, mientras jugueteaba con la cinta—. ¿Puedo abrirlo? —preguntó, y miró a su madre.

Hattie sonrió.

—Qué amable. Sí, puedes abrirlo. ¿Y qué les dices a las señoras Bishop?

—Gracias —dijo Delphi. Tiró de la cinta y rasgó el papel—. Gracias, gracias.

—Sabemos que te encantan los libros, querida —dijo Gwen, y Ellen asintió—. Los libros pueden llevarte a otro mundo.

«Un mundo diferente estaría bien», pensó Hattie.

Le gustaría habitar en un mundo donde estuvieran su padre y Brent. Y, con suerte, donde no estuviera Stephanie, ni el chef Tucker, ni nadie que se valiera de los gritos como principal forma de comunicación.

Ayudó a las hermanas Bishop con el equipaje y, cuando regresó a la recepción, el teléfono volvió a sonar. Estaba a punto de responder cuando Stephanie se interpuso.

—Este asunto no está resuelto. O se va Chloe o me voy yo.

Hattie resistió la tentación de decirle que se fuera en aquel mismo instante. No podía permitirse el lujo de perder a nadie y, además, si despedía a Stephanie, se sentiría desleal hacia Brent. Ella estaba intentando mantener a flote lo que él había empezado, no destruirlo.

El teléfono seguía sonando y a ella se le encogió el estómago. Si se movía para responder a la llamada, Stephanie pensaría que no la estaba tomando en serio.

—Espero que sepas cuánto te valoro, Stephanie —dijo—. Eres una parte importante de la familia de Maple Sugar Inn.

Se estremeció. Pensar en que Stephanie era de la familia era demasiado.

—Entonces, tendrá que haber cambios, o voy a tener una crisis —dijo Stephanie. Y, con aquella advertencia, se alejó furiosa.

Hattie la siguió con la mirada.

—Yo también voy a tener una crisis.

Se giró para contestar el teléfono, pero Delphi se adelantó.

—Maple Sugar Inn, le atiende Delphine Maisy Coleman —dijo, pronunciando cuidadosamente cada palabra—. ¿En qué puedo ayudarle?

Miró a su madre con aire de culpabilidad. Sabía que no debía contestar el teléfono, pero eso no le había impedido hacerlo.

—¡Señora Peterson! —exclamó, y sonrió—. ¡Tengo libros! Libros nuevos.

Hattie escuchó a Delphi mientras la niña le hablaba a la vecina sobre su último regalo, trabándose con las palabras debido a la emoción.

—Mamá no puede hablar ahora porque está teniendo una crisis.

Hattie hizo una mueca. ¿De verdad lo había dicho en voz alta? Debía tener más cuidado, sobre todo, delante de Delphi, que era como una esponja y absorbía todo lo que la rodeaba. Todo lo que oía se lo guardaba y lo repetía en el peor momento posible.

Extendió la mano para tomar el auricular. Delphi se lo entregó, bajó de la silla deslizándose y volvió al despacho, donde Rufus la esperaba pacientemente con la cabeza entre las patas.

—Hola, Lynda. ¿Cómo estás?

—Estoy bien, cariño, pero ¿cómo estás tú? Hace tiempo que no te vemos. Delphi me ha dicho que estabas teniendo una crisis nerviosa.

—No oyó bien. Es un postre nuevo que estamos probando en el restaurante —respondió Hattie, improvisando—. Es un pudin de chocolate relleno de chocolate derretido. Lo llamamos «crisis nerviosa».

—Parece delicioso. ¡Qué ganas de probarlo! Ya sé que lo digo siempre, pero Delphi es un encanto. Eres una madre maravillosa, Hattie, y lo estás llevando de maravilla. Brent estaría orgulloso.

¿Era cierto?

Sabía que estaba sobreviviendo, pero ¿eso era lo mismo que lidiar bien con la situación?

Se sentía afortunada por tener vecinos como los Peterson. Eran los dueños de la granja adyacente a la posada y suministraban productos a la cocina, además de los árboles de Navidad que ella usaba para la decoración de las fiestas. Lo que había comenzado como una relación de negocios se había convertido en una profunda amistad. Lynda había mencionado una vez lo mucho que le habría gustado tener una hija, y ella había estado a punto de responder: «Adóptame, estoy disponible».

—¿Hattie? —dijo Lynda, con suavidad—. ¿Estás bien, cariño?

—Sí, sí. Por supuesto. Genial.

—Porque, si necesitas ayuda, sabes que estamos aquí. Noah puede venir en un instante si hay algo que arreglar.

Noah.

Ella se puso tensa. El corazón se le aceleró.

—No es necesario, de verdad. Todo está bien.

Noah era el hijo de los Peterson y trabajaba en la granja con su padre.

Habían sido buenos amigos hasta hacía unas semanas, cuando ella lo estropeó todo. Era la noche de la fiesta de Halloween que los Peterson celebraban cada año en su granja para la comunidad. Los niños se disfrazaron, hubo cacerías de fantasmas y experiencias espeluznantes, y muchos dulces con un montón de azúcar.

Y allí estaba Noah.

Cerró los ojos. Se prometió que no volvería a pensar en ello. Solo había sido un beso, nada más. Había tenido un día muy malo y se sentía perdida y sola, con un poco de miedo al futuro, y él estaba allí, con sus hombros anchos, amable y, sí, tenía que admitirlo, *sexy*. Ella era viuda, ¡cuánto odiaba esa palabra!, y Noah estaba soltero, así que, realmente, no había ningún problema, salvo que ahora se sentía avergonzada y terriblemente incómoda. No sabía qué iba a decir cuando volviera a verlo.

Lo peor de todo era que se sentía culpable. Había querido a Brent. Aún lo quería. Siempre lo querría. Pero había besado a Noah, y ese beso único, trascendental y alucinante, era lo mejor que le había pasado en los últimos dos años, además de ser lo más confuso.

—No, no mandes a Noah, Lynda. No hay nada que arreglar, de verdad.

Excepto a ella. Claramente, necesitaba que la arreglaran. ¿Por qué había besado a Noah? Podía echarle la culpa a la oscuridad o a que la asustaran los ruidos de fantasmas que hacían los niños en el bosque, o al vaso de «brebaje de brujas» que se había tomado, que resultó ser mucho más fuerte de lo que se había imaginado y que podía hacer caer a la bruja más curtida de su escoba. Pero, sobre todo, se culpaba a sí misma.

—¿Llamabas por alguna razón?

—Sí. Noah quiere saber si ya has decidido tu pedido de árboles de Navidad para este año. Querrá reservar lo mejor para ti.

El hecho de que no la hubiera llamado él mismo le daba a entender que lamentaba el beso tanto como ella.

—Tengo que pensarlo, Lynda, pero le escribiré un correo enseguida a Noah.

—¿Un correo? —preguntó Lynda. Parecía un poco perpleja—. Podrías decírselo en persona, cariño.

Podría, sí, pero eso significaba que tendría que mirarlo a los ojos y no estaba lista para hacerlo. Además, estaba bastante segura de que él, tampoco. No sabía mucho sobre el historial sentimental de Noah. Después de graduarse, él se había instalado en Boston y había empezado a trabajar en una empresa de marketing digital. Al ver lo cómodo que se sentía trabajando al aire libre, le costaba imaginárselo en una oficina con fachada de cristal, mirando una pantalla, pero, al parecer, eso era lo que había estado haciendo hasta que su padre tuvo un accidente con uno de los tractores y salió con vida por muy poco. Noah volvió a casa y, desde entonces, trabajaba en la granja con sus padres y en su tiempo libre se dedicaba a convertir uno de los graneros en su hogar.

—Está ocupado, y yo, también. Obviamente, puedo llamarlo, pero un correo electrónico sería más fácil.

También era menos incómodo para ambos.

Lynda hizo una pausa.

—Lo que sea mejor para ti, por supuesto. Cuando lo decidas, avísanos. Delphi y tú deberíais venir el primer fin de semana de diciembre, como el año pasado. Daremos paseos en trineo y con las raquetas de nieve. Podríais ayudarme a hacer algunas coronas y guirnaldas, y luego podéis ir al bosque con Noah y elegir un árbol especial para vuestro salón. Me encantaría verte y sería divertido para Delphi. ¿Recuerdas cuando llamaba a Noah «el hombre del árbol de Navidad»?

—Sí. Todavía piensa lo mismo.

Tal vez pudiera organizarlo de tal modo que Delphi y Noah eligieran un árbol juntos y ella pudiera quedarse ayudando a Lynda en la cocina.

—Maple Sugar Inn siempre es un espectáculo en Navidad. Sé que es una época de mucho ajetreo, así que prométeme que me avisarás si necesitas algo.

—Te lo prometo.

Hattie se sintió conmovida por la amabilidad de Lynda.

—Gracias.

—Ha sido duro para ti, lo sé. La vida te ha barrido los pies del suelo, eso seguro, pero es reconfortante saber que estás haciendo realidad tus sueños.

No, pensó Hattie, no estaba haciendo realidad sus sueños. Estaba haciendo realidad los sueños de Brent, y no era lo mismo. Pero no podía decírselo a nadie. Aquel lugar era lo más importante para él y habían invertido todos sus ahorros en convertirlo en lo que era. Al principio, ella tuvo algunas ideas, pero Brent pensó que no iban a funcionar, así que siguieron su plan. Se había convertido en la guardiana de los sueños de Brent y la presión era aplastante.

¿Y si lo estropeaba todo? Adoraba a los huéspedes y disfrutaba haciendo que su estancia fuera especial, pero gestionar al personal la estaba matando.

Quizá ese fuera el motivo por el que había besado a Noah. Por un instante, quiso liberarse del peso de la vida, sentirse joven y ligera y concentrarse en el momento en lugar de sentirse agobiada y ansiosa por la responsabilidad.

Tenía veintiocho años y la mayor parte del tiempo estaba desesperada.

Tras asegurarle a Lynda que no necesitaba ayuda, colgó el teléfono. Entonces notó los brazos de Delphi alrededor de sus piernas.

—¿Mami, estás triste?

Hattie se recompuso.

—No, no estoy triste. Esta no es mi cara triste. Es mi cara pensativa —respondió.

—¿Estás pensando en la Navidad? Yo pienso mucho en la Navidad.

—Sí, claro que estaba pensando en la Navidad.

No en Noah, ni en la seductora presión de su boca, ni en ese fugaz momento en el que había tenido la sensación de que tal vez, solo tal vez, la vida podría volver a ser buena algún día si tan solo pudiera aguantar.

—Estoy deseando que llegue —añadió.

—¿Podemos comprar un árbol mañana? —preguntó Delphi, mirándola esperanzadamente. Ella le acarició el pelo a su hija y sintió que sus rizos suaves le hacían cosquillas en la palma de la mano.

—Todavía no, cariño. Tenemos que esperar hasta la primera semana de diciembre, si no, el árbol estará... —respondió, e hizo una pausa. «Muerto» no era su palabra favorita en ese momento— cansado. Estará cansado para cuando llegue el día de Navidad.

Y el árbol no era el único que estaría cansado.

Como dirían las hermanas Bishop, así era la vida.

Necesitaba un milagro, pero los milagros no eran frecuentes, así que estaba dispuesta a conformarse con un chef que no tuviera problemas para controlar la ira, una gobernanta que no tuviera un fallo permanente en el sentido del humor y unos huéspedes amables.

Capítulo 2
Erica

¿De verdad iba a hacerlo? Era transgredir todas sus normas. Era todo lo que evitaba.

Quizá el hecho de cumplir cuarenta años le hubiera provocado una explosión en la cabeza.

Erica estaba tendida boca abajo en la cama y se sentía como si estuviera a punto de caer por un precipicio. En la pantalla de su portátil aparecía la imagen de una posada perfecta, como de libro de fotografía, rodeada de nieve y bañada en un resplandor navideño. Las luces brillaban en las ventanas. Los críticos la describían como mágica y romántica. Ella no creía en la magia y no era romántica. La miró fijamente y sintió que el corazón le latía con fuerza. Tenía muchas dudas, y esa incertidumbre la empujaba a tomar una decisión. Y, una vez que la tomara, no habría vuelta atrás.

Se levantó, murmurando en voz baja, y se acercó a la ventana de su habitación. Más allá de las ventanas del hotel, la ciudad bullía de actividad. La gente caminaba rápido, cabizbaja, abrigada para protegerse del frío intenso. Parecía que estaban montando una especie de mercadillo en la plaza de abajo.

Apoyó la frente en el cristal.

¿Qué le pasaba? Era una persona segura y había tomado aquella decisión de la misma manera que las demás, sopesando las ventajas y desventajas. No había ninguna razón lógica para sentir estrés. Y, sin embargo, allí estaba, estresada.

Impulsivamente, buscó el teléfono móvil.

Si iba a hacerlo, necesitaba a sus amigas.

Llamó primero a Claudia, pero saltó el buzón de voz, algo que le causó un poco de preocupación. La relación de diez años de Claudia se había roto hacía seis meses y su amiga lo estaba pasando mal. Ella la llamaba con frecuencia para ver cómo estaba y, por lo general, contestaba enseguida.

Pero aquel día, no.

Llamó de nuevo y pensó en dejar un mensaje, pero decidió no hacerlo. ¿Qué iba a decir? «Oye, soy Erica y necesito que me impidas hacer algo de lo que me voy a arrepentir». No. Claudia ya tenía suficientes problemas.

En lugar de eso, llamó a Anna.

Su amiga respondió casi de inmediato.

—¡Erica! No me esperaba que me llamaras hoy. Pensé que estabas de viaje —dijo. Se oía un ruido de fondo—. ¿Qué se siente al cumplir los cuarenta? ¿Es diferente? No sé si debería temer ese día o no. ¿Crees que necesitaré un terapeuta? Tengo muchas ganas de verte para celebrarlo contigo.

Erica esperó a que su amiga hiciera una pausa para respirar.

—Con cuarenta no te sientes diferente a cuando tenías treinta y nueve —respondió ella. No era del todo cierto, pero no tenía intención de darle vueltas—. Gracias por tu mensaje de cumpleaños. Por cierto, sigues cantando fatal. Me recordaste a la universidad, cuando tenía que ponerme los auriculares cada vez que te duchabas.

—Pete estaría de acuerdo contigo, pero me chifla cantar, así que no voy a parar por nadie. ¿Qué te pasa? Dime.

—¿Por qué iba a pasarme algo?

—Porque normalmente no me llamas a la hora del desayuno —dijo Anna—. Sueles estar en una reunión.

—Estoy en Berlín. Es la hora de comer.

—¿Berlín? Me da envidia. ¿Estás visitando los mercadillos navideños?

Erica miró hacia la ventana, preguntándose si eso era lo que estaba pasando en la plaza de abajo.

—Claro que no estoy visitando los mercadillos navideños. Estás hablando conmigo. Estoy trabajando. Hay una conferencia. Además, es noviembre.

—Los mercadillos navideños suelen estar abiertos en noviembre. Seguro que podrías escabullirte.

¿Cómo podían ser tan buenas amigas dos personas tan diferentes?

—Sí, podría escabullirme, pero ¿para qué iba a hacerlo?

—¿Para disfrutar? ¿Para meterte en el ambiente navideño? ¿Te suena alguna de esas cosas? No, supongo que no. Da igual. Hace tiempo que Claudia y yo dejamos de intentar contagiarte la alegría festiva. Así que si no me llamas para ponerme celosa hablando de pan de jengibre y manualidades... ¿por qué me llamas?

—Te llamo porque he encontrado el lugar perfecto.

Se sentó de nuevo en la cama y se quedó mirando la pantalla de su portátil. No mentía. Era el lugar perfecto.

—¿El lugar perfecto para qué? —preguntó Anna, y su voz se apagó de repente—. Espera...

Erica hizo una mueca al oír un fuerte golpe en sus auriculares.

—¿Qué es ese ruido? ¿Hay intrusos en casa?

—¿Mis hijos cuentan como intrusos? —preguntó Anna, de nuevo. Parecía distraída, como si la llamada de Erica fuera solo una de las diez cosas que estaba haciendo a la vez—. Si es así, entonces, sí... Espera un segundo, Erica, has llamado a una hora de locos.

¿Había algún momento en casa de Anna que no fuera una hora de locos? A ella le parecía que, cada vez que llamaba, su amiga estaba hasta el cuello en alguna cosa... Ayudando con los deberes, supervisando los ensayos de música, lavando la ropa de gimnasia, haciendo la cena, preparando almuerzos para llevar... Su amiga era, básicamente, una mujer que trabajaba de servicio de habitaciones.

Oyó risas al otro lado del teléfono y luego la voz de Anna, un poco distante.

—Genial. Qué gracioso, Meg. Me encanta. Pero que seas una artista con talento no significa que puedas dejar tu plato encima del lavavajillas. Sé que tu padre lo hace. Eso no significa que tú tengas permiso para hacerlo. Ahora vete, que estoy poniéndome al día con Erica.

Las conversaciones con Anna siempre eran iguales: ruidosas e inconexas, interrumpidas por un fondo de actividad familiar. En parte, lo encontraba frustrante, no entendía cómo lo soportaba Anna, pero, por otra parte, agradecía momentos como aquel, porque hacían que se sintiera mejor con respecto a las decisiones que había tomado en la vida.

No era algo que pensara a menudo, pero lo hacía algunas veces. En casa de Anna se sentía envuelta en calidez, arropada y sostenida por los hilos estrechamente entrelazados del amor familiar. Pero también se sentía inquieta, porque se cuestionaba decisiones que no quería cuestionarse. Se preguntaba si se había equivocado.

Pero sabía que no. Todos pensaban que tener una familia era lo mejor, pero ¿lo era, realmente? ¿Querría tener ella lo mismo que Anna?

No, no querría. Algunas veces envidiaba a su amiga por su familia cálida y estable, pero, en otras ocasiones, y esta era una de ellas, agradecía su vida de soltera independiente, donde su única responsabilidad era hacia sí misma.

Sintió una oleada de impaciencia al pensar en la tarde y la noche que la esperaban. Al terminar la llamada, haría el trabajo que tenía que hacer y, después, iría al spa del hotel para que le dieran un masaje placentero y, finalmente, cenaría sola en la mesa con las mejores vistas del restaurante.

No tenía que cocinar; alguien lo haría por ella. No tenía que lavar la ropa; el hotel se encargaría de eso y se la devolvería perfectamente planchada. No tenía que preocuparse de llenar el lavaplatos. Y, en cuanto a estar sola... a ella no le preocupaba la soledad. Había estado sola casi toda su vida. Sabía que algunas personas la compadecían, y su compasión la hacía sonreír porque no tenían ni idea de lo bien que podía sentirse una persona estando sola.

En su caso, era una elección, no una maldición. En aquel mismo instante, mientras oía a su amiga intentando liberarse de las exigencias domésticas, tenía la sensación de que era la mejor opción posible. En su vida, ella era su prioridad, y no tenía intención de disculparse por ello.

—¿Sigues ahí? —preguntó Anna, sin aliento—. Lo siento.

—¿Un mal momento? —preguntó ella, con ligereza—. ¿Te vuelvo a llamar más tarde?

—¡No! Hace siglos que no hablamos. Tengo muchas ganas de que nos pongamos al día. Pero Meg acaba de hacer una caricatura genial; te la enviaré. Oh, espera un momento... ¡Meg, no olvides tu proyecto de arte!

Ella suspiró. Probablemente, tendría tiempo para repasar su presentación mientras esperaba. O, tal vez, incluso, para escribir una novela. ¿Y por qué Anna le recordaba a Meg que no olvidara su proyecto de arte?

No sabía nada de la crianza de los hijos, pero sí sabía que fomentar la dependencia no ayudaba a nadie. Su madre nunca le había recordado nada. Si se le olvidaba algo, se esperaba que asumiera las consecuencias y, si esas consecuencias eran duras, le serviría de recordatorio para no olvidarlo la próxima vez.

Su padre las había abandonado cuando ella nació, supuestamente, después de verla por primera vez. Intentaba no tomárselo como algo personal. Él dejó a su madre llena de dolor, con un bebé y con un montón de estrés y ansiedad. Aunque ella no se acordaba de su padre, había experimentado el impacto de sus actos a lo largo de los años. Había visto luchar a su madre y comprendía y admiraba su determinación por no volver a depender de nadie.

También comprendía que la experiencia de su madre había influido en su forma de criarla a ella. Su madre se empeñaba en que lo hiciera todo sola, desde los deberes hasta atarse los cordones. Si se caía, tenía que encontrar la manera de levantarse. Su madre se negaba a levantarla. Si suspendía un examen, su madre le decía que se esforzara más. Si tenía un problema, era su responsabilidad encontrar una solución. Su madre nunca le resolvió nada.

Y a ella le parecía una buena educación. Después de todo, le había ido muy bien, ¿no? Gracias a una sólida ética de trabajo, era financieramente independiente. No tenía que limpiar lo que ensuciaba nadie ni compartir el control de su perversamente indulgente sistema mediático. No había peleas por la ropa sucia ni por las tareas domésticas. No se dejaba llevar por la vida como solían hacer las mujeres con hijos. No esperaba que nadie hiciera nada por ella. Y no necesitaba un hombre para completar su vida. Había visto a su madre trabajar hasta el agotamiento para compensar la falta de su padre, desempeñando el papel de ambos padres, demostrándole a ella que los hombres eran como caramelos. Estaba bien como un capricho ocasional, pero no eran necesarios para sobrevivir.

Al pensar en lo bien que estaba su vida, se preguntó por qué estaba a punto de hacer algo que le parecía tan poco acertado.

—¿Anna?

—¡Sigo aquí! No cuelgues.

La voz de Anna era apenas audible por encima del sonido del agua corriente y las múltiples conversaciones.

—¡No le des eso al perro o nuestra próxima visita será al veterinario! Espera un momento. Me voy a encerrar en el estudio de Pete.

Ella reflexionó sobre el hecho de que la única manera de que su amiga pudiera tener una conversación sin interrupciones era encerrándose en el despacho de su marido.

Anna no se parecía en nada a su madre. Su amiga era una de esas madres de las que se leían en los libros. Si sus hijos se caían, no solo los ayudaba a levantarse, sino que también les decía palabras cariñosas y les daba abrazos y galletas. Si necesitaban ayuda, se la ofrecía de buena gana. Consideraba que su trabajo era proteger a su familia. Ella no tenía ninguna duda de que, si era necesario para salvar a uno de ellos, Anna se tiraría delante de un coche. Todo era muy acogedor y seguro, pero muy distinto a su propia experiencia.

—¿Dónde está Pete?

—Por suerte, no está en su estudio. Ya va a la oficina tres días a la semana. Echo de menos no tenerlo cerca, la verdad.

El ruido y los golpes se apagaron y, entonces, se oyó un portazo y Anna suspiró.

—Tranquilidad. Por fin. Supongo que no querrás intercambiar vidas.

Erica intentó no estremecerse.

—Las dos sabemos que adoras tu vida. Bueno, ¿y cómo te va todo?

—Pues ¿por dónde empiezo? —preguntó Anna, casi sin aliento—. Ha habido mucho trabajo por aquí. A Pete le dieron un ascenso, lo cual es bueno, pero está trabajando más horas. Meg ganó un premio de arte y, ¡fíjate!, ha empezado a tejer. Dice que la relaja. Seguro que tendré un jersey de regalo de Navidad. Ya le he dicho que estoy dispuesta a aceptar los renos, pero no un Papá Noel gigante y sonriente. Daniel está bien, aunque últimamente ha estado un poco callado. Estoy segura de que le pasa algo, pero hasta ahora no he conseguido convencerlo de que hable. Si le pasa algo a Meg, lo suelta, pero los chicos son diferentes. De verdad que lo animo a que exprese sus sentimientos; no quiero que sea uno de esos hombres que no hablan...

Anna divagó durante otros cinco minutos y, finalmente, ella la interrumpió.

—¿Y tú? ¿Qué está pasando en tu vida?

—Te acabo de contar mi vida.

—No. Hasta ahora, he oído hablar de los niños y de Pete. Nada de ti.

—Esta es mi vida. Los niños y Pete. Y la casa, por supuesto. Y el perro. No te olvides del perro. Lo sé, lo sé, piensas que soy aburrida, pero la verdad es que me encanta.

Se echaron a reír y ella se preguntó si, de haber conocido a un hombre como Pete en su primer día de universidad, su vida habría sido diferente.

—Tú no eres aburrida. Y vosotros dos sois increíblemente monos juntos, incluso después de todos estos años.

No, Anna no era aburrida, pero ella tenía que admitir que, a veces, su vida parecía aburrida. Intentó imaginarse cómo sería un día sin viajes internacionales, sin el bullicio del trabajo, sin la euforia que le producía cerrar un trato o que la llamaran para gestionar una situación crítica cuando todos los demás estaban a punto de estallar.

—Bueno, gracias, pero ya basta de hablar de mí. Quiero saber más sobre ti. Quiero saber más sobre tu cumpleaños. ¿Y qué haces en Berlín?

—Esta tarde doy una conferencia sobre la gestión de las crisis —respondió Erica, y miró la pila de papeles que tenía sobre la mesa, junto a la ventana.

Anna dio un gemido de envidia.

—No debería haber preguntado. Seguro que te alojas en un hotel de cinco estrellas con servicio de habitaciones y un spa increíble.

Erica pensó en el masaje que la esperaba.

—El spa está bien.

—Cuéntamelo todo, pero empieza por tu cumpleaños. Por favor, dime que lo pasaste con un hombre guapísimo.

Erica sonrió.

—Pasé la noche con Jack.

—¿Jack el sexy, el abogado? —exclamó Anna. Se quedó con la boca abierta y luego se echó a reír—. ¡Cuéntamelo! Y no te olvides de ningún detalle.

—Nada que contar. Jack y yo solemos quedar si estamos en la ciudad y tenemos un evento al que asistir. Ya lo sabes. No es nada serio, y es lo que nos gusta a ambos.

—Erica, tienes cuarenta. Lo de enrollarse es para veinteañeros. Y lleváis dos años acostándoos. Ya es hora de que el sexy Jack deje un cepillo de dientes en tu casa.

Fue una respuesta tan típica de Anna que ella puso los ojos en blanco.

—No sé a quién le horrorizaría más esa idea, si a él o a mí. ¿Y podrías dejar de llamarlo sexy Jack?

—¿Por qué? He visto su foto. Claudia y yo lo buscamos en internet. Puede defenderme en el juzgado cualquier día, cuando él quiera. Entonces, ¿dices que no se quedó a dormir?

—Se quedó hasta las tres de la mañana y luego se fue a casa en taxi.

No confesó que él le había sugerido quedarse y que ella casi había accedido. Se había contenido gracias a la fuerza de la costumbre y una disciplina implacable, pero sentir aquel impulso había sido como una sacudida.

Claramente, cumplir cuarenta le había afectado el cerebro. Jack y ella se entendían bien, y ninguno de los dos quería pasar la noche entera con el otro y disfrutar de un desayuno relajado. Era una intimidad que ninguno de los dos deseaba. Se habían conocido en una ocasión en la que ella necesitaba asesoramiento legal para uno de sus clientes y habían disfrutado tanto de su mutua compañía que empezaron a salir juntos informalmente. Una cena, algún evento... No había rutina ni compromiso.

—Deberías invitarlo a quedarse. O irte de viaje un fin de semana con él, o algo así.

—Anna, para.

—¿Qué ocurre? Me cae bien Jack. Jack es perfecto para ti.

—No lo conoces.

—Es como si lo hubiera conocido. Y me encanta que tengáis una relación.

—No tenemos una relación. Los dos estamos demasiado ocupados como para mantener una relación con nadie, por eso, si necesita un acompañante para un evento de trabajo, me llama. Y, si yo quiero ir al teatro y me apetece ir con alguien, lo llamo a él. Es muy inteligente, así que, de vez en cuando, hablo de algún problema de trabajo con él. Nada más.

—Se te ha olvidado la parte del sexo.

—Sí, nos acostamos. Y es estupendo. ¿Contenta?

—Mucho. Y, por tu tono de voz, parece que tú, también.

Anna tenía la misma risita de picardía que a los dieciocho años, y ella sonrió sin poder evitarlo. En el fondo, Anna seguía siendo la misma de siempre. Tal vez todas lo fueran. La edad no cambiaba eso.

—Cálmate. Lo mío con Jack es estrictamente informal.

—No digas eso. Me estás rompiendo el corazón. Tienes cuarenta años, Erica.

—¿Te importaría dejar de mencionarlo en todas las frases?

—Lo siento, es que quiero un final feliz para ti.

—Este es mi final feliz. Así es como quiero que sea mi vida.

Anna suspiró.

—¿Cuánto tiempo vas a estar en Berlín?

—Dos noches —dijo Erica.

Miró su ordenador portátil y tuvo un sentimiento de culpabilidad. Debería estar trabajando. Aunque, por otro lado, podría hacer la presentación dormida. Había formado un buen equipo y había empezado a delegar más, y así tenía la oportunidad de elegir cómo podía emplear el tiempo.

—Podría dar yo esa charla sobre gestión de las crisis —dijo Anna—. Mi vida es una gran crisis, aunque nunca es emocionante. Ayer se rompió el congelador y anteayer se averió el coche. En fin, mejor no hablar de eso. Dijiste que habías encontrado el lugar perfecto. ¿Para qué?

Ella mantuvo un tono calmado.

—Para la reunión de nuestro club de lectura de diciembre.

—Ah... —dijo Anna. Su tono cambió.

—¿Qué? Ya habíamos hablado de esto. Reservamos la fecha.

—Provisionalmente. Pero eso fue en verano porque Claudia estaba hecha un desastre, así que no pudimos hacerlo en nuestra semana habitual. Nadie volvió a mencionarlo, así que pensé que estábamos de acuerdo en que no iba a salir bien.

—¿Por qué no iba a salir bien? Los ingredientes son los mismos. Somos el Club de Lectura del Hotel. Te recuerdo que quería llamarlo el Club de Lectura del Hotel de Lujo solo para que no hubiera confusión sobre dónde quería alojarme, pero la cuestión es que solo necesitamos un hotel, un libro y a nosotras tres. Eso es todo.

—El problema no es el club de lectura. Es la época del año. Irse tan cerca de la Navidad es raro. La Navidad es una época familiar. Hay que comprar el árbol, envolver los regalos, decorar la casa... Tenemos una rutina. Tradiciones. Perdona, sé que tú no haces nada de eso. ¿Es una falta de tacto por mi parte?

—¿Por qué? Sabes que no soy sentimental con las fiestas.

—Lo sé, pero esa fecha que elegiste es cuando vamos al bosque a elegir nuestro árbol. Lo hemos hecho todos los años desde que nacieron los niños. Es su tradición favorita. No me gustaría decepcionarlos.

Ella intentó comprenderlo, pero no lo consiguió. Para ella, la Navidad era solo un día más de la semana. De pequeña, su madre la había animado a volar del nido y vivir su propia vida cuanto antes. Nunca le había sugerido que eligieran un árbol de Navidad juntas.

—Acabáis de celebrar Acción de Gracias todos juntos.

—La Navidad es diferente.

—Compra el árbol a principios de diciembre. Así podrás disfrutar pisando las agujas caídas durante más tiempo. Tus hijos no pueden ser tu vida, Anna. Eso les presiona, y a ti también. Y ya son adultos.

—¡Ja! Eso no está nada claro —dijo Anna—. ¿Sabes lo complicado que puede ser un adolescente?

No, claro que no lo sabía. Nunca se había planteado tener hijos y no se arrepentía de ello. Su carrera profesional era emocionante y la estimulaba constantemente. ¿Habría estado dispuesta a sacrificarlo para quedarse en casa discutiendo sobre cómo llenar el lavavajillas y alimentar al perro? Ni hablar.

—Estamos hablando de una semana, Anna, nada más. Volverás antes de Navidad, así que tendrás tiempo de sobra para decorar los pasillos o lo que sea que hagas. Tendrás tiempo con las amigas y en familia. Lo mejor de ambos mundos.

—Tengo que pensarlo —dijo Anna—. Es mi época favorita del año y me apetece sentir el espíritu navideño. Sin ánimo de ofender, pero a ti las cosas navideñas te dan escalofríos.

—Te prometo que no me voy a estremecer.

No tenía ni idea de lo que era sentir el espíritu navideño, pero estaba dispuesta a investigar un poco y a hacer lo necesario para que su amiga fuera feliz. Seguro que se podrían reservar aquel tipo de cosas como extras en un hotel.

—Y si quieres algo navideño, te va a encantar el lugar que he encontrado. Es idílico. Pintoresco —dijo, y notó que se le aceleraba un poco el corazón—. Hasta Papá Noel babearía por él.

—No te creo. Eliges unos hoteles tan sofisticados que me dan ganas de redecorar mi casa. A ti no te gusta lo pintoresco.

—Esta vez sí, pero por suerte lo he hecho sin sacrificar el lujo. Es el equilibrio perfecto para todas.

—Umm —murmuró Anna. Necesitaba que la convencieran—. ¿Y el libro? ¿Hemos decidido qué vamos a leer? Últimamente me duermo de pie, así que leer me lleva un buen rato. ¿Has hablado con Claudia sobre lo de hacer un club de lectura en diciembre?

—Lo intenté. No contesta. La llamaré más tarde. Parecía que estaba muy deprimida hace unos días, así que quiero hablar con ella. Después de todo lo que ha pasado este año, puede que lo mejor para ella sea pasar una semana alejada de todo.

—Tienes razón. Es hora de ayudarla a recuperarse —dijo Anna—. Pero, por mucho que quiera a Claudia, no quiero leer otra biografía de un chef o un político.

Encontrar un libro que les gustara a todas siempre era un reto. A Anna le encantaba la novela romántica, Claudia prefería la literatura de no ficción y ella disfrutaba leyendo thrillers y libros de crímenes reales.

—Iba a sugerir la novela de Catherine Swift. Se llama *Su último amante*.

—¿Qué? —preguntó Anna, ahogándose de la risa—. Estoy oficialmente preocupada. Primero me dices que has encontrado un alojamiento navideño y, ahora, ¿estás leyendo novela romántica? ¿Es esto lo que te ha pasado al cumplir los cuarenta?

—No es una novela romántica.

—Es una escritora de novelas románticas. He leído todos los libros que ha escrito, la mayoría, más de una vez. Y dijiste que el libro se llama *Su último amante*. Eso es romántico.

—No es romántico. Él es su último amante porque ella lo mata.

—¡Ah! —exclamó Anna, con sorpresa—. ¿Estás segura de que esa es la autora? ¿Catherine Swift?

—Creo que está escribiendo con el nombre de L. C. Swift, o algo así. Pero el libro es un thriller. Las críticas son excelentes y ya están produciendo la película.

—No sabía que había cambiado de género —dijo Anna—. Me acabas de romper el corazón. Su último libro fue brillante. Me hizo llorar. Ese final... ¿Es de miedo? Sabes que los libros de terror no me gustan.

—Todavía no lo he leído, pero te prometo que podemos dejar las luces encendidas si tienes miedo. He encargado un ejemplar para cada una. Llegan mañana.

—¿Tiene sangre en la portada? Odio los libros que tienen sangre en la portada.

—No, no hay sangre. Solo hay un anillo de bodas y un cuchillo afilado.

Casi notó el escalofrío de Anna.

—Si te sirve de algo, puedo forrarlo con papel de copos de nieve. ¿No te sientes un poco intrigada porque sea Catherine Swift, tu autora favorita?

—No lo sé. Pero me alivia un poco que no hayas cambiado de personalidad de la noche a la mañana. Estaba empezando a preocuparme. Bueno, cuéntame más cosas del sitio que has encontrado.

—Te he enviado un enlace. Mira tu correo electrónico.

Hubo una pausa y un sonido de teclas.

—Vale, ahora estoy segura de que te has dado un golpe en la cabeza —dijo Anna—. Esto es... ¡Guau! Parece salido de un cuento de hadas.

«Los cuentos de hadas suelen terminar de un modo sombrío», pensó ella, y tuvo dudas.

—¿Te gusta?

—Sí, aunque... esto no es de tu estilo.

—¿A qué te refieres?

—Tú eres una persona urbanita —dijo Anna—. Este sitio es para salir a pasear con raquetas de nieve y disfrutar de veladas acogedoras delante de la chimenea con un chocolate caliente. Yo soy la que adora el aire libre y los paseos por el campo. Tú eres de luces brillantes, cócteles y compras de ropa de diseñador.

—Sí, es cierto, pero eso lo hago todo el tiempo. Esto es una escapada.

—Pero... tú no quieres escapar. No hay nada que te produzca más frustración que estar en medio de ninguna parte. ¿Te acuerdas de aquel verano que nos alojamos en un hotel en Catskills? Te marchaste un día antes.

Se le había olvidado que Anna la conocía muy bien.

—Hubo una crisis.

—Umm... Me parece recordar que la crisis fue la falta de cobertura. Por eso, desde entonces, hemos estado eligiendo alojamientos en ciudades. El sitio que has encontrado es maravilloso, pero no es de tu estilo. ¿Qué está pasando aquí?

Por un momento, ella se planteó decirle la verdad a su amiga. Todo, incluyendo la verdadera razón por la que había elegido aquel lugar. Pero, entonces, Anna le haría un montón de preguntas que ella no podía responder.

Quería actuar con cautela. Anna se lanzaría de cabeza, con descontrol, y sembraría el caos, y ella se arriesgaría a perder el control de lo que sucediera después. No quería perder el control. Pasara lo que pasara, quería tomar la decisión por sí misma.

—No pasa nada. Sabía que la única manera de tentarte para que salieras de tu nido en Navidad era organizar la escapada navideña perfecta, con todos los adornos incluidos. En lugar del Club de Lectura en el Hotel sin cobertura, es el Club de Lectura del Hotel navideño. ¿Quieres venir o no?

—Nos conocemos desde hace veinte años, Erica. Sé cuándo estás guardando un secreto.

—¿Veinte años? Ya estás recordándome otra vez mi edad. Dentro de muy poco tiempo seremos el Club de Lectura del Hotel de los jubilados.

Sonó la señal de otra llamada y ella miró la pantalla. Jack.

Se le aceleró el corazón. No se esperaba aquella llamada. ¿Por qué la llamaba? Él sabía que aquella semana tenía que viajar.

Tuvo un breve recuerdo de la noche de su cumpleaños, de la larga y relajada cena en un restaurante con unas vistas impresionantes de Manhattan. La comida había sido memorable y el vino, delicioso, pero lo mejor de todo había sido la compañía. Jack la había hecho reír y había conseguido que se sintiera fabulosa. Como si cumplir cuarenta años fuera el comienzo de una etapa muy emocionante de su vida.

Después de cenar, fueron a su apartamento y...

Frunció el ceño al recordar. Las relaciones sexuales habían sido diferentes. Más lentas, más intensas, más... ¿íntimas?

Miró fijamente el teléfono. Si Jack necesitara su compañía para acudir a algún evento, se lo hubiera mencionado cuando habían estado juntos. Aunque quizá fuera algo que acababa de surgir, en cuyo caso, él podía dejar un mensaje.

Permitió que la llamada fuera al buzón de voz y volvió a centrarse en Anna, que seguía haciéndole preguntas.

—¿Cómo encontraste esta posada?

Se imaginaba la reacción de su amiga si le decía la verdad.

Una investigadora privada.

—Estaba leyendo un artículo sobre alojamientos acogedores para el invierno.

Y estaba empezando a arrepentirse de haberlo sugerido. Podría haber ido sola un fin de semana en busca de las respuestas a las preguntas a las que no dejaba de dar vueltas. No tenía que haber involucrado a sus amigas.

—Puedo buscar otro sitio, si lo prefieres...

—¡Ni se te ocurra! Este sitio parece perfecto —dijo Anna—. Especial. Y a Claudia también le va a encantar, porque tiene un restaurante con premios y eso es lo único que le importa.

—Claro.

En el fondo, ¿esperaba que su amiga dijera que prefería otro lugar, quizá en la ciudad? ¿O que decidiera que no quería hacer nada? ¿Que, de alguna manera, le impidiera hacer algo que podía ser un grave error?

Sin embargo, lejos de disuadirla, parecía que Anna estaba encantada con el alojamiento.

—Tienen tres habitaciones libres. Acabo de comprobarlo. ¿Crees que podrían reservárnoslas un rato mientras hablo con mi familia?

—Puedo llamar, pero solo faltan dos semanas, así que no sé si reservan habitaciones a estas alturas.

—Tú tienes un poder de persuasión legendario. Veinticuatro horas —dijo Anna—. No necesito más. Y, de todas formas, no podemos confirmarlo hasta que hayas hablado con Claudia.

—De acuerdo. Llamo.

Se sintió como si fuera Pandora a punto de abrir la caja. Si perdían las habitaciones, sería el fin. Decisión tomada. Pero, si las habitaciones estaban disponibles, dentro de pocas semanas se registraría en la recepción de la Maple Sugar Inn.

Capítulo 3
Claudia

A miles de kilómetros, en California, Claudia golpeó con ganas el saco de boxeo.

Sus pensamientos iban al ritmo de sus golpes.

«Te odio, John».

Se giró y volvió a golpear.

«Me odio a mí misma por confiar en ti».

—Relaja los hombros —dijo Michelle, su entrenadora, con el ceño fruncido—. Cuida la postura.

Ella dejó de golpear. Tenía el pelo pegado a la frente y al cuello y le latía el corazón con fuerza.

—Bebe —le dijo Michelle— y tómate un respiro.

Ella se quitó los guantes, buscó el agua en su bolso y vio que tenía dos llamadas perdidas.

Erica.

Bebió un buen trago y guardó de nuevo la botella. ¿Qué habría hecho sin Erica aquellos últimos meses?

La mayoría de la gente conocía a Erica en su faceta de exitosa empresaria con la reputación de hablar francamente y con una concentración inquebrantable.

No conocían su faceta de amiga. No la veían como alguien amable ni leal.

Erica siempre estaba pendiente de ella. El fin de semana que John recogió sus cosas y se marchó, dejándola en estado de shock, Erica canceló sus citas y tomó un vuelo a California para estar con ella. Ella estaba hecha un desastre, pero Erica se empeñó en quedarse a su lado.

En medio de una crisis, no había nadie mejor que Erica. La obligó a ducharse y vestirse y le preparó una sopa, un gesto cariñoso al que ella correspondió tomándosela y reteniéndola; Erica era muy mala cocinera. Ayudó a recoger el resto de las cosas de John y se las envió para asegurarse de que no tuviera motivos para volver a la casa. Ella todavía recordaba sus palabras: «No deberías dejar entrar ratas a tu apartamento, es malo para la salud».

Cambió la cerradura, apagó su teléfono y la escuchó. La escuchó durante horas mientras ella sollozaba y despotricaba, tratando de entender cómo era posible que una relación de diez años hubiera terminado repentinamente, sin previo aviso. Erica no la miraba, ni le dijo que se calmara, ni parecía que estuviera impaciente por marcharse. Solo estaba allí, a su lado.

Y, cuando tuvo que irse a casa para atender el trabajo, se mantuvo pendiente de ella, en contacto. «Si me necesitas, llama. Y, si es urgente, díselo a mi secretario y él me sacará de la reunión en la que esté».

Ella no tuvo que llamar al secretario de Erica, pero, en los peores momentos, era reconfortante saber que su amiga estaba allí si la necesitaba. Saberlo era suficiente. Anna también estaba a su lado, pero Anna tenía que cuidar a su familia y ella no quería molestarla. Erica no tenía parientes de sangre, sus amigos eran su familia.

Y, en general, a ella le había ido bien hasta la semana anterior, cuando se había quedado sin trabajo. Lo cual demostraba que, cuando una pensaba que la vida no podía empeorar, empeoraba. «Feliz Navidad, Claudia».

Michelle enarcó una ceja.

—¿Quieres hablar de ello o quieres hacer ejercicio? —le preguntó.

—Quiero hacer ejercicio —dijo ella, y se puso los guantes de nuevo—. Sobre todo, porque no voy a poder pagarte después de esta sesión. Dar puñetazos es la mejor terapia.

Michelle la miró con compasión.

—Eres mi clienta favorita. Te haré un descuento.

—No, no. Tienes que dirigir un negocio.

—Podríamos considerarlo mi regalo de Navidad.

Claudia sonrió apagadamente.

—No vamos a considerarlo de ningún modo porque no voy a dejar que regales tu trabajo.

¿Qué quería ella para Navidad?

Quería que la vida dejara de tirarle ladrillos. Quería despertarse por las mañanas con ganas de vivir el día que tenía por delante. ¿Era eso demasiado pedir?

El hecho de quedarse sin trabajo había sido un final horrible para un año horrible. Un año de rechazo. Un año en el que había perdido todo lo que le resultaba familiar. Un año en el que la gente le había dicho que no estaba a la altura.

Sabía que aquellas cosas les ocurrían a millones de personas todos los días. Las relaciones se terminaban y la gente se quedaba sin empleo, especialmente ahora, cuando tantas empresas estaban luchando por sobrevivir pero tenían que cerrar. Sin embargo, eso no le servía para sentirse mejor.

Le decían que iba a recuperarse. Y, sí, tal vez lo hubiera conseguido a los veinte años, ¿verdad? No estaba segura. Pero le faltaban unos meses para cumplir los cuarenta y se sentía más rota que animada.

Cuarenta.

Se suponía que a esa edad, una persona se había establecido y tenía la vida resuelta. Erica tenía una carrera profesional fantástica. Anna tenía la familia perfecta. Ellas habían tomado sus decisiones y les había ido bien. ¿Qué tenía ella? Nada. No se había quedado con nada de aquellos últimos veinte años, aparte de adquirir una excelente destreza con el cuchillo y un dolor de cabeza perpetuo del trabajo en un restaurante a servicio completo y un gran volumen. Ah, y llevaba el pelo corto porque John le había dicho una vez que prefería a las mujeres con el pelo corto. En aquel entonces, ella tenía melena larga.

Después de darle las gracias a Michelle una vez más, tomó su bolsa de deporte y se dirigió a las duchas, de mal humor. Otro final. Otro cambio que ella no había elegido.

¡Se acabó! Tenía que recuperarse. En realidad, no estaba tan feliz en su puesto de trabajo. El jefe de cocina era un autoritario y en la cocina había mucha tensión. Todo el personal estaba paralizado de miedo la mitad del tiempo, y ella no era una excepción. Si descuartizar al chef no hubiera sido un delito, lo habría sopesado. Ella se había mantenido firme, pero eso no significaba que la situación no fuera desagradable. Sin embargo, aunque no fuese el trabajo de sus sueños, hubiera sido más agradable irse por voluntad propia. Aquel había sido un año de finales, todos ellos forzosos.

El vestuario estaba vacío. Se duchó y se puso ropa limpia. Después, salió del gimnasio al sol californiano.

Tenía todo el día por delante, ocioso y desorganizado.

Tuvo que contener el impulso de llamar a Erica para desahogarse. Su amiga ya había hecho más que suficiente. Era hora de que se valiera por sí misma. Pero ¿cómo?

La falta de rutina era algo que la inquietaba. Por lo general, estaba demasiado ocupada como para pensar en su vida, pero en aquel momento tenía todo el tiempo del mundo y estaba pensando demasiado.

Aquellos últimos días había pensado hasta el agotamiento, pero no sabía qué quería ni hacia dónde iba. Y ¿no debería saberlo ya?

Antes le encantaba todo lo relacionado con la cocina. La emoción de trabajar con los mejores ingredientes, la satisfacción obtenida al preparar algo delicioso con creatividad... Cocinar la relajaba. El chisporroteo del ajo en el aceite caliente, el aroma a hierbas frescas, lo gratificante que era oír a un comensal decir que aquello era lo mejor que había comido en su vida.

Sin embargo, trabajar en un lugar tan estresante había acabado con su amor por la cocina, y eso era tan grande e impactante como el fin de su relación. Cocinar lo era todo para ella o, al menos, lo había sido. Ya no sentía emoción ante la posibilidad de experimentar con ingredientes y sabores. No se molestaba en preparar más que unos huevos revueltos con tostadas.

Y ahora, ¿qué?

Fue caminando hasta el apartamento que tenía alquilado con John e intentó no dar un gruñido al abrir la puerta. Habían elegido aquel lugar juntos y no podía evitar pensar en él, aunque no quisiera.

Con ira y tristeza, se preparó un café fuerte y abrió el ordenador para buscar trabajo. En aquel momento no le encantaba cocinar, no, pero necesitaba pagar las facturas y eso era lo único para lo que tenía cualificación.

Un hotel importante estaba buscando una persona para un puesto de segundo chef, así que hizo clic en el enlace y comprobó cuáles eran los requisitos. Más de dos años en un hotel de cinco estrellas. Hasta ahí, bien. Sentir pasión por la comida.

Antes era apasionada, sí. ¿Eso valía?

Ser flexible, trabajar los fines de semana, noches, días festivos y madrugadas, y ser capaz de motivar al equipo.

Ni hablar.

Cerró su portátil de golpe.

La idea de meterse de lleno en otra cocina ajetreada, impersonal y estresante la dejaba agotada. No sería capaz de motivar a un equipo. Ni siquiera podía motivarse a sí misma.

Además, no quería trabajar en unas condiciones tan absurdas e inhumanas. Tenía que construir una nueva vida y ¿cómo iba a hacerlo si trabajaba a todas horas? ¿Cuándo iba a tener vida social?

Hacía dos años lo había dejado todo para irse con John a California, porque él consiguió un gran ascenso, y desde que él había abandonado la vida que habían construido juntos, se sentía muy sola. Allí no había tenido tiempo de conocer a nadie. Su vida giraba en torno a su trabajo y a John. Si viviera en la costa este, sería distinto; le resultaría más fácil ver a sus amigas. Las echaba de menos. Cuando vivía en Boston, a veces quedaba con Erica si ella había ido a la ciudad por trabajo, o visitaba a Anna para pasar un fin de semana con ella.

Allí, en Los Ángeles, había estado demasiado ocupada como para hacer amigos. Pero ya no tenía trabajo.

Tomó el teléfono y vaciló. Tenía que devolverle la llamada a Erica. Necesitaba decirle que, además de perder a John, se había quedado sin trabajo.

Erica ya había hecho demasiado. No tenía por qué enterarse de más problemas suyos.

Se desplomó sobre una silla. Se odiaba a sí misma por ello, pero la envidiaba. Había tenido tanto éxito en la vida... Y Anna, también.

Ella, sin embargo, había fracasado en las dos cosas más importantes: su relación y su trabajo. Toda su vida era como una película de desastres, sin final feliz a la vista.

Revisó el correo electrónico y encontró un mensaje de Erica. El asunto decía «Club de lectura navideño». Se le había olvidado que las tres habían hablado de celebrar la reunión de su club de lectura en Navidad, lo cual era indicativo de su estado de ánimo, dado que ella era el motivo por el que habían tenido que cancelar su reunión habitual de verano.

Hizo clic en el enlace que le había enviado Erica, pensando que iba a encontrarse con la página web de un hotel de lujo en Manhattan que ella no podría permitirse, pero ante sus ojos apareció una posada de Vermont con tanta perfección como una caja de bombones. La nieve cubría el tejado inclinado y el bosque de alrededor. A cada lado de la puerta principal brillaba la luz de un farol.

Sintió una punzada.

¿Cuánto hacía que no veía la nieve? Al mudarse a California, le había encantado el sol, pero, últimamente, había empezado a echar de menos los impresionantes colores del otoño y los inviernos fríos de New Hampshire. Leyó el texto de la página web.

Situada en un pintoresco rincón de Vermont, rodeada de montañas escarpadas y ríos serpenteantes, se encuentra la histórica Maple Sugar Inn. Lo que fue originalmente una casa de huéspedes del siglo XVIII, *fue rescatada de su estado ruinoso por Hattie y Brent Coleman, quienes la convirtieron con cariño en un hotel boutique. Por desgracia, Brent falleció repentinamente un año después de que la posada abriera al público, y Hattie tuvo que continuar sola con el proyecto.*

—¡Oh! ¡Qué horrible!

Dejó de leer un momento y pensó en Hattie Coleman. Alguien más a quien la vida había intentado aplastar. Estaba haciendo realidad sus sueños con el amor de su vida y, de repente, ¡zas! Todo terminó.

Según el artículo, Hattie se había mudado a Vermont desde Londres con su marido, Brent. Ella también se había mudado al otro extremo del país para estar con un hombre, así que comprendía cómo debía de sentirse Hattie en aquel momento. ¿Echaba de menos su hogar? ¿Se arrepentía de haberse mudado? ¿Había comprado un billete de avión para volver a Inglaterra?

Sintió una punzada de compasión y amplió la fotografía de Hattie y de su marido, Brent. Estaban sonriendo. Se les veía felices. Y tenían una hija, una niña pequeña con rizos y una enorme sonrisa. Esa niña no tenía padre. ¿Por qué tenía que ser tan cruel la vida?

Se le formó un nudo en la garganta. Cerró la fotografía y volvió a la página web.

«Ha sido un acto de amor», dice Hattie, mientras nos sirve una sopa perfecta de manzana y chirivía, con un toque de nata y chips de chirivía. Con chimeneas

de leña, camas con dosel y unas vistas espectaculares,
la posada puede considerarse el mejor lugar para ha-
cer una escapada romántica en invierno, lejos de todo.

Ella frunció el ceño mientras salivaba al pensar en los chips de chirivía. ¿Romántico? ¿Alejada de todo? Aquel lugar no le parecía el que elegiría Erica.

Tomó el teléfono y llamó a Anna.

—Hola, soy yo. He recibido un correo electrónico de Erica un poco extraño. ¿Está bien? Me preocupa que se haya dado un golpe en la cabeza.

—Yo dije lo mismo cuando mencionó a Catherine Swift.

—¿Es el libro que ha elegido? No he leído todo el correo. Yo estaba hablando de Maple Sugar Inn.

—Ah, sí. Un nombre muy bonito, ¿no te parece?

Se oían ruidos de fondo. Se imaginó a Anna en el cálido ambiente de su cocina, cocinando con su familia. Tuvo una punzada de envidia. Era triste que el hecho de ser cocinera profesional le hubiera robado toda la alegría del hecho de cocinar.

—¿Desde cuándo le gustan a Erica las cosas monas?

—Yo dije lo mismo.

Ella se levantó y se sirvió otro café.

—¿Y?

—Y nada. Dijo que el sitio le parecía genial. Pero había algo raro en la conversación. ¿Crees que pasa algo que no nos ha contado?

—No lo sé —respondió ella. Se sentó a la mesa y recordó todo el tiempo que habían pasado juntas últimamente, y se avergonzó. ¿Había preguntado tan solo una vez a Erica por su vida?—. ¿Tú crees que pasa algo?

—No estoy segura, pero esto no me parece propio de ella. Pero, sean cuales sean sus motivos, la posada es un lugar precioso. Si lo hacemos, Erica podría recogerte en el aeropuerto y podríais quedaros a dormir aquí. A Pete le encantaría veros. A la mañana siguiente podemos irnos las tres juntas en coche.

—¿Y por qué lo dices en condicional? ¿Es que a lo mejor no puedes ir?

—Tengo que hablar con la familia. Puede que no quieran que vaya. La Navidad es una época muy familiar para nosotros.

Por supuesto. La Navidad en casa de Anna era algo como sacado de una película. Una celebración con la coreografía perfecta. La vida de su amiga era como un alegre bastón de caramelo, mientras que la suya era como la nieve sucia y gris derritiéndose.

Se puso triste. La Navidad anterior, John y ella habían decorado juntos el apartamento. Habían llenado de regalos los calcetines y habían visto películas antiguas. Ella había preparado una deliciosa perdiz asada con salsa de moras.

Aquella Navidad iba a estar sola en el apartamento que antes era de los dos.

Intentó concentrarse en su amiga.

—¿Qué opina Pete?

—Voy a hablar con toda la familia esta noche. Si se quedan decepcionados, a lo mejor tengo que pensarlo de nuevo. No quiero estropearles la Navidad. ¿Y tú? ¿Vendrías?

Ella hizo números. Una habitación en la Maple Sugar Inn en diciembre no sería barata. Gastaría sus últimos ahorros.

Sin embargo, le parecía mágico. Y, después de los meses terribles que había pasado, se merecía un capricho. La idea de pasar una semana con sus amigas era demasiado tentadora como para rechazarla. Ya tendría tiempo para preocuparse por el dinero cuando volviera.

Y, tal vez, estar lejos del apartamento le sirviera para despejarse y la ayudaría a decidir qué iba a hacer.

—Yo me apunto si tú también vas. Pero no leo a Catherine Swift. Detesto la novela romántica hasta en los mejores momentos, y este no es precisamente uno de ellos.

—No es un libro romántico. Erica dice que es un thriller. Nos ha enviado un ejemplar a cada una, que debería llegarnos mañana. Se llama *Su último amante*.

Ella escribió el nombre de la escritora en el buscador.

—Aquí está. Sí, su último libro es un thriller —dijo, y miró los detalles—. Uy... Es su último amante porque ella lo mata. Me parece bien. Trata de una mujer que se venga de un hombre.

—Suena horrible —dijo Anna—. Tendré que llevarme a Jane Austen como antídoto.

—A mí me parece bien. Se me ocurren unos cuantos hombres a los que querría matar, empezando por John.

—¿Has tenido contacto con él? —preguntó Anna, suavemente.

—No, pero, teniendo en cuenta que hace unos meses le dije que no volviera a ponerse en contacto conmigo, no me sorprende. Y no me arrepiento. No quiero saber nada de él. ¿Cómo mantienen la amistad las exparejas? No lo entiendo. Gracias por enviarme ese maquillaje tan bonito, por cierto. Me dio ánimos.

—De nada. ¿Qué tal has estado?

—Confusa. Al principio estaba triste, como bien sabes. Ahora estoy enfadada. Prefiero estar enfadada, porque hago más cosas. Estoy enfadada con él por engañarme y no tener el valor de decirme que las cosas no iban bien para él. Es una falta de respeto y una cobardía. Estoy enfadada conmigo misma por haber pensado que lo que teníamos iba a durar. Y por no haberme dado cuenta de que algo no funcionaba. Ojalá hubiera estado mejor preparada.

—¿Se puede preparar una para algo así?

—No lo sé. Pero él me obligó a pasar por estos cambios, y yo hubiera preferido que fuera por elección propia. Para empezar, habría tenido más cuidado con el dinero. ¿Sabes lo cara que es la vida para una persona sola? —preguntó, y respiró profundamente. No había ningún motivo para no contarle la verdad a Anna—. Me he quedado sin trabajo. Estaban perdiendo clientes en el restaurante, y han tenido que hacer recortes. Yo soy un recorte.

—Oh, Claudia, lo siento mucho. ¿Lo sabe Erica?

—No, todavía, no. Últimamente no ha hecho otra cosa que escuchar mis problemas, así que he pensado que se merecía un descanso.

—Ella no va a estar de acuerdo contigo, pero puedes hablar conmigo cuando quieras, ya lo sabes. ¿Necesitas dinero? —preguntó Anna, sin dudarlo—. Pete y yo podemos prestarte dinero.

A Claudia se le hizo un nudo en la garganta. Los amigos lo eran todo.

—Ahora mismo estoy bien, pero te agradezco la oferta. Mi mayor problema es que me siento fracasada —dijo. Le costaba mucho admitirlo—. Erica y tú habéis tenido mucho éxito en vuestras vidas, pero yo ¿qué he conseguido? Perdona, no me hagas caso. En este momento soy horrible.

—No, estás dolida y preocupada, y tienes que enfrentarte a muchas cosas.

La amabilidad de Anna fue como un bálsamo.

—Entiendo que el éxito profesional de Erica puede resultar intimidante, sobre todo si te sientes un poco deprimida e insegura con tu propia vida, pero no sé por qué piensas que yo he tenido tanto éxito. ¿Qué he logrado?

No podía creer que Anna preguntara eso.

—Eh... Un matrimonio maravilloso y dos hijos bien formados y adaptados.

Ella ni siquiera había logrado casarse.

Sintió una opresión en el pecho. Había pensado que John y ella iban a estar juntos para siempre y aún estaba asimilando un futuro que parecía muy diferente al que había planeado.

—Le contaré a Erica lo de mi trabajo en algún momento, por supuesto, pero no quiero que tenga que apoyarme de nuevo. Necesito arreglar esto por mí misma. Y no te empeñes en decir nada sensato. Solo necesito que me digas que estás de acuerdo en que mi vida es una mierda y que tengo derecho a sentirme deprimida.

—Tu vida es una mierda —dijo Anna— y tienes derecho a estar deprimida.

—Gracias —dijo ella, con una pequeña sonrisa—. Siempre se puede confiar en que vas a decir lo que es debido. Eres una buena amiga. Por favor, ven a la reunión del club de lectura, Anna. Es reconfortante y relajante estar contigo. Además, te echo de menos, aunque tengas una vida perfecta y a veces quiera odiarte.

—Mi vida no es perfecta. Deja de pensar que la vida de los demás es perfecta.

—Y tú deja de intentar que me sienta mejor. Tu vida es perfecta y me alegro por ti. Habla con Pete y con los niños y cuéntanos.

Capítulo 4

Anna

—¡Ya está la cena! —gritó Anna, desde la cocina, mientras sacaba una bandeja de pan de ajo del horno.

Por muy ocupados que estuvieran todos, ella se aseguraba de que la familia se sentara a cenar al completo siempre que fuera posible. Era un momento para conectar, para estar juntos. Y se reunían en la cocina.

Era su estancia favorita de la casa. Le encantaban los armarios de madera hechos a mano y las grandes puertas, que iban del suelo al techo y daban al jardín y a los campos que se extendían más allá. Le encantaba que la habitación le diera luz en verano y calor en invierno, como si supiera exactamente lo que ella necesitaba en todo momento. Y, sobre todo, le encantaba la gran mesa que Pete y ella habían colocado junto a las puertas para poder ver siempre el jardín. Era de madera reciclada, y ella apreciaba todas sus muescas y marcas. Aquella mesa los había nutrido a lo largo de todas las etapas de la vida familiar. Había presenciado los días emocionantes del tiempo en que Pete y ella eran todavía una pareja joven: sexo en la mesa y, luego, padres de mellizos; comida machacada por la mesa, cuando ya eran padres de unos niños pequeños; manchas de ceras de dibujar, cuando eran padres de adolescentes, además de cambios de estado de ánimo. Y, ahora, cuando eran una familia de dos adultos y dos casi adultos, presenciaba conversaciones animadas.

Por la ventana se veía el tiempo oscuro e invernal y algunos copos de nieve que caían del cielo plomizo. Ella había encendido todas las luces y el resplandor dorado y miel creaba un ambiente acogedor. Siempre se sentía agradecida por su hogar y su familia, pero aquella noche, después de su conversación con Claudia, lo sentía con más intensidad que de costumbre. Pobre Claudia. Su vida había dado un vuelco y, en aquel momento, nada era seguro para ella, mientras que su vida tenía las cualidades de lo previsible, algo que le resultaba muy reconfortante.

Claudia había dicho que su vida era perfecta y, aunque ella no había querido restregárselo, y menos cuando Claudia se sentía deprimida y vulnerable, su amiga tenía razón. Su vida era bastante perfecta. No sería del agrado de todos, por supuesto, pero era perfecta para ella y, como era ella quien la vivía, estaba más que satisfecha.

Echó un vistazo a la mesa, comprobándolo todo. Solo faltaba su familia.

Como siempre, Daniel fue el primero en llegar, porque siempre tenía hambre. Su marido, Pete, fue el siguiente, porque disfrutaba de aquel momento del día tanto como ella, y Meg fue la última, porque casi siempre estaba hablando por teléfono con alguna de sus amigas y casi tenían que apartarla a rastras de la llamada.

Anna sintió una oleada de satisfacción cuando sus mellizos, sus bebés, se sentaron a la mesa.

El aroma a ajo y hierbas aromáticas se extendió por la cocina mientras ella servía la pasta en los cuencos pintados a mano que habían comprado en un viaje familiar a Italia.

Todos se acomodaron en sus asientos habituales: Meg, mirando hacia el jardín, Daniel mirando a Meg, y Pete y ella, uno frente al otro, en cada extremo de la mesa. Ella le había servido a Daniel una buena ración de pasta con la esperanza de que no tuviera que rebuscar en la nevera más tarde.

—¿Te puedes creer que ya casi es diciembre? Han dicho que va a nevar esta misma semana.

Su comentario no obtuvo respuesta.

Meg estaba revisando sus redes sociales por debajo de la mesa, a pesar de que los teléfonos estaban prohibidos durante las comidas familiares. Daniel estaba tarareando una melodía y seguía el ritmo golpeando el borde del plato con el tenedor.

Era obvio que estaba deseando volver a su habitación, donde pasaba la mayor parte del tiempo componiendo música para su banda. Ya de bebé, la música le calmaba y, ahora, era su pasión. Ella escuchaba a Mozart cuando estaba embarazada, así que se sentía, al menos en parte, responsable de su talento musical. Su hijo quería ser compositor, además de artista, y ella tenía que reprimir el impulso de presionarlo para que buscara una carrera más estable. Quizás si hubiera pasado el tiempo viendo series de médicos en la televisión cuando estaba embarazada, él hubiera decidido ser médico.

—Quizá puedas escribirme una canción navideña.

Aunque, sin duda, la idea de escribirle una canción a su madre sería tan vergonzosa como su abrazo de despedida al dejarlo en el colegio.

Él no respondió, y ella se dio cuenta de que llevaba los diminutos auriculares inalámbricos que le habían regalado por su cumpleaños y no la oía.

—¡Daniel!

Él se sobresaltó y alzó la vista.

—¿Qué? —preguntó, y, con expresión de culpabilidad, se quitó los auriculares—. Lo siento. Voy a ensayar con Ted y Alex más tarde, así que quería tener esto bien claro. Vamos a tocar en el concierto de la escuela el jueves.

—Lo sé.

Nunca dejaba de sorprenderle que los pequeños bebés que Pete y ella habían llevado a casa desde el hospital se hubieran convertido en seres humanos plenamente funcionales. No estaba del todo preparada para considerarlos adultos. Los adultos recogían la ropa sucia del suelo y, por lo general, se levantaban antes del mediodía.

—Tengo entradas. Estoy deseando verlo.

Daniel parecía presa del pánico.

—¿Vas a venir?

—Por supuesto. Papá también. Somos tus padres. Siempre vamos a ir a tus conciertos, obras de teatro, partidos... lo que sea.

Ese era su cometido, ¿no? Estar allí, entre bastidores, animando a sus hijos. Sus padres lo habían hecho así y ella se había esforzado en reproducir ese mismo ambiente familiar, un ambiente feliz. Al tener a sus hijos, había implantado algunas de sus tradiciones favoritas en su propia familia.

—Lo sé, y te lo agradezco, pero... —dijo Daniel, con una sonrisa de pánico—. Todo va a ir genial. No te preocupes.

Ella se preguntó qué se le estaba escapando. Había aprendido que, en el caso de los adolescentes, lo que no decían solía ser tan importante como lo que decían.

—He pensado que después del concierto podríamos ir a comer una pizza.

Si había algo que podía iluminarle la cara a su hijo era mencionar la pizza, pero parecía que, aquel día, no había surtido efecto.

—Di la verdad, hermano —dijo Meg, y guardó el teléfono. Percibía el conflicto como un tiburón percibía una gota de sangre en el agua.

—Cállate —respondió Daniel, con las mejillas enrojecidas, mientras miraba fijamente a su hermana.

—Daniel el spaniel.

—¡No me llames así!

—¿Por qué no? Eso es lo que eres. Mueves la cola y complaces a la gente, igual que Lola. Si no dices nada, te van a pisotear.

Al oír su nombre, Lola, su springer spaniel de ocho

años, rodeó corriendo la mesa hacia Meg, con la esperanza de que le prestara atención. Meg le acarició las orejas.

—Debería contarle la verdad a mamá, ¿verdad? —dijo, canturreando—. Tiene una chica, pero no te preocupes, te va a querer igual.

Daniel estaba completamente ruborizado.

—A veces te odio —dijo.

Anna suspiró. Pensándolo bien, quizá su vida no fuera del todo perfecta. Las peleas entre hermanos eran normales, lo sabía, pero, algunas veces, la dejaban agotada. Como progenitora debía cumplir con muchas funciones, desde taxista hasta negociadora.

—Daniel no tiene por qué contarme nada que no quiera —dijo con suavidad, intentando mantenerse neutral—. Es importante respetar la privacidad de las personas, Meg.

Meg entrecerró los ojos.

—Hablo por el bien común. Daniel preferiría que no estuvieras, pero no quiere herir tus sentimientos. Si tu intención es impresionar a alguien, no quieres que tus padres estén en primera fila. Es lo único que digo.

A veces, Anna deseaba que su inteligente y quisquillosa hija dejara de hablar. Pero también se preguntaba qué le pasaba a Daniel, quien, a diferencia de su hermana, nunca le había dado un solo problema. Se preocupaba mucho más por él que por Meg, que era una superviviente nata. Quienquiera que fuera aquella chica, esperaba que fuese buena. Hizo una pausa para dar con la respuesta adecuada.

—Nos gustaría estar ahí para apoyarte, pero, por supuesto, si prefieres que no estemos, no hay problema.

El alivio se reflejó en el semblante de Daniel.

—¿En serio? ¿No te importaría, mamá?

Anna sintió una punzada de sorpresa. Esa no era la respuesta que esperaba.

—Claro que no me importaría —mintió. La frecuencia con la que se veía mintiendo a sus propios hijos en nombre de la buena crianza la había sorprendido—. Nos encanta oírte tocar, pero si prefieres que no estemos presentes, lo entendemos perfectamente.

Otra mentira. No entendía nada.

—Habrá otras muchas oportunidades.

Pero ¿las habría? Los mellizos se iban a la universidad al año siguiente. Dejaban el nido. Era algo en lo que intentaba no pensar.

—Espero que te vaya bien, cariño.

Ojalá la chica a la que intentaba impresionar no estuviera a punto de romperle el corazón. Cuando ibas a tener un hijo, todos te advertían sobre la falta de sueño y el cansancio físico que conllevaba la crianza. Nadie hablaba del agotamiento emocional. Para ella había sido un shock descubrir que sentía todo lo que sentían sus hijos. Que su dolor le dolía a ella también. Que sus luchas eran también las suyas. Que, mucho después de que ellos dejaran de despertarla para las tomas nocturnas, la despertaría la ansiedad por su futuro. A diferencia de Meg, que había sufrido las tormentas de la complicada amistad femenina, Daniel había mantenido el mismo grupo pequeño de amigos fieles desde preescolar y, hasta aquel momento, había estado demasiado concentrado en la música como para pensar en las chicas, aunque parecía que eso estaba cambiando.

Pete se inclinó para tomar el salero.

—Tu madre y yo vamos a salir a cenar fuera —dijo—. Noche de pareja. Será un cambio agradable. Puedes contárnoslo todo después. Llámanos si necesitas que vayamos a buscarte para venir a casa.

Daniel sonrió a su padre con gratitud. Meg volvió a su teléfono. Ella se sintió como si se le estuviera resbalando algo muy importante de entre las manos.

No quería salir a cenar. No quería una noche de pareja. Quería ir a ver el concierto de Daniel.

¿Pete no estaba dolido en absoluto? Probablemente, no. No parecía que sintiera tanto el paso del tiempo, y quizá se debiera a que su vida no estaba a punto de cambiar tan radicalmente como la de ella. Su familia y sus hijos eran todo su mundo, mientras que solo eran una parte de la vida de Pete. Él iba a su oficina de Manhattan tres veces a la semana y, los otros dos días, trabajaba desde casa, encerrado en su despacho.

Se puso a juguetear con la comida del plato.

Era absurda, lo sabía. Sus hijos tendrían que marcharse de casa en algún momento. Así era la vida. Siempre había sabido que llegaría ese día, pero era una preocupación lejana. Ahora, sin embargo, ese día se acercaba rápidamente. Casi deseaba no haber tenido mellizos. Si hubiera un intervalo entre ellos, al menos, se habrían marchado uno a uno y ella habría podido adaptarse gradualmente a una vida sin hijos, en lugar de quedarse sin los dos a la vez.

Temía el momento de dejarlos en la universidad, fuera donde fuera. Se había prometido a sí misma que no iba a llorar, pero iba a ser duro. Y sería más duro aún llegar a casa después.

La casa estaría vacía. Su vida estaría vacía. Iba a echarlos mucho de menos. La charla, el caos, incluso las peleas.

De repente, tuvo envidia de Erica, que no tenía que enfrentarse a ningún cambio importante. Aunque hubiera cumplido cuarenta años, su vida y su trabajo serían los mismos y seguiría disfrutando del mismo estilo de vida glamuroso y emocionante. Su propia vida, por el contrario, iba a cambiar drásticamente y no había remedio.

Ella adoraba su vida. Quería detener el tiempo. Quería aferrarse a su vida tal como era en aquel momento.

Claudia tenía razón. Tenía la vida perfecta. Lo que su amiga no sabía era que estaba a punto de perderla.

Sintió pánico.

—¿Mamá? —preguntó Daniel, en un tono de preocupación y culpabilidad—. ¿Estás bien?

No, no estaba bien, pero la primera regla de la maternidad era dar una imagen de serenidad y de control de la situación. Sonrió y respondió:

—Sí, estoy bien. Solo estoy pensando en dónde podemos ir a cenar papá y yo. Será un placer.

Tenía que dejar de pensar en el día en que sus hijos iban a irse o echaría a perder el tiempo que aún les quedaba en casa. No quería cometer el clásico error de estropear el presente preocupándose por el mañana. Tenía que aprovechar al máximo el tiempo que le quedaba antes de que se fueran de casa.

Erica le decía que se centrara en lo positivo. El hecho de que sus hijos se fueran a la universidad como adultos independientes significaba que había hecho un buen trabajo. Debería felicitarse por haber llegado tan lejos.

Inevitablemente, su relación con sus hijos iba a cambiar a medida que crecieran. Hacía poco tiempo había leído un libro sobre la maternidad, sobre cómo ser una buena madre de adolescentes. Al parecer, su trabajo era darles lo que necesitaban, no lo que ella necesitaba. Y, en aquel momento, parecía que Daniel necesitaba que no fuera al concierto.

No importaba que se sintiera como si alguien la hubiese apuñalado en el pecho; tenía que aceptarlo.

Se incorporó un poco.

Aunque no pudiera ir al concierto, había otras cosas de las que podían disfrutar en familia y aquella era la época perfecta del año.

—Bueno, ¿quién está más emocionado por la Navidad? Sé que normalmente vamos al bosque a buscar el árbol el segundo fin de semana de diciembre, pero ¿os parecería bien hacerlo antes este año? —preguntó, e ignoró la mirada de sorpresa de Pete—. ¿Os viene bien el sábado a las diez? Puedo hacer nuestras galletas de canela favoritas para comerlas mientras decoramos el árbol. Podríamos jugar a algunos juegos de mesa. Y haré una cena familiar especial por la noche. Será divertido.

Meg reprimió un bostezo.

—El viernes voy a la fiesta del pijama de Dana. Es su cumpleaños. Te lo dije.

—Ya lo sé. Pizza y una película. Lo tengo apuntado en el calendario.

Se había regalado a sí misma un calendario de fotos la Navidad del año anterior. Cada mes añadía una nueva foto familiar de sus archivos. Meg, a los diez años, jugando con su trineo en la nieve. Daniel, con su guitarra. Una foto hecha durante unas vacaciones familiares en la playa, para la que se apretujaron todos y sonrieron a la cámara. Recuerdos preciados que se superponían como los ladrillos de una casa. Así se construía una familia, ¿no?

—Pero vuelves el sábado por la mañana, así que puedo hacer un montón de tortitas para desayunar, y luego podemos ir a elegir el árbol. Siempre lo hacemos juntos. Es una tradición familiar.

—La madre de Dana va a llevarnos a patinar sobre hielo el sábado por la mañana —dijo Meg, pero, al ver la expresión de su madre, suspiró—. Supongo que podría perdérmelo.

—Tengo ensayo con la banda en la escuela por la mañana —dijo Daniel—. Pero podríamos hacerlo otro fin de semana.

—No, no podríamos. Tengo algo que hacer todos los fines de semana hasta Navidad —dijo Meg—. Mi vida es una locura.

¿Todos los fines de semana?

Anna sintió una opresión en el pecho.

—¿Incluso en nuestro fin de semana de siempre?

—Sí. Y te lo dije —respondió Meg, a la defensiva, señal inequívoca de que se le había olvidado mencionarlo—. Ese viernes es la fiesta de Maya y no puedo faltar, porque ya he dicho que sí a la fiesta de Dana, así que también tengo que decirle que sí a Maya para que no parezca que ninguna es mi favorita.

¿Habían sido sus amistades de adolescente tan complicadas como las de su hija?

—Pero ¿cuándo pensabas que íbamos a ir a buscar el árbol?

Meg se retorció.

—Pensaba que, quizá, papá y tú podríais poner el árbol este año. En realidad, la elección no es tan importante. Lo que importa es tener el árbol.

¿Tan importante? Al recordar que Meg solía hacer una tabla para contar los días que faltaban para comprar el árbol, le dieron ganas de llorar. La emoción que sentía la niña era contagiosa. «¿Cuándo vamos al bosque? ¿Podemos ir ya mismo?». Ella pensaba que aún quedaba tiempo antes de que se fueran de casa, pero no lo había, ¿verdad? Aquella conversación le daba a entender que ya estaban a medio camino.

Ojalá pudiera aferrarse al tiempo para evitar que pasara, que desapareciera. ¿Acaso las encantadoras Navidades familiares que ella apreciaba tanto eran cosa del pasado? ¿Esa parte de sus vidas había terminado para siempre?

—¿No quieres elegir el árbol?

—Obviamente, me encantaría si la vida no fuera algo tan ajetreado —dijo Meg, en tono alegre—. Pero seamos sinceras: normalmente, tú eres la que decides de todas formas. Papá dice: «Es demasiado alto, compra uno más pequeño», y tú dices: «No, quiero uno grande». Si Daniel y yo elegimos uno, siempre está torcido o no es lo suficientemente frondoso; sabes lo que quieres y lo consigues. El mismo resultado todos los años. «Elimina al intermediario», digo yo. «No hace falta que seamos parte de esto».

Pero ¿no era ese el objetivo? ¿Ser parte de ello? Discutir por el árbol era parte de la tradición, pero parecía que ella era la única que lo veía así. Se imaginaba recogiendo el árbol sola, sin ayuda de nadie. Sin las sonrisas ni la expectación de siempre, porque todo, desde el aroma a pino hasta el pinchazo de las agujas, creaba un ambiente festivo. Ahora, solo sería otro artículo de la lista de la compra. Zanahorias, patatas, una bolsa de manzanas... el árbol. No tendría nada de especial.

—Es algo que siempre hemos hecho juntos. No quiero que os lo perdáis.

—No te preocupes por eso —dijo Meg, e hizo un gesto con la mano—. Nos encantará el árbol que traigas.

Buscó un atisbo de arrepentimiento en el rostro de su hija, pero no lo encontró.

Parecía que se estaba aferrando a algo que todos habían olvidado ya.

Y, en ese mismo instante, tomó aquella decisión tan difícil.

—Bien. Papá y yo compraremos el árbol. Tendremos que hacerlo este fin de semana porque a mediados de diciembre me voy con Claudia y Erica.

Incluso decirlo le parecía mal y esperó, temiendo miradas de horror y un coro de «¿Qué?». «¡No te vayas, mamá!».

Durante esa semana hacían todas las compras navideñas, envolvían los regalos y decoraban la casa.

Nadie dijo nada, así que lo intentó de nuevo.

—Voy a estar fuera toda la semana. Los siete días completos. Pero no os asustéis.

No pareció que a nadie le entrara pánico, aunque Pete la miró con curiosidad. Ella le había comentado que tenían que reorganizar el club de lectura cuando habían tenido que cancelar su viaje de verano habitual con sus amigas, pero debía de habérsele olvidado que había mencionado la Navidad como una fecha posible. O, tal vez, ni siquiera se le había pasado por la cabeza que ella eligiera ausentarse en la época navideña.

Los niños no reaccionaron en absoluto y, por un momento, se preguntó qué pasaría si no volvía por Navidad. Si no preparaba la comida, si no ponía las luces, las coronas y guirnaldas de invierno por toda la casa y si no ayudaba a todos a colgar calcetines sobre la chimenea para Papá Noel. ¿Se molestarían en hacerlo ellos mismos, o simplemente lo considerarían un día más de la semana? Apretó los dientes.

—¿Me oís? Voy a estar fuera una semana.

Meg se sirvió pan de ajo.

—Suena genial, mamá. Me parece estupendo que la gente de tu edad todavía tenga amigos.

¿Gente de su edad?

—La amistad no es solo para los jóvenes, Meg.

En todo caso, necesitabas más a tus amigos con el paso de los años. Por lo menos, ella.

—Lo sé. Eso es lo que les digo a Dana y a Maya: que no se preocupen por las nimiedades porque estamos en esto a largo plazo y seguiremos apoyándonos mutuamente cuando nos hayan salido arrugas y no tengamos dientes. Aunque yo no pienso tener arrugas nunca, por eso le pedí a Papá Noel protector solar de factor muy alto. Diviértete, mamá. Y saluda a Erica. Qué suerte que pases una semana con ella. Es tan genial...

Al parecer, Erica era genial, mientras que ella era la madre aburrida cuya mera presencia en un concierto escolar era una vergüenza.

El dolor le roía detrás de las costillas.

—¿Qué ha hecho Erica para ganarse el título de «genial»?

Meg se encogió de hombros.

—Ella es la jefa, ¿no? Es decir, vuela por todo el mundo en primera clase y la gente le paga una fortuna por aconsejarles sobre todo. Se pone de pie y hace presentaciones ante miles de personas. Esa charla que dio ha tenido unos sesenta millones de visitas en YouTube. Ha centrado su vida en su carrera profesional y nunca se disculpa por ello.

Ella opinaba que el estilo de vida de Erica rozaba lo insano, pero quizá fuese porque sabía mucho más sobre Erica que sus hijos.

Sabía que una de las razones por las que Erica se había centrado en su carrera era porque su madre, desilusionada y con dificultades tras la desaparición del padre de su hija cuando dio a luz, le había inculcado que nunca, jamás, debía depender de nadie más que de sí misma para nada. Aunque Erica nunca iba a admitirlo, su infancia la había dejado tan centrada —no usaría la palabra «jodida» exactamente, o quizá sí— en la importancia de la independencia que no era capaz de mantener una relación sentimental. Nunca se apoyaba en nadie, ni dependía de nadie, aunque era más que generosa con su tiempo. Cuando alguno de sus amigos tenía dificultades, ella estaba ahí para brindarle el apoyo que necesitara.

Miró a Pete y sintió una oleada de amor. Tenía toda la confianza en que, si tropezaba, su marido la sostendría, y sabía que él sentía lo mismo por ella. Algunos podrían considerarla ingenua, pero ella sabía que no lo era. Confiaba plenamente en él.

Se había sentido así desde el día en que lo conoció. Estaba trabajando en la biblioteca de la universidad y vio a un hombre guapísimo con las pestañas muy largas, tan absorto en la lectura de un libro que no se había dado cuenta de que había chicas rondándolo, lanzándole miradas anhelantes. Ella acababa de terminar el mismo libro, así que le dio el siguiente de la serie y él la invitó a su habitación para compartir una botella de vino y charlar sobre ello.

Veintidós años y dos hijos después, seguían bebiendo vino juntos, riendo y hablando de libros. Durante toda la universidad habían sido «Anna y Pete», y seguían siendo Anna y Pete.

Erica, que había cambiado de pareja incluso en la universidad, nunca había entendido cómo podían estar tan contentos, pero ella pensaba que probablemente se debía a que su amiga nunca había estado dispuesta a confiar plenamente en alguien. Nunca había tenido una relación verdaderamente íntima.

Erica nunca se había puesto en una posición en la que un hombre pudiera abandonarla y destrozarle la vida, como había hecho su padre.

A veces, ella pensaba en el padre de Erica y se preguntaba qué clase de hombre abandonaría a su esposa y a su bebé recién nacido. Intentó imaginarse a Pete haciendo lo mismo, pero era imposible, porque Pete no se alejaría de sus hijos, al igual que no se alejaría de su esposa. A lo largo de los años, había albergado la esperanza de que Erica conociera a alguien y se enamorara, algo que Claudia atribuía a su adicción a las novelas románticas, pero nunca había sucedido. Y Erica ya había cumplido cuarenta años.

Cuarenta años.

Llevaban más de dos décadas siendo amigas íntimas, desde que compartieron habitación en la universidad.

Pensó en su conversación telefónica con Claudia. Después de que terminaran de hablar, echó otro vistazo al Maple Sugar Inn y no veía ni una sola razón por la que Erica lo hubiera elegido. Tenía la ligera sospecha de que Claudia estaba en lo cierto. A Erica le ocurría algo, pero sabía por experiencia que su amiga se lo diría cuando estuviera lista, y no antes.

Meg terminó su plato de pasta y dejó el tenedor.

—Además, Erica tiene ropa estupenda y siempre está en muy buena forma. Nunca dirías que tiene cuarenta años. No parece tan vieja.

Pete hizo una mueca.

—Ay, la crueldad de la juventud. Tener cuarenta años no es ser viejo. Los cuarenta son los nuevos veinte.

Meg lo miró como si necesitara que le siguiera la corriente.

—Eh... de acuerdo, papá. Si tú lo dices...

«Tengo la misma edad que Erica», pensó ella. ¿Acaso la gente adivinaría que tenía casi cuarenta? Sí, probablemente. No estaba delgada, y no se paseaba con tanta seguridad como Erica. De repente, se dio cuenta de que sus vaqueros le apretaban la barriga. Quizás la partida de los niños sería el empujón que necesitaba para cuidarse mejor. Ponerse en forma.

—Erica se aloja mucho en hoteles, así que siempre usa el gimnasio y la piscina.

Ignoró la vocecita de su cabeza que le recordaba que hacer ejercicio siempre era posible, que no necesitaba un hotel de cinco estrellas ni apuntarse a un gimnasio para mantenerse en forma. Claudia era prueba de ello. Salía a correr casi todas las mañanas y hacía ejercicio varias veces a la semana. No cabía duda de que, de las tres, ella era la perezosa.

—Exactamente —dijo Meg—. Erica se da prioridad a sí misma y no se disculpa por ello. ¿Cómo se titulaba ese artículo sobre ella de la semana pasada? —preguntó Meg, y tamborileó con los dedos sobre la mesa. Luego sonrió—. «¿Qué techo de cristal?». Eso es. Iba sobre que Erica no deja que nada se interponga entre su ambición y ella. Se lo enseñé a todos en la escuela. Les dije que era mi madrina, y todos me respondieron que era una broma. Y, luego, la profesora me preguntó si podía invitarla a dar una charla en el colegio. Dije que sí, pero que probablemente estaría en Tokio, en Londres o en algún lugar glamuroso. Es un ejemplo increíble para las mujeres.

Ella dejó el tenedor. Había pasado los últimos dieciocho años intentando ser la mejor madre posible, y ahora descubría que, si hubiera vuelto al trabajo y se hubiera centrado en ascender profesionalmente, se habría granjeado más respeto.

Y si lo hubiera hecho, tendría algo que no iba a cambiar en el futuro.

—Yo trabajaba en la misma empresa que Erica. De hecho, me ascendieron antes que a ella. —En cuanto dijo esas palabras, se avergonzó. ¿Qué estaba haciendo? ¿Estaba intentando demostrar que ella también merecía ese título tan genial? ¿De verdad estaba tan insegura de sí misma y de su lugar en el mundo? ¿Desde cuándo se medía el valor de una persona por el puesto y el salario?

—¿Te ascendieron antes que a ella? —preguntó Daniel, y abrió mucho los ojos, como si ni siquiera pudiera imaginarse a su madre ocupando el mismo espacio que Erica—. ¿Por qué te rendiste?

—Ya sabes por qué —dijo Meg, y puso los ojos en blanco, mirando a su hermano—. Nos tuvo a nosotros.

Daniel parecía preocupado.

—Pero... podías haber seguido trabajando.

Le intrigaba lo sencillo que les parecía el mundo a sus hijos. Lo veían todo en blanco y negro, sin matices de color gris. Quizá esa fuera una de las ventajas de llegar a los cuarenta años. Se veían las cosas con más matices.

—Podría haber seguido trabajando —dijo, y sonrió—. Pero disfrutaba de ser madre. Nuestra familia siempre ha sido mi prioridad, y no me arrepiento de ello.

No se arrepentía, pero, últimamente, se preguntaba cómo sería su vida si hubiera tomado decisiones diferentes.

—Algún día tomarás estas decisiones tú misma —le dijo a su hija.

—No estoy segura de si voy a tener hijos con el estado del planeta —dijo Meg—. Tu generación lo ha destrozado. Muchas gracias, mamá.

Ella parpadeó. Ahora, además, la responsabilizaban personalmente del calentamiento global.

—En fin, todavía puedes volver a trabajar. No es demasiado tarde. Como dice papá, tener cuarenta años no es ser viejo —dijo Meg, y se sirvió otro trozo de pan de ajo—. La mamá de Priya acaba de volver a trabajar en un consultorio médico.

Ella intentó imaginarse a sí misma trabajando en un consultorio médico.

Eso no iba a suceder. Llevaba demasiado tiempo sin trabajar. Carecía de habilidades. Tendría que volver a formarse y ni siquiera sabría en qué. No se le ocurría nada que quisiera hacer. Tenía toda la vida por delante, vacía y sin propósito. Se imaginó paseándose de habitación en habitación, ordenando cosas que ya estaban ordenadas.

Siempre había sabido que llegaría aquel momento, así que ¿por qué no estaba mejor preparada?

Después de que los niños recogieran la mesa, ayudaran a poner el lavavajillas y se marcharan, miró a Pete.

—Parece que tú y yo vamos a ir solos a buscar el árbol el sábado.

—Umm. Puedo comprar uno de camino a casa del trabajo el viernes, si quieres. Paso por una tienda que los vende.

—Claro. ¿Por qué no lo ponemos en la lista de la compra semanal? Quizá debiéramos comprar uno ya decorado para no tener que preocuparnos por eso tampoco —respondió ella, con tristeza. Vio que Pete enarcaba las cejas y dio un suspiro—. Lo siento. No me hagas caso.

—Quería ayudar —dijo él, con suavidad—, pero, claramente, no ha sido una buena sugerencia. ¿Qué pasa? ¿Qué me estoy perdiendo?

—¡Evidentemente, nada! —exclamó ella. Se sintió frustrada por el hecho de que él no lo entendiera sin necesidad de explicaciones—. ¿Soy la única de esta familia que aprecia la tradición? ¿No te importa en absoluto que los niños no quieran que estemos en su concierto y que no quieran acompañarnos a comprar el árbol de Navidad? Un árbol de Navidad no es una tarea. No es algo que se pueda tachar de la lista de cosas que hacer, como lavar la ropa.

—Anna...

—No me digas eso de «Anna» —replicó ella.

Él se frotó el puente de la nariz con los dedos, como hacía siempre que estaba decidiendo lo que podía hacer.

—No es que no quieran venir con nosotros a comprar el árbol —dijo—. Es que tenían otros planes. Podríamos hacerlo en otro momento.

—No parecía que les importara mucho. Y ¿no te has dado cuenta de que no les ha molestado en absoluto que me fuera? Pero esa no es la cuestión. La cuestión es que el árbol siempre ha sido la prioridad de todos. En cuanto llegaba noviembre, nos rogaban que lo compráramos, ¿no te acuerdas? No se habrían perdido ese viaje por nada del mundo.

—Lo recuerdo. Recuerdo el año en que cedimos y lo compramos a finales de noviembre.

Él sonrió y ella, también, porque era un recuerdo feliz.

—Para Nochebuena ya había perdido casi todas las agujas —dijo.

Pete asintió.

—No puedes esperar que quieran hacer las mismas cosas que hacían de niños. Además, míralo de esta manera: es genial que tengan amigos con los que quieran estar.

—Lo sé, pero es Navidad. En Navidad, muchas familias tienen tradiciones que repiten año tras año. Por eso se llaman tradiciones. No entiendo por qué tiene que cambiar eso. ¿No te da pena pensar que no lo vamos a hacer?

—La verdad es que no lo he pensado. Pero tú, sí —respondió él. Se mostró comprensivo—. Sé cuánto te ha gustado siempre la Navidad. Te propongo una cosa: ¿por qué no vamos a comprar ese árbol juntos y luego comemos en ese sitio nuevo del pueblo? Podemos pasarlo genial. Que sea especial. Será uno de los días de Anna y Pete.

Ella sintió una oleada de nostalgia. Después de que nacieran los mellizos, a veces aceptaban el ofrecimiento de la madre de Pete de cuidar a los niños y disfrutaban de lo que ambos llamaban cariñosamente «días de Anna y Pete». Momentos en los que podían estar juntos y centrarse en sí mismos, y no en los mellizos. Esos días habían sido preciosos. Iban al cine por la tarde y se devoraban un cubo de palomitas. Se alojaban en un hotel y hacían el amor. En una ocasión, simplemente, habían dormido. Pero la mayor parte del tiempo hablaban y se concentraban el uno en el otro.

Parecía que había pasado mucho tiempo.

—No es lo mismo. Soy solo yo, ¿verdad? Soy la única a la que le importa. A ti no te importaría que recogiéramos un árbol de Navidad del arcén. Lo haces solo para complacerme.

—Me gusta tener un árbol de Navidad. A mí me da igual cómo lo consigamos, pero sé que para ti sí es importante. Y, si es importante para ti, entonces es importante para mí —dijo él, en tono firme, mientras la observaba—. Pero esto no es realmente sobre el árbol, ¿verdad?

A ella se le hizo un nudo en la garganta. Pete la conocía muy bien.

—Se trata de que todo cambia. De que se van de casa. He temido este momento durante mucho tiempo, pero siempre he logrado quitármelo de la cabeza y convencerme de que aún no iba a suceder. Pero esta noche me he dado cuenta de que ya está sucediendo —dijo, y sintió que la emoción crecía más y más—. Aunque los niños no se hayan ido realmente, en cierto modo, parece como si lo hubieran hecho ya.

—Están creciendo. Están emprendiendo sus propios viajes.

—Lo sé. Pero, hasta ahora, siempre hemos estado en el viaje con ellos, y dejarlos ir es... —respondió ella. Se quedó sin voz y tuvo que tragar saliva—. Es muy difícil. Para ti, quizá, no tanto, ya lo sé. Te vas a trabajar por las mañanas y estás ocupado, y seguro que no piensas sobre nosotros. Tienes otras cosas en las que concentrarte, pero los niños, nuestra familia, son toda mi vida.

—Lo sé. Has creado un hogar maravilloso, y tenemos dos hijos felices y equilibrados gracias principalmente a ti. Tienen la confianza suficiente para salir y vivir la vida como quieran. Ahora, nuestro cometido es apoyarlos mientras lo hacen.

—Quiero que se queden cerca.

—Sí, ya lo sé. Pero quizás este sea el momento para que tú también hagas algunos cambios. Podría ser emocionante. Un nuevo comienzo.

A ella no le parecía emocionante. Casi le daba miedo.

—No quiero comenzar de nuevo. Y, aunque quisiera, ¿qué iba a hacer? No estoy cualificada para nada, no como la genial Erica, que puede cobrar un dineral solo por opinar sobre algo —dijo, y sintió una punzada de inseguridad—. Cuando trabajábamos en la misma empresa, tenía una gran carrera por delante.

Y aún recordaba la euforia que le producía eso.

—Hasta que te dejé embarazada.

Pete habló con voz muy suave y ella se sonrojó. Se sintió culpable.

—No lo hiciste exactamente tú solo. Estábamos los dos.

Un poco precipitados, un poco perdidos en el momento. Demasiado jóvenes e impulsivos como para pensar en cosas sensatas y adultas; por ejemplo, los anticonceptivos.

—¿Te arrepientes?

—¿Que si me arrepiento de haber tenido a nuestros hijos? —preguntó ella, con asombro—. Son lo mejor que me ha pasado en la vida. Lo sabes.

—Sí, lo sé. Pero, tal vez, si los hubiéramos tenido más tarde, habrías estado más consolidada en tu carrera; si hubieras seguido trabajando, aunque fuera a tiempo parcial, tal vez hubiera sido más fácil volver.

—No quería trabajar a tiempo parcial. Quería estar con los mellizos.

Sabía que algunas mujeres volvían a trabajar porque no podían permitirse el lujo de quedarse en casa, y sabía que otras mujeres trabajaban porque lo preferían así. Pero ella había elegido quedarse en casa porque era lo que quería. Fue su decisión. No había sacrificado nada quedándose en casa y lo había ganado todo.

Para ella, el cuidado de los niños no era aburrido ni tedioso, sino fascinante. Los primeros pasos de Meg, el día que Daniel logró leer una página de un libro... Todos esos momentos, ella los conocía y los atesoraría para siempre. Y sabía que era afortunada por haber tenido esa opción. Pete había contribuido a que sucediera, y no subestimaba su aportación. Sí, había momentos en los que «ir a trabajar» parecía la opción más fácil comparado con las noches sin dormir por los mellizos, pero Pete llevaba el peso de las finanzas familiares él solo, y eso era muy importante. Cinco años después de casarse, se había quedado sin trabajo, y ella había visto la tensión en su semblante mientras trabajaba hasta la noche, todas las noches, buscando algo nuevo.

—Ven aquí...

Pete le tendió la mano y ella se le acercó voluntariamente y se sentó en su regazo como hacía de adolescente.

—Peso mucho —dijo. Al recordar el comentario de Meg sobre Erica, intentó levantarse, pero él tiró de ella hacia abajo.

—No pesas —le dijo, y la abrazó—. Sé que no te arrepientes de haber tenido a los niños. Son bastante perfectos, claro, aunque no se lo diría, por supuesto, y ¿cómo no iban a serlo, teniendo mi ADN? ¡Ay!

Hizo una mueca de dolor cuando ella le clavó el codo en las costillas.

—Han heredado todos tus defectos.

—Yo no tengo defectos —respondió él, y la atrajo hacia sí—. ¿Qué puedo hacer para que esto sea más fácil?

—No lo sé —dijo ella. Hizo una pausa, sin saber cómo explicarlo—. ¿Recuerdas cuando perdiste tu trabajo? Durante un tiempo, sentiste que ya no tenías propósito, que ya no sabías cuál era tu papel. Así me siento yo ahora. Los niños ya no me necesitan como antes, así que, básicamente, estoy perdiendo mi trabajo.

Él le apartó el pelo de la cara con suavidad.

—No vas a perder tu trabajo, Anna. Siempre te van a necesitar.

—Pero de otra manera. Este trabajo, el ser madre, ha llenado mi vida y ahora se acaba y no sé cómo afrontarlo. Es todo lo que sé. Esto es lo que hago. Esto es lo que se me da bien. Esto es lo que adoro. Y, dentro de muy poco, ya no me necesitarán. Entonces, ¿qué? Cuando perdiste tu trabajo, conseguiste otro porque tenías capacitación. A menos que alguien quiera que críe a sus hijos, mis capacidades no le sirven a nadie.

—Eso no es verdad —dijo él, y la abrazó—. No son lo único en tu vida, Anna. Tienes otras cosas buenas.

Le estaba recordando que tenían una casa preciosa, que tenían amigos y una buena familia. Ella estaba enormemente agradecida por todo eso, pero no aliviaba el sentimiento de pérdida.

—Los niños son lo más importante.

Hubo una pausa y, luego, él la soltó y la empujó para que se levantara.

—Bien. Bueno, supongo que puedes verlo como el final de algo, o como el principio.

Ella tomó su copa de vino de la mesa.

—Eso suena como una de esas cosas tan molestas que publican en redes sociales. Es hora de dejar de hablar, Pete.

—Estoy intentando ayudar —respondió él. Se levantó y se dirigió a la cafetera mientras ella lo miraba con frustración.

—A menos que puedas retroceder el tiempo, no hay mucho que puedas hacer para arreglar esto —dijo ella. Nunca había entendido cómo podía tomar café tan tarde y no estar despierto durante la mitad de la noche.

Pete presionó un botón y se preparó un expreso fuerte.

—Entonces, ¿qué estás diciendo? ¿Quieres tener otro bebé? —preguntó, de repente.

Anna se atragantó y dejó el vaso.

—¿En serio acabas de decir eso?

—Sí. ¿Por qué te sorprendes tanto? Te encantan los bebés y me dices que los niños son lo único importante de tu vida. Así que interpreto que probablemente deberíamos tener otro hijo.

Él bebió un sorbo de café mientras la observaba desde el otro lado de la cocina. La conversación le resultó desconcertante. Y ella no había dicho que los niños fueran lo único importante en su vida, ¿o sí lo había dicho? No...

Seguramente, no. ¿Sentían los padres lo mismo que las madres por sus hijos? ¿Era un vínculo diferente? Sus amigas y ella habían hablado de ese tema durante su última reunión del club de lectura por el libro que estaban leyendo, aunque, como Claudia y Erica no tenían hijos, había sido una conversación breve. Y, dado que el padre de Erica se quedó solo ocho minutos con ella después de que naciera, su opinión había sido muy parcial.

—¿Otro bebé? Pete, eso es absurdo —dijo, y terminó su vino.

—¿Por qué?

—Siempre estuvimos de acuerdo en que dos era un buen número, y dio la casualidad de que tuvimos dos al mismo tiempo.

—¿Y qué? Podemos cambiar de opinión si eso es lo que quieres.

Ni siquiera se le había ocurrido. Intentó imaginarse cómo sería estar embarazada de nuevo. Tener otro bebé. Las noches sin dormir. El caos. La diversión y el amor.

—Voy a cumplir cuarenta años dentro de unos meses. Y tú también.

—Mucha gente tiene hijos a los cuarenta. Y lo que nos falta de juventud, lo compensamos con experiencia. Éramos muy jóvenes cuando tuvimos a los mellizos. Hemos aprendido mucho —dijo él, y se encogió de hombros—. ¿Quién sabe? Quizás seamos padres medianamente decentes la próxima vez. Podemos pensar que los mellizos han sido un ensayo.

Se suponía que debía reírse, pero no era capaz. Aunque fuera posible, ¿querría eso?

—Los niños se pondrían furiosos. Sería una prueba de que todavía hacemos el amor.

Pete esbozó una leve sonrisa.

—Será bueno para su educación.

Se imaginaba la reacción de Meg. «¡Uf, mamá, ni hablar! No me recojas del colegio en los próximos nueve meses».

—No son solo los niños. No puedo seguir teniendo bebés para resolver el problema. Siempre habrá un «último bebé».

—Lo sé, pero para entonces serás demasiado mayor para que te importe —respondió Pete. Se tomó el expreso y posó la taza con cuidado—. ¿Quieres saber qué pienso?

—No estoy segura. Tu última sugerencia ha rozado la locura.

A la vez intimidada e inquieta, atravesó la cocina y llenó el cuenco de agua de Lola. Tenía la sensación de que Pete no la entendía del todo, y quizá no se esforzaba por comprender, y eso hacía que se sintiera sola. Sintió pánico. Nunca se había sentido sola en su matrimonio. ¿Cuándo no la había entendido Pete? Siempre hablaban de todo.

—Creo que deberíamos decorar el árbol este fin de semana —dijo él—, y luego deberías irte con tus amigas y disfrutar. Siempre te encanta la semana que pasáis juntas. Vuelves emocionadísima. Lo echaste mucho de menos este verano.

—Es verdad, pero el verano es diferente.

—No tiene por qué serlo. ¿Qué hay más acogedor que acurrucarse en una posada nevada hablando de libros?

—¿Te importa que vaya?

—Claro que no. Tienes suerte, Anna. Los libros han sido tu pasatiempo desde siempre, y tu club de lectura ha sido muy importante para ti desde la universidad. Ve y diviértete. Toma chocolate caliente. Habla sobre tramas, personajes y decisiones inexplicables. Olvídate de los niños. La Navidad seguirá aquí cuando vuelvas. No se va a ir a ningún lado.

Por supuesto, tenía razón. Los libros eran su pasatiempo. La lectura le daba fuerzas. Algunos hacían ejercicio, y ella también intentaba hacerlo cuando tenía la motivación, y otros meditaban, pero a ella le bastaba con tomar un libro para relajarse y, al instante, se sentía transportada a otro mundo. Y sería divertido pasar tiempo con sus amigas. Además, estaba preocupada por Claudia y quería apoyarla. Con ese pensamiento en mente, llamó a Erica antes de cambiar de opinión. Su amiga contestó enseguida.

—Voy —dijo Anna—. Reserva ya.

—¿Intentaron detenerte los niños? —preguntó Erica.

Ella sintió una punzada.

—No, no lo intentaron.

—Bien. Te mereces un tiempo para ti, Anna. Mete en la maleta tu ropa de invierno y tus raquetas de nieve. Lo vamos a pasar de maravilla y te prometo que te voy a dar más ambiente navideño del que puedes soportar.

—Eso no es posible. Puedo con todo. ¿Has reservado las habitaciones?

—Todavía no. He tenido mucho trabajo. ¿Por qué las empresas recortan gastos y nunca piensan en las consecuencias? En fin, ahora que has confirmado, llamaré mañana a primera hora porque ya sabes lo quisquillosa que soy con los detalles. Claudia me envió un correo electrónico para decirme que también puede ir, así que voy a reservar tres habitaciones en el Maple Sugar Inn. Chocolate caliente. Galletas. Será como esas noches de la universidad, cuando nos acurrucábamos y probábamos lo que Claudia había horneado. ¿Has leído lo que te envié sobre el hotel?

—Sí. Parece idílico.

Se preguntó cómo sería despertar cada día con esas vistas. Sintió un poco de envidia.

—Y, aunque es horrible que haya perdido a su marido, al menos Hattie Coleman puede seguir adelante con su sueño. Estoy segura de que eso la reconforta.

Capítulo 5
Hattie

—La almohada es demasiado dura. No me gustan las almohadas duras —dijo la mujer, mientras la fulminaba con la mirada—. No he pegado ojo.

—Lo siento, señora Green —respondió Hattie.

Su disculpa fue sincera, al igual que su compasión. Si alguien entendía los efectos de la falta de sueño, era ella, pero, en aquel momento, aunque durmiera en una nube mullida, dudaba que pudiera desconectar.

—Le pediré al personal de limpieza que le cambien las almohadas.

—No me den las que tenía la primera noche. Eran demasiado blandas.

Demasiado duras, demasiado blandas; era como intentar complacer a Ricitos de Oro, pensó ella. Aun así, le gustaba asegurarse de que los huéspedes tuvieran una estancia perfecta. Disfrutaba de aquella parte del trabajo. Quería brindarles momentos que recordaran para siempre, porque esos momentos eran importantes. Los momentos felices te sostenían cuando la vida se ponía difícil.

—Voy a pedirle a Chloe que le lleve una selección para que pueda elegir —dijo—. Para nosotros es importante que esté cómoda y nos aseguraremos de que así sea, se lo prometo. Mientras tanto, si va al comedor, el personal la sentará en su mesa favorita con vistas al río y a las montañas. Tenemos huevos Benedict en el menú. La especialidad del chef. Se los recomiendo.

Sonó el teléfono y Hattie esperó a que la señora Green fuera al comedor a desayunar antes de contestar.

—Maple Sugar Inn, ¿en qué puedo ayudarle?

—Buenos días, me gustaría reservar tres habitaciones para mediados de diciembre. Mis amigas y yo nos reunimos cada año en un hotel diferente para nuestro club de lectura, así que agradeceríamos que nos pusieran en tres habitaciones contiguas, si es posible.

La voz de la mujer era nítida y profesional, y Hattie sintió una punzada de envidia. ¿Qué no daría por pasar una semana con amigas hablando de libros? Antes de conocer a Brent, había trabajado en una librería por un breve periodo de tiempo. Le encantaba leer, pero, últimamente, solo leía libros infantiles con Delphi. Aquella semana, hasta el momento, había leído sobre dinosaurios, tiburones y una morsa que odiaba sus colmillos.

Estaba demasiado ocupada como para poder leer las novelas que esperaban en su mesita de noche y, además, desde la muerte de Brent su concentración había quedado hecha trizas.

Miró la pantalla del ordenador.

—Está de suerte. Nos quedan tres habitaciones para esas fechas, así que puedo reservarlas ahora. Me llamo Hattie, por cierto. Debería haberlo dicho enseguida —comentó. No hubo respuesta y Hattie frunció el ceño—. ¿Hola? ¿Sigue usted ahí?

La mujer se aclaró la garganta.

—Sí.

—Ah, bien. Por un momento pensé que se había cortado la comunicación.

—Eres Hattie —dijo la mujer, tuteándola.

—Sí, soy yo —confirmó ella. Había algo extraño en la conversación—. Y tengo tres habitaciones, si las quiere.

Hubo una pausa.

—¿Cuál es la política de cancelación del hotel?

Hattie estaba confundida. La mujer ni siquiera había reservado y ¿ya estaba pensando en cancelar?

—Siempre intentamos encontrar una fecha alternativa. Si podemos volver a reservar las habitaciones, solo
cobramos una pequeña tarifa administrativa —dijo.
Todo estaba en la página web. ¿Era una conversación
extraña o acaso ella estaba muy cansada?—. ¿Le gustaría seguir adelante?

Hubo otra larga pausa.

—Sí. Adelante.

Hattie bloqueó las fechas en el sistema. Tal vez la
mujer estuviera estresada por la Navidad. La Navidad
tenía efectos extraños en la gente.

—¿Un club de lectura, me ha dicho? En ese caso, necesitarán un lugar para sentarse y charlar. Sus habitaciones son preciosas, pero la zona de estar es un poco
pequeña para tres. ¿Quiere que reserve la biblioteca
para sus amigas y usted? Es el lugar perfecto.

—¿Hay biblioteca?

—Sí. Es pequeña, pero tiene sofás cómodos y una
chimenea de leña. Soy una amante de la lectura, y mi
difunto esposo convirtió una de nuestras habitaciones
en una biblioteca para que yo tuviera un lugar donde
guardar todos mis libros.

Al principio, tenían grandes planes para esa habitación. «Vamos a organizar fines de semana de clubes
de lectura», le había dicho a Brent. «Como una minies-
capada a un spa, solo que con libros». Se había imaginado pequeños grupos de mujeres, porque los clubes
de lectura a menudo estaban formados por mujeres,
llegando desde todo el país, listas para nutrir el alma
y el cuerpo con alojamiento, desayuno y libros. A ella
le parecía que era un plan brillante, pero a Brent no le
había entusiasmado, no le había parecido una idea co-
mercialmente atractiva. Y quizá tuviera razón. ¿Qué
sabía ella? Que le parecieran unas vacaciones de ensueño no significaba que todos lo vieran del mismo
modo.

—La mayoría de los huéspedes prefieren estar en
uno de nuestros dos salones o al aire libre, disfrutando

de las actividades invernales, así que no habría problema en reservarle esa habitación si me indica las noches. Puede hablar con sus amigas y avisarme cuando llegue.

—Gracias, Hattie.

Definitivamente, había algo extraño en la conversación.

—De nada.

Hattie tomó nota de los detalles. Erica Chapman, Anna Walker y Claudia Price.

Así que... iban a estar llenos todo diciembre. Lo cual era bueno, siempre y cuando no se fuera ningún empleado. Si alguno se iba, estaría en un gran aprieto.

Al terminar la llamada, oyó la risa contagiosa de Delphi, desde el despacho, y el sonido de una voz masculina y grave.

Noah Peterson. Allí. En persona. Ya no podía seguir evitándolo.

Se le encogió el estómago.

Sabía que aquel momento llegaría, por supuesto, pero no estaba preparada para que fuera aquel día. Se alegraba de haberse lavado el pelo. No por una cuestión de vanidad, sino porque era más fácil enfrentarse a las situaciones incómodas si uno tenía el mejor aspecto posible.

Y, sin duda, aquella iba a ser una situación incómoda.

Habría agradecido poder tomarse un vaso grande de aquel brebaje de brujas que se había bebido en Halloween para aguantar los próximos minutos.

Echó un vistazo rápido a la recepción, que estaba vacía, y entró en la habitación trasera.

Fingiría que no había pasado nada y, con suerte, él haría lo mismo.

Noah estaba agachado junto a su hija y los dos estaban mirando dentro de una cesta. Rufus se acercó a investigar, pero Delphi lo apartó con suavidad.

—Siéntate, Rufus. La vas a asustar —le dijo, y metió la mano en la cesta—. ¿Muerde?

—No, no muerde.

Por un instante, se quedó observándolos, hombre y niña, con las cabezas juntas, oscura y clara. Sintió una punzada de dolor, porque Brent había sido un buen padre, pero Delphi no iba a recordarlo. Nunca recordaría la primera vez que la subió a un trineo, ni el primer muñeco de nieve que hicieron juntos. Nunca experimentaría esa relación tan especial que ella había disfrutado con su propio padre. Se preocupaba por hablar de Brent todo el tiempo y tenía fotografías suyas por todas partes, pero no era lo mismo. A veces pensaba en todos los momentos perdidos, en toda la diversión que nunca tendrían y en todos los recuerdos que nunca crearían, pero le rompía el corazón, así que intentaba obligarse a no pensarlo. ¿Qué sentido tenía? Tenía que vivir el presente. Tenía que vivir la vida mirando al futuro. Ese era el ejemplo que le había dado su padre y el ejemplo que ella quería darle a su hija. Levantarse. Seguir adelante. Asumir lo que fue, no pensar en lo que podría haber sido.

Tenía que seguir adelante, incluso con las cosas difíciles.

Y hablando de cosas difíciles...

—Hola, Noah —dijo, tratando de que su tono fuera despreocupado—. No sabía que estabas aquí.

—He dejado la fruta y la verdura en la cocina —dijo él. Se puso de pie. Llevaba unos pantalones vaqueros y un jersey grueso de canalé, e irradiaba vitalidad—. Estabas ocupada con los huéspedes. De hecho, últimamente has estado muy ocupada. Mi madre se queja de que nunca te ve.

Su sonrisa fácil la confundió. Aquella sonrisa había sido su perdición. ¿Sabía él que lo había estado evitando? Sí, probablemente, pero él también la había estado evitando a ella.

Aun así, estaba allí en aquel momento, y eso, seguramente, era su forma de decirle que los dos debían sufrir un oportuno ataque de amnesia y seguir adelante.

—Veo que Delphi te ha estado cuidando. ¿Qué hay en la cesta?

—Panther ha tenido gatitos —dijo Delphi, con la cabeza casi encajada en la cesta—. Esta va para la librería de la señora Michaels. Se parece a Panther, aunque tiene una mancha en la oreja. Noah tiene más gatitos en casa. ¿Podemos quedarnos con uno?

Tenía tantas ganas de decir que sí... Sentía un intenso deseo de hacer todo lo posible para que su hija fuera feliz. Compensar la falta de un padre era un asunto difícil de manejar. Pero lo lograría. Se las arreglaba a duras penas con una posada, un perro y una niña, y se acercaba la temporada alta. Sabía que no debía añadir más responsabilidades ni caos. Podía poner una excusa o decir la verdad, pero prefería que su hija escuchara siempre la verdad.

—No podemos tener un gatito, cariño.

Delphi arrugó la nariz.

—¿Por qué no? De verdad que quiero uno.

—Lo sé, pero a veces en la vida hay cosas que deseamos y que no podemos tener. Y sé que parece difícil —dijo ella, pensando en todas las cosas que realmente deseaba—. Pero ahora mismo tenemos mucho con lo que lidiar. Un animal es una gran responsabilidad. No solo necesitan amor y atención. Requieren tiempo y cuidados.

—Pero ya cuidamos de Rufus.

—Exactamente. Nos importa Rufus. Y creo que ya eres lo suficientemente mayor como para responsabilizarte más de él. Quizás este sea un buen momento para hablar de eso.

Delphi se enderezó.

—Podría darle de comer. Y limpiar su plato.

—¿Lo harías? Porque sería de gran ayuda.

Rufus golpeó su cola y Delphi miró a Noah. El cabello le enmarcaba el rostro en una maraña de oro claro y tenía una mirada solemne.

—No podemos tener un gatito ahora mismo porque estoy demasiado ocupada para cuidarlo.

Ella sintió una oleada de amor casi abrumadora por su hija. Noah asintió, igualmente solemne.

—Es muy responsable por tu parte. Puedes visitarlos en la granja y ayudar a Panther a cuidarlos cuando quieras.

Ella le agradeció el gesto.

—Es una oferta muy amable.

—¿Puedo ir hoy?

Delphi sabía que los adultos no siempre cumplían sus promesas, y Noah sonrió.

—Si a tu madre le parece bien, a mí, también. Y, mientras estás de visita, puedes elegir tus árboles de Navidad. Así serás la primera.

—¿Hoy? —preguntó Delphi, a punto de estallar de emoción—. ¿Podemos cortar uno?

—No, hoy no. Los cortaré justo antes de traértelos. Así los árboles se mantendrán frescos.

Delphi miró a su madre.

—¿Podemos ir? ¿Por favor?

Si también decía que no, le estropearía el día a su hija, y Delphi no merecía que le estropearan el día solo porque su madre se sintiera sola y sexualmente frustrada, y hubiera alejado esos sentimientos con Noah.

Noah la observaba con una expresión inescrutable.

—Tú decides —dijo, con firmeza—. Si prefieres no venir, no pasa nada.

¿Estaba diciendo que prefería que no fuera? ¿O de verdad le daba igual? ¿Pensaba en esos momentos salvajes y sin sentido en el granero o había intentado olvidarlos? Tal vez, para él, aquel beso hubiera sido lo más aterrador de Halloween.

Contuvo una carcajada histérica. Noah llevaba un tiempo sin ir por la posada y, tal vez, hubiera sido porque lo había asustado. Estaba tan desesperada que había asustado a un hombre.

Por otro lado, Noah nunca le había parecido un hombre que se asustara fácilmente.

Era imposible descifrar sus verdaderos pensamientos a partir de su lenguaje corporal.

Pero, pensara lo que pensara, ella tenía que asegurarle que las cosas no habían cambiado. Era su vecino y, antes de ese momento de locura, un buen amigo. No quería perderlo.

Después del accidente de Brent, Noah la visitaba con frecuencia, recordándole que no estaba sola, que tenía amigos y vecinos que la cuidaban. Y ella se lo agradecía. Mucho después de que otros dejaran de preguntarle cómo estaba, él seguía prestándole atención. A menudo le llevaba regalos de la cocina de su madre.

«Mi madre ha hecho demasiado guiso, así que quizá pudieras ayudarnos comiendo un poco».

«Mi madre ha probado esta nueva receta de tarta y le encantaría que le dieras tu opinión».

Había empezado a esperar con ilusión sus visitas. Al contrario que otras personas, él no andaba de puntillas a su alrededor, y parecía que comprendía que ella podía estar riéndose y, al minuto siguiente, sollozando.

Lo echaba de menos desde Halloween. ¿Estaba mal? No tenía ni idea de qué estaba bien o mal. La vida había trastocado el orden natural de las cosas, y tenía la sensación de que ya no conocía las reglas, ni siquiera sabía si había reglas. No le importaba lo que pensaran los demás; ese no era su problema. Su problema era que ni siquiera sabía lo que pensaba ella misma.

Pero, por lo menos, pasar un rato con él sería una forma de tranquilizarlo, de darle a entender que no tenía intención de agarrarlo a cada instante y que no tenía por qué estar nervioso. Además, pasar una tarde en la granja era algo que haría a su hija inmensamente feliz y, cada vez que se presentara esa oportunidad, la aprovecharía.

—Eso sería genial. Gracias. Quería enviarte un correo electrónico sobre los árboles, pero he estado muy ocupada. Hemos tenido mucho que hacer.

Él la miró a los ojos.

—Lo entiendo.

Si eso era cierto, era realmente mortificante.

Se ruborizó.

—Iremos después de cenar. Voy a pedirle a Chloe que se encargue de la recepción y que me llame si hay algún problema.

—Mi madre esperaba que nos acompañaras a cenar. No te ha visto desde Halloween.

Halloween. Esa sola palabra fue suficiente para que los recuerdos volvieran a inundarla.

Recordó el frío intenso y la oscuridad que reinaba en el granero y que ocultaba la intimidad del momento. Habían estado hablando de árboles de Navidad o, tal vez, de la cosecha de calabazas; ni siquiera lo recordaba, pero sí recordaba el momento en el que hundió los dedos en la pechera de su camisa y tiró de él hacia ella. Tiró con tanta fuerza que él tuvo que extender una mano para sujetarlos, y por un instante, sin aliento, pensó: «¿Qué estoy haciendo?». Y, entonces, lo besó. De hecho, más que besarlo, lo devoró. Estaba hambrienta y ardiente. Se avergonzaba al recordarlo, aunque, para ser justos, él la había correspondido, su boca apremiante contra la de ella, sus manos sujetándola con fuerza contra él, estrechándola más y más. Todo era una mezcla de placer erótico y sentimiento de culpabilidad. Culpabilidad porque no sabía si estaba emocionalmente preparada para besar a otro hombre; placer porque... bueno, eso era obvio. Noah Peterson claramente tenía habilidades que ella desconocía hasta ese momento.

Pero ahora lo sabía.

Se miraron un instante, conectados por el recuerdo de aquella intimidad robada. Era el momento de decir algo gracioso y desdeñoso que le indicara que todo iba bien y que no tenía que preocuparse por estar a solas con ella en una noche oscura. Sin embargo, se le quedó la mente en blanco.

Noah la miró un momento más y luego centró su atención en Delphi.

—¿Puedes cuidar al gatito por mí, cariño? Tu madre y yo necesitamos hablar de algunas cosas.

Ella tuvo pánico. ¿Quería hablar de ello? Pues eso era lo último que quería ella. Delphi lo miró, con una mano posada sobre la cesta con actitud protectora.

—Lo sé. Árboles de Navidad. Tienes que hablar de árboles de Navidad. Porque eres el hombre de los árboles de Navidad.

—Exacto —respondió él, con una sonrisa que le formó arrugas alrededor de los ojos—. Soy el hombre de los árboles de Navidad —dijo. Después de apretar rápidamente el hombro de la niña, caminó hacia ella, y ella lo miró con una expresión de boba.

—¿Quieres hablar de árboles de Navidad?

—De tu pedido. Me vendría bien saber qué necesitas antes de que vengáis esta tarde a la granja.

—Ah —murmuró ella, y se obligó a sí misma a relajarse—. Sí. Lo anoté en algún sitio. Está en mi escritorio —dijo.

Tomó su cuaderno, arrancó la página correspondiente y se la entregó.

—Toma...

—Gracias.

Él se limitó a mirarla y se la guardó en el bolsillo.

—Es prácticamente igual que el año pasado, solo que este año me gustaría poner un árbol también en la biblioteca.

—Suena bien. ¿Altura?

¿Altura? Más de un metro ochenta, pensó, porque había tenido que ponerse de puntillas para besarlo. Estaba tan aturdida por la dirección de sus pensamientos que su cerebro dejó de funcionar.

—No lo sé.

—Enséñame el espacio y encontraré algo adecuado.

Él salió hacia la recepción y ella miró a Delphi.

—No te muevas. Tú estás al mando. Básicamente, estás dirigiendo todo.

—No me moveré —respondió Delphi. Cruzó las piernas y se sentó, tomándose en serio sus nuevas responsabilidades.

Ella siguió a Noah hasta la recepción. Por una vez, todo estaba en silencio, así que cruzó el pasillo hacia la habitación que ella y Brent habían convertido en una biblioteca.

—Esa niña tiene cinco años o casi veinticinco. Te juro que una mañana me voy a despertar y a descubrir que ya se ha ido a la universidad.

—Está creciendo rápido.

—Sí. Tan rápido que no puedo seguirle el ritmo.

Menos mal que estaba Delphi, que siempre era un tema de conversación seguro.

Empujó la puerta y, al instante, sintió que se relajaba. Los libros tenían ese efecto en ella, y aquella sala estaba llena de libros. Las estanterías eran de nogal y llegaban hasta el techo. El fuego ardía en la chimenea. Había dos sofás mullidos y cómodos, uno frente al otro y, en medio, una mesa baja llena de libros. ¿Qué no daría por acurrucarse en uno de aquellos sofás y quedarse leyendo el resto del día?

—Me encanta esta habitación —dijo Noah, y sacó un libro de la estantería. Su jersey resaltaba la anchura de sus hombros, y a ella la recorrió una oleada de sensaciones que se instaló en lo más profundo de su ser.

—A mí también —dijo ella. Le costaba parecer normal y no estaba segura de haberlo conseguido.

—En este momento tengo ocho libros en la mesita de noche y, con la cantidad de trabajo que hay en la granja, no creo que pueda reducirlos pronto a siete. No es que no me guste leer, pero desde que mi padre se lesionó el hombro, no tengo mucho tiempo para hacer nada salvo trabajar y dormir. Supongo que sabes de qué te hablo —explicó él. Dejó el libro y se giró—. Así que probablemente deberíamos hacer esto para que puedas volver a cuidar a Delphi y atender la posada.

A ella se le secó la boca.

—¿Hacer esto?

—Deberíamos hablar de esto. Saber qué es lo que quieres.

Si ella lo supiera, no estaría en aquel dilema. Sabía que algún día tendría que seguir adelante, pero ¿cómo iba a saber cuándo llegaría ese día?

—No necesitamos hablar de eso.

Hubo un destello de sorpresa en sus ojos, seguido de comprensión.

—El árbol —dijo, lentamente—. Deberíamos averiguar cómo quieres que sea este árbol.

El árbol. Por supuesto que estaba hablando del árbol. Y ahora ella quería morir. Él, con tacto, ignoró su vergüenza, se sacó el teléfono del bolsillo y tomó un par de fotos.

—Probablemente es mejor que pongas el árbol junto a la ventana, para que no se seque con el calor del fuego —dijo. Miró del suelo al techo y luego hizo unas anotaciones en su teléfono—. Que no sea demasiado grande ni ancho. ¿Tienes alguna preferencia? ¿Alguna idea?

No, no tenía pensamientos, solo sensaciones. Todas confusas.

—Nada. Pero quiero que huela a árbol de Navidad.

Él detuvo los ojos en su rostro un instante.

—Bien —dijo, y apartó la mirada—. En ese caso, sugiero que optemos por el abeto balsámico. Buena retención de agujas, color intenso, forma estupenda. Y los abetos duran más que las piceas.

—Genial.

Aquello no era incómodo, era insoportable. Los dos estaban dándole vueltas a lo que había sucedido y, al mismo tiempo, fingiendo que no había sucedido y, de ese modo, haciéndolo aún más obvio.

Tal vez debiera decir algo. Sin embargo, ¿por qué iba a mencionarlo si él, obviamente, se estaba esforzando por ignorarlo? Si hubiera querido decir algo, ya había tenido muchas oportunidades.

—Será mejor que te deje irte ya. Sé que estás muy ocupado. ¡Es temporada de árboles de Navidad! —exclamó.

Noah se guardó el teléfono en el bolsillo.

—Tienes aspecto de estar cansada —dijo él. Su tono era directo, pero afectuoso—. ¿Has estado trabajando demasiado?

—Probablemente. El trabajo de la posada es bastante exigente y estresante —respondió ella. Se esforzaba mucho por mantener todo como Brent quería, y la presión no la dejaba dormir por las noches. Se preguntaba constantemente qué habría hecho él, pero, dado que a menudo tenían opiniones diferentes sobre la gestión de la posada, no era una pregunta fácil de responder.

Él asintió.

—¿Cómo está el personal?

—Esta mañana seguían todos aquí, así que me siento agradecida, teniendo en cuenta que se me da tan mal gestionarlos.

Noah frunció el ceño.

—No se te da mal gestionarlos, Hattie.

—Sí —respondió ella. Pensó en Stephanie y en el chef Tucker—. Brent contrató a la mayoría y los eligió con cuidado. Era muy bueno gestionando a los empleados. Sabía cuándo ser firme y cuándo animar. Pero yo no soy Brent. No soy muy... firme. Patético, lo sé.

—No es patético. Cada persona tiene diferentes estilos de gestión, y los buenos gerentes tienen diferentes estilos para cada persona. Estoy seguro de que eres una gerente extremadamente eficaz —dijo Noah, e hizo una pausa—. Quizá sea hora de dejar de intentar hacer las cosas como las hubiera hecho Brent y hacerlas como tú quieres. Es tu negocio, Hattie.

No, en realidad, no era su negocio... Todavía lo consideraba un asunto de los dos, salvo por el detalle de que Brent ya no estaba allí para compartirlo. Ella estaba cuidando de sus sueños.

Por un instante, tuvo la tentación de contarle a Noah

cómo se sentía, pero no pudo superar la barrera que había construido en su interior. Se hubiera sentido desleal hacia Brent, sobre todo, dada su confusa relación con Noah.

—Bueno, todo irá bien.

Él vaciló.

—Sé que intentas que las cosas sigan como estaban, pero tienes que encontrar una manera que te funcione. Tienes que construir una vida que te funcione.

¿Se refería a la posada o a algo más personal?

Y ella ¿iba a estar siempre buscando significados alternativos en todo lo que él decía?

Por mucho que intentara fingir lo contrario, el beso lo había cambiado todo. Pensaba cosas que no debía pensar. Y deseaba cosas que no debía desear. Y, si de verdad creía que podían seguir adelante como si no hubiera pasado nada, se estaba engañando a sí misma.

Había cosas que no se podían olvidar y cosas que no se podían deshacer.

—Me gusta que las cosas sigan como están. Brent tuvo ideas geniales —dijo.

Sus palabras rompieron la intimidad.

—Claro. Por supuesto —respondió él. Irguió los hombros y esbozó una breve sonrisa—. Disculpa si me he excedido.

Tuvo que contenerse para no asegurarle que no, que no se había excedido. Que era ella la que estaba confundida. Porque eso solo serviría para complicar más la situación.

Ojalá pudiera retroceder en el tiempo hasta el momento en que estar con él no era incómodo. Pero, para eso, habría que borrar el beso, y no estaba segura de si quería privarse de ese momento memorable, aunque la hubiera dejado inquieta.

—Deberíamos ir a ver qué hace Delphi —dijo—. Por mucho que crea en sus buenas intenciones, no confío del todo en que no atiborre a Rufus de dulces.

—Entonces, nos vemos luego. Envíame un mensaje

cuando estés de camino y nos vemos en la granja. Abrigaos bien. Hace frío.

—De acuerdo, eso haremos.

Se prometió a sí misma que, en aquella ocasión, no habría momentos íntimos en el granero, ni largas miradas, ni besos que la dejaran sin aliento. Solo una tarde de árboles de Navidad, con su hija.

No había ningún problema.

Capítulo 6

Erica

El viaje desde Nueva York hasta la casa de Anna, en Connecticut, duró casi dos horas debido al tráfico, a las obras y a una nevada inesperada.

—No te haces una idea de cuánto he esperado esto —dijo Claudia. Se desenrolló la bufanda del cuello y la dobló en su regazo—. Maple Sugar Inn tiene un encanto especial. ¿Cómo la encontraste?

Erica se arrepintió de no haber buscado una buena respuesta.

—Navegando por internet —respondió.

No había sido un hallazgo casual, pero no era el momento de revelarlo. Quizá se sincerase aquella noche, cuando estuvieran las tres juntas, tomando una copa de vino. Se imaginó diciendo con indiferencia: «Por cierto, tengo que contaros una cosa...».

—No dejo de mirar las fotos de la página web —dijo Claudia—, y los menús son muy apetecibles. Será una delicia comer cosas que no haya tenido que cocinar yo. Tengo muchas ganas de estar allí, acurrucada frente a esa chimenea. Y, con lo mucho que trabajas tú, seguro que sientes lo mismo.

Erica mantuvo la vista en la carretera y las manos en el volante. No sentía lo mismo. Se sentía un poco mareada y se arrepentía de haber hecho la reserva en Maple Sugar Inn. Podría haber elegido un buen hotel en Boston y seguir viviendo la vida que se había diseñado, en lugar de buscar respuestas a preguntas que habría sido mejor no hacerse.

—¿Erica? ¿Estás bien? ¿Has oído algo de lo que acabo de decir?

—Todo. Y, sí, estoy bien —respondió ella. La mentira le salió con facilidad—. Solo estoy cansada, nada más.

—No me sorprende. ¿Has pasado una sola noche en tu propia cama este año? Siempre que hablamos estás en un hotel. Suena glamuroso, pero supongo que también es un poco solitario, ¿no?

—No me siento sola.

La inexpresividad de una habitación de hotel la tranquilizaba. Mantenía su entorno como mantenía el resto de su vida: libre de desorden. Seguramente, un psicólogo le diría que tenía problemas de apego, pero, si eso era cierto, no le importaba. No tenía nada de lo que no pudiera desprenderse felizmente y creía que esa era la receta para vivir una vida feliz.

Parecía que Claudia no estaba de acuerdo.

—Con las horas que has estado trabajando, seguro que necesitas unas vacaciones. Necesitas relajarte.

—Umm.

En realidad, sí necesitaba unas vacaciones, pero sabía que aquella semana no iba a ser relajante. Estaba nerviosa por lo que le esperaba. Le gustaba su vida, así que ¿por qué estaba haciendo algo que podría cambiarla por completo?

—Me alivia estar lejos del apartamento. Todo me recuerda a John y eso no es bueno. Mira la nieve —dijo Claudia, mientras contemplaba los copos de nieve que flotaban ante ellas, arremolinándose y bailando alrededor de los coches—. Es como si el tiempo nos diera la bienvenida a nuestras vacaciones de invierno.

Erica sonrió.

—Creo que tiene más que ver con un sistema de baja presión que con alguna intervención cósmica diseñada para mejorar tu experiencia navideña.

—De eso no sé nada. Lo que sí sé es que significa que vas a hacer un muñeco de nieve conmigo.

—Nunca he hecho un muñeco de nieve y no sé si soy capaz. Díselo a Anna. Estoy segura de que hace los mejores muñecos de nieve de la costa este.

—¿Qué? —preguntó Claudia, y se enderezó—. Estás bromeando.

—No. Es el tipo de cosas que a Anna se le dan genial.

—Quiero decir que debes de estar bromeando al decir que nunca has hecho un muñeco de nieve.

—¿Qué motivo tendría para hacer un muñeco de nieve?

—Eh... Pues... ¿por diversión? ¿Nunca hiciste un muñeco de nieve cuando eras pequeña?

—No.

Cuando pensaba en las Navidades de su infancia, no recordaba diversión, sino dificultades. El ánimo de su madre siempre decaía mucho en Navidad. Revisaba el correo regularmente y, al no recibir nada, parecía que perdía algo de su espíritu de lucha. «No me preocupo por mí», murmuraba, mientras la abrazaba, «pero me importas tú. Mereces tener un padre que esté ahí para ti». Ella nunca había conocido a su padre y no sabía nada de él, salvo que se había ido justo después de que naciera. Desde luego, no lo echaba de menos, y no entendía por qué estaba su madre tan disgustada. ¿Acaso no estaban bien ellas dos solas?

Su madre solía trabajar en Navidad. Al principio, ella supuso que era porque le pagaban bien por trabajar en las fiestas y necesitaban el dinero, pero, más tarde, al crecer y comprender los matices de la vida, se preguntó si era porque su madre había decidido mantenerse ocupada. Las fiestas eran para ella como un ejercicio de supervivencia, «es solo un día, Erica, solo un día», y ella había crecido asumiendo que la Navidad no era bastones de caramelo ni luces centelleantes, sino algo que había que soportar con determinación y apretando los dientes. Los días en que su madre trabajaba, su vecina cuidaba de ella. Su madre la recogía al final del día y se acurrucaban juntas a leer libros que habían elegido en la biblioteca. Evitaban los libros que mostraban familias reunidas alrededor de un árbol de Navidad y, en su lugar, elegían historias sobre dragones y unicornios donde la heroína vencía al mal. En las historias que elegía su madre, la heroína siempre se rescataba a sí misma.

—Me ofrezco voluntaria para darte clases de confección de muñecos de nieve —dijo Claudia, que, lógicamente, ignoraba lo que estaba pensando ella—. Qué ganas. Echo de menos la nieve. Echo de menos que haya estaciones. ¿Sabes lo emocionante que es poder usar una bufanda?

Erica agradeció el cambio de tema.

—Pero si a ti te encanta el sol californiano —dijo.

—Sí, es verdad. Pero echo de menos abrirme paso entre las hojas en otoño y acurrucarme en invierno con una manta. Echo de menos calentarme las manos con tazas de sopa humeante. Y hablando de sopa, me muero de hambre —dijo Claudia—. Espero que Anna haya preparado la cena.

Erica redujo la velocidad cuando el coche que iba delante se detuvo.

—¿Ha ocurrido alguna vez que Anna no haya preparado la cena?

—Nada es seguro en esta vida. Crees que conoces a alguien y, de repente, ¡zas!, te sorprende. Y no para bien.

Erica pensó en su madre. «Tu padre no era el hombre que yo creía».

Algo cambió en su interior. Tenía la cabeza llena de preguntas, pero, en aquel momento, la prioridad era Claudia, que había tenido un año muy difícil.

—Anna nos va a sorprender, no va a pedir comida preparada. Puedo afirmar con seguridad que el hecho de que Anna prepare la cena es una de las pocas certezas de la vida —dijo.

Sin embargo, era evidente que su amiga se sentía vulnerable, y a ella le dolía. «Esto», pensó, «es lo que pasa cuando te permites depender de alguien». Le agradecía a su madre que la hubiera enseñado a confiar solo en sí misma. ¿Debería preguntar por John? No. Si John hubiera llamado, Claudia se lo habría dicho. Eligió un tema más seguro.

—¿Qué tal el trabajo? Entretenme con tus divertidas historias de cocina.

—Ah, el trabajo —dijo Claudia, y miró al frente—. No tengo trabajo. Me han despedido. Supongo que eso no cuenta como una divertida historia de cocina.

—¿Qué? —le preguntó ella, mirándola sorprendida—. ¿Cuándo ha sido? ¿Por qué no me lo dijiste?

—Porque ya has hecho suficiente por mí. No necesitabas oír más mis quejas.

Claudia se desplomó en el asiento y se puso a juguetear con el borde de su bufanda.

—Claudia, eres mi mejor amiga —le dijo ella. Ojalá no estuvieran en el coche. Era difícil prestarle toda la atención a su amiga mientras sorteaba el tráfico denso y la nieve que caía—. Nunca es suficiente. Deberías haberme llamado.

—Estoy en negación. He estado esperando despertar una mañana y descubrir que todo es una pesadilla. Hasta ahora no ha sucedido. Siento como si mi autoestima hubiera sido atropellada por un camión.

—¿Qué tiene que ver con la autoestima? Que te despidan no es personal.

—Tal vez, pero, cuando se trata de ti, sí te sientes como si fuera personal.

Ella se esforzó por ponerse en el lugar de Claudia.

—Lo entiendo. En este momento, estás enojada. Disgustada. Un poco herida. Pero es importante no malgastar energía en esas emociones. Piensa que es un problema que hay que resolver. Lo mejor es hacer un plan.

Y los planes eran su fuerte. Incluso con tráfico y nieve, aquello era algo práctico que podía hacer.

—Podemos hablar de tus objetivos y lo que quieres para el futuro.

—No sé qué quiero.

—Podemos empezar por analizar tus habilidades.

—¿Qué habilidades?

Ella no pensaba permitir que Claudia se hundiera.

—Este no es momento de subestimarte. He probado tu comida. Eres una chef excepcional, con mucho talento.

—A lo mejor ese es el motivo por el que me dijeron que ya no necesitaban mis servicios.

Aquella era la razón por la que había creado su propia empresa: para tener el control de su futuro. Y, también, porque no le interesaba jugar a la política de la oficina. Solo quería hacer el trabajo y hacerlo bien. Según sus condiciones.

—¿Y dónde has enviado tu currículum hasta ahora?

—A ninguna parte. No he presentado ninguna solicitud.

—¿Porque esto pasó ayer?

Claudia titubeó.

—No... hace tres semanas.

—Tres... —dijo ella, con un suspiro—. ¿Y por qué no has presentado ninguna solicitud?

—Porque ya no sé si quiero trabajar en cocinas. Tengo casi cuarenta años.

—¿Qué tiene que ver la edad con esto?

—Cumplir cuarenta es importante. También lo es quedarse sin trabajo. Siento que es una señal.

—¿Una señal de qué?

—Una señal de que quizá no este destinada a ser chef —dijo Claudia, y se giró para mirarla—. ¿Tiene algún sentido?

—Ninguno.

Ella no creía en las señales. No creía en el destino. Creía en decidir lo que querías e ir por ello, pero tenía suficiente experiencia con la gente como para saber que necesitaba gestionar aquello de una forma que a Claudia le funcionara.

—Si no quieres ser chef, ¿qué quieres hacer?

—No lo sé.

Ella pensó en las veces que había visto cocinar a Claudia. Era como ver a una artista trabajando.

—Pero a ti te encanta la comida. Siempre te ha encantado.

—Sí, pero no me gusta trabajar en una cocina. Me encanta cocinar, pero odio las cocinas. Y, por desgracia, si quiero que me paguen, las dos cosas van de la mano.

—Te sientes así porque no has tenido ningún control sobre lo que pasó —dijo ella, y se detuvo en una fila de tráfico—. ¿Has pensado en tener tu propio restaurante? ¿Ser la jefa?

Claudia apoyó la cabeza en el asiento y se echó a reír.

—Te adoro, ¿lo sabes?

Ella se puso rígida.

—¿Te has tomado algo en el avión?

—No, nada.

—¿Estás segura? Normalmente, solo me dices que me adoras después de la tercera copa.

—Es porque sé que te incomodan las muestras de afecto, pero hoy estoy valorando lo que tengo. Mis amigas. Anna y tú. El mundo da miedo, y tú haces que parezca un poco menos aterrador. Siempre eres tan positiva y valiente... Y, en estos momentos, yo no soy ninguna de las dos cosas —dijo Claudia, con la voz temblorosa.

Ella se sintió como una impostora.

No era valiente, ni mucho menos. Tenía la mala costumbre de evitar cualquier cosa difícil y de asegurarse de no estar nunca en situaciones que amenazaran su vida meticulosamente controlada y su sentido de la independencia. Lo había descubierto recientemente, al darse cuenta de lo mucho que le costaba aceptar la idea de hacer aquel viaje. Pero allí estaba, haciéndolo. Así que, tal vez, fuera más valiente de lo que pensaba.

Se centró en su amiga.

—Lo digo en serio, Claudia. Podrías emprender tu propio camino. He probado tus platos. Invertiría en ti. Te ayudaría.

—Aunque pudiera reunir los fondos, que no puedo, no estoy segura de que quiera pasar el resto de mi vida cocinando. No sé lo que quiero hacer.

—Entonces, qué bien que nos vayamos esta semana —dijo ella. El tráfico se estaba moviendo de nuevo y ella giró hacia la casa de Anna—. Operación Nuevo Futuro.

—¿En serio? Prefiero hablar de libros y olvidar mis problemas.

Sin apartar la vista de la carretera, ella se acercó y le apretó la pierna a Claudia.

—Todo va a salir bien, te lo prometo. Es una mala racha, pero vas a salir adelante. Y hablando de libros, ¿lo has leído?

—Dos veces —respondió Claudia. Metió la mano en su bolso y sacó el libro—. Me ha encantado, sobre todo, cómo hizo que su muerte pareciera un accidente. Brillante. Me costaron algunas de las decisiones que tomó a mitad de la historia, pero en general me ha parecido genial. Tengo ganas de charlar sobre ello. ¿Lo ha leído Anna?

—No lo sé. Se quejaba de que fuera una novela policíaca, pero también le intrigaba que fuera de Catherine Swift —explicó ella. Miró el ejemplar que tenía Claudia—. Parece que se te ha caído en la bañera o algo así. ¿Qué le pasó?

—Se me cayó en la bañera. Últimamente, un baño y un libro es lo más parecido a una cita apasionada que tengo.

El tráfico volvió a fluir y pronto entraron en el barrio de Anna, conduciendo por una calle ancha y arbolada. Todas las casas tenían decoración navideña y las ventanas ofrecían a los curiosos un vistazo a los brillantes árboles de Navidad y las chimeneas cubiertas de adornos. Claudia se acurrucó aún más en su asiento.

—Es mágico. Me recuerda a mi infancia, cuando papá ponía luces por toda la casa —dijo. Dio un largo suspiro y sonrió—. Bueno, ahora empiezo a sentirme navideña. ¿Y tú?

Ella se alegró de que Claudia estuviera más contenta. Quería que siguiera así. Pero las palabras «mágico» y «navideño» no salían de su boca por mucho que lo intentara.

—Es genial —dijo. No podía hacerlo mejor, pero, por suerte, debió de ser suficiente para Claudia.

—Este lugar es tan propio de Anna, ¿verdad? Vive en el paraíso.

—Le veo el atractivo, aunque, personalmente, prefiero Manhattan —dijo ella. Entró en la calle de Anna y se detuvo frente a la casa—. Este sitio es genial para venir de visita, pero me volvería loca tener que tomar el coche cada vez que quiero ir a algún sitio. Lo que quiero es poder ir andando o tomar el metro cuando sea necesario.

—Se puede ir andando hasta el pueblo desde aquí, y al paseo marítimo.

—Sí, pero ¿se puede ir a Saks y a Bloomingdale's? ¿Al Met? ¿Al Carnegie Hall?

Claudia sonrió.

—Tienen otras prioridades. Anna quiere buenas escuelas y espacios verdes.

—Lo sé —respondió Erica. Apagó el motor y se sentó un momento, reflexionando sobre el estilo de vida que se vislumbraba ante ella.

Anna vivía en una casa recién construida de piedra y tablas de madera, de estilo colonial, rodeada de media hectárea de jardines bordeados de árboles. Las luces brillaban en todas las ventanas y era comprensible que Claudia lo hubiera descrito como un paraíso.

—No es el edificio, ¿verdad? —dijo Claudia, observando la corona navideña que decoraba la puerta principal—. Es Anna. Podría mudarse a un granero y, aun así, hacerlo acogedor. ¿Recuerdas lo que le hizo a nuestra habitación en la universidad?

—No creo que lo olvide.

Su habitación fue un espacio desolado y sin alma hasta que Anna tomó las riendas y la transformó. Le había añadido libros, una alfombra elegante y mantas bonitas. Siempre había un jarrón de flores frescas en el alféizar de la ventana.

—Me llevaba media hora quitar los cojines de la cama antes de poder dormir.

Pero le había parecido extrañamente reconfortante. Su casa de la infancia era funcional, pero no acogedora. Su madre se había centrado en lo práctico y en asegurarse de que Erica comiera y bebiera. Los cojines se consideraban un lujo inútil. Anna habría dicho que esa era la cuestión, que eran un lujo.

Mientras estaban allí sentadas, se abrió la puerta de la casa y Anna apareció en el umbral con Lola, la perra de la familia, junto a sus tobillos. Se había hecho un moño y llevaba un vestido corto y botas hasta la rodilla.

—Está estupenda —murmuró Claudia—. Como un anuncio de comida sana, aire fresco y ejercicio. Me dan ganas de mudarme a Connecticut y tener un spaniel. ¿Y a ti?

—Ni aunque me pagaras —dijo ella. Abrió la puerta del coche y sacó su equipaje mientras Anna bajaba corriendo las escaleras y abrazaba a Claudia.

—¡No puedo creer que estés aquí! Han pasado seis meses —exclamó Anna, y la hizo girar, desprendiendo calidez como un fuego de leña en invierno—. No vamos a dejar que pase tanto tiempo nunca más —dijo.

—Parece menos porque tú no has cambiado. Nunca cambias —dijo Claudia, mientras le devolvía el abrazo.

—Soy mayor. Tengo cuatro canas más que ayer. No sé si debería arrancármelas —respondió Anna, y dirigió su atención hacia ella—. ¿Qué tal el viaje?

—Bien. Ah... —Sintió que Anna la rodeaba con los brazos y se vio envuelta en su calidez. Vaciló un instante pero, después, le devolvió el abrazo a su amiga, inspirando el sutil aroma floral tan propio de Anna. Olía a jardín de verano y, por un momento, ella se sintió reconfortada. Pasara lo que pasara en los próximos días, sería bueno tener a sus amigas a su lado.

—Me muero de hambre. ¿Qué nos has cocinado?

—El plato favorito de Claudia. Un tajín de cordero con albaricoques y especias de un libro de recetas que Pete me regaló el año pasado. Está delicioso y es perfecto para este frío. Y de postre he preparado un pastel de chocolate para chuparse los dedos.

Anna era generosa con su hospitalidad; nunca estaba contenta a menos que tuviera a alguien a quien mimar.

—Pasad. Pete aún no ha vuelto de la oficina, lo que significa que tenemos tiempo para charlar con una copa de vino.

La siguieron al interior de la casa y ella se quedó muda al ver el enorme árbol de Navidad del vestíbulo. En Navidad, Anna nunca dejaba nada a medias.

—Es más grande de lo habitual. No hay ni la más mínima posibilidad de que Papá Noel no vea tu casa.

—Ese es el plan. Pete y yo elegimos el árbol solos este año, y él me estaba complaciendo, así que no hubo discusión sobre el tamaño.

Ella echó la cabeza hacia atrás.

—¿Cómo has podido poner la estrella en la copa?

—Con ayuda de Pete, de una escalera de mano y de un montón de palabrotas. ¿Por qué no subís las maletas y nos vemos en la cocina? Claudia, estás en la habitación de invitados. Erica, estás en la habitación de Meg.

Ella frunció el ceño.

—¿Y qué opina Meg?

—Te ha ordenado la habitación, que es lo más parecido a un milagro navideño que hemos tenido por aquí en mucho tiempo, así que creo que podemos asumir que está emocionada de tener a su impresionante madrina en el espacio que ocupa normalmente. Al parecer, eres un modelo.

Claudia dio un resoplido.

—¿Modelo de qué?

—Yo también os quiero a las dos —dijo ella e, ignorándolas, subió corriendo las escaleras hacia la habitación de Meg.

Se detuvo en la puerta y se acordó de cuando Anna estaba embarazada y les había ayudado a pintar la habitación de un amarillo soleado con nubes en el techo.

—Queremos que seas la madrina —le dijo Anna—. Así seremos familia, estaremos conectados para siempre.

Al principio, ella se había negado porque la intimidaba la tarea y no estaba segura de su capacidad para cumplir con la responsabilidad que se le exigía, pero Anna no había cedido.

—Solo tienes que estar ahí para ella —le dijo.

¿Solo? Para Anna, cuya familia nunca la había decepcionado ni abandonado, parecía obvio. Pero ella no era Anna. Estaba convencida de que aquello sería el fin de una hermosa amistad. No se le daban bien los bebés. No le interesaban los bebés, y no estaba segura de poder fingir lo contrario de forma convincente. Iba a fracasar en la tarea.

Entonces, nacieron los mellizos y se enamoró. Nadie se sorprendió más que ella. Todavía recordaba la primera vez que tuvo en brazos a Meg, de pocas horas de vida, con la cara arrugada y un mechón de pelo oscuro en la cabeza. El bebé ni siquiera era bonito, aunque nunca lo hubiera dicho en voz alta, pero eso no impidió que se enamorara perdidamente. Sintió un amor sin reservas. Un amor dispuesto a lanzarse a las ruedas de un autobús con tal de salvar la vida de aquella criatura.

—¡Erica!

Oyó un chillido detrás de ella, y Meg se abalanzó sobre ella y la abrazó.

Erica logró mantener el equilibrio. Algo se deshizo en su interior.

—Hola, ¿nos conocemos? Estaba buscando a Meg, pero es la mitad de alta que tú.

Meg se apartó y sonrió.

—Los niños crecen, Erica, siempre que coman. Te he ordenado mi habitación.

—Eso me han dicho. No me parece justo que tengas que ceder tu habitación. Estoy cómoda en el sofá.

—No puedes dormir en el sofá. Estás acostumbrada a los hoteles de cinco estrellas. Y no has visto mi habitación desde la última vez que papá la decoró —dijo Meg. Empujó la puerta de su habitación y se giró para observar la reacción de Erica—. ¿Qué te parece?

Ella se detuvo en la puerta. Después de la habitación amarilla con nubes, Pete y Anna habían convertido la habitación de Meg en una gruta de hadas, con paredes rosas y una cama con dosel. Ahora era un ejemplo de sofisticación adolescente. Las paredes estaban cubiertas de pósteres de películas antiguas; en una esquina había un puf de piel sintética perfecto para acurrucarse, y su cama estaba llena de cojines y mantas calentitas.

No era de extrañar que a los adolescentes les costara levantarse por la mañana, pensó. Si ella estuviera acurrucada en aquella cama, tampoco querría levantarse. ¿Sabía Meg lo afortunada que era de tener unos padres como Anna y Pete?

—Es una habitación genial —dijo.

En una de las esquinas, en un estante, había un tocadiscos antiguo y, junto a él, una pila de discos.

—Qué genial —repitió.

—Es mi colección de discos. Llevo un año haciéndola —dijo Meg, y siguió su mirada—. Es más divertido que tenerlo todo en el móvil.

—Es verdad —dijo Erica, y tomó un boceto del escritorio de Meg—. ¿Lo has hecho tú?

—Sí, pero solo estaba haciendo el bobo —dijo la muchacha, con la cara roja. Ella sabía reconocer la inseguridad.

—Es increíble. Tienes un talento increíble.

—¿Tú crees? Gracias. He estado ampliando mi portafolio. Me encanta el arte y el diseño gráfico. Creo que me gustaría trabajar en publicidad. Mira.

Meg cogió un control remoto de la cama y pulsó un botón; las luces centellearon en el techo.

—Quedan genial cuando creo contenido para redes sociales.

Ella se sintió vieja.

Claudia apareció en la puerta con Daniel y, tras varios abrazos y saludos, bajaron a la cocina. Anna estaba en su salsa, cortando, friendo y recogiendo hierbas frescas de las macetas de la encimera de la cocina. De fondo sonaba suavemente un jazz navideño y había cuatro copas de pie alto que brillaban en el centro de la gran mesa.

—Erica, saca el champán del refrigerador —dijo Anna, y volvió a meter una cacerola en el horno—. Pete acaba de llamar para decir que ya está de camino, así que tenemos una hora para contarnos todo lo que no queremos que oiga.

—¿Desde cuándo le ocultas secretos a Pete? —preguntó ella, mientras abría el refrigerador de Anna. Se quedó mirando con asombro la variedad de alimentos—. ¿Cómo encuentras algo aquí?

—¿Qué clase de pregunta es esa? Es una nevera.

—Mi refrigerador no se parece en nada a... esto.

—Eso es porque nunca cocinas para ti —dijo Anna; la apartó a un lado y sacó una botella de champán de detrás de una pila de verduras frescas—. Estaba guardándola para Navidad, pero tenerte aquí es mejor que la Navidad. Siéntate. Yo me encargo.

—Estás demasiado acostumbrada al servicio de habitaciones —le dijo Claudia—. Ese es tu problema.

—¿Por qué es un problema? El servicio de habitaciones no tiene nada de malo —dijo ella. Tomó el champán de manos de Anna y lo descorchó—. El sonido de la celebración.

Anna sacó un plato de canapés recién hechos.

—Siempre estoy nerviosa al daros de comer —dijo.

Le ofreció el plato a Claudia, que examinó la comida y eligió uno de los canapés.

—No sé por qué. Eres una excelente cocinera. Además, no hay nada que le guste más a un chef que que alguien le ponga comida delante —dijo. Mordió el canapé y cerró los ojos—. Delicioso.

Anna se quedó aliviada.

—¿De verdad? Gracias. Es una receta nueva. Si te quedaras dos noches, te prepararía mi suflé de queso mañana.

—¿Lo dominas?

—Sí, gracias a los consejos que me diste.

Ella tomó un sorbo de champán. Le bajó por la garganta helado y delicioso. Fue relajándose mientras la conversación fluía a su alrededor y la calidez de la cocina de Anna se le metía en los huesos. Lola se acercó, se sentó a sus pies y la miró con ojos de adoración.

—No te dejes engañar. Solo quiere lo que comes. Apártala —le dijo Anna, pero ella se inclinó para acariciarle las suaves orejas a Lola.

—De pequeña siempre quise un perro.

—Lo sabemos. Te conocemos, ¿recuerdas? —dijo Anna, y tomó su copa—. También sabemos que nunca tendrás un perro porque no quieres la responsabilidad.

Y tenían razón, por supuesto. Nunca tendría un perro. La conocían bien. Todos aquellos pequeños detalles formaban parte del tejido de la amistad. Era como tener la llave de una puerta secreta que nadie más tenía. Pasaba gran parte de su vida con la puerta de su verdadero yo cerrada a cal y canto y, por ese motivo, le sobresaltaba estar con sus amigas. Con ellas, la puerta estaba abierta. Veían el interior.

Acarició el sedoso pelaje de Lola.

—Tienes razón. Nunca tendré perro. Sería irresponsable por mi parte. Nunca estoy en casa.

—Si tuvieras perro, quizá te apetecería pasar más tiempo en casa.

—Un perro es un gran paso —dijo Claudia—. Debería empezar con una planta de interior. Quizá una artificial.

—Una planta de interior no te quiere incondicionalmente.

—Pero tampoco te causa ningún problema.

Ella decidió que era hora de cambiar de tema.

—No quiero un perro ni una planta de interior, artificial ni de ningún otro tipo. Estoy contenta con mi vida, gracias.

Aunque, si eso era cierto, ¿por qué estaba a punto de tomar una decisión que lo cambiaría todo?

—¡Qué suerte tienes! —exclamó Claudia, y terminó su champán—. Mi vida es un desastre. Quizá debiera adoptar ocho perros.

Ella se apartó de la cabeza sus propios problemas. Después de todo, todo lo que le sucedía era decisión suya, mientras que Claudia había perdido su relación y su trabajo. No podía arreglar la relación, porque no tenía experiencia en ese sentido, pero podía ayudar con el trabajo.

—Cuando estemos fuera, vamos a sentarnos y a pensar en algunas ideas sobre lo que puedes hacer a continuación.

—¿No es obvio? —preguntó Anna, y le llenó la copa a Claudia—. Necesita encontrar un trabajo en una cocina que la entusiasme.

—Hola. Estoy aquí sentada. No tienes que hablar de mí como si no estuviera presente —dijo Claudia, y levantó la mano para que Anna dejara de servir—. Y odio las cocinas. Odio la política de la cocina. He dejado de cocinar. Le estaba explicando a Erica en el coche que ya no disfruto. Tenemos que pensar en otra cosa, aunque no tengo ni idea de qué. Soy demasiado mayor para volver a entrenar.

Erica captó la mirada de Anna y negó rápidamente con la cabeza. Sabía que el momento de hablar de ello no era cuando Claudia estaba cansada.

—Tiene veintiséis años, ¿os lo había dicho? —les preguntó Claudia, con su copa en la mano—. La chica con la que está John ahora. Veintiséis. Catorce años menos que yo. Sin arrugas, sin canas. Abdominales planos y duros como el suelo de roble. Tiene más de veinte que de cuarenta.

—Pero ella no siempre tendrá veintiséis —dijo Anna—, mientras que tú siempre serás increíble. Eres inteligente, amable y especial y, si John no aprecia tus cualidades, entonces estás mejor sin él.

Ella levantó su copa.

—Estoy de acuerdo. Además, apuesto a que no cocina como tú.

—A juzgar por lo delgada que está, no creo que coma nada.

Anna frunció el ceño.

—¿La conoces?

—No exactamente. Es presentadora de televisión. Es irritantemente alegre y su carrera va en ascenso, mientras que, para mí, todo va en declive, desde mi carrera hasta mis pechos. Soy como un suflé recién sacado del horno.

—Por favor, no me digas que la has estado viendo en la tele.

Claudia dudó.

—A veces. Cuando me dan ganas de torturarme.

—Tienes que dejar eso —dijo ella—. No es sano.

—Lo sé. El chocolate tampoco es sano, pero hace que me sienta mejor con la vida. No tengo tu autodisciplina. ¿Sabes qué envidio de verdad? La seguridad en una misma. Yo no tendría la seguridad necesaria para desnudarme delante de alguien de veintiséis años, pero a John no le molestó en absoluto. ¿Por qué los hombres se vuelven más atractivos con la edad y las mujeres se vuelven invisibles?

—Es una de las muchas injusticias del universo —dijo Anna, pero ella negó con la cabeza.

—No, no te hagas invisible. Yo no tendría ningún problema en desnudarme delante de un hombre de veintiséis años si lo encontraba atractivo.

—Eso es porque nunca comes chocolate y pareces una década más joven de lo que realmente eres —dijo Claudia, con tristeza—. Te envidio por estar casada con Pete, Anna. Es un tipo genial. Además, tienes garantizado sexo genial cuando quieras por el resto de tu vida. Probablemente yo nunca vuelva a acostarme con nadie.

—Eso es ridículo —dijo Anna, y ella asintió.

—Eso es ridículo. Puedo mantener relaciones sexuales cuando quiera. Tener cuarenta años no cambia eso.

—Sí, porque llamas a Jack el sexy —dijo Claudia—. Yo no tengo un Pete en mi vida, y no tengo un Jack.

Ella arqueó las cejas.

—Jack y yo tenemos una relación totalmente casual.

—Claro que sí —dijo Claudia, e intercambió una mirada con Anna.

Ella suspiró y dejó su copa.

—¿Por qué esa mirada?

—No, por nada. Y, además, yo no quiero sexo casual. Quiero sexo de pareja. El tipo de sexo en el que después se duermen juntos y se despiertan juntos. El tipo de sexo en el que te sientes cerca de alguien y sabes que lo volverás a ver.

Ella seguía pensando en aquella mirada. Obviamente, pensaban que su relación con Jack no era informal, pero eso era absurdo. Jack y ella llevaban semanas sin verse. Estaba a punto de comentarlo cuando oyó que se abría la puerta principal. Lola ladró y salió corriendo de la cocina y, un momento después, regresó con Pete.

—Qué bien. Tenemos la cocina llena de nuestras personas favoritas —dijo.

Las saludó con cariño, se compadeció en voz baja de Claudia por sus recientes problemas, y luego atrajo a Anna hacia sí y la besó en la boca. Llevaban veintidós años juntos, pensó ella, mientras apartaba la mirada, y él seguía besando a Anna como si no pudiera evitarlo; como si ver a Anna fuera lo mejor del día. Se los imaginó dentro de diez años, de veinte y de treinta. Envejecerían juntos, unidos por el amor y la vida que habían compartido.

—¿Podríais pelearos o algo? —preguntó Claudia, y tomó un trago de champán—. Toda esta armonía matrimonial es un poco nauseabunda para los menos afortunados.

Anna se apartó, con las mejillas sonrojadas.

—Menos mal que no has llegado hace cinco minutos —dijo, mientras le quitaba la nieve de los hombros a Pete—. Estábamos hablando de sexo.

—¡Maldito tráfico! —exclamó él, sonriendo, y se sirvió el último sorbo de champán—. El sexo es uno de mis temas favoritos.

Fue una lástima que Meg eligiera aquel preciso instante para entrar en la cocina.

—Uf, papá, qué asco. Por favor. Eres demasiado mayor para pensar en sexo. Es repugnante.

Pete agarró a Anna y la besó en el cuello.

—Te quiero. ¿Te lo he dicho últimamente? Te quiero.

—Necesito irme de casa ahora mismo. ¡Qué ganas de que llegue el año que viene! Esto es crueldad con los adolescentes.

Meg retrocedió y le lanzó a Erica una mirada suplicante.

—¿Cómo lo aguantas? Envíame un mensaje cuando hayan parado.

Salió corriendo de la cocina y Pete sonrió y soltó a Anna.

—Siempre funciona.

Anna también se rio y le dio un pequeño empujón.

—Tienes que dejar de provocarla, Pete.

—Si alguna vez quiero estar un rato a solas con Anna, solo tengo que besarla —dijo Pete. Se quitó el abrigo y lo colgó del respaldo de la silla más cercana—. Los niños salen de la habitación rapidísimo. Es mi mejor y único consejo para padres.

—El año que viene se irán a la universidad —dijo Anna— y vamos a tener mucho tiempo para estar a solas.

—Eso será romántico.

Claudia se desplomó en su silla, sin molestarse siquiera en disimular su envidia.

—Debes de estar deseando que llegue el momento. Citas sin parar.

Ella se dio cuenta de que Pete miraba brevemente a Anna que, de repente, estaba muy ocupada poniendo la mesa. ¿Qué significaba esa mirada? Cuando Anna los presentó, Pete era un adolescente tímido y desgarbado, con el pelo despeinado y una gran pasión por la ciencia ficción, los videojuegos y los crucigramas. Pero había en él amabilidad, calidez y sentido del humor. Anna y él siempre se estaban riendo de algo.

De adulto, se había convertido en un hombre tranquilo y seguro de sí mismo, que sabía escuchar y era un pilar para su familia. También era muy atractivo. Ya no era desgarbado, sino alto, de hombros anchos. Las arrugas en las comisuras de sus ojos azul intenso eran prueba de que su sentido del humor se había mantenido intacto. Lo sabía a ciencia cierta, porque siempre que se alojaba allí, oía a Pete y Anna reírse de algo.

Sintió una punzada de envidia, y esa sensación la irritó. No estaba acostumbrada a sentir envidia. No le gustaba sentir envidia. Tenía cuarenta años y estaba contenta con sus decisiones de vida. ¿No?

Capítulo 7
Hattie

—¿Tienes todo reservado hasta enero? —preguntó Lynda, y le sirvió una taza de té a Hattie—. Es todo un logro. Además, tendrás mucha presión.

Estaban sentadas en la acogedora cocina de la casa de campo de los Peterson y, debido a un generoso trozo de tarta de manzana y jengibre de Lynda y al calor de la estancia, a Hattie le costaba cada vez más mantenerse despierta. Estaba aturdida y sentía pesadez en las extremidades. Apenas podía articular una frase. Aun así, era bueno estar con Lynda, quien siempre hacía que se sintiera como si estuviera haciendo un gran trabajo y no como si estuviera colgando de un hilo.

—No sé si es un logro. Es un alivio, eso seguro —dijo, reprimiendo un bostezo e intentando no arrastrar las palabras—. Si no tenemos problemas con el personal, la posada debería estar bien durante unos meses.

—Seguro que la posada estará bien. La que me preocupa eres tú.

—¿Yo? —preguntó Hattie. Tomó un sorbo de té para despertarse—. ¿Por qué te preocupas por mí?

—Porque tienes veintiocho años y te estás dejando la piel trabajando —respondió Lynda—. Estás a punto de quedarte dormida en mi cocina.

—Tu cocina es cómoda. Además, no he pasado una buena noche. Delphi ha tenido tos y anoche tuvo una pesadilla, así que cedí y la dejé dormir en mi cama.

¿Había hecho algo horrible? Cuando estaba embarazada, leía todos los libros sobre la maternidad que
podía conseguir, pero, después de que naciera Delphi,
ya no había tenido tiempo. Ahora improvisaba sobre la
marcha.

—Se retuerce y se estira y ocupa toda la cama en
transversal. Anoche, cada vez que me dormía, se daba
la vuelta y me despertaba. Además, no dejaba de estirar
los brazos como una estrella de mar y darme bofetadas.

—Aunque no te lo creas, recuerdo bien esos días.

—¿En serio?

Por mucho que lo intentara, no podía imaginarse a
Noah de otra forma que no fuera la de un hombre adulto muy atractivo.

—Pensándolo bien, olvídate del té —le dijo Lynda. Le
quitó con cuidado la taza de las manos y señaló el sofá
que había en la esquina de la habitación—. Cierra los
ojos cinco minutos.

—Oh, no podría. No me sentiría bien.

Pero eso no significaba que no estuviera tentada. Había llegado a un punto en que hubiera matado por una
hora de descanso tranquilo.

—Creo que sí te sentirás bien —insistió Lynda, con
suavidad. La obligó a levantarse de la silla y a acercarse
al sofá.

—Creo que debería volver a la posada. Todavía tengo
que decorar la biblioteca. Es la última habitación que
me falta. Tenía que haberlo hecho antes, pero se me fue
de las manos. Viene un grupo de amigas, son un club de
lectura, lo que me hace pensar que quizá debiéramos
organizarlo regularmente en la zona. Tu club de lectura
se reúne en casa de los participantes los miércoles, ¿no?
Podríais usar nuestra biblioteca... Perdona, ¿cómo he
llegado a tu club de lectura? ¿Qué estaba diciendo?

Se detuvo. De repente, se le había quedado la mente
en blanco.

—Me estabas diciendo que necesitas decorar la biblioteca para unas huéspedes, y yo te digo que lo harás

mejor si no te duermes de pie —respondió Lynda, y ahuecó un par de cojines del sofá—. Cuando Noah era pequeño, lo más difícil para mí era aceptar ayuda, pero las cosas salían mejor cuando lo hacía. Duérmete solo cinco minutos, cariño.

Hattie sintió una oleada de amor y gratitud. Había pasado mucho tiempo desde que alguien la cuidaba, y disfrutó de la novedad de ser la persona cuidada y no la cuidadora. A veces, hacerlo todo sola era difícil. Había que estar alerta constantemente, sin poder desconectar del todo. Y, sin duda, sería un placer cerrar los ojos durante cinco minutos. Pero, aun así, no podía olvidar del todo sus responsabilidades.

—Delphi...

—Yo puedo cuidar a Delphi. Estoy cocinando por aquí y la niña está muy contenta por allá, así que aprovecha unos minutos mientras puedas. No me sorprendería que se durmiera también, justo donde está.

Hattie miró a su hija.

Delphi estaba sentada con las piernas cruzadas sobre un gran cojín, con dos gatitos de Panther en su regazo y su dinosaurio de peluche favorito en el suelo, junto a ella. Parecía completamente satisfecha y Hattie sabía que cualquier sugerencia de que quizá deberían irse a casa suscitaría protestas.

Más allá de las ventanas se veía caer la nieve, que difuminaba el contorno de las montañas. ¿Le haría daño a alguien si cerraba los ojos un momento?

—Delphi está bien —dijo Lynda, y tomó la manta que había sobre el respaldo del sofá—. Hace tiempo que no cuido a un niño de cinco años, pero estoy segura de que todavía puedo hacerlo. Será una buena práctica para cuando sea abuela.

—¿Vas a ser abuela?

—Algún día, espero. Ahora, acuéstate y descansa.

¿Sabía Noah que debía proporcionar un nieto? Estaba demasiado cansada para desentrañar el significado de aquellas palabras y, casi sin saber cómo, se quitó los zapatos y se acurrucó en el sofá. Su cabeza se hundió en una pila de cojines blandos y se quedó dormida al instante. Ni siquiera sintió que Lynda la tapaba con la manta.

Se despertó con el sonido de unas voces y se quedó inmóvil, desorientada.

—Entre dirigir la posada y ser madre, y hacer muy bien las dos cosas, no le queda nada para ella. La chica está agotada y eso no le conviene a nadie. Hay que hacer algo.

—No es una chica —dijo alguien más. Aquella voz era más grave. Más áspera. Noah—. Es una mujer.

—Me alegra que te hayas dado cuenta. Empezaba a preguntarme si tienes ojos en la cara.

—No te entrometas, Lynda —dijo Roy—. Déjalo. No es asunto tuyo.

—Estoy haciendo que sea asunto mío —repuso Lynda—. Es como si fuera de la familia, y Dios sabe que necesita gente que sea como si fuera de la familia, porque no tiene familia de verdad. Pero nos tiene a nosotros. Y no me digas que lo deje en paz, Roy Peterson, porque no voy a hacerlo.

—Quizá ella no agradezca tu intromisión.

—O, quizá, sí. Que alguien no pida ayuda no significa que no la quiera o la necesite. Sobre todo, las mujeres. Las mujeres están tan acostumbradas a sobrellevar las cosas que a veces ni siquiera se dan cuenta de que hay otra salida. Vamos a enseñarle que hay otra salida. Bien. Así que está acordado. La invitarás a salir, Noah. El jueves me viene bien.

—¿Disculpa?

—Tendré que cuidar a la niña, obviamente. El jueves es una buena noche para mí. El martes es el ensayo del coro y el miércoles, el club de lectura. Los fines de semana son los días en que Hattie tiene más trabajo en la posada, así que creo que el jueves es la noche que nos viene bien a todos.

—¿Algo más? —preguntó Noah, entre horrorizado y divertido—. ¿Te gustaría elegir un restaurante? ¿Darme un guion?

—Puedes elegir tú el restaurante, siempre que sea un lugar elegante. Nada de hamburgueserías ni nada demasiado ruidoso, para que podáis oíros. Llévala a un lugar donde necesite arreglarse un poco y comer algo que no cocine normalmente para la niña y para ella. Y, en cuanto al guion, seguro que puedes formular una frase si te lo propones, pero, si necesitas algunas pistas, te sugiero que sea una noche en la que, por una vez, no sea hostelera ni madre —explicó Lynda.

Estaba intentando emparejarla con Noah. Aquello era mortificante. Ella ya estaba completamente despierta, pero mantuvo los ojos fuertemente cerrados porque no era el momento de que supieran que había escuchado la conversación. Se estaba muriendo de vergüenza.

Si antes ya se sentía incómoda con Noah, a partir de aquel momento sería mucho peor. Sobre todo, porque él no estaba precisamente entusiasmado con la sugerencia de su madre.

—Mamá...

—No me llames «mamá» en ese tono.

—Soy un hombre adulto —dijo él. Su tono era sorprendentemente paciente, dadas las circunstancias—. No necesito que mi madre me organice una cita. Puedo organizar mi propia vida social, gracias.

—Bueno, perdóname por no saberlo. Solo puedo basarme en la evidencia que tengo ante mí: eres más lento que tu padre.

—Me movía al ritmo que me convenía —protestó Roy, y Noah extendió la mano por encima de la mesa y se sirvió un trozo de tarta.

—Y yo hago lo mismo.

—Cuando decidiste volver aquí, estábamos encantados, por supuesto. Pero no me gusta verte sacrificar tu vida social por este lugar. Y yo soy tu madre. No es un crimen querer verte feliz.

—Soy feliz —dijo él. Después, hubo una pausa—. ¿Se te ha ocurrido que quizá no quiera pasar una noche conmigo?

—Ya eres un hombre adulto, como bien has dicho, así que estoy segura de que eres lo suficientemente mayor como para soportar el rechazo, si llega.

«Ahora sería un buen momento para despertar», pensó ella, «antes de que la conversación empeore». Por suerte, Delphi se movió en ese momento y Lynda interrumpió la conversación de inmediato.

—La pequeña está despierta. ¿Quién iba a decir que Panther sería un cojín tan bueno? Vamos, cariño, ven conmigo y dame un abrazo. ¿Te apetece un batido de chocolate?

Ella abrió los ojos a tiempo para ver a Delphi rodearle el cuello a Lynda con los brazos y apoyar la cabeza en su hombro mientras la llevaban a la mesa de la cocina.

—Noah, sujétala un momento mientras preparo el batido. Necesito dos manos para la tarea.

Lynda le entregó a Delphi y Noah la tomó y la sentó en su brazo. Delphi le ofreció su dinosaurio de peluche.

—Se llama Enorme.

—Buen nombre.

—Es un diplodocus. Tiene un cuello muy largo. ¿Ves?

Noah le dedicó a Enorme toda su atención.

—Sí que lo veo.

—Duermo con él.

—Eso debe de ser reconfortante. ¿No te despierta?

Ella, que se había despertado con Enorme encajado en la espalda en más de una ocasión, pensó que probablemente debería responder a aquella pregunta. Y, hablando de despertar, decidió que era hora de declararse oficialmente despierta. Se incorporó, mareada por haber dormido tan profundamente.

—Me desmayé. Lo siento.

—No te disculpes —dijo Lynda, mientras se secaba las manos en el delantal—. Es evidente que necesitabas dormir.

—Es por la decoración de los árboles de Navidad —explicó ella, mientras se ponía las botas. No iba a mirar a Noah. No se atrevía—. Y, hablando de árboles de

Navidad, Delphi y yo deberíamos irnos. El árbol de la biblioteca no se va a decorar solo.

—Con más razón hay que comer algo primero. Os dará energía a las dos —dijo Lynda. Puso un batido y una galleta en la mesa—. Solo vamos a tomar una pequeña merienda. Te he preparado una a ti también.

¿Lynda le había preparado una malteada?

—Mi padre hacía unos batidos buenísimos —dijo. A veces, los recuerdos hacían daño y, a veces, calmaban. Aquel fue calmante—. Me recuerda a la infancia. Siempre ponía mucho chocolate.

—Parece que tuviste un buen padre.

—Era el mejor —dijo ella. Se sentó y observó cómo acomodaba Noah a Delphi en la silla, junto a ella. Delphi bebió su batido, sujetando el vaso con cuidado, con ambas manos. Cuando lo dejó, tenía un círculo de chocolate alrededor de la boca y una gran sonrisa.

—Oh, mira la niña, llena de chocolate —dijo Lynda, y mimó a Delphi, que estaba sentada en la silla balanceando las piernas. Después, la miró—. Bueno, Hattie, estaba pensando que el jueves podría ir a tu casa a cuidar a la niña. Me dará una excusa para sentarme tranquilamente con un libro un rato y a ti te dará la oportunidad de salir y dedicarte un tiempo. Has estado trabajando tanto... Te estás esforzando muchísimo y necesitas un descanso.

Hattie se quedó paralizada en la silla. No esperaba que Lynda fuera tan directa.

—La verdad es que no...

—Noah te va a invitar a cenar. Él también ha estado trabajando mucho y estoy preocupada por él. Me estarías haciendo un favor.

Noah frunció el ceño.

—No hay...

—No tienes que agradecerme nada. Te pasas todas las horas cuidando la granja por nosotros y te mereces una noche libre. Jóvenes, deberíais salir a disfrutar. Roy y yo nos las arreglaremos perfectamente, ¿verdad, Roy?

Roy parecía un hombre que sabía cuándo estaba atrapado.

—Seguro que lo conseguiré si me lo propongo.

Ella se aclaró la garganta.

—Estoy bien, de verdad. No necesito una noche libre.

Lynda le dio un apretón en el hombro.

—¿Cuándo fue la última vez que te arreglaste y saliste?

—Bueno, yo...

—Exactamente, no te acuerdas. Eres muy joven, Hattie. Deberías salir y pasar un rato de adultos. ¿No estás de acuerdo, Roy?

Roy estudió la galleta que tenía en la mano.

—Creo que Hattie debería opinar. Quizás no quiera ir a cenar.

—Bueno, claro que sí. La chica tiene que comer, ¿no? Y no quiere comer sola. Así que ya está solucionado.

Lynda recogió los vasos y los metió en el lavavajillas.

—Hace un frío terrible y está nevando otra vez, así que no tienes que volver a casa andando. Noah te lleva.

Ella miró por la ventana y vio que sí estaba nevando. Las nubes se arremolinaban junto a la ventana y ella ni siquiera se había dado cuenta. Terminaría llevando en brazos a Delphi, lo cual estaba bien para distancias cortas, pero, después de un rato, le dolían los brazos y la espalda. Además, no quería que la tos de Delphi empeorase.

Noah tomó sus llaves y, en aquella ocasión, no discutió con su madre.

—Buen plan. Vamos a llevarlas a casa sanas y salvas.

Ella le dio las gracias a Roy, abrazó a Lynda y luego le puso a Delphi, que se retorcía, su abrigo, gorro y bufanda. En cuanto abrieron la puerta de la cocina, el aire frío los azotó. Noah se subió el cuello del abrigo y se giró para mirarla, pero ella había sobrevivido a muchos inviernos de Nueva Inglaterra y sabía cómo vestirse para la ocasión.

Caminaron a paso de tortuga por la nieve recién caída hasta su coche. El aire frío le atravesó la ropa y tuvo ganas de volver a la cálida cocina.

—No es necesario que nos lleves, Noah. Delphi y yo podríamos caminar perfectamente. No necesitábamos que nos rescataran.

Él le abrió la puerta del coche.

—Quizá tú no necesitaras que te rescataran, pero yo sí. Si nos hubiéramos quedado en la cocina mucho más tiempo, mi madre habría planeado el resto de mi vida y no solo la semana que viene.

Subió a Delphi al asiento trasero y le abrochó el cinturón de seguridad con cuidado.

—¿Estás cómoda, cariño?

Delphi asintió y Noah le guiñó un ojo y esperó a que ella subiera al coche. Después, se sentó al volante. Allí, en los confines del coche, era aún más consciente de su tamaño y poder. Se dijo a sí misma que lo que la hacía sentir aquel anhelo intenso y casi doloroso era la amabilidad de Noah con su hija. Se preguntó si le molestaba la idea de llevarla a casa.

—Tus padres son tan amables...

—Te quieren. Piensan en ti como una hija.

—¿Y eso en qué te convierte? ¿En mi hermano?

Vio su sonrisa fugaz.

—Desde luego que no. Y no me querrías como hermano. Soy un pesado. Hijo único, pésimo compartiendo. Si queda un solo trozo de galleta en el plato, será mío. No te trataría de forma especial. Te atropellaría.

No lo creyó ni por un momento. Ya sabía lo generoso que era. Lo había visto repetidamente.

—Yo también soy hija única.

Y, a menudo, deseaba tener a alguien con quien compartir los altibajos de la vida.

—Ahí lo tienes. ¿Te imaginas la escena en la cocina? ¿Los dos peleándonos por ese único trozo de galleta? Podría ponerse violento —dijo él. Arrancó el motor y se dirigió hacia la carretera—. Y bien, sobre la cena. ¿A qué hora te recojo el jueves?

Ella lo miró.

—¿En serio me vas a llevar a cenar?

—Si conoces a mi madre tan bien como creo que la conoces, entonces también sabrás que será más fácil ir a cenar que discutir por ese motivo.

A ella se le aceleró el corazón.

—¿Siempre haces todo lo que te dice tu madre?

—Casi nunca —respondió él—. Solo las cosas que parecen buena idea. Has estado trabajando demasiado. Yo también. Los dos necesitamos comer.

—No sé... —dijo ella, y fingió que reflexionaba—. ¿Vas a pelear conmigo por la cena?

—Eso depende.

—¿De qué?

—De si pides algo que tenga mejor pinta que lo que tengo en mi plato. Si prefiero el tuyo, podría pelear contigo. ¿Te viene bien las siete y veinticinco?

—¿Las siete y veinticinco? Eso es muy específico.

—Mi madre sugirió las siete y media. No conviene que todo le salga como ella quiere.

Habría sido fácil decir que sí. Tenía muchísimas ganas de decir que sí. Con él se sentía más ligera, aunque las cargas de su vida siguieran siendo las mismas. Intentó pensar en las consecuencias. Todo tenía consecuencias.

—No estoy segura de que sea buena idea —dijo.

—Vamos a averiguarlo, ¿de acuerdo?

—¿Nosotros?

—Solo es una cena, Hattie —dijo él. Se detuvo frente a la posada y se giró para mirarla—. La cena, nada más. Si detestas mis modales en la mesa y decides no volver a comer conmigo, no te guardaré rencor —añadió, sonriendo. Ella también sonrió.

—¿Por qué estás tan seguro? Podrías castigarme dándome los árboles de Navidad más pequeños y llenos de maleza de ahora en adelante.

—Solo cultivo ejemplares magníficos.

—Podrías darme uno con el tronco inclinado para que se me caigan todos los adornos.

Él lo pensó.

—Es posible, pero tendrás que arriesgarte. Me pareces una persona capaz de arriesgarse.

Los dos sabían que era de todo menos una persona capaz de arriesgarse, pero la conversación había hecho que se diera cuenta de cuánto deseaba pasar una noche con él, solos los dos. Noah conseguía que todo pareciera sencillo, y ella estaba dispuesta a aceptarlo, aunque sabía que la vida casi nunca era sencilla. Estaba llena de buenas y malas decisiones, de giros y vueltas, de altibajos, de momentos de intenso dolor desgarrador y, ocasionalmente, de momentos de mayor alegría y placer.

Y cuando llegaban esos buenos momentos, había que aprovecharlos.

—De acuerdo —dijo—. El jueves. A las siete y veinticinco.

Y tenía que confiar en que aquella fuese una buena decisión.

Capítulo 8
Claudia

—Podrías reciclarte como maestra —dijo Anna—. Siempre he pensado que sería una carrera gratificante.

—No quiero reciclarme como maestra.

Claudia iba en la parte trasera del coche, mirando por la ventanilla, mientras dejaban atrás la casa y el barrio de Anna. Intentaba no recordar cómo se habían mirado Anna y Pete al despedirse con un beso.

—Y, de todos modos, soy demasiado mayor para replantearme toda mi vida y empezar de cero.

O tal vez no estuviera lista para replanteársela. Todavía estaba asimilando el hecho de haber perdido el gusto por su profesión. Nunca había habido un momento en su vida en el que no hubiera querido cocinar. Era como perder una parte de sí misma. Al recordar la emoción que le provocaba la comida, se sentía desolada.

—Nunca se es demasiado mayor para replantearse la vida —dijo Erica. Era ella quien conducía, pero eso no le impidió intervenir en la conversación—. Y no montéis un drama mientras conduzco.

Anna la miró.

—¿Estás bien? Parece que estás un poco tensa esta mañana. ¿No has dormido bien?

—He dormido bien, gracias.

—¿Ha sido la llamada de trabajo que recibiste en el desayuno? Normalmente tienes la regla de no contestar llamadas de trabajo cuando salimos de viaje.

—Esta fue una excepción, pero no, esa no es la razón. Y no estoy tensa, estoy concentrada.

Claudia se removió para intentar ponerse cómoda, pero era imposible. Se sentía como si estuvieran de vuelta en la universidad. La única diferencia era que estaban en el elegante deportivo de Erica y no en el antiguo Ford Mustang de Anna, donado por sus padres y mantenido por Pete.

Aun así, ella iba apretada en la parte trasera, como siempre. Junto a ella estaba el equipaje que no cabía en el maletero y un montón de regalos. Los de Anna estaban envueltos a mano, cuidadosamente atados con cuerda y decorados con plantas de su jardín. Los de Erica estaban envueltos en papel brillante y caro, doblados con perfección geométrica y atados con lazos. Al ver el envoltorio tan caro de los regalos de Erica, ella se preocupó de no haber gastado lo suficiente. Descartó la idea. Su amistad nunca había sido cuestión de dinero, y nunca lo sería. Había elegido y comprado sus regalos y eso, se dijo a sí misma, los convertía en algo muy valioso.

Volvió a apilar los paquetes para tener más espacio.

—Tengo una pregunta. Dado que no tienes problemas económicos, Erica, ¿por qué no te compraste un coche más grande?

—No necesito un coche más grande.

Ella intentó encontrar una postura que no le cortara el riego sanguíneo a las extremidades inferiores.

—Créeme. Desde donde estoy sentada, veo que necesitas un coche más grande.

—¿Por qué? Normalmente voy solo yo y, de vez en cuando, otra persona —dijo Erica. Le dedicó una sonrisa maliciosa al espejo y ella se echó a reír. Era bueno volver con sus amigas. El solo hecho de estar con ellas hacía que se sintiera mejor, más segura, feliz y ligera.

Sin embargo, también era cierto que les tenía un poco de envidia. ¿Cómo no iba a tenerla? Allí estaba Erica, con su preciosa ropa, tan segura de sí misma y tan feliz con su vida. Tenía estabilidad económica y adoraba su trabajo.

Y, luego, estaba Anna. Anna, con su brillante cabello oscuro y su amabilidad. Llevaba su vida como un vestido favorito que le quedaba a la perfección y le proporcionaba bienestar. Tenía todo lo que siempre había deseado: a Pete y a los mellizos, y un hermoso hogar. El hogar de Anna era como un miembro más de su familia, que los albergaba y guardaba todos sus recuerdos. Representaba la seguridad. Era un lugar donde todos podían reunirse. Claudia estaba muy feliz por sus amigas, pero deseaba estar tan asentada en la vida como ellas. Hacía un año había estado asentada. No tenía ni idea de que todo lo que había construido se iba a derrumbar.

Llevaba diez años con John y, sin embargo, no había visto venir que él iba a irse a vivir con otra persona. ¿Cómo era posible estar con una persona tanto tiempo y no verlo venir? ¿Qué le pasaba? Pensaba en ello constantemente. La atormentaba en mitad de la noche cuando debería estar durmiendo.

Lo había perdido todo y, básicamente, estaba empezando de nuevo a los cuarenta años.

Sus amigas iban haciendo bromas en los asientos delanteros y ella escuchaba, tranquilizada por los chistes habituales.

No todo había cambiado. Aún tenía a sus amigas. Eran el pegamento que mantenía unida su vida. El colchón que amortiguaba los golpes.

Miró por la ventanilla, considerando sus opciones.

—Si has pasado toda tu vida adulta formándote para ser algo, ¿es un desperdicio tirarlo a la basura?

Erica se miró en el espejo.

—Supongo que estamos hablando específicamente de ti, no en general.

—Sí. He pasado tantos años formándome para ser chef que me siento mal por alejarme de... eso.

Erica se encogió de hombros.

—Depende de por qué te vas. Si lo haces porque te molesta que te hayan despedido, entonces sí, es un desperdicio. Te estarías castigando a ti misma sin razón. Pero, si de verdad se trata de que no quieres seguir cocinando y no de tu último trabajo, por supuesto que deberías dejarlo. La vida es demasiado corta para hundirte en algo de lo que no disfrutas.

—¿Aunque lo haya hecho casi toda mi vida?

—Por supuesto. No tienes que seguir trabajando en algo si lo odias. Y ¿quién dijo que tienes que hacer lo mismo para siempre? La gente se recicla constantemente.

Erica conseguía que pareciera muy sencillo, pero ella sabía que no lo era.

—¿Alguna vez os preguntáis si os habéis equivocado en todas vuestras decisiones? Últimamente me lo he estado preguntando mucho.

Anna guardó silencio. Fue Erica quien respondió.

—Nunca —dijo—. Y no vamos a hacer esto. No vamos a pasarnos las cuatro horas del viaje repasando nuestras vidas y pensando que nos hemos equivocado en todo. ¿Qué sentido tendría eso? Son unas vacaciones. El sentido de las vacaciones es dejar atrás los problemas.

«Quizá eso dependa de la magnitud de tus problemas», pensó Claudia. Era difícil dejar atrás los suyos porque necesitaba tomar algunas decisiones, y necesitaba tomarlas rápido. Si iba a dejar de ser chef, tenía que encontrar otro trabajo.

Anna se giró para mirar a Erica.

—¿Seguro que estás bien?

—Estoy perfectamente.

Anna la observó.

—¿Y de verdad no hay nada que cambiarías si pudieras volver atrás?

—¿Aparte de convenceros a las dos de que celebremos nuestro club de lectura en el Caribe? No. Nada —dijo Erica, y agarró con fuerza el volante—. Si tenemos que tener esta conversación sobre los arrepentimientos, vamos a posponerla hasta los noventa. Ahora mismo lo tenemos todo en juego. Si quieres algo, ve por ello.

Claudia no tenía ni idea de lo que quería. Ojalá tuviera la misma claridad de pensamiento que Erica.

No parecía que Anna estuviera dispuesta a cambiar de tema.

—¿No cambiarías nada?

—No —dijo Erica. Estaba exasperada—. No pienso así. No me hago esas preguntas. No sirve de nada. ¿Qué pasa si decides que te equivocaste hace cinco años? No hay nada que puedas hacer ahora. Aprende de ello y sigue adelante.

—Me hago esas preguntas todo el tiempo —dijo ella, y se relajó en el asiento, arrullada por el movimiento del coche y el paisaje cambiante al otro lado de la ventana—. Sobre todo a las tres de la mañana, cuando estoy despierta mirando el techo.

—Ese es tu problema —dijo Erica. Salió de la carretera principal y tomaron un camino que atravesaba una zona boscosa. El camino se extendía frente a ellas, despejado—. Todo el mundo sabe que nunca hay que prestar atención a los pensamientos que surgen en tu mente a las tres de la mañana. Son intrusos que hay que aislar. No hay que escucharlos.

—¿Y si esos intrusos tienen voces fuertes?

—A las tres de la mañana siempre parece que la vida está en su peor momento —dijo Anna—. A mí también me pasa. Creo que el resto del tiempo estoy tan ocupada que solo tengo tiempo para pensar en algo diferente a lo siguiente de mi lista de tareas a mitad de la noche —dijo, y miró a Erica—. ¿Tú no empiezas a divagar si te despiertas a las tres de la mañana?

—Solo hay una razón por la que estoy despierta por la noche —dijo Erica, y Anna puso los ojos en blanco.

—Y así, sin más, volvemos al sexy Jack.

—¿Podríamos dejar de llamarlo sexy Jack?

—No creo —respondió Anna, y estiró las piernas—. ¿Recuerdas todas esas noches en la universidad, cuando nos quedábamos despiertas hablando de qué íbamos a hacer con nuestras vidas?

—Éramos idealistas —dijo ella—. No teníamos ni idea.

—Éramos ambiciosas y audaces —dijo Erica—. Y si no puedes ser ambiciosa y audaz a los veinte, ¿cuándo podrás serlo?

—Creo que ninguna de nosotras se dio cuenta —dijo Anna, lentamente— de que uno puede planear todo lo que quiera, pero, a veces, la vida lleva su curso. Y es impredecible.

Erica giró la cabeza y le dedicó una media sonrisa.

—¿Te refieres a que a Pete y a ti se os olvidó usar condón? Eso fue completamente predecible.

Ella se echó a reír y Anna también sonrió. No era ningún secreto que su embarazo había sido un feliz accidente.

—No sé de qué tienes que preocuparte tú a las tres de la mañana —le dijo a Anna—. Tu vida es perfecta. Tu matrimonio es perfecto.

Anna se quedó callada un momento.

—Nadie tiene una vida perfecta.

Ella sintió una punzada de alarma. Si algo no iba bien en la vida perfecta de Anna, su fe en el mundo y la humanidad quedaría destruida para siempre. ¿Ocurría algo entre Anna y Pete? No. No podía tener nada que ver con Pete. Anna y él tenían una relación sólida. Al pensarlo, se dio cuenta de que no había perdido del todo la fe en el ser humano. John la había engañado, pero ella no creía que no existieran las buenas relaciones.

Por primera vez desde que John la había dejado y se había quedado sin trabajo, sintió algo parecido a la esperanza.

Era como descubrir que una herida, a pesar de la sangre, era superficial, y que sanaría con el tiempo.

Ver a Pete y a Anna la noche anterior había hecho que reflexionara más sobre su relación con John. ¿Cuándo la había mirado John por última vez como Pete miraba a Anna? Y ¿realmente ella sentía por John lo mismo que Anna sentía por Pete? Sus amigos llevaban juntos casi el doble de tiempo que John y ella y era obvio que seguían muy enamorados. ¿Cómo se diferenciaba el amor de una costumbre cómoda?

Trató de quitarse aquella pregunta de la cabeza, porque la encontraba demasiado incómoda para darle vueltas, pero siguió allí, rondando en la periferia de sus pensamientos. La relación de cada uno era diferente, por supuesto, y cada uno quería algo diferente. Se relajó en el asiento, con un poco más de optimismo. Se propuso alimentar ese sentimiento positivo y se centró en Anna.

—¿De qué te preocupas a las tres de la mañana?

—De todo —dijo su amiga—. De todo lo que dije y que desearía no haber dicho. De todo lo que tengo que hacer. De lo que podría salir mal. De lo que está cambiando y se escapa de mi control. Y no me digas que haga una lista de mis preocupaciones antes de dormirme porque ya lo he intentado y no funciona.

Erica la miró.

—¿Para qué te preocupas de todo lo que podría salir mal? ¿Por qué no esperas a que realmente salga mal y te preocupas después?

—Nunca he dicho que mis preocupaciones fueran lógicas.

—¿Qué hace Pete cuando estás despierta, preocupándote?

—Normalmente, está dormido, pero a veces, si estoy muy ansiosa, lo despierto.

—¿Y no te mata por eso?

Anna negó con la cabeza.

—Ese hombre es un santo.

Ella se dio cuenta de que Anna aún no había respondido a la pregunta.

—¿Qué está cambiando en tu vida que se escapa de tu control?

La vida de Anna le parecía tan estable y predecible... Era una de las cosas que más envidiaba.

—Mi familia —dijo Anna, y guardó silencio un momento—. Durante todos estos años, he tenido algún momento de pánico al pensar en el día en que los mellizos se fueran de casa, pero siempre lo dejaba de lado porque era algo del futuro. Sin embargo, la otra noche me di cuenta de que el futuro ya ha llegado. El año que viene se irán, y lo temo.

A Anna le temblaba la voz, y Erica frunció el ceño.

—¿Te preocupa cómo se las arreglarán sin ti?

—No —dijo Anna, y tragó saliva—. Me preocupa cómo me las arreglaré yo sin ellos.

—Pero la alternativa sería que vivieran contigo para siempre. No querrías eso, ¿verdad?

—No, claro que no —respondió Anna. Hizo una pausa y continuó—: O, tal vez, sí.

Erica esperó a que el tráfico se detuviera y giró a la derecha.

—No tiene sentido. Tu trabajo como madre es criar a tu hijo para que sea un ser humano competente, capaz de ser independiente.

—Ya lo sé. Y lo he hecho. Pero eso no significa que vaya a descorchar una botella de champán y a felicitarme por mi buen trabajo cuando se vayan. Los voy a echar muchísimo de menos. Casi desearía que Meg y yo nos peleáramos más, porque así sería más fácil dejarla marchar. Quizá estaría contando los días para que se fuera. Y, por supuesto, no les he dicho que me siento así. Siempre que hablan de la universidad y de irse, los animo y demuestro entusiasmo, lo cual es agotador, por cierto. Pero la verdad es que me encanta ser madre. Es lo que siempre he querido, y ahora se acaba y estoy...

De repente, se le quebró la voz.

—Bueno, estoy desconsolada —dijo.

Se hizo el silencio en el coche. Erica miró por el retrovisor y captó la mirada de Claudia. Ella supo que esa era su señal para que dijera algo.

—Síndrome del nido vacío. ¿No se llama así? —preguntó.

Anna carraspeó.

—Probablemente, pero, en el fondo, no importa cómo se llame. Solo importa lo que se siente, y lo que se siente es horrible. ¡Y ni siquiera ha sucedido todavía! Si me siento tan mal con antelación, ¿cómo me voy a sentir en el momento de la verdad? Y, además de extrañarlos emocionalmente, siento que estoy a punto de perder mi trabajo. El único trabajo que de verdad he querido —dijo. Entonces, le lanzó a ella una mirada de disculpa—. Lo siento. Eso ha sido una falta de tacto, dadas las circunstancias.

—No, no lo ha sido. Yo nunca he tenido esa pasión por mi trabajo —dijo ella.

Se sintió mal por no haber pensado más en cómo se sentiría Anna ahora que los mellizos estaban a punto de irse de casa.

—¿Sabe Pete que te sientes así?

—Sí, pero, para él, es diferente. Su vida no va a cambiar tanto porque pasa mucho tiempo trabajando. Seguro que los echará de menos, pero no será tan difícil para él.

Por supuesto que Pete lo sabía. Si Anna tenía algún problema, se lo contaba a Pete. Hablaban de todo. John rara vez hablaba de sus problemas o sentimientos. Si había tenido un mal día en el trabajo, su solución era salir a correr solo o tomarse una copa. Las pocas ocasiones que ella había intentado hablar sobre su estrés laboral, su respuesta había sido que ya lo resolvería.

Y era cierto. No esperaba que él resolviera sus problemas, pero, en muchas ocasiones, habría agradecido un abrazo o unas palabras cariñosas como las que Pete le dedicaba a Anna cuando estaba estresada. Claudia sentía envidia de la relación de su amiga. ¿Se daba cuenta de lo afortunada que era? ¿De lo raro que era tener una pareja tan cariñosa y comprensiva?

—Conociendo a Pete, seguro que tenía una opinión. ¿Qué cree que deberías hacer?

Anna se mordió la uña.

—Ni se te ocurra preguntar.

—Y ahora, obviamente, tenemos que preguntar y tú tienes que responder.

Erica tocó la bocina, porque otro conductor las adelantó y estuvo a punto de rozar su coche.

—Cuéntanos qué dijo Pete.

Anna volvió a apoyar la mano en su regazo.

—Me preguntó si quería tener otro bebé.

—No lo dices en serio. Eso es cavernícola por su parte.

—Pues a mí me parece que es cariñoso —dijo ella—. Sabe lo mucho que le gusta a Anna ser madre. La conoce bien. De hecho, es muy romántico —añadió, y sintió otra punzada de envidia.

Erica se estremeció.

—Tienes una extraña definición de lo que es romántico. Toma, ten otro bebé. Deja que te encadene a la habitación del bebé unos años más.

—Sabes que Pete no es así —dijo Anna—. Es decisión mía, no me va a obligar.

—Bien —dijo Erica—. Entonces, ¿vas a hacer eso?

—¿Tener otro bebé? No, claro que no —respondió Anna, mirando al frente—. Al menos, no lo creo.

—¿Que no lo crees? ¡Anna, ya tienes casi cuarenta años!

—Gracias por recordármelo. Las mujeres siguen teniendo hijos a los cuarenta, ¿sabes? Pero esa no es la cuestión. La cuestión es que no importa cuántos hijos tengas, siempre hay un último hijo. Así que supongo que, en el fondo, sé que esto es algo que tengo que afrontar. Y solo yo puedo hacerlo. Si decido tener otro bebé, tiene que ser por las razones correctas. Y, ahora, vamos a hablar de otra cosa.

—Dentro de un minuto —dijo Erica, y redujo la velocidad al detenerse el tráfico—. Seguro que el hecho de que los niños se vayan a la universidad tiene sus ventajas. Para empezar, Pete y tú podréis tener relaciones sexuales por toda la casa. Imagínate qué libertad.

—Creo que eso me recordará lo vacía que está la casa.

Así que ella no era la única cuya vida había cambiado, pensó Claudia.

—Es extraño afrontar un cambio tan grande a los cuarenta. Este debería ser un momento para construir sobre todo lo anterior.

—Sí —dijo Anna, y se giró para mirarla—. Y yo no tengo la confianza necesaria para hacer nada diferente. Pero hay muchos ejemplos de personas que sí la tienen.

Erica tamborileaba con los dedos en el volante. Estaba impaciente por que el tráfico se moviera.

—¿Qué dices? ¿Que las decisiones que tomas de joven dictan el resto de tu vida? Eso es absurdo. Por no decir restrictivo. Hay gente que cambia mucho entre los veinte y los cuarenta. Mira el ejemplo de Jack. No se formó como abogado hasta los treinta.

Ella se sintió intrigada, porque Erica no solía mencionar a Jack salvo en relación con el sexo.

—¿En serio? No lo sabía. ¿A qué se dedicaba antes?

Erica miró fijamente la carretera.

—Medicina.

—¿En serio? ¿Era médico? ¿Y lo dejó?

—Sí y sí. No era para él. Podría haber seguido adelante y haber sido médico toda su vida, pero, en lugar de eso, admitió que había cometido un error y empezó de nuevo.

—Es muy valiente —dijo Anna.

—Sí. Pero lo que quiero decir es que nunca es tarde para hacer algo diferente.

—Me gusta —dijo Anna, y se recostó en su asiento—. También me gusta el hecho de que Jack y tú habléis de vez en cuando.

—Yo nunca he dicho que no habláramos.

—Pero no nos habías contado que habéis estado compartiendo secretos íntimos.

Erica emitió un sonido de impaciencia.

—Quizá debieras ser novelista romántica. Hay un hueco en el mercado desde que Catherine Swift se pasó al género negro.

—Estás cambiando de tema —dijo Anna—. Creo que hay mucho más en tu relación con Jack de lo que nos cuentas.

Al notar que a Erica se le ponían los hombros tensos, ella decidió que era hora de hablar de otra cosa.

—¿Hay alguna posibilidad de parar pronto? He perdido la sensibilidad en las piernas.

—¿Quieres cambiarte de sitio? —preguntó Anna, al instante, con generosidad—. Puedo sentarme atrás un rato.

—Eso no tiene sentido —dijo Erica—. Tienes las piernas más largas que Claudia.

—Antes, yo tenía las piernas más largas —murmuró Claudia—, pero he evolucionado con el tiempo para poder encajar en tu coche. Darwinismo o algo así. La supervivencia del más pequeño.

Pararon a comer en un pequeño restaurante de carretera que tenía un árbol de Navidad giratorio y muchas luces centelleantes.

—No me echéis la bronca —dijo Erica—. Las reseñas dicen que la comida es excelente.

Ella intentó no hacer muecas al oír la música navideña metálica de fondo y ver al personal con cuernos de reno. Pidió un sándwich de queso a la plancha. Sus bajas expectativas se desvanecieron al primer bocado. Cerró los ojos mientras masticaba.

—Sencillo, pero delicioso. Queso cheddar curado local y tomates de variedades antiguas. Cuando tienes ingredientes tan buenos como estos, no necesitas inventar platos sofisticados. Si añades un poco de mostaza y un chorrito de bourbon, elevas el sabor a algo espectacular.

Oyó una risa ahogada y abrió los ojos. Vio a sus amigas sonriéndole desde el otro lado de la mesa.

—¿Qué?

Anna miró a Erica, que se encogió de hombros.

—Si no lo ve por sí misma, ¿quiénes somos nosotras para señalárselo?

Ella dejó el tenedor.

—Todavía sé apreciar los ingredientes de buena calidad, sí, pero eso no significa que quiera ser cocinera.

—Claro que no. ¿Podrías pasarme la sal, por favor, Anna?

—Con gusto, Erica.

Anna le pasó la sal y ella suspiró.

—Sois unas...

—¿Unas qué? —preguntó Erica, mientras echaba una cantidad insalubre de sal a sus patatas fritas, que ya estaban saladas.

—¿Somos buenas amigas? Estoy de acuerdo. ¿Cómo es que tuviste tanta suerte?

Ella se rindió.

—Iba a decir unas molestas.

Dio otro mordisco a su sándwich.

—Esto está buenísimo. Hacía meses que no me sentía tan bien —dijo.

Erica puso cara de satisfacción.

—Es nuestra fantástica compañía —dijo.

—Tal vez, o tal vez sea estar de vuelta en la costa este. Tal vez debiera mudarme a Vermont. Sería perfecto.

Erica se estremeció.

—No para mí.

Ella le hizo la pregunta que le rondaba la cabeza.

—Si Vermont no es para ti, ¿por qué lo has elegido para nuestras vacaciones?

Erica quitó con cuidado la lechuga de su hamburguesa.

—Lo elegí porque es perfecto para nuestra escapada. Una posada acogedora, ideal para acurrucarnos, con comida excelente y una bodega muy elogiada. Y porque sabía que os iba a encantar, e intento ser buena amiga.

«No está diciendo la verdad», pensó ella, pero sabía por experiencia que, si Erica tenía algo en mente, siempre tardaba un poco en contárselo.

Anna estaba escribiendo un mensaje en su teléfono.

—¿Estás escribiendo a Pete?

Extendió la mano para agarrar su teléfono, pero Anna lo mantuvo fuera de su alcance.

—No han pasado ni tres horas desde que lo viste. Para.

—Olvidé recordarle que Meg tiene cita en el médico el lunes —dijo Anna, y pulsó «Enviar». Después, dejó caer el teléfono sobre la mesa—. Me alegro mucho de estar con vosotras. Esta semana va a ser genial. Vamos a dormir, a relajarnos, a hacer un muñeco de nieve y, por las noches, podemos tranquilizarnos y resolver todos nuestros problemas, como hacíamos cuando teníamos veinte años.

Erica echó algunas de sus patatas fritas en el plato de Claudia.

—No tengo problema.

Anna sonrió.

—Bien, entonces, tendrás más tiempo para concentrarte en los nuestros —dijo. Le dio un mordisco a su hamburguesa.

Ella la observó un momento.

—¿Cómo es que siempre tienes el pelo tan brillante y saludable?

—Porque vivo una vida sin pecado, llena de frutas y verduras y pensamientos sanos.

Erica se estremeció.

—Preferiría tener el pelo opaco.

—Es broma —dijo Anna, y tomó una servilleta—. Es una mascarilla de las buenas para el pelo. Me di un capricho.

—¿Hiciste algo por ti? Estoy impresionada.

—Hago bastantes cosas por mí misma —dijo Anna—. ¿Qué? ¿Por qué me miráis así?

—Porque nunca haces nada por ti.

—Creo que lo de «nunca» es un poco fuerte. Es cierto que hay ocasiones en las que no les doy prioridad a mis necesidades, pero estoy trabajando en eso. La mascarilla para el pelo fue mi primer intento. Y, dado que te gusta cómo me ha quedado, yo diría que está funcionando —dijo, y sonrió—. Me encanta nuestra semana del club de lectura. ¿Alguien ha leído el libro?

—Por supuesto —dijo Erica. Apartó su plato con la comida a medio terminar—. Ese es el objetivo de nuestro club de lectura.

Anna dejó la hamburguesa.

—¿Desde cuándo solo hablamos de libros? El objetivo del club de lectura es que nos da la oportunidad de hablar de la vida. ¿Y no es para eso para lo que leemos? ¿Para aprender sobre la vida de los demás?

El teléfono de Anna se iluminó y ella lo tomó y leyó el mensaje en la pantalla.

—Se acordaba de la cita de Meg. Ah, y te quiere. Me alegra saberlo, porque todas empezábamos a dudarlo. ¿Puedo responder?

—No —dijo Anna y recuperó su teléfono.

Erica se puso a rebuscar en su bolso.

—Si ya habéis terminado de jugar con el teléfono, deberíamos... ¡Anda ya! Hay pronóstico de fuertes nevadas y a mi coche no le gusta la nieve. A mí tampoco me gusta la nieve. Recordadme otra vez por qué no estamos en el Caribe.

—A mí me encanta la nieve —dijo Anna—. Sobre todo cuando no hay presión para ir a ningún sitio. No hay nada mejor que acurrucarse junto al fuego y ver caer la nieve.

Erica terminó su vaso de agua.

—Se me ocurren muchas cosas mejores.

—A mí también me encanta la nieve. La he echado de menos —dijo ella. Buscó dinero en su bolso, pero Erica hizo un gesto negativo.

—Olvídalo. Invito yo.

Ella notó que le ardía la cara de vergüenza.

—No puedo...

—Sí, sí puedes. No te voy a dar otra opción. ¿Recuerdas aquella vez que pasaste el día en mi apartamento preparando la comida para mi cita de por la noche? Todavía te lo debo.

—Tu ligue se asustó por tus dotes culinarias, así que ¿cuenta?

—Cuenta. Me salvaste de cometer un craso error en una cita.

Erica sacó su tarjeta.

—Aquel tipo se sentía intimidado por una mujer que tenía su propio negocio, disfrutaba del sexo y además sabía cocinar. Me dijo: «Cariño, ¿se te da mal algo?».

Anna se echó a reír e intercambió miradas con ella.

—Y tú dijiste: «Sí, cariño, se me dan mal las relaciones» —dijo— y, luego, lo echaste.

Erica se encogió de hombros.

—¿Qué iba a hacer? Al parecer, se le encogió el ego.

—Mientras eso fuera lo único que se le encogió...

—¡Anna! Se me había olvidado lo atrevida que eres cuando te separamos de Pete.

Se levantaron de la mesa y volvieron al coche mientras Erica pagaba.

—¿Te parece que está más tensa de lo habitual?

—¿Erica? —preguntó Anna, y se acurrucó aún más dentro del abrigo mientras el viento soplaba por el aparcamiento y algunos copos de nieve se arremolinaban a su alrededor.

—Sí. Pero probablemente sea cosa del trabajo. Trabaja demasiado. Siempre le cuesta relajarse. Necesita unas vacaciones.

Ella no creía que fuera eso, pero, como no tenía pruebas que respaldaran su teoría, se limitó a sonreír.

—Estoy segura de que tienes razón.

Anna abrió la puerta del coche.

—¿Quieres sentarte delante un rato?

—No, tú vas delante. No sabría qué hacer con las piernas si tuviera más espacio. Además, sé que te mareas.

Condujeron hacia el norte, y ella fue mirando por la ventana, disfrutando de los bosques nevados y de los pueblos pintorescos de Nueva Inglaterra, llenos de un encanto navideño de antaño. Eran tan bonitos que parecían irreales. Las tiendas y las casas estaban adornadas con luces y vegetación, y por un breve instante se transportó de vuelta a la infancia, a su magia y maravilla. Se quedó a la deriva, recordando, y la voz de Erica la devolvió al presente.

—Aquí está. Ya estamos aquí. Próxima salida a la derecha, si las indicaciones son correctas.

Claudia se sacudió el sueño y se inclinó hacia delante para ver mejor. Una capa fresca de nieve cubría las calles y la gente corría envuelta en gruesos abrigos y bufandas; las bolsas abultadas que llevaban sugerían un frenesí de compras de última hora.

Los árboles que bordeaban la calle brillaban con miles de lucecitas, creando un ambiente festivo.

—Ve más despacio —dijo ella, y se aferró al respaldo del asiento de Erica—. ¡Tienen una librería!

—Genial. Así puedo terminar mis compras navideñas —dijo Anna, y giró la cabeza para mirar cuando pasaban por delante—. Se llama La Librería para Leer un Rato. Es bonita. Me encanta el escaparate. Y tienen sofás. ¿Paramos a visitarla?

—¡Sí! —exclamó ella, con unas repentinas ganas de entrar. Las librerías siempre le recordaban a su madre y, en aquel momento, le iría bien aquella conexión cálida y reconfortante—. Sería el comienzo perfecto para las vacaciones.

—Ahora, no —dijo Erica, y no aminoró el paso—. Tenemos que hacer esto.

—¿Hacer qué? —preguntó ella, e intercambió una mirada de desconcierto con Anna.

Erica hablaba como si fuera una visita al dentista.

—Tenemos que registrarnos.

Ella miró su teléfono. No llegaban tarde. ¿A qué venían las prisas? Sin embargo, no hubo forma de distraer a Erica. Salió de Main Street, dejando atrás la librería, condujo un poco más allá del pueblo, cruzó un puente cubierto sobre un río caudaloso y, allí, enclavada entre abetos e inmediatamente reconocible por las fotos, estaba Maple Sugar Inn.

Al instante, se olvidó de la librería. La posada tenía dos pisos, un porche cubierto y balcones adornados con luces y vegetación festiva. La nieve se aferraba al tejado inclinado y las ventanas estaban cubiertas de escarcha. A cada lado de la puerta principal había un árbol de Navidad muy alto adornado con lucecitas. Todo el lugar brillaba con un encanto navideño de antaño.

Erica aparcó y apagó el motor. Todas se quedaron calladas un minuto.

—Vaya —dijo Anna, con la mirada fija en la posada.

—Sí.

Ella también miraba fijamente hacia el mismo lugar. Tuvo una sensación muy cálida. Nunca había visto un lugar tan mágico. Era como entrar en una postal navideña.

—Supongo que la página web y las fotos no mentían.

—Es todo lo que debería ser la Navidad en Vermont.

Anna le puso la mano sobre el brazo a Erica y dijo, con la voz entrecortada:

—Esto va a ser maravilloso. Gracias por elegir un lugar tan especial. Estoy emocionada.

Erica no dijo nada. Estaba apretando el volante con las manos y tenía los labios entreabiertos, como si estuviera intentando recordar cómo se respiraba. O estaba totalmente abrumada por la misma sensación navideña que las había inundado a ellas, y, tratándose de Erica, eso era improbable. Parecía que estaba sucediendo algo más. Y, a juzgar por la blancura de sus nudillos, no era nada bueno.

Ella se inclinó y le tocó el hombro.

—¿Estás bien, Erica? ¿No es lo que esperabas?

Erica no respondió.

—¿Erica?

Su amiga estaba pensando, analizando las opciones. Que ella supiera, Erica nunca había estado en Vermont y nunca se había alojado en Maple Sugar Inn. ¿Había tenido relación profesional con ellos, quizá? No, eso parecía improbable.

Miró a Anna, que la miró a su vez y se encogió de hombros.

—No creo que debamos aparcar aquí —dijo—. Creo que deberíamos ir al aparcamiento de atrás. Eso decían las indicaciones.

La mención del aparcamiento sacó a Erica de su ensimismamiento.

—Sí. Claro. El aparcamiento —dijo, y se aclaró la garganta—. Buen plan. Entonces, estáis contentas, ¿no?

—Sí, por supuesto. ¿Cómo no íbamos a estarlo? Pero tú...

—Tengo ganas de ver nuestras habitaciones y de hablar de libros.

Erica miró por los retrovisores y se dirigió al aparcamiento. El camino estaba despejado, pero había nieve acumulada a los lados.

Se detuvieron en un espacio vacío. Frente a ellas había un hombre descargando troncos de la parte trasera de un camión con un logo. Ella entrecerró los ojos.

—Árboles de Navidad Peterson. Umm. Le compraría un árbol de Navidad en cualquier momento —comentó.

—Calculo que tiene unos treinta años —dijo Anna. Tomó su bolso y empezó a ponerse el abrigo—. ¿No es un poco joven para ti?

—Según Erica, no. Y es mayor que la novia actual de John.

No quería pensar en eso, así que se concedió un momento para relajarse y admirar. La distracción podía ser algo bueno.

El hombre llevaba una chaqueta y un par de botas de

trabajo desgastadas. Tenía el pelo oscuro y le caía hacia el cuello, y su expresión era seria, casi severa. Al estabilizar los troncos, las vio y les dedicó una rápida sonrisa a modo de saludo, que transformó la severidad en sensualidad.

Ella le devolvió la sonrisa.

—Eso sí que es un hombre que, probablemente, lleva una llave inglesa en el bolsillo trasero todo el tiempo y sabe cambiar una rueda.

Anna se echó a reír y Erica suspiró, como si estuviera olvidándose de cualquier mal pensamiento que la estuviera atormentando.

—Por favor. Yo sé cambiar una rueda. Cuando quieras que te cambie la tuya, avísame. Con gusto te la cambio.

Anna la miró.

—Sabes que no se trata de la rueda, ¿verdad?

—Sí, ya sé que no se trata de la rueda —respondió Erica—. Solo digo que no necesito que ningún hombre me cambie la rueda.

—¿Aunque sea tan mono?

—Sobre todo, si es tan mono. No quiero que se haga una idea equivocada de mí y piense que soy una inútil.

—No se trata de ser inútil —dijo ella—. Se trata de que alguien haga algo por ti porque quiere. Echo de menos eso. Echo de menos a alguien que lo sepa todo sobre mí. Echo de menos esos gestos considerados. Al principio, John me llevaba un café por las mañanas antes de irse a trabajar, sobre todo los días que trabajaba hasta tarde en el restaurante. Y siempre estaba frío al despertarme, pero me lo tomaba de todos modos porque hacía que me sintiera cerca de él. ¿Te parece raro?

—¿Lo del café frío? No, raro no. Asqueroso —respondió Erica. Entonces, captó la mirada de Anna y carraspeó—. Bueno, quizá sea un gusto adquirido.

Ella no esperaba que lo entendiera. Erica valoraba su independencia por encima de todo y odiaba que alguien hiciera algo por ella si ella podía hacerlo por sí misma. Era como si creyese que cualquier gesto desinteresado de otra persona correspondía a una muestra de debilidad por su parte.

—Me gustaba que alguien quisiera hacer algo por mí. Ahora, si quiero té, me lo preparo yo misma.

—Si quiero un té, llamo al servicio de habitaciones —dijo Erica, y levantó una mano para detener la amable reprimenda de Anna—. Sí, ya lo sé, soy una mujer despiadada. Ya se ha dicho antes. Pero no hay nada mejor en esta vida que saber cambiar las ruedas de tu coche y prepararte tu propio té. El amor propio es la nueva relación duradera. ¿No lo sabíais?

—Pero es que la gente hace cosas por los demás porque quiere, no porque la otra persona sea inútil. Como ese hombre —dijo ella, observándolo mientras se alejaba de ellas hacia la posada—. Parece un hombre serio y digno de confianza. De los que no van a salir corriendo en una crisis. Lleva la leña porque se preocupa por alguien. Quiere que estén calentitos y cómodos.

Una joven apareció en la puerta y lo saludó con unas palabras y risas.

—A juzgar por su expresión y la de él, creo que está comprometido —dijo Anna.

—Probablemente lleve leña porque le pagan por ello. Y por supuesto que saldría corriendo en una crisis. Es lo que hacen los hombres —sentenció Erica. Se desabrochó el cinturón de seguridad—. Bueno, ¿podemos dejar esta conversación y empezar nuestras vacaciones?

Ella vio que el hombre entraba por la puerta trasera de la posada.

No creía que saliera corriendo. Pensó que se mantendría firme y se enfrentaría a lo que se avecinara. Sin embargo, no estaba realmente interesada en él. No le interesaba tener ninguna relación en aquel momento, pero era un alivio poder seguir admirando a un hombre atractivo cuando se cruzaba en su camino. Era algo así como dar otro paso adelante.

La mujer a la que quisiera aquel hombre, pensó mientras tomaba un montón de regalos del asiento, era una persona afortunada, pero ni de lejos tan afortunada como la dueña de la posada.

Nunca había creído en el amor a primera vista, pero, al mirar las ventanas resplandecientes y el techo nevado de Maple Sugar Inn, de repente sí creyó.

Se olvidó del hombre; lo que quería realmente era la posada. Estaba segura de que, si la posada le perteneciera, viviría feliz para siempre.

Capítulo 9

Anna

La posada era cálida y acogedora. Cuando Anna cruzó el umbral y vio el enorme árbol de Navidad lleno de luces y adornos, pensó: «Ojalá estuviera aquí con Pete».

Últimamente, él le había sugerido varias veces que fueran de viaje, pero ella siempre encontraba una excusa para no hacerlo. Era uno de los pocos puntos de tensión entre ellos. Parecía que no entendía que ella necesitara estar con los niños. Era difícil encontrar un momento. Se preguntó si debería haberlo hecho.

—Quiero vivir aquí para siempre —dijo Claudia, mirando el árbol.

—Eres un genio de las vacaciones, Erica.

—Sí —dijo Anna. Estaba a punto de preguntarle a Erica si estaba contenta con todo cuando una joven salió de una habitación del fondo. Era la misma mujer que habían visto saludando al hombre de la leña. Tenía las mejillas sonrojadas y su cabello formaba una nube de rizos alrededor de su cara sonriente.

—Hola, debéis de ser Erica, Anna y Claudia. Bienvenidas. Yo soy Hattie.

¿Aquella era Hattie?

Parecía tan joven... Demasiado joven para tener una hija y estar a cargo de la posada.

Y, entonces, recordó que ella tendría más o menos esa misma edad cuando nacieron los mellizos. Miró a

Erica, esperando que tomara la iniciativa al haber hecho la reserva, pero Erica estaba paralizada, mirando fijamente a Hattie.

Ella no tenía ni idea de cuál podría ser el problema. Erica solía ser directa y eficiente, pero nunca grosera. Además, rara vez se quedaba callada. Normalmente, ya estaría tomando las riendas, no porque Claudia y ella fueran menos competentes, sino porque no podía evitarlo.

Anna esperó un momento, dio un paso al frente y extendió la mano.

—Hola, soy Anna. Este lugar es increíble. Me siento como si estuviera en el set de una película navideña.

No tenía ni idea de qué le pasaba a Erica, pero no quería que Hattie pensara que tenía algo que ver con la calidad del establecimiento.

Hattie apartó la mirada ansiosa del rostro de Erica.

—Me alegro. Queremos que vuestra estancia sea especial, así que, si necesitáis algo, por favor, hacédmelo saber. Ahora, voy a registraros y enseñaros vuestras habitaciones.

Se inclinó hacia delante y pulsó un par de teclas en el ordenador.

—Tenéis tres habitaciones contiguas. Erica está en la Habitación del Río.

La muchacha levantó la vista y ella le dio un codazo en las costillas a Erica. Erica se despertó.

—¿No eres de por aquí, verdad?

—Soy británica. Nací y me crie en Londres, pero vine a vivir aquí cuando conocí a mi marido.

Hattie se dio cuenta de que Erica estaba mirando las fotografías de su escritorio.

—Ese es mi marido con nuestra hija, Delphi. Estoy segura de que vais a conocerla en algún momento. Tiene cinco años y se las arregla a menudo para estar donde no debe. Aquí tienes la llave de tu habitación.

Erica alargó la mano para tomarla y, al hacerlo, tiró la otra foto del escritorio.

—Lo siento —dijo. La recogió y ella esperó a que volviera a colocarla en su sitio, pero Erica la sostuvo y la miró en silencio. Finalmente, miró a Hattie—. ¿Quién es?

Ella sintió una punzada de vergüenza, pero Hattie se mostró cálida y amigable, y no pareció que se ofendiera en absoluto.

—Soy yo, con mi padre.

—¿Tu padre? Te está sosteniendo. Balanceándote por el aire.

—Así es. Le encantaba hacer eso. Esta es mi foto favorita de él. Falleció hace siete años. Lo echo de menos todos los días. Tenía unos cuatro años cuando nos hicieron esa foto, pero lo curioso es que recuerdo ese día con claridad. Es mi primer recuerdo.

Erica se quedó mirando la foto un buen rato.

—Entonces, estabais muy unidos.

Ella se movió en el asiento con incomodidad. La situación se estaba volviendo embarazosa. ¿Por qué hacía Erica aquellas preguntas personales? ¿Desde cuándo mostraba tanto interés por un desconocido? ¿Qué estaba pasando? Quizá tuviera algo que ver con la Navidad. Quizá Erica estuviera pensando en la familia. Ella sabía que, aunque nunca lo admitía, Erica había quedado profundamente marcada por cómo las había tratado su padre a su madre y a ella. Sus actos habían definido su vida, prácticamente.

Quizá el hecho de cumplir cuarenta años hubiera afectado más de lo que pensaba a su amiga.

—Estábamos muy unidos, sí —dijo Hattie. Parecía que estaba un poco desconcertada, pero seguía siendo dulce y educada—. Mi madre murió justo después de que yo naciera, y mi padre me crio solo. Fue una relación especial. Me siento afortunada. Anna, estás en la Habitación del Bosque. Espero que te guste. Avisadme cuando queráis tener vuestras charlas del club de lectura y os reservaré la biblioteca. El único día que no está libre es el miércoles por la noche —dijo. Le entregó una llave y luego hizo lo mismo con Claudia. Su mirada se desvió nerviosamente hacia Erica, que aún sostenía la fotografía—. Si os parece bien, os voy a enseñar vuestras habitaciones y haré que suban vuestro equipaje.

—Podemos llevar nuestro equipaje, sin problema —dijo Claudia, agarrando sus maletas y las de Erica.

La empujó suavemente. Erica se fijó en ella con la mirada perdida, como si hubiera olvidado dónde estaba.

—Equipaje. Posada. Vacaciones —murmuró Claudia—. ¿Te suena alguna de estas palabras?

Erica volvió a dejar la fotografía con cuidado sobre el escritorio. Estaba pálida y tenía aspecto de cansada, y ella se preocupó de verdad. ¿Acaso estaba enferma? ¿Tenía alguna crisis de salud? Sería típico de Erica apoyarlas a ellas en una crisis y no mencionar la suya.

—Eres muy amable —le dijo a Hattie, sonriendo, haciendo todo lo posible por compensar el extraño comportamiento de Erica—. Todas necesitamos urgentemente un buen descanso, como probablemente habrás notado, y estamos emocionadas de estar aquí. Guíanos.

Siguieron a Hattie hacia las escaleras, subieron un piso y recorrieron un pasillo.

—Estas tres habitaciones son las vuestras —señaló Hattie—. La biblioteca está decorada para Navidad y la chimenea está encendida, así que, si queréis tomar el té después de deshacer las maletas, puedo organizarlo.

Ella echó un vistazo rápido a la expresión petrificada de Erica y decidió que tal vez iban a necesitar algo más fuerte. Decidió que, cuanto antes estuvieran las tres solas, mejor.

—Gracias, pero podríamos dar un paseo. El pueblo nos ha parecido tan bonito... Seguro que estás muy ocupada, así que no te entretenemos más.

En cuanto Hattie se alejó, ella le quitó la llave de los dedos entumecidos a Erica y abrió la puerta.

—Vamos a entrar.

Empujó la puerta y suspiró de satisfacción. La habitación era espaciosa y tenía mucha luz gracias a dos grandes ventanas con vistas a las montañas nevadas. Había una chimenea, una silla cómoda para leer y un pequeño escritorio debajo de una de las ventanas.

—Es precioso. Qué lugar de ensueño. ¿Te parece bien esta habitación, Erica? ¿Quieres echar un vistazo a las demás por si prefieres otra?

Quizá lo único que ocurría era que Erica pensaba que aquel sitio no era para ella. Era pintoresco y peculiar, y Erica prefería lo elegante y moderno. Su amiga ni siquiera miró a su alrededor. Simplemente, se sentó en la cama.

Ella miró a Claudia. Claudia cerró la puerta con fuerza para que se quedaran solas.

—Bueno, dinos qué pasa. Y no digas que no es nada.

—Tenía algo que ver con esa foto, ¿verdad? —preguntó ella. Se sentó a su lado y la rodeó con el brazo—. Cuéntanos.

—¿O es este lugar? Has estado actuando de forma extraña todo el viaje. Estás tensa —dijo Claudia, y se sentó al otro lado con una actitud protectora—. Si es demasiado pintoresco y navideño, podemos irnos. Busquemos otro sitio.

Erica emitió un sonido entre risa y sollozo.

—¿Haríais eso?

—Por supuesto —dijo ella, y trató de ignorar la decepción. El lugar era perfecto, pero aquella semana se trataba de personas, no de lugares. Sus amigas. Si no era perfecto para Erica, entonces se irían—. Te queremos. Esta es nuestra semana especial. Queremos que seas feliz y te diviertas. ¿Es eso lo que está mal? ¿Es este lugar?

—Sí. No. No exactamente. No de la forma que pensáis —dijo Erica.

Se frotó la mejilla con la palma de la mano y, entonces, Anna se dio cuenta de que estaba llorando.

Erica. Llorando.

Ella lloraba con frecuencia. Lloraba en las películas. Lloraba con los libros. Lloraba cuando veía fotos de los mellizos de pequeños, porque eran tan lindos..., y aquellos días habían sido tan felices..., y nunca los iba a recuperar... Lloraba cuando Pete le compraba flores porque significaba que él pensaba en ella durante el día, y lloraba cada vez que se iba de casa de sus padres después de una visita porque los quería, estaban envejeciendo y odiaba dejarlos.

Erica nunca lloraba. Comía palomitas en las películas tristes; movía la cabeza con incredulidad cuando sus amigas lloraban con libros tristes.

A ella se le partió el corazón.

—Por favor, no llores.

—Es culpa tuya, por ser tan amable. Deja de serlo —dijo Erica, y sorbió por la nariz—. ¿Alguien tiene un pañuelo?

—Seguro que Anna sí —dijo Claudia—. Anna tiene de todo en ese bolso suyo. Podría alimentarte y salvarle la vida a alguien.

Ella, obedientemente, sacó un pañuelo y Erica se lo quitó de las manos.

—Gracias. Lo siento. Se supone que esto es una escapada tranquila y lo estoy estropeando todo.

—No estás estropeando nada —dijo ella, y le apretó los hombros—. Sea lo que sea, puedes decírnoslo. Somos tu familia.

Erica esbozó una sonrisa llorosa.

—Pete y los niños son tu familia.

Ella percibió el temblor de la inseguridad y se quedó atónita. No era Erica.

—Sí, pero tú también. Y nunca te he dado motivos para dudarlo. Claudia tampoco. Las tres somos una familia desde el día en que entraste en nuestra habitación y reclamaste la litera de arriba.

—¿Es por un hombre? ¿Es por Jack? —preguntó Claudia, con el ceño fruncido—. Porque puedo pegarle. He estado practicando los golpes de boxeo y soy buena. Agradecería poder practicar en la vida real.

Erica se presionó el pañuelo contra los ojos.

—No es nadie a quien puedas golpear. No es Jack —dijo, y respiró entrecortadamente—. No debería haber venido. Ha sido una estupidez. Una mala decisión. Debería haber sido sincera con vosotras para que pudierais convencerme de que no lo hiciera.

—Así que es este sitio —dijo Claudia, y sacó su teléfono—. Vamos a buscar otro hotel enseguida. ¿Dónde está el pueblo más cercano, Anna? Vamos a un sitio donde pasar la noche y mañana nos vamos a Boston. Será genial pasar una semana en Boston. Podemos correr junto al río Charles, sentarnos en las cafeterías y fingir que volvemos a ser jóvenes universitarias.

—No, no es este lugar. No exactamente —dijo Erica. Se sonó la nariz y ella le dio un pañuelo limpio.

—La fotografía te molestó. Es obvio que Hattie tenía una relación cercana con su padre —dijo—. ¿Te entristeció verla con su padre?

—Sí —respondió Erica, mientras hacía una bolita con el pañuelo—. Sí, me puso triste.

—Parecía un buen tipo —dijo Claudia, y levantó la vista del teléfono—. Un buen padre. Hattie tuvo suerte. Solo que su marido murió, así que quizá no tuvo tanta suerte...

Su voz se fue apagando y miró a Anna en busca de ayuda. Ella tenía muchas ganas de decir lo correcto, pero no sabía qué era. No estaba segura de a qué se refería Erica.

—Debe de ser doloroso ver a un padre cariñoso y atento cuando el tuyo te abandonó al nacer.

—Sí que duele.

—El padre de Hattie era buena persona. Tu padre no lo era y eso es una mierda —dijo Claudia, e hizo una pausa—. No sirvo para esto. Estoy diciendo tonterías. Lo siento.

—No, tienes razón. Es una mierda de verdad —dijo Erica—. Sobre todo, porque el padre de Hattie y el mío son la misma persona. El mismo tipo.

Hubo un largo silencio.

—¿Qué? ¿Qué dices? —preguntó ella. Le daba vueltas la cabeza—. ¿El padre de Hattie?

—Sí, el padre de Hattie. Ese padre cariñoso —dijo Erica. Tomó el paquete de pañuelos de su mano y añadió—: También era mi padre. Mi padre. El que me abandonó cuando tenía ocho minutos de vida.

Capítulo 10
Erica

Erica se levantó y se acercó a la ventana. Hattie tenía razón. Las vistas eran increíbles, pero no le habría importado que fueran las de un aparcamiento. Se sentía atormentada por unos sentimientos nuevos para ella. No estaba acostumbrada a la confusión ni al sentimiento de debilidad y, en aquel momento, se sentía confundida y vulnerable.

Al ver aquella fotografía se había quedado hundida. Fue como si alguien le hubiera dado un golpe en el corazón con un bate de béisbol. Como si todo la estuviera estrujando por dentro. No conocía esa sensación. Tal vez fuese el pánico, pero ella nunca había sentido pánico, así que no... no podía ser eso.

Se sintió como si las paredes de la habitación se cerraran sobre ella.

Había llegado allí pensando que podría tomárselo con calma, observar, averiguar lo que necesitaba averiguar y, después, tomar una decisión mesurada basada en los hechos. No esperaba verse inmersa en unas emociones tan viscerales que la habían dejado sin aliento.

Lo que pensaba y sentía con respecto a su padre le había sido transmitido por su madre.

«Algunos hombres no pueden asumir la responsabilidad».

«No puedes fiarte de que un hombre te apoye en los momentos difíciles».

Esas eran las respuestas que recibía cada vez que preguntaba por su padre. Su madre le había echado toda la culpa.

«Algunos hombres no están hechos para ser padres».

Sin embargo, ahora tenía pruebas de lo contrario. Quizá su padre no había sido capaz de cumplir con sus responsabilidades hacia ella, pero sí había sido un buen padre para Hattie. Quizá algunos hombres no estuvieran a su lado en los momentos difíciles, pero su padre sí se había quedado con Hattie. La había apoyado en las circunstancias más difíciles. Había sido un gran padre para Hattie.

Y ¿qué significaba eso?

Erica se abrazó a sí misma.

¿Había pensado su padre en ella alguna vez? Durante todos esos años felices con su segunda hija, ¿había pensado en la primera? Cuando abrazaba a Hattie, ¿alguna vez sintió una punzada de arrepentimiento o culpabilidad por no haberla abrazado a ella?

Apoyó la frente contra el cristal.

¡Por Dios, tenía cuarenta años, y había cuidado de sí misma desde que tenía uso de razón! Incluso cuando era pequeña, su madre insistía en que resolviera sus propios problemas. No tenía por qué estar allí con las piernas temblorosas, sintiéndose tan indefensa como una niña. Y, claramente, no tenía por qué llorar. Era patético.

Estaba avergonzada. No entendía por qué algo tan lejano de su pasado podía causarle semejante caos emocional en el presente.

Tardó un momento en darse cuenta del silencio.

Se giró y vio a sus dos amigas mirándola con desconcierto.

No sabían qué decir. Y no las culpaba. Ella tampoco sabía qué decir.

Se encogió de hombros con torpeza.

—Esta es la primera vez que lloro, ¿verdad?

Claudia fue la primera en hablar.

—No lo entiendo.

Erica se encogió de hombros.

—Yo tampoco. Al parecer, soy más sensible de lo que pensaba. Es un descubrimiento inquietante.

—No me refiero a esa parte —dijo Claudia, e hizo un gesto con la mano—. Es decir, no entiendo cómo el padre de Hattie puede ser tu padre.

—Yo tampoco. Esto no tiene sentido —dijo Anna—. Hattie es británica. Creció en Londres.

—Sí, creció en Londres. Nació allí y su madre era británica. Pero su padre... —dijo Erica, y respiró profundamente—. Su padre era de Nueva York.

—¿Cómo sabes todo esto? —preguntó Claudia, mirándola fijamente—. Tu madre se negaba a hablar de él.

—Es cierto. Nunca habló de él, salvo cuando lo ponía como ejemplo de la locura de depender de alguien más que de ti misma.

Debería haber contado antes con sus amigas. Ojalá lo hubiera hecho. Sin embargo, abrirse a los demás nunca había sido fácil para ella y no había encontrado el momento adecuado para hablar de aquello.

—¿Os acordáis del día que vacié la casa de mi madre, después de su muerte?

—Claro que nos acordamos —dijo Claudia—. Estábamos allí.

—Lo sé. Fue una tarea horrible y vosotras fuisteis increíbles.

Las dos se habían empeñado en acompañarla, aunque ella no se lo había pedido. Habían llevado comida y, lo más importante, su amistad. Ella necesitaba su amistad mucho más que la comida.

—Encontré algo escondido entre las cosas de mi madre. Casi lo pierdo.

—¿Qué encontraste?

Se habían olvidado de la habitación de la posada, de las vistas, del equipaje, del libro que habían leído y del propósito de su viaje. Las dos estaban concentradas en ella, y Erica sintió una punzada de culpabilidad porque se suponía que aquella iba a ser una semana divertida y, en aquel momento, era de todo menos eso. Había estropeado sus vacaciones. Debería haberlas avisado para que pudieran elegir. Ellas podían haberle dicho: «De ninguna manera queremos desperdiciar nuestra semana del club de lectura indagando en tu pasado. Se supone que es algo relajante. Elige otro hotel».

Pero, incluso mientras lo pensaba, lo descartó. Si se lo hubiera dicho, sus amigas habrían querido acompañarla. Se habrían empeñado. Así eran.

—Encontré una tarjeta —dijo—. Una tarjeta de cumpleaños para mí.

—¿De tu padre? —preguntó Claudia—. ¿Y no nos lo dijiste? ¿Por qué no?

—No pasa nada —dijo Anna, y le tocó el brazo, pero Claudia se la quitó de encima.

—Sí, la verdad es que sí. Esto es muy importante. Somos tus mejores amigas. ¿Por qué no nos dijiste algo tan importante?

—No lo sé —dijo Erica. Ella se había hecho la misma pregunta—. Me quedé impactada. Lo estaba procesando.

—Bueno, eso podría explicar por qué no nos lo dijiste en ese momento, pero fue hace dos años y no nos has dicho ni una palabra.

—Lo bloqueé. Intenté olvidarlo. Es lo que hago. Ya sabéis, es lo que hago siempre.

Sintió que la emoción la invadía y no sabía qué hacer. Nunca se había sentido así. No tenía experiencia en aquello.

—No quería disgustaros.

—No nos has disgustado —intervino Anna—. Lo importante es el ahora, no lo que haya pasado. Esa tarjeta... ¿Tu madre nunca te la dio ni te la mencionó?

—No.

Y se preguntaba por qué. Se había imaginado muchas posibilidades, pero nunca lo sabría con certeza porque su madre se había ido y, con ella, todas las respuestas a las preguntas que Erica nunca podría hacerle.

Claudia se mordió el labio.

—¿Qué decía?

—Nada. Solo su nombre.

—¿Qué nombre? —preguntó Claudia, con su habitual atención al detalle—. ¿Su nombre real o... papá?

—No lo recuerdo.

Lo recordaba perfectamente. Decía *Jeff, tu padre*. Era revelador que él sintiera la necesidad de presentarse. Claro que, si no se hubiera ido poco después de que ella naciera, tal vez no hubiera sido necesario.

No les dijo que cuando encontró la tarjeta, la rompió en cuatro pedazos. Ni que luego la volvió a pegar.

Anna no la habría roto. Anna la habría doblado cuidadosamente y la habría guardado en un archivador. Anna habría pensado detenidamente en la mejor manera de lidiar con aquel hallazgo.

Probablemente, Claudia le habría prendido fuego.

Anna se quitó las botas y se acurrucó en la cama, preparándose para una buena conversación.

—Pero, si te envió una tarjeta, significa que estaba pensando en ti. Que no se fue y se olvidó de ti. Tal vez las cosas no sucedieran exactamente como dijo tu madre.

—O, tal vez, sí sucedieron exactamente como ella dijo y él se lo pensó mejor.

Claudia frunció el ceño.

—¿Había más tarjetas?

—No, solo una.

—Pero ¿por qué se molestó en enviar una tarjeta de cumpleaños y no volver a hacerlo? Eso no tiene sentido. Bueno, no es que espere que el comportamiento masculino tenga sentido —dijo Claudia, y comenzó a pasearse por la habitación, como hacía siempre que pensaba—. O sea, se va. Tu madre no sabe nada de él. Luego te envía una tarjeta. ¿Por qué?

Ella se había estado haciendo las mismas preguntas una y otra vez.

—Tal vez tuvo un momento de culpabilidad y, después, le resultó más fácil no volver a molestarse.

—¿Tenía fecha? ¿Sabes cuándo la envió?

—La envió cuando yo tenía doce años. Una sola tarjeta.

—Pero ¿por qué...? —preguntó Claudia, pero se quedó callada y dejó de pasearse. Miró a Anna y dijo—: Bueno, sea cual sea la razón, es muy duro. Ojalá nos lo hubieras dicho.

—Ojalá nos lo hubieras dicho, sí, porque hubiéramos querido apoyarte y estar a tu lado —dijo Anna, en voz baja—. ¿Necesitas un abrazo?

Era tan propio de Anna, que ella estuvo a punto de sonreír.

—No necesito un abrazo, pero gracias.

Claudia aún estaba asimilándolo todo.

—Durante todos estos años has creído que tu padre se fue y no miró atrás. Que no pensó en ti ni una sola vez. Pero, claramente, sí pensó en ti.

—Al menos, el tiempo que tardó en enviar la tarjeta.

Claudia se dio un golpecito en la mejilla con el dedo.

—¿Estás molesta con tu madre por no decírtelo?

—Al principio, estaba confundida. Quizá un poco enfadada. Pero luego lo vi desde su perspectiva. El hombre la dejó cuando estaba en su punto más vulnerable. Ella había puesto toda su confianza en él. Así que no podía culparla por protegerse cuando él se puso en contacto con ella después de tanto tiempo. Supongo que fue algo inesperado.

—No creo que estuviera protegiéndose solo a sí misma —dijo Anna. Se levantó y sirvió un vaso de agua de la jarra que estaba sobre la mesa. Se lo entregó a Erica—. Te estaba protegiendo a ti también. A su hija. Él os hizo daño a las dos. Os decepcionó. Ella no podía correr el riesgo de que volviera a hacerlo. Por lo menos, así me sentiría yo si Pete se hubiera ido cuando nacieron los mellizos. Ella estaba tratando de ser fuerte por las dos.

Erica sintió que el corazón le daba un vuelco.

—No lo había pensado así —dijo, y tomó un sorbo de agua.

¿Era eso lo que había pasado? Intentó imaginar cómo debió de sentirse su madre cuando llegó aquella tarjeta. Intentó imaginársela tomando la decisión de cómo responder. Ella tenía doce años. ¿Su madre había sopesado dársela o había decidido de inmediato no enseñársela jamás?

Anna sirvió agua para Claudia y para ella.

—Pero ¿qué tiene que ver Hattie con esto? ¿Sabía tu madre de su existencia?

—No lo sé. Supongo que no. Entre sus cosas no había nada que diera a entender que hubiera vuelto a tener contacto con él ni que supiera algo sobre sus circunstancias.

—Sigo sin entenderlo —dijo Claudia—. Encontraste la tarjeta hace dos años. ¿Qué hiciste? ¿Buscaste a tu padre?

—Al principio, no hice nada. Echaba muchísimo de menos a mi madre. Decidí que, si ella no quería que supiera lo de la tarjeta, yo olvidaría que la había visto. Quería respetar sus deseos. Además, estaba enfadada, recordaba lo difícil que fue su vida al principio y lo culpaba a él.

Empezaba a tener dolor de cabeza. Terminó el vaso de agua y se lo devolvió a Anna.

—Pero no podía olvidarlo. Y, hace unos meses, decidí averiguar más, así que contraté a alguien. Quería saber si mi padre estaba vivo y qué estaba haciendo. No tenía intención de ponerme en contacto con él, ni nada por el estilo. Solo quería saber qué le había pasado. Era algo así como un asunto pendiente.

—No puedo creer que contrataras a un investigador privado —dijo Claudia, que estaba fascinada—. Solo he visto eso en las películas. No sabía que la gente lo hiciera en la vida real.

Anna estaba concentrada en Erica.

—¿Y qué averiguaste?

—Bastantes cosas —dijo Erica, pensando en el archivo que tenía en el ordenador—. Se fue a vivir a Inglaterra justo después de dejar a mi madre. Supongo que, si vas a huir, mejor que te vayas lejos. Estuvo un tiempo trabajando allí y, varios años después, conoció a una mujer con la que se casó. Tuvieron una hija: Hattie. Su esposa murió una semana después de dar a luz, a causa de un coágulo de sangre.

—Oh, qué trágico —dijo Anna, y se sentó con fuerza en el borde de la cama.

—Sí. Él se quedó con una recién nacida. Supongo que, si hubiera querido huir de la paternidad por segunda vez, lo habría hecho entonces, pero no lo hizo. Crio solo a la niña. Estos son los hechos, pero los hechos no te dicen nada, en realidad. No me dicen si alguna vez pensó en su otra familia, ni si se arrepintió de cómo trató a mi madre.

—Y a ti —dijo Anna, en voz baja—. No solo abandonó a tu madre. También te abandonó a ti.

Era típico de Anna comprender el impacto emocional de cualquier situación.

—Es cierto. Esa información no me dice cómo reaccionó cuando murió su esposa ni si fue un buen padre, aunque se quedó con su hija, así que fue un comienzo y una mejora muy clara con respecto al trato que me dio a mí.

Claudia golpeó su vaso vacío contra la mesa.

—Todavía no estamos listas para subirle la nota.

—Yo tenía más preguntas que respuestas. Y, entonces, entramos en esta posada, vi esa foto y las respuestas estaban ahí mismo —dijo, y sintió un dolor en el centro del pecho—. Sin importar lo que sintiera por nosotras, su primera familia, a su segunda familia sí la quiso. No las abandonó, como hizo con nosotras. Esa segunda vez no salió corriendo, crio solo a su hija. Fue un buen padre.

—Quizá lo fuese —dijo Anna. Bajó las piernas de la cama y caminó hacia ella—. Y eso es bueno por un lado, pero, por otro, es muy duro. Tiene que doler.

—Todavía lo estoy procesando.

No era capaz de entender lo que sentía, o quizá no quisiera. No quería tener unos sentimientos tan fuertes por ningún motivo. Prefería pasar por la vida sin profundizar.

—Espera... —dijo Claudia, y se reunió con ellas junto a la ventana—. Eso significa que Hattie es tu hermanastra. Tienes una hermanastra.

Ella sintió aún más dolor.

—Así es.

Las tres asimilaron las implicaciones de eso.

—Bueno... —dijo Claudia, y tragó saliva—. O sea, parece agradable. ¿A ti no te lo parece, Anna? Es cálida y cariñosa. Además, tiene muy buen gusto para las botas. Y buen ojo para la decoración de interiores, a juzgar por la posada.

—Sí —respondió Anna. Se llevó la mano al pecho. Tenía los ojos brillantes—. Erica, ¿te das cuenta de lo que significa esto? Tienes familia. Familia de verdad. Y Hattie tiene una hija, lo que significa que eres tía.

—Basta. Sabes que esa palabra me asusta.

—Lo sé. Te negaste a que mis hijos te llamaran tía Erica.

Ella intentó no encogerse.

—Es demasiada responsabilidad —dijo.

—A mí también me asusta ser tía. Sobre todo, porque es caro —dijo Claudia—. Le dije a mi hermana que se quedara en dos, pero ¿me hizo caso? No. Ya puedes empezar a ahorrar.

—Pero... tienes familia —dijo Anna, subrayando la palabra, y ella suspiró.

—Solo en tu mundo la familia es el equivalente a un edredón de plumas para todo tipo de climas, que sirve para protegerte de todo. Hattie y yo no somos familia, Anna. Somos desconocidas.

—Pero no por mucho tiempo. Eso lo vas a arreglar. ¿Cuándo piensas decírselo? ¿Quieres que estemos allí cuando lo hagas? ¿Cómo podemos apoyarte?

Ella se frotó el pecho. No recordaba haber sentido nunca tanto estrés.

—No pienso decírselo.

Se hizo un silencio de asombro.

—¿No piensas decírselo? —preguntó Claudia, pronunciando las palabras con cuidado—. ¿Nunca?

—Eso es.

Erica se volvió hacia la ventana. Le temblaban las piernas y estaba un poco mareada.

—Pero, si no se lo vas a decir —dijo Anna, lentamente—, ¿por qué has venido?

Aquella era una pregunta razonable.

—Porque acabo de tomar la decisión. Antes de llegar aquí, no había decidido qué iba a hacer. Solo estaba investigando. Leí sobre ella en el informe... Leí que era viuda y que estaba sola con una hija, y pensé que quizá estuviera pasando por momentos difíciles, igual que mi madre. Y pensé en venir aquí y echar un vistazo, a ver si podía...

Se quedó callada. ¿Si podía qué, exactamente? Al decirlo en voz alta, se dio cuenta de lo ridícula que era la situación.

—Pensé que tal vez necesitaba ayuda, pero era una locura. ¿Qué clase de ayuda sería yo? ¿Qué le diría? «Hola, no me conoces, no creo ni que sepas de mi existencia, pero quería asegurarme de que estás bien». Claramente, Hattie está bien. Tiene a toda una comunidad cuidándola, incluido el hombre del árbol de Navidad. Y, de todos modos, si no estuviera bien, ¿qué iba a hacer yo al respecto? No sé nada de niños. No sé nada de cómo administrar una posada, y menos una posada rural. Soy una persona de ciudad. Además, probablemente no estaría tan bien si se enterara de mi existencia. Creo que lo mejor es que vuelva a las sombras y siga siendo el pequeño secreto sucio de mi padre.

Claudia frunció el ceño.

—¿Crees que no lo sabe?

—No lo sabe. ¿Por qué iba a saberlo? Fue hace cuarenta años. Entonces, mi padre tenía una vida diferente. Claramente, se reinventó, con mucho éxito, al parecer.

Cuanto más lo pensaba, más se daba cuenta de que

había cometido un gran error. Algunas veces era mejor dejar las cosas como estaban, y aquella era una de esas veces.

—No debería haber venido. Creo que tenéis razón en lo de irnos, pero ahora mismo no tengo energías para ir a ningún lado. Nos quedaremos una noche, nos marcharemos mañana e iremos a Boston, como sugeriste, Claudia. Pensaremos en una excusa y dejaremos que Hattie se quede con el dinero. Yo pagaré el siguiente hotel, y siento mucho haber estropeado nuestras vacaciones —dijo. Y se sintió fatal, porque sabía lo importante que era esta semana para todas.

—No has estropeado nada —dijo Anna—. Y si quieres irte, claro que lo haremos.

Ella sintió una oleada de cariño por sus amigas.

—Gracias. Seguramente, pensáis que he tomado una mala decisión al venir aquí.

—No —dijo Anna, haciendo un gesto negativo con la cabeza—. Creo que venir aquí fue lo correcto. Además, es muy típico de ti querer ver cómo está Hattie, aunque no la conozcas y todo esto sea muy doloroso para ti.

Erica tenía la sensación de que lo más afectuoso que podía hacer era irse sin decirle nada a Hattie.

—Lo que me sigo preguntando —dijo Claudia— es por qué tu madre guardó esa tarjeta. Si no tenía intención de compartirla contigo, que, obviamente, no la tenía, ¿por qué la guardó?

—Yo me he hecho la misma pregunta. No sé la respuesta —respondió ella.

Anna la estaba observando.

—Al menos, si nos quedamos esta noche, tendrás tiempo para reflexionar y estar segura de tu decisión.

—Ya estoy segura —respondió ella. Cuanto más lo pensaba, más segura estaba de que estaba tomando la decisión correcta—. Para Hattie, no existo. Y es mejor que las cosas sigan así.

—No recuerda a su madre y perdió a su padre hace

años, y luego a su marido —dijo Anna, suavemente—. Quizá le agrade descubrir que tiene familia.

—No lo creo, pero es porque tú y yo somos diferentes. Tú ves a la familia como una fuerza positiva y maravillosa —dijo Erica. Se acercó a la chimenea y se quedó mirando el fuego—. A veces no es tan sencillo.

—Tú eres su familia —dijo Claudia—. Que se lo digas o no se lo digas no va a cambiar eso.

—Pero cambia los actos. Ya está bien —dijo ella, y se giró para mirarlas—. No se lo voy a decir. Es mi decisión.

—Como quieras.

Agradeció que no se lo cuestionaran.

—Y, ahora, necesito liberarme del estrés. No hay gimnasio y es demasiado temprano para una copa de vino. ¿Alguna sugerencia?

—Hay muchos senderos por aquí —dijo Claudia, mirando por la ventana—. Nos queda al menos una hora antes de que oscurezca. ¿Vamos a dar un paseo?

—Podríamos ir caminando a esa librería. Los libros siempre alivian el estrés —sugirió Anna, y ella asintió.

Cualquier cosa con tal de salir de allí y despejarse. No le gustaba aquella versión de sí misma. Era una versión insegura, conmocionada e indecisa. Necesitaba una dosis de normalidad, e ir a una librería con sus amigas le parecía perfectamente normal. Era una tradición cuando se reunían para su club de lectura. Siempre encontraban la librería independiente más cercana y pasaban unas horas felices curioseando y comprando.

—Lo de la librería parece una buena distracción. ¡Vamos!

Observó la habitación con atención por primera vez. Vio el tamaño de la cama, las mantas, el sofá de terciopelo, la pila de libros cuidadosamente seleccionados en la mesita de noche y el pequeño árbol de Navidad que brillaba en una esquina. Era elegante y cómoda, y sintió una punzada de arrepentimiento por tener que marcharse al día siguiente.

La sensación fue sorprendente. Se había alojado en

muchísimos hoteles y, generalmente, nunca sentía la necesidad de acurrucarse e irse a vivir allí para siempre. Pero así era como se sentía en aquella habitación.

Era acogedora. Podrían haberse relajado allí, haberse divertido.

¿Quién había elegido la decoración? ¿Hattie o su esposo?

¿Qué clase de persona era Hattie? Se sobresaltó al pensar que había alguien en el mundo con quien tenía parentesco, pero de quien no sabía nada. Lo único que sabía de ella era que se había mudado a Estados Unidos con su esposo y que tenían una hija. Hechos. Conocía algunos hechos, pero los hechos no eran lo que hacía a una persona. No sabía qué cosas le hacían gracia, ni si era una persona de ciudad o de campo, supuestamente de campo, o no estaría viviendo allí, no sabía si le gustaba el chocolate ni si podía preparar un buen cóctel. No sabía qué quería Hattie de la vida.

Y nunca lo sabría, porque no era asunto suyo. La vida de Hattie, fuera cual fuera, continuaría sin su intervención ni interferencia.

Lo único que sabía de Hattie era que quería a su padre y que habían estado muy unidos, y eso era algo que, definitivamente, no tenían en común.

Capítulo 11
Claudia

Claudia vio a Anna colgarse el bolso del hombro y abrocharse el abrigo.

—Vamos a salir directamente —dijo su amiga—. Ahora mismo.

Menos mal que Anna era experta en manejar situaciones delicadas.

Erica observó su equipaje.

—¿No queréis deshacer las maletas y acomodaros primero?

Claudia apartó la maleta.

—No tiene sentido deshacer las maletas si nos vamos mañana.

Se había enamorado del lugar y la idea de irse le resultaba deprimente, pero, después de todo lo que Erica había hecho por ella, no iba a decirlo en voz alta.

—Tengo muchas ganas de explorar el pueblo —dijo Anna, mientras se ponía las botas—. Me pareció muy bonito al pasar por allí.

Erica tenía una expresión de culpabilidad.

—Mejor que Boston —dijo.

—Boston también será genial. Me encanta Boston. Estoy emocionada por Boston. Habremos tenido lo mejor de ambos mundos.

A Claudia le pareció que Anna estaba exagerando un poco; todas sabían que solo le gustaba Boston para viajes cortos, pero parecía que Erica estaba agradecida.

—Sé que esto es un sacrificio —dijo—. Me fijé en vuestras caras cuando aparqué frente a la posada. Las dos os habéis enamorado del lugar y yo os estoy obligando a que nos marchemos.

—No nos estás obligando —dijo Anna—. Lo hemos sugerido nosotras.

—Sí, claro —dijo Erica. Esbozó una sonrisa apagada y tomó su bolso y las llaves del coche—. Vámonos. Y espero que no nos encontremos con Hattie al salir.

Ella también lo esperaba. El último encuentro había sido incómodo.

Salieron sigilosamente, como delincuentes, aliviadas de no hallar ni rastro de Hattie al salir de la posada. Claudia miró hacia atrás y sintió una inexplicable sensación de pérdida. El lugar la atraía de una forma inusitada.

Pero, a veces, la amistad requería sacrificio, y aquel era un sacrificio que estaba dispuesta a hacer por Erica. ¿Qué habría hecho ella en su lugar? Era imposible saberlo. Su familia era de una normalidad aburrida. Ella llamaba a sus padres semanalmente y se reunían para las festividades importantes si estaban en el campo. Después de que Claudia se fuera de casa, sus padres, aprovechando que ya no tenían hijos, se habían dedicado a viajar. Hacían dos viajes importantes al año y dedicaban gran parte del tiempo restante a la planificación.

Estaba nevando de nuevo, así que, en lugar de caminar, fueron con dificultad a través de la nieve cada vez más espesa hasta el coche de Erica y tomaron la carretera de vuelta al pueblo.

Consiguió aparcar en la calle, justo delante de una tienda de regalos con un escaparate festivo y luces bonitas. Al lado, había una cafetería, cuyas ventanas estaban empañadas por el calor y la conversación y, más abajo, en la misma calle, estaba la librería. Las puertas estaban adornadas con coronas de flores y las farolas, con guirnaldas de vegetación, y todo aquel sitio era una mancha de verde y rojo navideño sobre un fondo de nieve que caía suavemente.

El lugar estaba lleno de vida, de gente. Había algunos lugareños, pensó Claudia, pero la gran mayoría eran turistas que posaban para hacerse autorretratos frente a ventanas decoradas con copos de nieve y luces de colores.

—Este lugar es lo pintoresco por antonomasia —dijo Anna. Sacó su teléfono y tomó algunas fotos—. Vamos a hacernos una foto las tres de recuerdo de esta visita.

¿Era buena idea? ¿Querría ella recordar aquello cuando se fueran o querría olvidarlo todo?

Retrocedió.

—Sabes que odio las fotografías —dijo.

—Solo una. Como recuerdo para mí —le pidió Anna. La abrazó y la atrajo hacia sí mientras levantaba el brazo para tomar la foto—. Te prometo que no voy a publicarla en ningún sitio ni a ponerle un filtro que te haga parecer un conejo. Sonríe.

Ella enseñó los dientes.

—¿Cómo es que tengo amigas tan sentimentales?

—Porque tienes buen gusto. Además, no es fácil despegarse de nosotras porque nos caes bien —respondió Anna, y volvió a guardarse el teléfono en el bolsillo, pero mantuvo el brazo sobre el de Erica—. Ahora, la pregunta es: ¿voy a visitar esa tiendecita de luces y guirnaldas donde venden pan de jengibre, o voy directamente a la librería? ¡Cuántas opciones!

—En circunstancias normales, me tentaría el pan de jengibre —dijo Claudia—, pero, antes de irnos, por casualidad le eché un vistazo al menú de esta noche, por interés profesional, ¿entendéis? Y, ahora, me estoy reservando.

Le había parecido que el menú era un poco recargado, pero conocía al chef Tucker por su reputación y le interesaba probar su comida.

—¿Os apetece una sidra caliente? —preguntó Anna. De repente, dio un jadeo y señaló un lugar que estaba más abajo, en la calle—. ¡Hay paseos en trineo! ¿Damos un paseo en trineo?

—¿Tienes seis años? No vamos a dar un paseo en trineo. Mira la fila de niños. Sería cruel quitarles un turno.

Pasearon por la calle y Anna se detuvo delante del
escaparate de una tienda de ropa.

—Ese jersey es precioso. Un poco brillante y de un
tono de azul muy bonito.

—No necesitas otro jersey —dijo ella, y tiró de su brazo—. Ya tienes demasiados jerséis.

—No es posible tener demasiados.

—Quedamos en ir a la librería.

—De acuerdo —dijo Anna, y les permitió que siguieran el paseo—. Pero, si alguien se compra ese jersey
mientras tanto, puede que tenga que matarte.

Erica las guio a ambas hacia la librería y empujó la
puerta. Sonó un timbre y entraron en un ambiente cálido y con aroma a canela y clavo. Ella se quitó la bufanda
del cuello, pensando que no había nada mejor que los
aromas del invierno. Si alguna vez tuviera su propio restaurante —una chica podía soñar, ¿no?—, prestaría mucha atención al ambiente. El establecimiento en el que
había trabajado en California era elegante y moderno,
con hectáreas de cristal. A veces, Claudia se sentía como
si estuviera trabajando en una clínica dental. Para ella,
comer en un restaurante no trataba solo de la comida;
trataba de la experiencia completa, incluyendo la gente
y el ambiente.

—Bienvenidas —dijo la mujer que estaba detrás del
mostrador, con una sonrisa amable. Llevaba un jersey
con un reno y unos pendientes brillantes con forma de
árbol de Navidad—. Han elegido el lugar perfecto para
entrar en calor. Tenemos una amplia selección de libros
y servimos el mejor chocolate caliente del pueblo. Nata
montada y canela, sin coste adicional.

—Me apunto —dijo ella, y metió la bufanda en el bolso—. Este lugar es muy bonito.

—Gracias. Es la tienda de mi abuela, pero hace poco
tuvo una caída, así que no viene tanto como quisiera
—explicó la mujer, y se puso a colocar una pila nueva de

marcapáginas en el mostrador—. Esta librería era su sueño y ahora la adora tanto como cuando la abrió, hace ya muchos años.

—Entiendo por qué —dijo Anna. Se desabrochó el abrigo y miró a su alrededor—. Necesito comprar regalos para los mellizos y Pete. Parece que aquí tendré suerte.

—Eso espero, pero si no, seguro que encuentra algo en alguna de las otras tiendas. Han elegido la semana perfecta para visitarnos. Es nuestra Feria de Navidad. A partir de mañana habrá puestos en la calle principal y habrá un concurso para ver quién tiene el escaparate más navideño. Eche un vistazo en Gaynor's Gifts, aquí al lado, a la derecha. Tiene buen ojo. Sus joyas siempre triunfan entre los adolescentes. Y, ahora, les dejo que echen un vistazo. Cada sala tiene una temática. Hay novela negra, romántica, biografía, historia, poesía, literatura... Las dejo para que exploren. Me llamo Judie. Si necesitan ayuda, griten.

Anna le dio las gracias e, inmediatamente, se dirigió a la sección de novela romántica. Ella se quedó cerca de Erica, que miraba fijamente la estantería más cercana a la puerta.

—¿Estás bien?

—No estoy segura —respondió Erica, en voz baja—. No puedo dejar de pensar en ella. Vive aquí. Esta es su vida. ¿Crees que viene a esta librería? ¿Lleva joyas de Gaynor's Gifts?

Claudia supuso que «ella» era Hattie.

—Seguro que sí. Es un pueblo pequeño. De esos lugares donde todos se conocen. Lo cual es bueno y malo a la vez.

Miró hacia atrás por encima del hombro, pero la mujer detrás del mostrador estaba concentrada en dos niñas que esperaban pacientemente para pagar la pila de libros que llevaban.

—Alison y Tara, ¿qué tenéis ahí?

—La abuela nos dio dinero para elegir libros. No podemos leerlos hasta Navidad.

La más alta de las dos tomó los libros de su hermana y los puso sobre el mostrador.

—Qué regalo tan perfecto. ¿Os los envuelvo? Así no tendréis tentaciones.

Las dos chicas miraron a una mujer que, presumiblemente, era su madre.

—Gracias, Judie. Sería genial.

Puso dos libros más en la pila y añadió dos velas aromáticas, un juego de mesa y un collar de plata.

—Todos los años me prometo que voy a adelantarme y hacer las compras en septiembre, pero nunca sucede, así que lo estoy haciendo todo ahora mismo. ¿Cómo está tu abuela? ¿Se ha recuperado de la caída?

—Los moretones se están desvaneciendo, pero sigue rígida y no se mueve bien —respondió Judie. Registró las compras, pasó la tarjeta de la mujer y se la devolvió—. Una caída así te quita la confianza. Y el tiempo que hace no es de ayuda. Todo está tan helado... La estamos llevando a todas partes ahora mismo, lo cual odia. Gracias por el guiso, por cierto. Te lo agradezco mucho. ¿Estarás en la reunión del club de lectura del miércoles?

—Sin duda. Llamó Lynda —dijo la mujer, mientras metía sus compras en una bolsa—. Nos veremos en la posada. ¿Lo sabías?

—Sí. Vi a Lynda en yoga el lunes y me lo contó.

Judie les ofreció a las dos niñas una pegatina.

—Será perfecto, sobre todo porque vamos a hablar de un libro festivo. He oído decir que fue idea de Hattie. ¿Se supone que debemos llevar algo? ¿Comida? ¿Bebida?

—Hattie dijo que no lleváramos nada, aunque Lynda insistió en que no queríamos darle más trabajo. No tengo ni idea de cómo se las arregla esa chica con todo. Con llevar la posada y cuidar de Delphi ella sola, debe de estar agotada.

—Pero está mejor que hace dos años —dijo Judie—. Yo estaba preocupada por ella.

—Creo que todo el mundo estaba preocupado. Fue horrible. Y sin familia que la apoyara. No sé dónde estaría yo sin mi familia, aunque hay veces que desearía que se fueran a California y me dejaran en paz. Voy a llevarme un par de esos preciosos marcapáginas. De hecho, que sean tres. Son un excelente relleno para el calcetín navideño. Gracias, Judie.

No tenía familia que la apoyara.

Ella hizo una mueca para sus adentros y miró a Erica. Su amiga estaba mirando los libros en la estantería sin verlos.

—Quizás deberíamos ir...

—No —dijo Erica, e hizo un gesto negativo—. Quiero escuchar.

Ella cerró los ojos. Tenía la sensación de que escuchar era una muy mala idea.

—Lynda la está vigilando. Adora a esa chica. Y Noah siempre está ahí, por supuesto.

—Es un buen hombre. A veces me pregunto...

—Yo me pregunto lo mismo. Pero Lynda me pidió que me lo preguntara en silencio, así que eso es lo que estoy haciendo.

¿Quién era Lynda? ¿Y Noah? Y ¿qué se preguntaban las dos mujeres?

Claramente, se conocían bien. Formaban parte de la misma comunidad. Ella había crecido en un pueblo pequeño, pero sabía que Erica nunca había experimentado eso. Su madre le había enseñado a ser reservada. A no depender de nadie. Erica les había dicho una vez que, incluso, cuando su madre se rompió el brazo, no le pedía nada a nadie. «Nos las arreglaremos», le había dicho a su hija mientras apretaba los dientes y cocinaba con una sola mano.

Era una historia que recordaba bien, sobre todo porque sus propias experiencias eran muy diferentes. Ella vivía en un barrio donde bastaba con estornudar para que alguien le preparara un guiso y se ofreciera a llevar a los niños a la escuela.

Nadie les había ofrecido nunca un guiso a Erica y a su madre. Nadie sabía que su madre tenía tres trabajos. Nadie sabía que lo pasaban mal.

La madre de Erica estaba decidida a salir adelante sola, y Erica había aprendido que la fortaleza era seguir adelante incluso cuando uno creía que no podía dar un paso más.

Claudia recordó la primera vez que se abrió a ellas en la universidad. Fue un punto de inflexión en su amistad.

Sabiendo que para Erica era muy difícil pedir apoyo, Claudia le dio un apretón en el brazo.

—Esta es una librería encantadora. Vamos a curiosear.

Erica, por fin, se movió.

—Sí —dijo—. Buena idea.

Se adentraron en la tienda, alejándose de la conversación. No necesitaban saber más de Hattie, pensó ella. No necesitaban saber que estaba agotada. ¿Qué se suponía que debía hacer Erica? Si la vida de Hattie era estresante, seguramente Erica aumentaría su estrés si se presentaba ante ella. Probablemente, su amiga tenía razón al querer irse. Era obvio que Hattie no estaba sola. Tenía toda una comunidad de personas que la apoyaban. Tenía a Lynda y a Noah. ¿Era Noah ese chico guapo del camión que había entregado la leña? No necesitaba a nadie más.

—¡Aquí estáis! —exclamó Anna, que apareció de repente—. He estado hablando con vosotras dos por lo menos cinco minutos antes de darme cuenta de que os habíais alejado. He encontrado un libro de arte impresionante. Creo que a Meg le encantaría. Y he encontrado un libro sobre campos de batalla para Pete. ¿Estáis bien?

—Sí —dijo Claudia—. Estamos bien. Solo estamos mirando.

Anna echó un vistazo a la estantería que había junto a Erica.

—¿Desde cuándo os interesan los cuadernos?

¿Cuadernos?

Claudia observó con más atención la estantería que tenía delante. Cuadernos. Ni siquiera se había dado cuenta de lo que estaba mirando.

—Hemos pensado que quizá podríamos empezar a escribir un diario.

—Es broma.

—Sí, claro que es broma —dijo Erica—. Hemos estado escuchando a escondidas sin ningún pudor. ¿Quién iba a decir que la librería del pueblo sería el lugar perfecto para conocer a la comunidad? Es el equivalente al dispensador de agua de la oficina.

Anna la observó con atención y luego le dio un tirón de la manga.

—Ven a ver la sección de suspense. Es genial. Toda llena de cinta policial y con las paredes salpicadas de sangre. Te va a encantar.

Erica dejó que Anna la llevara a la habitación contigua, y ella las siguió.

En circunstancias normales, habría admirado la mente emprendedora que había detrás de la librería. Todo el lugar estaba diseñado para atraer a la gente.

Estaba desesperada por visitar la sección de cocina, pero no quería dejar a Erica. Anna la llevó a un rincón, lejos de los demás.

—Estás disgustada. Cuéntame la conversación que habéis escuchado.

—Estaban hablando de Hattie. Parece que todos la conocen.

—Es un pueblo pequeño —dijo Anna, e hizo una pausa cuando una mujer pasó junto a ellas camino a la sección de novela romántica—. ¿Has oído algo interesante?

Erica hizo una pausa.

—Que la vida ha sido dura para ella.

—Cierto. Pero eso ya lo suponías. Por eso viniste a buscarla, ¿no?

Erica guardó silencio y ella se preguntó si su amiga sabía realmente por qué había ido a buscar a Hattie. Anna frunció el ceño.

—Puedes cambiar de opinión y quedarte si quieres —dijo.

Claudia contuvo la respiración. Deseaba quedarse desesperadamente, pero Erica negó con la cabeza.

—No quiero quedarme.

—¿Estás segura? —le preguntó Anna, observándola atentamente—. Me preguntaba si al oírlos hablar de ella habrías cambiado de opinión.

—Al contrario, me ha quedado claro que tiene un gran apoyo aquí. No hay razón para quedarse.

Anna dudó.

—Eres su familia, Erica. Es una buena razón.

—Las dos sabemos que la familia es algo más que el ADN. Ella no me necesita, Anna.

—Tal vez sí. Y tal vez tú la necesites a ella.

—Eso es absurdo —dijo Erica—. He llegado a los cuarenta sin ella en mi vida. Estoy segura de que puedo sobrevivir las próximas décadas.

—Estoy segura de que puedes. Pero hay una diferencia entre sobrevivir y prosperar. Tal vez el riesgo valga la pena. Tal vez —dijo Anna— esas décadas serían más enriquecedoras si Hattie formara parte de tu vida.

—No quiero esa complicación emocional —respondió Erica—. Y tu problema es que eres demasiado romántica.

Anna sonrió.

—No lo veo como un problema.

—¿Cómo es posible que seamos amigas?

—No lo sé, pero me sujetaste el pelo la primera vez que bebí demasiado y vomité, así que estamos unidas para siempre. No hay escapatoria —dijo Anna. Miró la portada del libro que tenían al lado y se estremeció—. ¿Por qué la gente lee estas cosas?

—Porque les permite experimentar el lado oscuro del mundo sin correr riesgos personales. Y esa fue la única vez que bebiste demasiado.

—No volví a tener ganas de repetir la experiencia.

—Ser una chica mala no es lo tuyo —replicó Erica. Pero fue un recordatorio de lo bien que se conocían, de lo profunda que era su amistad—. Solo quiero que las cosas vuelvan a ser como antes. Ojalá mi madre hubiera tirado esa tarjeta. Ojalá yo no la hubiera encontrado. Ojalá nunca hubiera actuado en consecuencia.

Claudia volvió a dejar en la estantería el libro que había estado hojeando.

—¿De verdad preferirías eso?

—Sí —dijo Erica—. Me voy mañana. Ya he tomado la decisión. ¿Por qué me siento rara?

—Porque, aunque te vayas, las cosas seguirán siendo diferentes —dijo Claudia—. Tú eliges no actuar, pero eso no significa que las cosas no cambien. La información cambia las cosas.

—Sí. Llámame Pandora —dijo Erica, mirando fijamente el contorno de tiza en el suelo—. ¿Qué se supone que es eso? ¿Un lector que murió de aburrimiento?

Anna se echó a reír.

—Esperemos que no.

Entró otra pareja a la sección de novela negra y ellas tres caminaron hasta la siguiente habitación, que tenía las mismas estanterías altas junto a una cómoda zona de estar repleta de cojines. Una gruesa alfombra guiaba sus pasos.

Erica miró los corazones que colgaban del techo y las luces de colores que había enroscadas alrededor de las estanterías.

—¿La sección de novela romántica? ¿Me has traído a la sección de novela romántica?

Anna se encogió de hombros.

—Estoy apelando a tu lado más tierno. Además, quiero comprar una de Catherine Swift.

—Ya tienes su último libro. De eso hablaremos más tarde, con una copa de buen vino tinto.

Ella observó a Anna mientras recorría las estanterías. De estudiantes, habían pasado horas en las librerías y luego reducían sus compras porque andaban justas de dinero. Sabía que Anna siempre preferiría un libro a una buena comida. Siempre que Erica y ella le compraban un regalo a Anna, elegían libros.

—Busco a una Catherine Swift temprana. No a una Catherine de asesinatos, sino a una Catherine romántica. Necesito un antídoto para toda esta oscuridad.

Anna buscó un libro en lo alto de la estantería y lo sacó. Le dio la vuelta y echó un vistazo a la contraportada.

—Creo que ya lo he leído.

—Los has leído todos.

—La mayoría. Todavía me quedan por leer algunos de los primeros. ¿Por qué empezó a escribir novela negra? Eso en sí mismo es un crimen. Es cruel con sus lectores. No soporto pensar que nunca volveré a leer una novela romántica de Catherine Swift.

Añadió el libro a las demás cosas que llevaba.

—La vida va cambiando. ¿No es eso lo que tú nos dices siempre? Al parecer, eso también afecta a las novelistas románticas. Y, sin querer adelantarnos a nuestra conversación sobre el libro, diría que su talento sigue ahí.

—Estoy de acuerdo. No podía soltar el libro. Tengo muchas ganas de hablar de ello, sobre todo de la parte en la que la heroína asesina a su marido en lugar de empezar terapia como cualquier persona normal. Pero pasar de escribir novelas románticas a novela negra... Es como reservar unas vacaciones en la playa y encontrarse en una estación de esquí helada.

Anna sacó otro libro del estante.

—Tienen una selección buenísima —dijo—. Creo que esta podría ser mi nueva librería favorita.

—Han hecho un buen trabajo —dijo Erica—. Y me siento culpable por sacarte de este lugar, porque es perfecto para vosotras. Sobre todo para ti, Anna. Probablemente sea tu sueño navideño hecho realidad, y soy egoísta al pedirte que te vayas.

—No me lo estás pidiendo. Fue nuestra sugerencia —respondió Anna. Puso en el estante uno de los libros que había sacado—. No será divertido si te preocupas todo el tiempo. Necesitamos relajarnos y eso es lo que vamos a hacer. Claudia ya encontró un hotel boutique encantador en la zona de Beacon Hill. Parece acogedor. Te lo íbamos a enseñar antes de reservar porque eres la experta en hoteles.

Era cierto. Claudia había encontrado un lugar durante el trayecto hacia el pueblo y sí que parecía bonito. Pero estaba muy lejos del festivo Maple Sugar Inn.

Y Erica lo sabía claramente.

—Todavía me siento fatal por estar estropeando vuestro viaje.

—¿Por qué? Tú harías lo mismo por nosotras —dijo Anna—. En realidad, ya lo has hecho. ¿Recuerdas cuando los mellizos se pusieron malos? Solo llevábamos dos días de vacaciones y me llevaste al hospital y te quedaste conmigo todo el tiempo.

—Eso es diferente. Tus hijos estaban enfermos. No tenías otra opción.

—No, pero tú sí. No tenías que venir conmigo, y tenerte allí lo cambió todo —le dijo Anna, y le apretó el brazo—. Deberíamos volver al hotel, darnos un baño y relajarnos y, luego, tomar una copa de vino antes de cenar. O podemos irnos a Boston antes de cenar, si lo prefieres.

—No. Saldremos por la mañana, como habíamos planeado.

Claudia aprovechó la oportunidad.

—Si os parece bien, quería pasarme cinco minutos por la sección de cocina antes de irnos.

Las dejó en un debate sobre los méritos de los autores que cambiaban de género literario y se sumergió en la extensa sección de cocina. Tardó menos de cinco minutos en elegir tres libros y una caja de cortadores de galletas con forma de abeto. Si viviera aquí iría todos los días a aquella librería. Regresó a regañadientes con sus amigas, y Anna arqueó una ceja al ver los libros.

—Pensaba que habías dejado de cocinar.

—No voy a cocinar con estos. Voy a leerlos.

—¿Leerlos? —preguntó Erica, y frunció el ceño—. ¿Quieres decir como si fueran una novela?

—Sí, a eso se refiere. Es lo que hace cuando está estresada —le recordó Anna—. Ya sabes la historia: cuando tenía ocho años descubrió todos los libros de cocina francesa de su abuela y los leyó de principio a fin.

Era cierto. Se sentaba con las piernas cruzadas en el suelo del dormitorio de su abuela y leía aquellos libros polvorientos con un diccionario de francés a su lado. Su abuela la descubrió allí y la invitó a la cocina.

«Te voy a enseñar las cinco grandes salsas de la cocina francesa clásica».

De la mano de su abuela lo aprendió todo sobre los grandes chefs franceses, Marie-Antoine Carême y Georges-Auguste Escoffier. Aprendió a preparar la bechamel, la holandesa, la *velouté*, la española y la salsa de tomate.

Esas lecciones le habían sido muy útiles cuando empezó a formarse y estaba muy agradecida, pero lo que realmente le había inculcado su abuela era el amor por la cocina.

Y, aunque Anna tenía razón al decir que leer libros de cocina era para ella una forma de liberarse del estrés, no había tomado uno desde hacía seis meses. Ahora, por primera vez, quería hacerlo. Quizá eso fuera un progreso.

—Los libros de cocina me fascinan. Te cuentan mucho sobre la cultura local. Estos son libros de cocina de Vermont. Sé que no nos quedamos —dijo rápidamente—, pero aun así me gustaría leerlos.

—¿Y los cortadores de galletas?

—Colecciono cortadores de galletas como un escritor colecciona cuadernos. Me han parecido bonitos, pero supongo que nunca los usaré.

Erica miró a Anna.

—¿Te apuestas algo a que los usa antes de que terminen las fiestas?

Anna negó con la cabeza.

—Nunca apuesto nada tan seguro —dijo.

Pagaron sus compras y regresaron al coche. Estaba oscuro y las luces navideñas brillaban por toda la calle.

—Todos se están divirtiendo —dijo Claudia, mientras se abrían paso entre la nieve hacia el coche—. ¿Creéis que están igual de felices en enero o es parte de las festividades navideñas? Quizá solo se te permite participar si sonríes.

Al llegar a la posada, encontraron a Hattie registrando a una pareja joven que buscaba información sobre las pistas de esquí locales. Erica mantuvo la vista al frente y se dirigió a las escaleras.

—¿Nos vemos dentro de dos horas para tomar algo antes de cenar? —preguntó Anna, mientras la seguían a la habitación para recoger las bolsas de viaje—. Tendríamos tiempo para tomar un baño relajante y descansar.

Para Anna, «descansar» significaría llamar a Pete. Claudia la imaginó acurrucada en la cama, en bata, con la cara sonrosada por el baño, contándole a Pete todo lo sucedido, porque Pete y ella siempre lo comentaban todo.

Sintió una punzada de envidia. Pasara lo que pasara, Anna siempre tenía a Pete. ¿Qué tenía ella? Necesitaba arreglar su vida, pero, mientras tanto, iba a aprovechar al máximo su única noche en Maple Sugar Inn.

Un baño relajante le parecía buena idea, así que haría lo mismo y luego se acurrucaría frente al fuego con sus libros de cocina y se entregaría a una maratón de lectura reconfortante.

Capítulo 12
Hattie

Hattie se quedó delante de la puerta un minuto entero antes de llamar.

Posiblemente era un gran error, pero solo había una manera de averiguarlo. Después de un instante, la puerta se abrió.

Allí estaba Erica. Llevaba un vestido rojo de lana y un par de botas que daban ganas de llorar de envidia. ¡Era bueno saber que tenían al menos una cosa en común! La melena oscura y bien cortada le caía hasta los hombros suavemente, y llevaba los labios pintados de un intenso tono rojo.

Su sonrisa se desvaneció al verla. Obviamente, esperaba a una de sus amigas.

Se miraron fijamente un buen rato.

Ella tenía todo un discurso planeado, pero se le borró de la mente.

—He venido a ver si estáis contentas con vuestras habitaciones —dijo. Fue una entrada patética, pero, al menos, no tartamudeó—. Si necesitas algo...

—No, no necesito nada. Y las habitaciones son estupendas —respondió Erica. Fue cortés, pero distante—. Gracias.

Mantuvo la mano en la puerta como si estuviera deseando cerrarla. Estaba esperando a que se marchara, pero ella sabía que, si se iba, se arrepentiría para siempre.

Se quedó allí, incómoda, perdida. Esperaba que Erica dijera algo, pero parecía que no iba a hacerlo. ¿Qué significaba eso? ¿Por qué había ido hasta allí si no tenía intención de conversar? Quizá estuviera esperando el momento oportuno. Quizá tuviera un discurso preparado y ella lo había echado todo a perder llamando a su puerta.

—En realidad, no he venido a ver si estás contenta con la habitación, aunque, por supuesto, me alegra saber que sí... No hay una manera fácil de decir esto, así que lo diré y espero no pasarme de la raya.

Erica apretó la mano contra la puerta. Tenía los nudillos blancos. Ella la miró a los ojos.

—Eres Madeleine, ¿verdad?

A Erica se le abrieron los labios.

—Erica —graznó—. Me llamo Erica.

—Sí. Eso fue lo que me confundió. Por eso he tardado en darme cuenta.

Se sintió un poco mareada. Era su hermana. Su hermana. Había pasado de no tener familia a tener una hermana. Así debía de sentirse uno cuando le tocaba la lotería.

—No importa cómo te llames. Solo me alegro de que estés aquí. Llevo años esperando a que llegara este momento, pero nunca llegaba y últimamente... —murmuró, y se interrumpió, ahogada por la emoción—. Últimamente, la vida ha sido muy dura y... bueno, no esperaba un regalo como este.

Erica seguía agarrada a la puerta con fuerza, como si fuera lo único que la mantenía en pie.

—¿Un regalo?

—Vienes a buscarme después de todos estos años. Has venido a buscarme, ¿verdad? No puede ser casualidad. En el momento en que te vi mirando la foto de nuestro padre...

—Para —dijo Erica, que se había quedado muy pálida—. Por favor, para.

—Sé que esto es incómodo, pero...

Estaba abrumada. Notó que se le llenaban los ojos de lágrimas e, impulsivamente, dio un paso adelante y abrazó a Erica. Quería superar aquella incomodidad lo antes posible. Era su hermana.

—No puedo creer que estés aquí —dijo. Se aferró a ella, sintiendo el roce de la lana en la barbilla y aspirando su sofisticado aroma. Era como si el corazón se le hubiera hinchado al doble de su tamaño normal. Sintió humedad en las mejillas y se dio cuenta de que estaba llorando. Y se dio cuenta de algo más: de que Erica no se había movido del sitio. No había soltado la puerta. No le había devuelto el abrazo. Estaba rígida y no había dicho ni una sola palabra tranquilizadora. No había dicho nada en absoluto.

Mortificada, la soltó tan de repente que Erica casi perdió el equilibrio.

—Lo siento. Lo siento mucho. Ha sido inapropiado —dijo, y se sintió como si estuviera pisando arenas movedizas, siendo succionada hacia abajo—. No sé en qué estaba pensando. Es que me he alegrado mucho de verte. No, no solo alegre. «Alegre» no es suficiente para describirlo. Nunca pensé que llegaría este día y eso me ponía muy triste. No tienes idea de lo que se siente al saber que tienes una hermana en algún lugar, una persona de tu familia, y que no estás en contacto con ella. Había perdido la esperanza. Nunca había creído en los milagros de Navidad, pero ahora, sí.

Por fin, Erica habló.

—Has dicho que llevabas años esperando este momento, ¿sabías de mí?

—Claro que sabía de ti. Papá me lo contó todo. No que usaras el nombre de Erica; no creo que lo supiera. Pero yo siempre supe que tenía una hermana en algún lugar. Y, ahora, estás aquí —dijo ella. Su sonrisa se desvaneció—. Y puedo ver en tu cara que no te alegra nada verme.

Todo era tan incómodo... Y para colmo, había estado acariciando a Rufus justo antes de armarse de valor para llamar a la puerta de Erica, y el abrazo había transferido varios pelos de perro de su jersey al impecable vestido rojo de Erica.

No debería haber llamado a su puerta y no debería haberla abrazado. Primero, Noah, y ahora, Erica. Parecía que había tomado la desafortunada costumbre de dar muestras de afecto físico no solicitado y tenía que parar. Probablemente, daba la impresión de padecer una necesidad inquietante. Debería haber esperado a que Erica diera el primer paso, pero se había emocionado tanto al descubrir quién era que se había comportado como Rufus persiguiendo un palo. Simplemente lo intentó, y al diablo con las consecuencias. Y, en aquel momento, estaba enfrentándose a las consecuencias.

Al ver la expresión paralizada de Erica, quiso retroceder el tiempo y hacer las cosas de otra manera.

Cuando Erica había hecho la reserva, el nombre no le había llamado la atención. Cuando había entrado en la posada, ella seguía sin tener ni idea de que se trataba de su hermana. Sin embargo, cuando Erica tomó la foto de su padre y ella, por fin se dio cuenta de quién era, porque la observó con atención y se percató del parecido físico. Se fijó en el color de sus ojos, ese tono poco común que variaba entre el avellana y el verde, según la luz. Su padre tenía los mismos ojos. Ella misma tenía los mismos ojos. Fue un momento visceral y desgarrador.

Esperó a que Erica diera el primer paso, pero al pasar las horas y no tener noticias, cambió de opinión. Incluso se preguntó si se había equivocado.

Pero, en aquel momento, cara a cara con ella, supo que no era un error.

Erica era un poco intimidante. Era elegante sin esfuerzo; no parecía alguien que estuviera impecablemente arreglada. Además, tenía un aura de competencia que ella envidiaba. Nadie podría aprovecharse de Erica. Nadie la pisotearía. Probablemente, nunca se despertaba con dudas por la mañana, preguntándose cómo iba a sobrevivir el día.

Decidió que la honestidad era la única salida.

—¿Cuál era tu plan? ¿Ibas a hablar conmigo en algún momento?

Antes de que Erica pudiera responder, se abrieron las puertas de la habitación de al lado y de la de enfrente. Las dos amigas de Erica salieron al pasillo. Anna y Claudia. Ella siempre memorizaba los nombres de sus huéspedes y los recordaba al fijarse en ciertas características. En este caso, eran Anna, la de ojos marrones, y Claudia, la de pelo corto y despeinado.

Se detuvieron en cuanto vieron a Hattie.

Anna habló primero.

—Las habitaciones son preciosas. Todo este lugar es precioso. Podría haberme quedado en la bañera toda la noche. ¿Cómo se consigue que las toallas queden tan esponjosas? Vestirme fue como un castigo —dijo. Miró a Hattie y luego a Erica—. Habéis estado hablando. No debes pensar que el hecho de que nos marchemos mañana tenga algo que ver con la posada. Este lugar es excepcional y dejaremos una reseña excelente.

—¿Os marcháis? —preguntó ella, y se giró a mirar a Erica, esperando una negativa o alguna palabra tranquilizadora, alguna aclaración de que se trataba de un malentendido—. ¿Por qué? Acabáis de llegar.

Erica cerró los ojos brevemente.

—Sí, pero...

Oh, era horrible. Era evidente que Erica nunca había tenido intención de hablar con ella. Estaba huyendo.

—No te preocupes —dijo ella, tratando de recuperar lo que le quedaba de dignidad—. Olvídalo. He cometido un error.

Por fin, Erica soltó la puerta.

—No lo entiendes.

—Oh, creo que sí —dijo ella, que tenía los puños apretados a los costados—. Has venido a verme y no te gustó lo que viste.

Erica frunció el ceño.

—Hattie...

—Si me disculpas, esta noche tengo el restaurante lleno y un par de huéspedes que llegan tarde, así que tengo que irme —dijo ella. Retrocedió y se golpeó contra la pared que tenía detrás, con una torpeza debida a la emoción—. Si hay algo que pueda hacer para que vuestra estancia sea más cómoda durante la única noche que vais a estar aquí, avisadme.

Volvía a ser hostelera y no hermana. Debería haber sido fácil, porque no tenía experiencia en el hecho de ser hermana de nadie.

Sin darle a Erica la oportunidad de volver a hablar, casi echó a correr por el pasillo. Le ardían las mejillas y se sentía estúpida. Sentía humillación y, también, dolor. El rechazo siempre dolía. Ella sentía el poderoso deseo de conocer a su hermana, pero no era correspondida. Se sentía herida, como si alguien le hubiera dado un martillazo en las entrañas, y la intensidad de sus emociones no tenía sentido. Había vivido sin hermana durante veintiocho años, así que ¿por qué, de repente, sentía que había perdido algo importante, algo esencial? ¿Cómo podía perderse algo que nunca se había tenido? ¿De verdad tenía tantas necesidades emocionales que quería tener a una desconocida en su vida? No. Ella tenía a Delphi. Tenía a Rufus. Tenía vecinos y amigos maravillosos en el pueblo. Se contuvo para no pensar que también tenía a Noah. No estaba segura de cuál era su relación con Noah, y ni siquiera podía pensarlo en aquel momento.

Bajó las escaleras, dándole vueltas a todas aquellas cosas, y regresó a la recepción, que había dejado apenas unos minutos antes llena de esperanza. Y, como pensaba en su hermana en lugar de mirar hacia donde iba, se estrelló contra el hombre que se dirigía a su oficina.

—¡Vaya...!

Unas manos fuertes la sujetaron por los brazos.

Y allí estaba. Justo delante de ella.

Noah.

—Lo siento... —dijo, con un jadeo—. Estaba...

—Distraída, por lo que veo. ¿Ha pasado algo? —preguntó él, manteniendo las manos sobre sus brazos.

—Nada. Soy tonta.

—Lo dudo —dijo él, y la animó a entrar en la biblioteca—. Cuéntamelo.

Tenía trabajo que hacer. Huéspedes a los que atender. Sin embargo, no pudo resistir la tentación de dedicarse solo cinco minutos con Noah.

—Tienes razón, no ha sido una tontería —dijo. No tenía intención de castigarse por lo que había sido una decisión lógica—. Todas las señales estaban ahí, si no, ¿por qué ha venido? No puedo creer que fuera una coincidencia. ¿Cómo iba a ser una coincidencia?

Noah cerró la puerta.

—Si esa pregunta es para mí, entonces voy a necesitar un poco más de contexto.

Ella apenas lo oyó por el ruido que había en su cabeza. Se paseó por la habitación, frotándose los brazos.

—¿Alguna vez lo has arriesgado todo porque para ti es tan importante que alguien sepa cómo te sientes que ni siquiera te detienes y luego entregas tu corazón y tus sentimientos, y ¡zas!, como si nada, los sueltan y todo se hace añicos, y te preguntas si realmente ha valido la pena, y si deberías haber hecho las cosas de otra manera, pero sabes que si volvieras a tener la oportunidad, harías exactamente lo mismo porque ¿cómo no ibas a hacerlo? Tenías que saberlo. Y, ahora, lo sé.

Hizo una pausa para respirar y se dio cuenta de que Noah se había quedado en silencio.

—¿Lo que estás diciendo —preguntó, lentamente— es que tus sentimientos no son correspondidos?

—Así es. Y me duele aquí... —dijo ella, apretándose el puño contra el pecho—, lo cual no tiene ningún sentido, y sigo diciéndome que estaba bien antes de decir esas palabras, así que debería estar bien después, pero es diferente, porque antes de decirlas había esperanza y posibilidades, y ahora ya no las hay.

—Y tienes el corazón roto.

—Sí —dijo ella. Sintió el calor del fuego quemándole las pantorrillas—. Y, ahora, probablemente, piensas que soy tonta.

—No hay nada de tonto en enamorarse, Hattie —dijo él, con la voz áspera—. Y no siempre puedes elegir de quién te enamoras. ¿Es un huésped?

—¿Quién?

—El hombre del que estás enamorada.

—¿Hombre? Nunca dije nada de... —Al comprenderlo, se detuvo—. No. No estoy enamorada. ¿Por qué piensas eso?

—Porque mencionaste algo sobre ser honesta con tus sentimientos y ser rechazada.

—Sí, pero no con respecto a un novio. No un hombre. Es una mujer. Mi... —dijo, e hizo una pausa. Se había quedado atónita por que él pensara que estaba enamorada— hermana.

La palabra le sonaba extraña.

—¿Hermana? —A él le tomó un momento comprenderlo—. ¿La hermana a la que tu padre abandonó al nacer?

—Así es. Y, diciéndolo así, quizá no te sorprenda saber que no ha venido corriendo a mis brazos. Erica. Ese es su nombre, por cierto.

—Me dijiste que era Madeleine.

Habían tenido largas conversaciones en los meses previos al beso, antes de que su relación se volviera incómoda y forzada. Echaba de menos eso. Echaba de menos los días en que se sentía relajada y natural con él, diciendo lo que quería decir y haciendo lo que quería hacer. No tenía que controlar cada palabra ni cada movimiento por si él malinterpretaba las cosas.

—Eso me dijo papá, pero se hace llamar Erica, por eso no reconocí su nombre al instante cuando hizo la reserva. No esperaba que apareciera aquí, pero, en cuanto cruzó la puerta, sentí algo. La reconocí, aunque nunca la había visto.

—¿Por el parecido familiar?

—Sí. Y por la forma en que miraba la foto de mi escritorio. Lo supe. Esperaba que dijera algo, pero no lo hizo. Le di vueltas y esperé, y luego me pregunté si tal vez estaba esperando a que yo dijera algo, así que decidí hacerlo.

Él asintió.

—Generalmente, si hay algo que decir, es mejor decirlo.

—Eso es lo que pensé. Pero lo fastidié todo. Y mucho.

—No entiendo cómo pudo haber sido malo algo que dijeras.

—No fue lo que dije, fue lo que hice. La abracé —dijo ella y, al recordarlo, se estremeció—. No pude evitarlo. Cuando abrió la puerta, me sentí tan feliz de que hubiera venido, tan feliz de tener familia...

—La abrazaste.

—Sí.

Noah sonrió y ella no tenía ni idea de por qué sonreía, porque, visto lo visto, no había nada gracioso en la situación.

—Te alegraste de verla —dijo—. No le veo nada malo.

—Eso es porque no estabas ahí. Fue como abrazar a un gato. No a Panther, porque es inusualmente cariñosa, pero ya sabes a qué me refiero: a veces se ponen rígidos y sabes que lo único que quieren es que pares para que puedan volver a sus cosas.

Y, pensándolo bien, Erica le recordaba un poco a un gato. Digna. Serena. Cuidadosa. Selectiva.

—Lo gestioné mal.

—Estás siendo dura contigo misma. No hay reglas para manejar una situación así.

—Cierto. Pero el hecho de que no se haya comunicado conmigo en los últimos veintiocho años de mi vida debería haberme dado algo a entender.

—Tranquila —dijo él, y la tomó de nuevo por los brazos, con un agarre firme y reconfortante—. Respira hondo.

—Lo siento —respondió ella, y respiró—. Estoy un poco nerviosa.

—Eso parece.

Debería haberse apartado, pero no quería. La atracción era tan fuerte como para distraerla. No tenía sentido fingir que no existía, que no sentía nada. Sentía muchas cosas, pero, en aquel momento, tenía entre manos más de lo que podía controlar.

—Estoy segura de que me tiene rencor —dijo ella, volviendo a centrarse en Erica—. Y no la culparía. Probablemente vio la foto de papá conmigo en brazos y quiso pegarme.

—Dudo que quisiera pegarte.

—Tienes razón. Es elegante. No es de las que pegan.

—Y está aquí en la posada —dijo él—, lo que debe de significar que tenía intención de ponerse en contacto contigo. Estoy de acuerdo en que no puede ser una coincidencia.

—Quizás no, pero no se comportó como alguien que estuviera deseando hablar conmigo.

—O quizá tuviera un plan para decírtelo, y es de esas personas a las que les gusta ceñirse a sus planes.

—Posiblemente, aunque se le acaba el tiempo. Se marchan mañana por la mañana —dijo ella. Y eso le dolía—. Hicieron una reserva para toda la semana, pero, claramente, no le gustó lo que vio. Cualesquiera que fueran sus expectativas, no las cumplí.

—O es algo completamente distinto.

Estar tan cerca de él le hacía muy difícil pensar, así que retrocedió un paso.

—¿Qué más?

Se encogió de hombros.

—Tal vez tenga miedo.

—No parece precisamente de las que tienen miedo.

—Pero piénsalo, Hattie. Es algo importante para ti. Supongo que también lo es para ella.

—Tal vez.

El reloj antiguo que había tras ella sonó, y Hattie giró la cabeza y sintió una punzada de pánico.

—¿Es esa la hora? No debería estar aquí. Necesito ir

a buscar a Delphi para que Chloe pueda seguir con su trabajo. Se estará preguntando dónde estoy.

La puerta se abrió, pero no fue Chloe quien apareció, sino Erica.

Anna y Claudia estaban a su lado.

¿Apoyo moral? El hecho de que pensaran que lo necesitaba sugería que Erica no estaba tan tranquila como parecía con la situación. Quizás Noah tuviera razón.

Anna, la de los ojos marrones, le dio un apretón tranquilizador a Erica en el brazo, y Erica respiró hondo y entró en la habitación.

Ella no dijo nada. Después del último encuentro, era mejor guardar silencio.

Sintió el brazo de Noah rozándose con el suyo y se dio cuenta de que, seguramente, él estaba esperando el momento oportuno para salir corriendo.

Le dedicó una rápida sonrisa.

—Probablemente tienes que irte.

—No tengo prisa.

Él se mantuvo firme, y ella le agradeció que permaneciera a su lado en un momento tan difícil. Era afortunada por tener a Noah, y también porque su momentáneo descontrol en el granero no hubiera destruido las cosas entre ellos.

Erica lo miró fijamente, algo nada sorprendente. Las mujeres de todas las edades tenían la costumbre de mirar a Noah. Ella se daba cuenta cada vez que la comunidad se reunía para celebrar algo. Era el favorito de todas, desde adolescentes hasta abuelas, y todas las que estaban en el medio. Seguramente, era por su altura y complexión robusta, sus ojos de mirada amable y su sonrisa; o, tal vez, por su temperamento tranquilo, que nunca se alteraba, por mucho que soplaran los vientos de la vida a su alrededor.

En aquel momento, ella agradecía aquella calma.

—Soy Noah —dijo él—. Soy amigo de Hattie.

—Yo soy Erica —dijo ella. Erica presentó a sus amigas y luego se fijó en las estanterías—. Esta habitación es fabulosa —dijo, mientras recorría los libros con la mirada, el fuego de la chimenea y el brillo del árbol de Navidad—. ¿Esta es la sala que dijiste que podríamos usar para la reunión de nuestro club de lectura?

—Sí —respondió Hattie, con rigidez.

Erica parecía igual de incómoda.

—Siento lo de antes —dijo.

—No tienes que disculparte —respondió ella. Si se consideraba hostelera, y no pariente, eso la ayudaría a crear la distancia necesaria—. Es importante para mí que tus vacaciones de Navidad sean perfectas. Si Maple Sugar Inn no es el lugar adecuado para ti, claro que deberías irte y buscar otro sitio. Puedo hacer algunas llamadas si te sirve de ayuda. Hay un par de posadas bonitas cerca. Una de ellas tiene un buen restaurante. Quizá puedan alojaros.

Que nadie dijera que guardaba rencor. O, quizá, sí. De vez en cuando, maldecía a Brent por dejarla a cargo de Stephanie y del chef Tucker, pero lo disimulaba bien. Su oferta de alojamiento fue recibida con un silencio y vio a la otra mujer, Claudia, la de pelo corto y despeinado, darle un codazo a Erica en las costillas.

—La posada no tiene nada de malo —dijo Erica—. Es perfecta.

Lo que significaba que el problema era ella. Genial. Se irguió.

—Me equivoqué al llamar a tu puerta.

—No te equivocaste.

Erica miró a Anna, como si aquella conversación fuera algo ensayado.

—Me tomó por sorpresa, y no se me dan bien las sorpresas. Además, toda esta situación es complicada —explicó, y se aclaró la garganta—. Emocionalmente complicada. Y eso tampoco se me da bien.

Ese indicio de vulnerabilidad la ablandó. Olvidó su anterior decisión de no decir nada.

—Si no te vas esta noche, ¿te gustaría sentarte a charlar un rato, tomando una copa de vino? Le pediré al chef que me traiga un plato de sus deliciosos bocadillos —dijo. Sin duda, él la miraría con el ceño fruncido, pero ella lo aguantaría.

Erica asintió tímidamente.

—Sí, me gustaría.

Ella tuvo un sentimiento de calidez. Iban a hablar. Eso era un comienzo.

—Genial. Ahora, debería ir a ver cómo está mi hija, y luego...

La puerta se abrió de golpe y, en aquella ocasión, fue Chloe quien apareció en el vano. Llevaba a Delphi de la mano y tenía una expresión de pánico.

—Perdón por la interrupción, Hattie, pero tienes que venir ahora mismo. Es una emergencia.

¿Por qué? Obviamente, el universo la odiaba. Delphi corrió hacia ella y Hattie la levantó en brazos. No importaba que su hija fuera cada vez más alta y pesada. Si quería que la abrazara, la abrazaría.

—¿Una emergencia? ¿Es un huésped?

—No, no. Mucho peor. El chef Tucker le ha tirado una sartén a la ayudante del chef y ella se ha marchado. Stephanie se involucró y tuvo una pelea terrible con el chef y él también se ha ido. Tomó su camioneta y desapareció en dirección al pueblo. Lo cual es un problema en muchos sentidos, porque el restaurante está lleno esta noche y no tenemos a nadie a cargo de la cocina. El resto del personal está al borde del pánico. Por suerte, los huéspedes aún no se han dado cuenta, pero Stephanie está en medio de una de sus diatribas...

Justo a tiempo, Stephanie llegó a la puerta.

—¡Se acabó! Espero que se haya ido para siempre, pero, si no es así, debes despedirlo y exijo una disculpa. Puede que sea un genio creativo, pero no voy a permitir que me hablen como ese hombre y, además, delante del personal.

Delphi se tapó los oídos con las manos y se encogió contra Hattie.

—Demasiado gritona.

Ella no le llevó la contraria. Abrazó a Delphi, frotándole la espalda con la mano.

—Veo que estás molesta, Stephanie, y vamos a resolver esto. Pero todos debemos mantener la calma.

—¿Mantener la calma? ¿Mantendrías la calma si un hombre te llamara zorra estirada y frígida...?

Por suerte, el llanto de Delphi ahogó el final de la frase. Para complicar aún más la situación, Rufus, al oír los gritos, entró disparado en la habitación, ladrando, comprobando quién de su familia necesitaba su protección. Al ver a Delphi a salvo con Hattie, dejó de ladrar y gruñó.

Stephanie dio un paso atrás.

—Y ese perro es un peligro —dijo.

Delphi hundió la cara en el cuello de Hattie.

—Gritona, gritona...

Hattie la abrazó con fuerza.

—Por favor, baja la voz, Stephanie.

—¿Quién dirige este negocio? ¿Tú o esa niña? ¿O es el perro? Hay días en que me lo pregunto. Le da un giro completamente nuevo a la frase «irse al garete», que es lo que, sin duda, le va a ocurrir a este lugar.

A ella le dolía la cabeza. En aquel momento, su hija era la prioridad porque hasta que no calmara a Delphi, no iba a poder tener una conversación racional, y no podía calmarla mientras Stephanie gritaba.

Estaba a punto de sugerir que Stephanie esperara en su oficina, cuando Anna se adelantó. Tenía un bonito adorno en la mano.

—¿Delphi? Encontré esto en el suelo. Debe de haberse caído del árbol. ¿Sabes dónde estaba colgado?

Delphi levantó con cautela su rostro húmedo del hombro de Hattie. Miró a Anna. Debió de gustarle lo que vio, porque aflojó los brazos.

—No —dijo, con la respiración entrecortada—. N-no lo sé.

—Me encanta decorar árboles —dijo Anna, con una sonrisa de amabilidad—. Es mi afición favorita. Estoy segura de que a ti también te encanta, ¿verdad?

Delphi sorbió por la nariz.

—Sí.

—Genial. ¿Podrías ayudarme a decidir dónde puedo colgar esto?

Anna balanceó la estrella centelleante de los dedos.

—¿Elijo un sitio? —preguntó Delphi. Hizo una pausa y se deslizó de los brazos de su madre—. Te lo enseño.

Rufus estuvo a su lado en un instante, y Anna se agachó para acariciarlo.

—Es precioso. Soy Anna. Y recuerdo que cuando mi niña tenía tu edad, sabía exactamente qué quería que le trajera Papá Noel por Navidad. Seguro que tú también.

Hattie decidió que adoraba a Anna. Delphi le quitó el adorno de las manos.

—Lo sé, pero es un secreto.

—¿Un secreto? —preguntó Anna, con una sonrisa irresistible—. ¿Pero le has escrito?

—La tía Lynda me ayudó. Mamá no puede saberlo.

Noah arqueó las cejas, así que, presumiblemente, él tampoco sabía nada al respecto. Lo cual le planteaba a Hattie un nuevo problema. Si no sabía lo que quería Delphi para Navidad, ¿cómo iba a comprárselo?

Stephanie emitió un sonido de impaciencia.

—No puedo creer que estemos hablando de Papá Noel cuando este lugar se está cayendo a pedazos. ¿Te das cuenta de que ahora mismo solo tienes a un montón de personal joven en nuestra galardonada cocina?

Al oír mencionar al personal, Hattie desvió su atención de Delphi a Stephanie.

—Primero, ¿está bien Helen?

Stephanie la miró boquiabierta.

—¿Te digo que tienes una crisis y me preguntas por el bienestar de la ayudante del chef?

—Chloe dijo que el chef Tucker le lanzó una sartén.

—Ah, sí, lo hizo —dijo Stephanie, y frunció el ceño—. Estaba llorando y él perdió los estribos. No apruebo que se lancen objetos pesados, pero estoy de acuerdo con él en que es demasiado sensible para trabajar en una cocina abarrotada.

Hattie lo intentó de nuevo, con más firmeza.

—¿Está herida?

—No lo sé, y ahora mismo eso no es lo más importante. Es hora de hablar claro. He hecho todo lo posible por apoyarte desde que murió Brent —dijo Stephanie, fijando su mirada penetrante en ella—, pero incluso yo tengo mis límites y los he alcanzado. Lo siento por ti, Hattie, es la verdad. Ha sido duro, estoy segura, pero quizá sea hora de admitir que no estás hecha para esto. Has intentado ponerte en el lugar de Brent, pero ni de lejos lo consigues. Nunca serás Brent. Y, francamente, Brent se revolvería en su tumba si viera cómo diriges este lugar.

Ella sintió que la sangre se le iba de la cara. Tuvo temblores en las extremidades. Se sentía extraña y desconectada.

Su primer pensamiento fue para su hija, pero, afortunadamente, Anna tenía a Delphi ocupada buscando un lugar para el adorno en la parte trasera del árbol.

Lo que no le dejaba excusa para no mirar a Stephanie.

Estuvo tentada de salir corriendo de la habitación, pero y luego ¿qué?

No había nadie más para encargarse de aquello. Solo ella.

Y Stephanie tenía razón en una cosa: ella no era Brent, y había estado intentando ser Brent. Había intentado llevar a cabo su sueño de regentar la posada. Ese era el problema, lo veía con claridad. Había intentado que las cosas siguieran el curso que él quería y, al hacerlo, no había seguido su propio instinto. Había hecho lo que era correcto para él, no lo que era correcto para ella. Y así era como habían terminado.

Y no era un buen lugar.

Hattie sintió la mano de Noah en la espalda, cálida y protectora.

Oyó su respiración y supo que, si no hablaba pronto, él lo haría. ¿Qué clase de ejemplo sería eso para Delphi?

Vería que su madre necesitaba que otras personas hablaran por ella y que la defendieran, y no quería que su hija creciera pensando que ella no era capaz de defenderse cuando alguien le hablaba de una forma tan irrespetuosa.

—Stephanie, tenemos que hablar en privado. Vamos a mi despacho.

—Si quieres hablar conmigo, intentaré encontrar un momento mañana. Me voy, ya se ha acabado mi turno.

—¿Te vas? Stephanie, estamos en crisis.

—Una crisis que has provocado tú. Una crisis que no es mi problema. No hay nada en mi contrato que diga que tengo que donar mi tiempo personal a una causa perdida.

—Y ¿qué hay de tus compañeros? ¿De la gente con la que trabajas? —preguntó ella. Tenía la boca tan seca que apenas podía articular palabra. Estaba temblando de ira—. Somos un equipo. ¿Vas a irte y dejar que el equipo se las arregle?

—Los dejo para que hagan su trabajo, como yo hago el mío. Voy a darme tiempo para tranquilizarme y luego, si me siento con fuerzas para trabajar, volveré mañana.

Se giró hacia la puerta y Hattie sintió que el corazón le latía con fuerza. Tenía que hacerlo en aquel mismo instante.

—Si cruzas esa puerta ahora, no quiero que vuelvas mañana.

Las palabras salieron de su boca como un rayo. Fue como saltar por un acantilado al agua helada.

—¿Es una broma? —preguntó Stephanie, mirándola fijamente—. No hay manera de que puedas mantener este lugar en marcha sin mí.

—Nos las arreglaremos.

—¿Cómo? No tienes ni idea. Y ella... —añadió Stephanie, señalando a Chloe—. No será de ninguna ayuda. Además, ¿puedo recordarte que, por ahora, no tienes chef ni posiblemente ayudante del chef? Si también pierdes a tu ama de llaves, más te vale cerrar.

La ayudante. Ella necesitaba ver cómo estaba Helen, pero antes tenía que hacer aquello. Tenía un nudo de pánico en el estómago.

—Es cierto que he intentado dirigir las cosas como lo hacía Brent, pero eso se acaba en este momento —dijo.

Stephanie se relajó un poco.

—Vas a vender la posada. Sabia decisión.

—No la voy a vender, pero tampoco dirigiré el lugar siguiendo el plan de Brent. De ahora en adelante, yo tomaré las decisiones. Y necesito un equipo que comparta mi visión de la posada, que debe ser un lugar acogedor. Creo que ambas sabemos que trabajar aquí no es lo tuyo.

Stephanie se sonrojó.

—Lo que sé es que no eres la persona adecuada para dirigir este negocio. Y, sin mí, tendrás que cerrarlo en pocos meses.

—Estoy dispuesta a correr ese riesgo.

Stephanie apretó los labios.

—Entonces, buena suerte. La vas a necesitar.

Se dio la vuelta y salió de la habitación dando un portazo.

Ella sintió que le iba a estallar la cabeza. El pánico se intensificó y sintió una opresión en el pecho. ¿Qué acababa de hacer? Tenía habitaciones reservadas hasta enero. La gente se había regalado una estancia navideña en la posada. Esperaban un ambiente festivo, habitaciones cómodas y comida que recordarían siempre. Y ella acababa de perder a dos de sus empleados clave.

Stephanie tenía razón. Cerrarían en unos meses.

El pánico pasó del estómago a la garganta. Debería haber hecho más por apaciguar a Stephanie, porque había empeorado su situación.

Fue Erica quien habló primero. Dio un paso al frente. Ella vio la amabilidad en sus ojos.

—No sé quién es esa mujer, pero claramente no tenía nada positivo que aportar a la situación. Dejar que se marche es una de las mejores cosas que has podido hacer.

—¿En serio? —preguntó ella, temblando. Una parte de ella quería salir corriendo detrás de Stephanie y disculparse, pero Erica se interponía en su camino.

—Está bien —dijo, con una voz firme y directa—. Todo va a ir bien. Podemos ayudar.

—No puedes. Nadie puede ayudar. Menos mal que os marcháis —dijo ella, en un intento descabellado de tomarse las cosas con humor—. Acabo de perder a mi ama de llaves y parece que voy a tener que cerrar el restaurante. Bienvenidos a la Navidad en Maple Sugar Inn. Promete ser memorable, pero por las razones equivocadas.

¿Qué había hecho? ¡Dios Santo, qué había hecho!

Delphi emergió de detrás del árbol.

—Así es la vida —dijo, con una imitación perfecta y solemne de las hermanas Bishop.

Capítulo 13
Erica

Ante una crisis, Erica se sintió con el control de la situación, mucho más segura de lo que se había sentido desde hacía varias semanas.

El asunto de su padre, el contacto con su hermana, las emociones confusas... todo eso la abrumaba. Pero aquello... Ella podía gestionarlo. Era una crisis que requería claridad de pensamiento y acción, y esos eran sus puntos fuertes. Tenía la capacidad de analizar las emociones y el drama y ver qué había que hacer. Sabía que podía ayudar a Hattie.

Y, tal vez, podría calmar su conciencia al mismo tiempo, porque se sentía fatal por cómo había reaccionado cuando Hattie llamó a su puerta. No se le había pasado por la cabeza que Hattie supiera de su existencia, pero era obvio que le habían hablado de Madeleine.

Oyó la voz de su madre en su cabeza. «Cada uno eligió un nombre. Él eligió Madeleine, yo elegí Erica. Madeleine Erica. Te convertiste en Erica en el momento en que él salió por la puerta».

Le debía una disculpa a Hattie, pero eso tendría que esperar, porque, en aquel momento, no le gustaba lo que veía. Hattie se había controlado bien durante el desagradable desencuentro con Stephanie, pero ahora parecía que estaba a punto de derrumbarse en el acto. El brutal ataque de Stephanie había dejado tantos agujeros en su autoestima que casi se podía ver cómo se desvanecía su confianza. Tenía los ojos vidriosos y respiraba rápida y superficialmente.

Ella pensó que estaba a punto de sufrir un ataque de pánico.

Abrió la boca para hablar, pero Noah se le adelantó.

—Lo has hecho muy bien, Hattie. Casi aplaudo. Seguro que todos los demás, también —le dijo, y le puso la mano en el hombro—. No pasa nada. Todo va a ir bien.

Ella habría dicho lo mismo, solo que sin el masaje en el hombro. Por desgracia, ninguna de las dos cosas calmó a Hattie.

—No, no va a ir bien —respondió ella, con un deje de histeria en la voz—. Acabo de perder a mi ama de llaves y, al parecer, ya perdí a mi chef, solo que, a diferencia de Stephanie, él ni siquiera ha tenido la cortesía de gritarme antes de irse con el coche al atardecer.

Noah mantuvo la mano en su hombro para darle fuerzas y apoyarla.

—Una empleada que te ha estado dando problemas durante dos años, y un chef que siempre se comportaba como un niño pequeño en plena rabieta.

—Puede ser, pero es un gran chef —dijo Hattie—. Brent pensaba que era un genio creativo.

—Era impredecible y un lastre —dijo Noah, sin paños calientes—. Y, en cuanto a Stephanie, hiciste lo que había que hacer. Dijiste lo que había que decir. No fue fácil. Me he sentido orgulloso de ti.

No pareció que Hattie lo oyera. Parecía que no era consciente de nada de lo que pasaba a su alrededor.

—Tiene razón —murmuró para sí misma—. Le he fallado a Brent. He intentado que todo siguiera su curso, hacer lo que él hubiera hecho, pero he fracasado. He perdido a dos empleados clave. Él estaba entusiasmado cuando los contrató. Dijo que harían que la posada fuera conocida. Y se han ido por mi culpa. Y la pobre Helen, la ayudante del chef... —musitó, y buscó a tientas el teléfono—. ¿De verdad le tiró una sartén? Necesito comprobar que está bien.

Noah miró por la ventana.

—Su coche sigue ahí aparcado, así que no se ha ido.

—Está bien —dijo Chloe—, aunque hay una gran abolladura en uno de los armarios de la cocina.

—No me importa la cocina, mientras esté bien. Hablaré con ella en un minuto, aunque no sé qué voy a decirle. Quizá nos demande —dijo Hattie, y se hundió en el sofá—. No puedo con esto. No tengo lo que hay que tener. Debería dejárselo a alguien que tome decisiones mejor que yo.

Erica decidió que Noah necesitaba refuerzos.

—Estás tomando buenas decisiones. Parecen difíciles, pero eso no significa que no sean las correctas —dijo, en el mismo tono tranquilo que usaba al asesorar a clientes que se enfrentaban una crisis—. Claramente, tienes una buena visión para la posada, y es muy atractiva. Esta es la oportunidad perfecta para hacerla realidad. Para darle al negocio la forma que te gustaría. Has empezado bien. Lo estás haciendo bien.

Su intervención sacó a Hattie de su trance. Miró a Erica como si acabara de recordar que estaba allí.

—Pero... vosotras os marcháis mañana —dijo—. Así que no puede estar tan bien, ¿no?

Erica sintió una mezcla de culpabilidad y admiración. Era alentador ver que a Hattie le quedaba algo de fuerza.

—Eso no tiene nada que ver con el establecimiento —dijo Claudia—. Es solo cosa de Erica.

Erica lo ignoró.

—Por ahora, hay que centrarse en lo que hay que hacer para superar esta noche. Después, podemos formular un plan a largo plazo.

—¿Podemos? —preguntó Noah, y la miró con frialdad, lo que hizo que ella sospechara que Hattie le había contado lo ocurrido en el poco tiempo que habían estado juntos antes de que estallara la discusión con Stephanie.

Él desconfiaba de ella y, dado lo ocurrido, probablemente tenía razón.

Erica pensó en lo que había oído en la librería. Las mujeres hablaban de Noah, de lo protector que era. Y, ahora, ella lo veía con sus propios ojos. No solo en sus palabras, sino también en la forma en que se acercaba a Hattie, como si fuera una barrera física entre ella y el resto del mundo.

Sin duda, Anna ya estaba ocupada inventando historias románticas.

Eso no era lo que le interesaba a Erica.

—Puedo ayudar. Si quieres.

Noah había vuelto a concentrarse en Hattie.

—Sé que parece abrumador ahora, pero las cosas cambiarán para mejor. Y ella, Erica, tiene razón —dijo, a regañadientes—. Averigua qué hay que hacer y hazlo. Resuelve los problemas uno a uno. Se te da bien, Hattie.

—¿Bien? —preguntó ella, y soltó una risa incrédula—. ¿No has oído ni una palabra de lo que dijo Stephanie?

—Stephanie se equivoca. Tienes que hacer las cosas como crees que deben hacerse y confiar en tu instinto. Yo creo que la posada tendrá aún más éxito.

Hattie no parecía muy convencida.

—Espero que sobrevivamos lo suficiente para averiguarlo. No puedo dirigir una posada sin personal.

Alguien tenía que ponerse manos a la obra y hacer algo, pensó Erica, o no tendría éxito. Cada minuto que pasaban dándole vueltas a lo sucedido era un minuto perdido. Entendía que era un proceso, pero había que acelerarlo.

—Estás viendo lo que has perdido —dijo—. Lo que tienes que hacer es considerar los recursos que aún tienes disponibles y cómo puedes usarlos de la manera más eficaz.

—¡Esa soy yo! Soy un recurso, y no me voy —exclamó Chloe, desde la puerta—. Puedo encargarme de las tareas de limpieza. Trabajaré las horas que sean necesarias. No hay nada que Stephanie pueda hacer que yo no pueda. Excepto lo de estar de mal humor. No soy muy buena en eso. Haría mucho más sin que me esté llamando todo el tiempo para decirme dónde me estoy equivocando.

A Erica le cayó bien Chloe. Era joven, pero ella sabía que había momentos en que el entusiasmo podía superar la experiencia, y aquel era uno de ellos. En su opinión, Hattie debería aprovechar bien las capacidades de Chloe. Y parecía que estaba de acuerdo con ella.

—Gracias, Chloe. Pero aunque pudiéramos arreglárnoslas entre nosotras, aún queda el restaurante. No puedo dirigir un restaurante sin jefe de cocina. Y el chef Tucker es... era... una leyenda. La gente viajaba de fuera del estado para probar su menú degustación.

—Nunca lo entendí —dijo Chloe—. Cocinaba partes del animal que, en mi opinión, nunca deberían haber visto la luz del día. Habría tenido que pagarme para comer ese asqueroso seso revuelto... —explicó la muchacha, y se estremeció.

Finalmente, Hattie sonrió.

—Sabía que había una razón por la que no sirves en el restaurante. «Esta noche en el menú tenemos un asqueroso seso. Que lo disfrutes».

—Leyenda o no, nadie es indispensable —dijo Erica, dirigiéndolas suavemente hacia el tema—. Hay otros chefs excelentes.

Miró a Claudia, que puso los ojos en blanco y sonrió.

—La respuesta es sí. Lo haré si Hattie quiere. Soy chef —añadió—. Puedo ayudarte.

Hattie las miró a Erica y a ella.

—Pero... si os vais.

—Esta noche, no, y necesitas un chef para esta noche. Esos cerebros no se van a revolver solos.

Hattie se había quedado un poco aturdida.

—¿De verdad eres chef?

—Sí. Una buena chef —dijo Claudia, y se sujetó un mechón de pelo detrás de la oreja—. Que no te engañe mi delgadez. No refleja mi habilidad culinaria. He tenido un mal año.

Hattie esbozó una leve sonrisa.

—Conozco esa sensación. ¿Dónde trabajas?

—Llevo unos años en California, pero me despidieron del trabajo hace unas semanas. No te preocupes, no envenené a nadie ni le tiré un cuchillo. Gritar no es mi estilo, aunque me han dado la lata. Soy una buena chef. Estudié francés. Mi abuela era francesa y puedo hablarlo con fluidez si es necesario. Si tuviéramos más tiempo, te cocinaría algo para demostrarlo, pero, dado que no tienes chef para esta noche, sugiero que demuestre mi valía en el trabajo.

—Es una chef brillante —dijo Anna, con cariño—. La mejor.

Hattie dejó escapar un largo suspiro. Parecía agotada.

—Solo tenemos un par de horas hasta que abra el restaurante.

—Entonces, no debería perder el tiempo charlando —dijo Claudia—. Solo necesito un juego de ropa blanca y acceso a la cocina. Supongo que el resto del personal de cocina ya está allí, ¿no?

—A menos que todos hayan salido con el chef Tucker —dijo Hattie, frotándose la frente con los dedos, intentando concentrarse—. Nuestra pastelera, Shelley, es fantástica. Hornea el pan, prepara todos los desayunos... Pasteles, las pastas para el té de la tarde y los postres, obviamente. Quizás podríamos servir solo el postre.

Claudia esbozó una sonrisa fugaz.

—Seguro que podemos hacerlo mejor. ¿Dónde está la cocina? ¿A la izquierda o a la derecha?

—¿Estáis seguras? —preguntó Hattie, mirando a las tres mujeres—. Se supone que sois huéspedes. Seguramente teníais planeado acurrucaros con el libro que estáis leyendo y comentarlo.

—Eso puede esperar —dijo Anna—. Y nosotras somos huéspedes, pero de las que ayudan.

—En ese caso, gracias. Sería una locura negarme —respondió Hattie, que se estaba recuperando—. Os llevaré a la cocina y hablaré con el personal. Espero que no hayan seguido al chef Tucker. Y necesito ver cómo está Helen —dijo.

Miró a Delphi, que se había acomodado en el mullido sofá con un libro.

—Quiero que me lean.

—¿Puedo leerte? Me encantaría —dijo Anna—. Leer en voz alta me gusta mucho y ya no suelo tener la oportunidad porque mis hijos son mayores que tú.

Delphi se encogió en el sofá.

—Quiero a mamá.

—Soy buena lectora —dijo Anna—. Hago voces y gestos. Soy conocida por mis imitaciones de tigres.

—Me gustan los dinosaurios.

—A mí me encantan los dinosaurios —le aseguró Anna—. ¿Puedo leerte un ratito a ver si te gusta? Puedes elegir el libro. Cualquier libro.

Delphi lo pensó, asintió y le ofreció el libro. Anna se sentó a su lado y Hattie le dedicó una sonrisa de agradecimiento.

—Gracias. Vuelvo enseguida.

—Mientras, yo voy a preparar la última habitación —dijo Chloe—. Y luego haré un plan para mañana. Voy a revisar las reservas, veré las preferencias de cada huésped y me aseguraré de que las habitaciones sean perfectas. Si tengo algún problema, te lo haré saber, no te preocupes.

—¿Cómo no voy a preocuparme? No puedes hacer el trabajo de dos personas —dijo Hattie, y Chloe flexionó los bíceps.

—Mírame. Al menos la mitad del trabajo de Stephanie consistía en gestionarme, así que supongo que, si me gestiono yo misma, ya tengo gran parte del trabajo hecho.

Erica se echó a reír, e incluso Hattie parecía más esperanzada.

Capítulo 14
Claudia

Los recuerdos más felices de Claudia estaban relacionados con la comida. A veces, cuando se desvelaba por la noche, dejaba que su mente se llenara de los aromas y sonidos de la cocina. Se recordaba a sí misma de pie en una silla, ayudando a su abuela a tamizar la harina y golpeando la masa con el puño. Recordaba el aroma a pan recién horneado. La dulzura de los melocotones, el hilillo de jugo cayendo por la barbilla. El aroma penetrante de un café expreso perfecto. Para ella, la comida era una forma de expresión.

Pero, en aquel momento, era pura actividad.

Había oído hablar del chef Tucker. Conocía a alguien que conocía a alguien que había trabajado con él. Se rumoreaba que su cocina era buena, pero su personalidad era tan atractiva como una tostada quemada.

Eso debía de darle una ventaja, ¿no? Ella tenía sus propias reglas, pero no era una tostada quemada.

Entró en la cocina y lo asimiló todo de un vistazo. El personal estaba paralizado, presa del pánico, hablando en voz baja. No estaban haciendo nada.

Hattie carraspeó.

—Como probablemente ya sabéis, el chef Tucker se ha ido. Stephanie también. Ninguno de los dos volverá.

Hubo intercambio de miradas. A juzgar por sus expresiones, acababan de enterarse de la abrupta salida de Stephanie. Uno de ellos intervino:

—Pero... el chef es lo más importante de una cocina.

—No. La persona más importante de Maple Sugar Inn es el huésped —replicó Hattie, adentrándose en la cocina—. Cuando alguien reserva aquí, viene porque le hemos hecho una promesa. Le hemos prometido servirle comida deliciosa en un entorno cómodo y acogedor. Eso es lo que espera al reservar, y eso es lo que obtendrá. Cada persona que trabaja aquí es importante, pero nadie es más importante que otro. Somos un equipo. Puede que el chef Tucker se haya ido, pero vosotros seguís aquí y sé que todos vais a hacer un trabajo brillante. Y, ahora, quiero presentaros a Claudia. Es una chef de primer nivel de California, y tenemos suerte, porque va a trabajar con nosotros esta noche.

Chef de primer nivel. En otras circunstancias, habría discutido la descripción por modestia, pero decidió que la modestia no tenía cabida en aquella cocina.

Un miembro junior del personal frunció el ceño.

—¿Como una chef invitada?

—Sí. Una chef invitada. Somos afortunados de tenerla.

Claudia les hizo un gesto amistoso con la cabeza.

—Nos presentaremos después. La prioridad es servir una comida excelente a los invitados que cenan con nosotros esta noche. Voy a cambiarme y, cuando vuelva, hablaremos de nuestra estrategia.

Siguió a Hattie fuera de la cocina y la encontró apoyada contra la pared con los ojos cerrados. Claudia no estaba segura de cómo manejar la situación. ¿La zarandeaba? ¿La abrazaba?

—¿Estás bien?

—Bien —respondió Hattie, con los ojos cerrados—. Estoy bien.

—Ah —respondió ella. Quizá debiera llamar a Anna. Anna siempre sabía qué decir—. Has dado un gran discurso.

Hattie abrió los ojos.

—¿En serio?

—Sí, en serio. Si no estuviera atrapada en la cocina, estaría reservando una mesa para comer —le dijo, y le dio una palmadita en el brazo—. Tráeme el uniforme y luego ve a relajarte. Come tarta. Báñate. Lo que te dé la gana. Esto va a salir genial.

Hattie tragó saliva.

—¿Estás segura?

—Sí —respondió ella, con una sonrisa—. Soy una chef de primer nivel, ¿no lo sabías?

—En ese caso, necesito hablar con Helen.

Hattie se fue corriendo y ella regresó a la cocina unos minutos después.

—Primero lo primero. ¿En qué punto del menú estamos?

Alguien le entregó un menú y, al instante, vio que el chef Tucker lo había hecho todo lo más elaborado posible, seguramente, para hacerse indispensable. O, tal vez, para alimentar su ego. Había conocido a un chef de esa clase. Había trabajado con él. Todo alboroto y espuma.

Y, por mucho talento que tuviera Tucker, ella sabía que un menú así no iba a funcionar aquella noche.

—¿Ocho platos?

—Sí. El chef solo ofrece el menú degustación completo. Pero hay algunos problemas.

La segunda chef, Helen, había regresado de una conversación con Hattie, aparentemente intacta, y decidida a seguir.

—No hay parmesano; no entregaron la cantidad que pedimos, así que el chef lo devolvió todo.

—¿Todo?

—Todo.

«Genial».

—Así que no hay parmesano —dijo, y decidió que era mejor enterarse de las malas noticias desde el principio—. ¿Qué más?

—Hizo lo mismo con los champiñones. Es un ingrediente clave del menú degustación.

—Esta noche no ofreceremos menú degustación.

Necesitaba reducir el menú e improvisar. Y necesitaba hacerlo rápido. No podía hacer cambios drásticos, pero sí simplificar lo que tenían. Echó un vistazo al menú.

—Ofreceremos tres entrantes a elegir: dos sopas, una de ellas vegetariana, y el paté con brioche a la parrilla y chutney de ciruela y manzana dulce. Necesitamos que el énfasis esté en el producto fresco y de temporada —dijo, pensando en voz alta—. El venado especiado que ya está en el menú lo conservamos. El pollo con suero de leche, también.

Helen tomaba notas.

—Lo servimos con patatas crujientes con parmesano. No hay parmesano.

—Esta noche serviremos puré de patatas. Cambia el parmesano por queso cheddar curado local. Estará delicioso. Está nevando afuera. La gente ha estado disfrutando del frío invernal. Necesitan comida reconfortante, y eso es lo que les vamos a dar. ¿Cómo vamos con el postre? —preguntó, y le dedicó una sonrisa a la pastelera—. Shelley, ¿verdad?

—Sí. Antes de pasar al postre, tengo una tarta de higos y queso de cabra; se podría ofrecer como aperitivo o plato principal.

—Bien. Añádela al menú.

—De postre tengo tarta de frambuesa, helado de arce y nueces hecho con nuestro propio sirope de arce —dijo Shelley con eficiencia y entusiasmo—, una *mousse* de chocolate y una compota de manzana caliente servida con *crumble* de canela y nata montada de nuestra lechería local.

Claudia repartió tareas a los demás miembros de la cocina, se aseguró de que todos estuvieran contentos y supieran lo que hacían, y luego se giró y se encontró a Erica de pie, en la puerta, observándola.

—¿Qué ocurre?

—Nada —respondió Erica, y se apoyó tranquilamente en el marco de la puerta—. Solo estoy viendo a alguien que odia cocinar volver a enamorarse de la cocina. Es entretenido y más que reconfortante. Me esfuerzo por no decir que te lo dije.

—Todavía no he cocinado nada, y no estoy enamorada.

Pero era cierto que sentía una euforia que no había sentido en mucho tiempo. Probablemente era adrenalina. ¿A quién no le encantaba ayudar a alguien que necesitaba ayuda? Si el chef Tucker hubiera entrado en aquel momento, le habría dicho lo que podía hacer con sus sesos.

—Ahora mismo, estoy resolviendo un problema. Eso es todo.

—Eso cuéntatelo a ti misma.

—Si te vas a poner petulante, ¿podrías hacerlo en otro sitio y no en mi cocina? Y, si tienes tiempo, puedes escribir un nuevo menú.

Erica se enderezó.

—Puedo hacerlo, sí. ¿Lo tienes?

—Lo tendré en cinco segundos.

Tomó el menú degustación que le habían dado y trazó una línea sobre la mayoría de los platos. Garabateó, corrigió y alteró el diseño.

—Necesitamos cambiar la fuente. Que sea fácil de leer y amigable. Esta tipografía con rizos intimida. La comida nunca debería dar miedo. ¿Dónde está Hattie? La última vez que la vi, parecía que estaba en shock.

—Está bien. Ahora mismo está charlando con una pareja de Ohio que celebra sus cuarenta años juntos. Está prestando atención a todas sus necesidades. Se le da bien. Yo les habría dado una guía y un mapa local y les habría dicho que se pusieran manos a la obra.

Claudia le entregó el menú a su amiga.

—Por eso no trabajas en hostelería.

—Podría ser. Pero Hattie tiene un don. Si la ves con los clientes, no pensarías que está pasando por una crisis —dijo Erica, y le echó un vistazo al menú—. ¿Sin cerebro? Qué pena. A Chloe se le va a romper el corazón. Déjame esto a mí. Yo me encargo.

Claudia se dio cuenta de que, desde la dramática salida de Stephanie, no había pensado en la situación de Erica.

—¿Cómo estás?

—¿Yo? Sigo aquí, si a eso te refieres. Y ya me conoces, gestionar una crisis está en mi zona de confort. Prefiero eso que hablar de sentimientos —respondió Erica, y señaló la cocina con la mano—. Ve a crear. Hablamos luego.

Erica desapareció, y Claudia se preocupó por ella un momento, pero luego volvió a concentrarse en la tarea.

El equipo de cuatro trabajaba en silencio, cabizbajo. Cuando ella hablaba con uno de ellos, levantaban la cabeza bruscamente y había cautela en sus ojos. Esperando que les gritaran por algo, pensó Claudia. Ella también lo había padecido, aunque, cuando estaba nerviosa o molesta, nunca se lo había dejado ver al chef.

—¿Chef?

Tardó un momento en darse cuenta de que le estaban hablando a ella.

—¿Sí?

—¿De verdad crees que podemos hacer esto sin el chef Tucker?

—Sé que podemos.

—Si lo logramos esta noche, será un milagro.

Claudia tomó una sartén.

—Entonces, qué bueno que sea Navidad. Es la época perfecta para milagros. Ahora, volvamos al trabajo. Esas zanahorias no se van a pelar solas.

Capítulo 15
Anna

Uno de los recuerdos favoritos de Anna era leerles a los mellizos cuando eran muy pequeños. A veces conseguía que estuvieran con ella a la vez, y los tres se acurrucaban en la cama, turnándose para pasar las páginas del libro. Lo que ocurría más a menudo, sin embargo, era que ella se quedaba a uno y Pete, con el otro. De vez en cuando, a lo largo de los años, recordaba con nostalgia aquella época, y la estaba recordando también en aquel momento, acurrucada en el sofá con Delphi, rodeada de estanterías de libros y calentada por el fuego.

Al mirar atrás, tenía tendencia a recordar solo lo bueno, pero, por supuesto, también hubo días difíciles. La crianza de los niños pequeños era una inquietud constante que minaba la energía hasta de las personas más robustas. Hubo un invierno memorable en el que los mellizos estuvieron enfermos constantemente, transmitiéndose gérmenes entre ellos, y ella llegó a preguntarse si alguna vez volverían a estar bien.

Aun así, echaba de menos la sencillez de aquellos días. No había tenido que preocuparse por la influencia de los amigos, ni trasnochar hasta saber que los mellizos ya estaban sanos y salvos en casa, ni temía la idea de tener a uno de sus hijos al volante.

Durante dieciocho años habían estado bajo su techo y cuidado. Habían sido su centro, su vida.

Delphi se había quedado dormida a su lado, sobre los cojines, y ella cerró el libro que habían estado leyendo. Ojalá pudiera dejar de sentirse así. Tenía muchas cosas que agradecer, y el hecho de que sus hijos estuvieran sanos y pudieran irse de casa y llevar vidas independientes era una de ellas. En el fondo, sabía que no se trataba de ellos. Sí, se preocuparía por ellos porque era parte de ser madre, pero no era la preocupación por los mellizos lo que la desvelaba. Era la preocupación por sí misma.

Quería mirar al futuro con emoción y con motivación. No quería sentir aquella tristeza lenta y penetrante. No quería estar contando los días hasta que se fueran de casa.

«Podríamos tener otro hijo».

¿Lo quería? Aquella conversación que había tenido con Pete en la cocina no le había sentado bien. Sabía que él no entendía bien cómo se sentía, y quizá no era realista esperar que lo hiciera. Aun así, habría sido bueno hablarlo con más detenimiento.

Antes lo había llamado y no había contestado, lo cual no era habitual en él. Normalmente, cuando alguno de ellos estaba fuera, disfrutaban de largas llamadas.

Tomó el teléfono y le envió un mensaje rápido.

¿Todo bien con los niños?

La puerta se abrió y ella levantó la vista al ver a Hattie entrar en la biblioteca. Dejó a un lado sus problemas.

—¿Cómo va todo?

—Hasta ahora, todo bien, creo. Solo quería ver cómo estáis Delphi y tú. La pareja de Ohio tiene problemas con la dieta. Sin gluten. Tengo que avisar a Claudia.

Hattie parecía una persona con demasiadas cargas en la vida. En su cabeza.

—Claudia ya habrá pensado en eso. Y no tienes que preocuparte por Delphi —le dijo, y miró a la niña dormida—. Hemos leído dos libros, hemos inventado una historia con Enorme, el dinosaurio, como protagonista, y luego me ha contado todo lo que quería para Navidad y después se desmayó. ¿Debería haberla despertado? Sé que es un poco tarde para dejarla dormir, pero parecía que lo necesitaba.

—Se está recuperando de una tos que la ha tenido despierta —dijo Hattie—. Déjala dormir.

Anna observó las ojeras de Hattie.

—Supongo que la tos también te ha mantenido despierta a ti. Recuerdo esos días. Y estás sola con esto. No debe de ser fácil.

—Estoy bien —dijo Hattie.

Anna cogió la manta suave que había en el respaldo del sofá y arropó a Delphi.

—Recuerdo haber dicho esas palabras mientras gritaba por dentro.

Hattie esbozó una media sonrisa.

—Podría prescindir de toda esta presión añadida, eso seguro.

—Siéntate un momento —le dijo Anna, y dio unas palmaditas en el sofá, a su lado.

Sin embargo, Hattie hizo un gesto negativo con la cabeza.

—Es tentador, pero si me siento puede que no me levante nunca más y hay mucho que hacer. Necesito comprobar si Erica está bien.

—¿Hay alguna razón por la que no lo esté?

Hattie miró por encima del hombro al ver pasar a un cliente.

—¿Vas a ir a la librería antes de que cierre, Mike? Ten cuidado. Hace mucho frío. Llámanos si necesitas algo —dijo, y se volvió hacia Anna—. Erica está usando el ordenador de mi despacho para escribir un menú y luego va a hacer una descripción del puesto para que podamos contratar a un nuevo chef.

—No necesitará ayuda con ninguna de esas tareas —dijo Anna, y estuvo a punto de sonreír ante la idea de que Erica necesitara ayuda.

—Ha sido genial —dijo Hattie—. Todas habéis sido geniales.

Anna dudó si debía decir algo sobre la situación de Hattie y Erica, y decidió que una pequeña intromisión amable estaba justificada en aquel caso.

—Sé que Erica no manejó bien la situación antes. Estoy segura de que eso te disgustó.

—No importa. Lo entiendo.

—Lo dudo —dijo Anna, y comprobó que Delphi seguía dormida—. No suelo ser chismosa, pero hay algunas cosas sobre Erica que podrían serte útiles. La primera es que no es fácil conocerla, por eso te estoy dando un curso intensivo. La segunda es que, una vez que la conozcas, descubrirás que es la persona más amable y generosa del mundo. No siempre es sensible —explicó, y vio la duda reflejarse en el rostro de Hattie, pero continuó—: Si quieres un abrazo y un «Vaya, vaya, pobrecita» de alguien, no elijas a Erica, pero si quieres a alguien que se preocupe profundamente por sus seres queridos y que ofrezca cualquier ayuda práctica que esté a su alcance, entonces ella es la indicada.

Hattie dudó un momento y luego se sentó en el sofá, a su lado.

—¿Vosotras tres sois amigas desde hace mucho tiempo? ¿Os conocisteis en un club de lectura?

Anna sonrió.

—No, nos conocimos en la universidad. Nuestro club de lectura surgió por casualidad. Era nuestra forma de escapar de la pesadez de lo que leíamos. Estábamos estresadas por el estudio y los exámenes, y me volví adicta a las novelas románticas para relajarme.

Hattie se animó.

—Me pasó lo mismo en la universidad. Las novelas románticas eran mi vía de escape.

—A Erica le encantaban las novelas de suspense y policíacas, y a Claudia, las biografías y los libros de cocina; todas pensábamos que las lecturas de las demás eran bastante malas. Erica me tomaba el pelo con las

novelas románticas y yo a ella con las novelas policíacas, pero luego nos dimos cuenta de que nunca habíamos leído los libros de la otra. Así que eso hicimos. Una
noche, después de una botella de vino, intercambiamos
libros. Cada una escogió uno de sus favoritos y las demás lo leyeron. Luego hablamos de ello.

Se recostó en el sofá, recordando.

—Aquellas discusiones eran divertidísimas. Lo ana-
lizábamos todo a fondo. Por qué la heroína romántica
se comportaba así, por qué la novela negra ganaba premios cuando la novela romántica era ignorada y de-
nostada. Por qué se celebraba la violencia y las historias
sobre relaciones, que probablemente son lo más importante de nuestras vidas, se descartaban como frivo-
lidades.

—Espero que no me estés haciendo esas preguntas
—dijo Hattie—, porque mi única respuesta es por esno-
bismo.

—Esa es la conclusión a la que llegamos —dijo Anna,
y se incorporó—. Bueno, ahí empezó todo. Cuando nos
graduamos, usamos nuestro club de lectura como excusa para vernos. Una vez al año reservamos habitaciones
en un hotel durante una semana. A veces, cerca de la
playa, pero más a menudo en una ciudad, porque a Erica le encanta. Es una semana para relajarse, descansar,
hacer turismo, ponernos al día y hablar de libros.

—¿Siempre en un hotel?

—Sí. La idea era que fuera una semana en la que ninguna de nosotras tuviera que hacer nada salvo relajarse.
Nadie tenía que cocinar. Podíamos pedir servicio de
habitaciones. No había nada que hacer más que disfrutar. Y lo raro es que podemos pasar meses sin vernos, y
cuando por fin nos vemos, es como si nos hubiéramos
visto ayer. Supongo que eso es la amistad. Es la razón
por la que lo espero con impaciencia todos los años.

Y ella lo necesitaba. Sus amigas eran mejor que la
terapia. Sin duda, una terapia más barata.

—¿Pero este año no se celebró tu reunión de verano?

—Claudia tuvo algunos problemas personales el verano pasado; acordamos posponerlo hasta Navidad. Pensamos que sería acogedor y festivo. Y lo es —dijo Anna. Miró el fuego y, después, el árbol—. Yo me sentí un poco incómoda al irme de casa en esta época del año. Es una época especial para la familia. Las familias deberían estar juntas en Navidad, ¿no?

Solo después de decirlo se dio cuenta de lo poco adecuado que era, pero, por suerte, no pareció que Hattie se molestara.

—Es una época mágica del año. ¿Cuántos hijos tienes?

—Mellizos, niño y niña.

—Qué bien —dijo Hattie, observando a Delphi—. La familia es lo mejor.

—Sí.

Y para Hattie, Delphi era la familia. Erica, no. Anna sintió una punzada de tristeza, pero supo que no le correspondía interferir.

—Lo que has hecho con este lugar es fantástico y no podría sentir más el espíritu navideño, ni aunque Papá Noel viniera de visita.

—Bien —dijo Hattie, y extendió las manos hacia el fuego—. Pero no es por eso por lo que elegisteis la posada, ¿verdad?

—No —respondió Anna, e intentó cambiar de postura sin despertar a Delphi—. Fue decisión de Erica.

—Y la eligió por mí.

—Eso parece. Aunque nosotras no lo sabíamos en ese momento.

Hattie frunció el ceño.

—¿Por qué ahora? ¿Por qué ha esperado veintiocho años para ponerse en contacto conmigo?

—¿Veintiocho años? —preguntó Anna, con sorpresa, y respondió sin pensar—: Se enteró hace poco de que tenía una hermanastra...

De repente, se sintió desleal y dejó de hablar.

Hattie la miró fijamente.

—¿No sabía de mí? ¿Es cierto?

—¿Por qué no iba a serlo?

—Porque yo sí sabía de Erica, aunque no sabía que se llamaba así. Lo he sabido toda mi vida. Mi padre siempre fue honesto sobre su pasado.

Aquel fue el turno de Anna de mirarla fijamente. ¿Honesto? La suya no era precisamente una historia bonita. ¿Se habría presentado como una especie de héroe? Ojalá no hubiera empezado aquella conversación. ¿Y si revelaba algo que Erica hubiera preferido mantener en secreto? Era extraño, pensó Anna, pensar que Hattie y Erica eran parientes y pensar en todos los años que habían vivido vidas paralelas, sin cruzarse nunca. Pero ahora se habían cruzado, y eso iba a tener consecuencias. Intentó ser discreta.

—Creo que es necesaria una conversación, pero entre Erica y tú.

—Hemos quedado para hablar más tarde, aunque no tengo ni idea de cuál será el resultado. Si no sabía de mí hasta hace poco, entonces empiezo a entender por qué ha sido un cambio que necesita adaptación. Esto me ha ayudado, gracias.

Hattie se puso de pie.

—Espero que aún tengáis oportunidad de hablar de libros, ya sea aquí o en otro lugar. Te envidio.

Ella esperaba que fuera allí, en la posada. No se le ocurría un lugar más perfecto para pasar una semana. Si Erica quería irse, claro que se irían, pero tenía la esperanza de que se quedaran.

—Se nota que te encantan los libros —dijo. Echó un vistazo a las estanterías, que estaban repletas de todo, desde clásicos encuadernados en cuero y guías de viaje hasta novelas de bolsillo. Había algo para todos, incluido un libro que ya le había comprado a Pete por Navidad—. ¿No perteneces a ningún club de lectura? Este sería el lugar perfecto para celebrarlo. O, quizá, en la librería.

—El pueblo tiene un club de lectura, pero la librería no tiene una sala lo suficientemente grande para todos.

Los he invitado a usar esta sala para su reunión del miércoles. Ojalá funcione y podamos convertirla en algo habitual.

—¿No formas parte de ese grupo?

—No. Sobre todo porque no tengo tiempo para leer el libro antes de las reuniones, y me siento como si estuviera fallando en otra cosa más. Es más presión.

—Y ya tienes mucha.

—Han sido unos años difíciles. Debería comprobar que Erica y Claudia tienen lo que necesitan —dijo Hattie, y se detuvo en la puerta—. Si Delphi se despierta...

—Entonces, iremos a buscarte.

—Seguro que hay un millón de cosas que preferirías hacer antes que cuidar a mi hija.

—De verdad que no —respondió Anna—. Acurrucarme aquí, en tu acogedora biblioteca, con un árbol de Navidad, una chimenea, todos estos libros y Delphi... es lo más cercano a la felicidad que puedo sentir.

—En ese caso, iré a terminar mis tareas y luego volveré por ella —dijo Hattie. Hizo una pausa—. Erica y tú deberíais cenar en el restaurante esta noche. Debéis de tener mucha hambre después del viaje.

—¿Te unes a nosotras? —preguntó Anna, con la esperanza de que Erica no la matara por invitarla—. Sin presión, obviamente. No quiero que sea una situación incómoda.

—Gracias, pero tengo que acostar a Delphi y dormirla. Por suerte, nuestras habitaciones privadas están justo al lado del pasillo principal, así que siempre estoy disponible si me necesitan los huéspedes, pero es la parte del día que intento reservar solo para ella.

Anna recordaba haber hecho lo mismo. Recordaba días en los que ella estaba tan agotada que sentía impaciencia por que se durmieran, y días en los que los mellizos estaban tan adorables y cariñosos, tan cálidos y mimosos después del baño, que se acostaba en la habitación con ellos y los observaba, con un enorme amor por ellos.

—A veces es genial y a veces es agotador, y lo mejor de la noche es la copa de vino que te regalas después.

Hattie se echó a reír.

—Algo así. Ah, por cierto, dijiste que Delphi te había dicho lo que quería para Navidad. ¿Puedes ayudarme con eso?

Anna pensó en lo que había dicho la niña.

—Es complicado, porque me hizo prometer que le guardaría el secreto. Pero, créeme, no es algo que se pueda comprar en una tienda, así que no te preocupes.

—¡Estoy preocupada! Si le escribe a Papá Noel pidiéndoselo, no va a llegar, ¿verdad?

Anna pensó en lo que había visto antes.

—Nunca se sabe. Puede que sí.

—No tenía nada que ver con su padre, ¿verdad?

—No —dijo Anna, en voz baja—. No tenía nada que ver.

—Era tan pequeña cuando murió que no tiene ningún recuerdo real de él. No sé si eso es bueno o malo —dijo Hattie, y esbozó una sonrisa forzada—. En fin, gracias. Ha sido un placer hablar contigo, Anna.

—Lo mismo digo.

El cambio, pensó Anna, tenía un efecto muy importante. Pero, al final, todos tenían que encontrar la manera de lidiar con él. Incluida ella.

Capítulo 16
Hattie

Hattie volvió rápidamente a la recepción, maldiciéndose por no haber insistido más en que Brent escuchara su opinión cuando contrató a Stephanie y al chef Tucker. Brent no era autoritario, pero la había dominado con el peso de su entusiasmo. Tenía unas convicciones tan fuertes que la habían hecho dudar de las suyas. Y, después de su muerte, estaba tan triste y tan decidida a mantener las cosas como él quería que ignoró su propio instinto y continuó con su plan.

Había construido un santuario para sus ideas, había mantenido las cosas igual, había congelado el tiempo, porque eso le parecía una forma de mantener viva una parte de él. Brent había contratado a Stephanie, por lo tanto, su presencia era una conexión con Brent. Pero ahora veía que vivir así le había impedido seguir adelante.

Hattie solo recordaba las cosas buenas de Brent. Su sonrisa, su entusiasmo, la forma en que decía que sí a todo, incluso cuando no tenía tiempo para nada más. La forma en que cautivaba con su convicción de que algo iba a ser lo mejor que les había pasado en la vida.

Pero también había habido cosas malas. Se sentía culpable incluso de pensarlo, pero era cierto y había llegado el momento de ser honesta consigo misma. Aquella seguridad y convicción suyas también lo habían vuelto terco. Cuando ella sugirió que una posada rural como la suya tal vez no necesitara un chef famoso con suficientes estrellas para formar su propia galaxia, y que tal vez un excelente chef con ganas de forjar su reputación podría ser una idea mejor, él la descartó. Hablaba constantemente de reseñas y, una vez que abrieron, las revisaba con fervor. Estaba decidido a que la gente cruzara continentes para comer en su restaurante, y se mantuvo firme en esa opinión incluso cuando ella le señaló que si sucedía eso, no tendrían espacio en el restaurante para dar de comer a los comensales, así que ¿cómo iba a funcionar?

Contrató a Stephanie como jefa de limpieza porque había trabajado en un hotel de cinco estrellas de Boston frecuentado por empresarios y deportistas. Le impresionaron sus credenciales y, cuando ella le comentó que quizá brindarle a la gente común unas vacaciones realmente especiales y memorables requería habilidades diferentes, volvió a ignorarla.

Y, ahora, allí estaba, sin chef galardonado ni jefa de limpieza.

Tenía dos opciones: podía resignarse y rendirse, lo cual no era posible porque alguien tenía que atender a los huéspedes, o podía desechar el libro de reglas de Brent, su sueño, y dirigir las cosas como ella creía que debían hacerse.

Y sabía qué decisión iba a tomar.

Todas las ideas e impulsos que había reprimido con fuerza afloraron.

El incidente con Stephanie, de alguna manera, la había sacado de su inercia. Por primera vez desde la muerte de Brent, había dado un paso que había sido una decisión propia. Había demostrado una fuerza que no sabía que tuviera y había dado un paso adelante. Si podía dar ese paso, entonces podría dar otros. Necesitaba seguir adelante.

—¿Hattie?

Una pareja joven que se había registrado el día anterior regresaba de un viaje al pueblo cargada con bolsas repletas de regalos. La nieve les cubría los abrigos y parecían recién salidos del set de una película navideña. Lo más importante era que se veían felices y esa, para Hattie, era la reseña más importante que podía recibir la posada.

Se detuvo a hablar con ellos. Sin importar qué pensamientos le rondaran por la cabeza, sus invitados siempre eran lo primero.

—Parece que han tenido éxito con sus compras navideñas.

—Ha sido fabuloso. Compré regalos para todos, incluida la madre de Ray, y, créame, ese es el mayor desafío de todos, porque no es una mujer fácil de complacer.

La mujer señaló una de las bolsas, que obviamente contenía el preciado objeto.

—Gracias por la sugerencia.

—De nada.

—Tenemos una mesa reservada para las siete y cuarto —dijo la mujer—, pero nos preguntábamos si podríamos retrasarla a las ocho. Queríamos envolver los regalos, hacer algunas llamadas y simplemente disfrutar del salón. Es difícil obligarnos a salir, la verdad, porque nos encanta este lugar. No es frecuente que reserves una escapada festiva y no quieras salir, pero así nos sentimos. ¿Eso disgustaría al chef? Parecía muy molesto anoche porque llegamos cinco minutos tarde.

Hattie se preguntó en qué momento el estado emocional de su chef había empezado a prevalecer sobre los deseos de los huéspedes.

El hombre esbozó una sonrisa nerviosa.

—No querríamos que tuviera un berrinche y se fuera.

«Un poco tarde para eso», pensó Hattie.

—No habrá problema —dijo—. Avisaré a la cocina.

Si quedaba alguien en la cocina. Era muy posible que en la última hora todos hubieran seguido al chef Tucker y la hubieran dejado sumida en su propia miseria, aunque con suerte Claudia los habría convencido de no hacerlo. Deseaba que Claudia se quedara.

—Si hay algo que mi equipo o yo podamos hacer para que su estancia sea más cómoda, por favor, no duden en decírnoslo.

La pareja se dirigió a las escaleras, y Hattie los observó un momento y luego fue a su despacho. Erica estaba sacando unas páginas de la impresora y levantó la vista cuando ella entró en la habitación.

—He vuelto a escribir el menú; he cambiado el diseño como pidió Claudia. Échale un vistazo y dime qué te parece.

Se lo entregó y Hattie lo leyó, intentando no distraerse pensando que se trataba de Erica y que toda la situación era muy extraña. No tenía ni idea de cómo debía reaccionar, pero eso era cierto en gran parte de la vida, o al menos eso estaba descubriendo. Lo examinó.

—¿Lo has llamado «Menú Caliente de Invierno»?

—Ya no es un menú degustación, así que pensé que deberíamos presentarlo como algo diferente. Con seguridad. No como algo improvisado a última hora. Fuera está nevando. La gente disfruta de la comida reconfortante cuando hace frío, y también en Navidad. Pensé que el menú de mañana podría llamarse «Festivo». Y, tal vez, más adelante en la semana podríamos tener la «Cena de Papá Noel».

Hattie estaba tan concentrada en sobrevivir a la noche que no había pensado en el resto de la semana. Pero Erica sí lo había pensado. Menú Festivo.

—Al principio, yo quería hacer algo parecido: noches temáticas divertidas. Pensé que podríamos organizar una noche suiza, con *fondue* y otros platos tradicionales suizos. Incluso pensé en ofrecer un té de la tarde elegante, como en los grandes hoteles de Londres. Sándwiches y pasteles increíbles, tal vez una copa de champán... —dijo, pero se detuvo y negó con la cabeza—. Lo siento. Me estoy dejando llevar y necesito concentrarme. Gracias por el menú.

—Espera... —le dijo Erica, y se dio unos golpecitos en

los labios con el dedo—. Y ¿qué pasó con tu idea de la noche suiza y el té vespertino? ¿No tuvo éxito?

—No lo intentamos. Brent no creía que funcionara. Quería ofrecer un menú degustación *gourmet* con maridaje de vinos. Y fue popular. Su idea era buena.

—Pero eso no significa que tu idea fuera mala —murmuró Erica—. Hay más de una buena idea en el mundo. He oído mucho sobre lo que pensaba Brent, pero ¿y tú? ¿Qué opina Hattie?

Nadie le preguntaba nunca qué pensaba. Todos daban por sentado que seguiría como Brent. Excepto Noah, por supuesto. Él siempre había confiado en ella y la había animado a seguir su propio camino.

Noah.

No estaba segura de qué habría hecho sin su apoyo. El simple hecho de tenerlo ahí le había facilitado las cosas.

Y ansiaba demostrarle que era valiente, tal y como él pensaba.

—Me gusta lo que has hecho con este menú. Creo que una vez que todo se tranquilice, me gustaría explorar la posibilidad de ser más creativa con nuestras opciones para comer.

—Bien. Si quieres proponer algunas ideas, soy buena oyente.

Hattie sintió una punzada de emoción. Poco a poco se daba cuenta de que podía hacer lo que quisiera. Tomar la decisión que quisiera. Nadie iba a detenerla ni a decirle que tenían una idea mejor. Era liberador y aterrador a la vez. La responsabilidad del éxito o el fracaso era toda suya.

Miró el menú.

—Estabas a punto de marcharte. ¿Por qué me ayudas?

—Porque parece que te vendría bien un poco de ayuda, así que empecemos con eso y ya abordaremos el resto más tarde.

Erica ordenó el papel que había apilado junto a la impresora.

—Tenemos que llevarle este menú a Claudia para que lo apruebe y luego, imprimirlo. Después, puedes decirme qué más hay que hacer y podemos intercambiar ideas si te sirve. ¿Quieres que le lleve el menú?

Hattie no tenía ni idea de a qué se dedicaba Erica, pero estaba segura de que se le daba bien.

—Gracias, pero lo haré yo. Debería ir a ver cómo van las cosas.

Se dirigió a la cocina. Por muy buena que fuera Claudia, el personal estaba inquieto por la pérdida del chef Tucker y probablemente estaban molestos por todo el conflicto y preocupados por el futuro.

Lista para dar otro discurso motivador, abrió las puertas de la cocina y entró.

Sintió la energía al instante. Todos estaban ocupados, se estaba preparando la comida y los olores eran tan deliciosos que por un momento deseó ser una invitada y no la dueña. Y en medio de todo aquello se encontraba Claudia, que parecía estar en todas partes a la vez, animando, demostrando, elogiando y sonriendo.

Hattie sintió una repentina oleada de optimismo y se relajó un poco.

Al verla, Claudia atravesó la cocina a grandes zancadas.

—¿Ese es nuestro menú?

A Hattie le gustó cómo usó la palabra «nuestro». Con el chef Tucker y Stephanie, cada conversación había estado dominada por «Necesito esto. Quiero esto».

—Sí. Erica ha hecho un gran trabajo.

—No me sorprende.

Claudia tomó el menú y lo revisó para comprobar si tenía errores.

—Parece que todo está bien. Menú Caliente de Invierno. Me encanta. ¿Te parecen bien todos los cambios?

Hattie se dio cuenta de que apenas había mirado el contenido.

—Tú eres la encargada de eso. Si crees que funciona, funcionará.

Claudia la miró con curiosidad.

—Bien. Va a funcionar, confía en mí —le dijo, y le devolvió el menú—. Erica puede imprimir esto para las mesas y yo me pongo a trabajar.

—No sé cómo agradecértelo —dijo Hattie, y le tocó el brazo—. Me has salvado. Solo por este día, pero es un comienzo.

—Tú eres quien remedió la situación —dijo Claudia, y le dio una palmadita a Hattie en la mano—. Te deshiciste de Stephanie y confiaste en una desconocida para tu cocina. Decisiones importantes, pero buenas. Necesitas tener más fe en ti misma. Tú puedes con esto.

¿Era cierto? Por primera vez desde la muerte de Brent, Hattie sintió que tal vez, solo tal vez, sí podía. Solo necesitaba creer en sí misma y dejar de escuchar la voz negativa de su mente.

Capítulo 17
Erica

Erica estaba frente a la puerta de las habitaciones privadas de Hattie.

Rara vez se sentía incómoda en una situación, pero, en aquel momento, se preguntaba si era porque evitaba las situaciones que hacían que se sintiera incómoda. Se mantenía en su zona de confort. Pero ¿acaso no hacía eso todo el mundo, hasta cierto punto?

Tras imprimir los menús, colocarlos en las mesas del restaurante y ver cómo estaba Anna, había pensado en volver a su habitación. Sin embargo, allí estaba, delante de la puerta de Hattie.

Quizá fuera un mal momento. Anna siempre había odiado que la llamaran en medio del baño cuando los mellizos eran pequeños. Miró su reloj. ¿Era la hora del baño? No tenía ni idea. No solo estaba fuera de su zona de confort, sino también fuera de su área de conocimientos.

Llamó a la puerta y esperó.

No hubo respuesta, ni ruidos, y estaba a punto de irse, cuando la puerta se abrió.

Allí estaba Hattie. Tenía el pelo suelto sobre sus hombros y, en la mano, llevaba un libro infantil. Tenía un aspecto muy maternal, y parecía que estaba más segura que antes, frente a Stephanie.

—Te estoy molestando —dijo ella, y retrocedió.

Sin embargo, Hattie negó con la cabeza y abrió la puerta completamente.

—No, no. Terminamos el cuento hace media hora, pero ha tardado un poco en dormirse. Hoy ha tenido demasiadas emociones. Pasa.

Erica no tenía otra opción, así que cruzó el umbral.

—Aquí vivimos la niña y yo —dijo Hattie, mientras la llevaba a la sala—. Tenemos dos dormitorios, esta sala de estar y una pequeña cocina. Estamos un poco justas de espacio, pero es acogedor.

Era acogedor. El sofá estaba lleno de cojines y había una suave manta sobre uno de los brazos. La mesa de centro era de madera reciclada y sobre ella había un jarrón de eucalipto, en el centro. Mirara donde mirara, había cosas de Delphi. Libros para colorear, un dibujo infantil de una casa de campo con un muñeco de nieve. Un par de zapatitos asomaban por debajo del sofá y, sobre la mesa, había un vaso de leche a medio terminar y media galleta. En casi todas partes había fotografías de Brent. Solo, con aspecto desaliñado, muy guapo, en una pista de esquí. Balanceando a Delphi sobre su cabeza. Sonriendo, abrazando a Delphi y a Hattie. Hombre de acción. Hombre de familia. Las múltiples facetas de Brent.

Erica miró fijamente aquellas fotos. De pequeña, la presencia de su padre no existía. Su madre nunca hablaba de él. No había recordatorios físicos. Era como si lo hubieran borrado de sus vidas.

Brent, por el contrario, seguía teniendo un lugar en la vida de Hattie y Delphi.

Sintió una emoción que no comprendía del todo.

—Es una habitación preciosa.

—Gracias —dijo Hattie.

Levantó un montón de ropa limpia de uno de los sofás y la puso sobre la mesa. Luego recogió dos peluches y un dinosaurio de plástico.

—Siéntate donde puedas. Primero, asegúrate de que no haya ningún juguete ni nada de eso.

Erica se acomodó en el sillón.

—Probablemente, estabas deseando tomarte unas horas libres.

—No sé qué es eso —respondió Hattie. Recogió dos dibujos y una cera del suelo—. Mi prioridad siempre es acostar a Delphi y pasar este rato con ella, y ya lo he hecho, así que estoy feliz.

—Pensé que tal vez podríamos mantener esa conversación que deberíamos haber tenido antes —dijo Erica.

Hattie añadió la pintura a la cera a la pila que había sobre la mesa.

—Me gustaría. ¿Quieres tomar algo?

—No, muchas gracias.

Erica mantuvo las manos entrelazadas en su regazo. No tenía ni idea de cómo empezar la conversación.

—Probablemente...

—¡Mami! —Delphi apareció en la puerta. Llevaba un pijama de petirrojos y tenía su dinosaurio bajo el brazo—. No puedo dormir.

Hattie dejó su vaso y se acercó a su hija.

—Eso es porque has venido a nuestro salón. Para dormir tienes que estar en tu camita. Yo te llevo —le dijo Hattie, y la tomó en brazos. Delphi hundió la cabeza en su hombro—. ¿Puedo quedarme aquí? Quiero estar contigo. Y me gustan el árbol y el fuego.

A Erica también le gustaban el árbol y el fuego. Al igual que el resto de la posada, Hattie había convertido su alojamiento en un santuario. Quizá ella pensara que había aportado poco a la posada, que todo se debía a Brent, pero a ella le parecía que su marca estaba en todas partes.

Hattie fue paciente.

—Si no te acuestas, mañana estarás muy cansada.

—No me gusta mi cama —dijo Delphi, apretando los brazos alrededor del cuello de su madre—. Quiero dormir en tu cama.

Por el rubor de las mejillas de Hattie, Erica supuso que eso pasaba a menudo. A ella nunca se le había permitido dormir en otro lugar que no fuera su cama. Si se ponía enferma, su madre se sentaba a su lado un rato, pero nunca le permitía acurrucarse contra ella y, en las contadas ocasiones en las que ella se había metido en su cama por la noche, con la esperanza de que no se diera cuenta, su madre la había tomado en brazos inmediatamente y la había llevado a su habitación.

—Aquí estás bien —le decía—. Si te sientes sola, piensa en cosas reconfortantes.

De repente, ella pensó en Jack, en la última vez que habían estado juntos. Él le había sugerido que podía quedarse a dormir, pero ella le había recordado que no era así como hacían las cosas, que no era así como funcionaba su relación. Él no la había contradicho y se había vestido y ella, mientras lo observaba, pensaba que eso era lo que querían los dos, ¿no? Sin embargo, cuando él se había marchado del apartamento, se había sentido sola, como si hubiera perdido algo importante. Por primera vez, cuando había intentado pensar en algo reconfortante, no lo había conseguido.

Alguien llamó a la puerta y Hattie suspiró. Dejó a Delphi en el sofá, junto a ella.

—Quédate aquí mientras voy a ver quién es.

Fue apresuradamente a la puerta y Erica oyó que hablaba con alguien. Cuando volvió, estaba estresada.

—Era Chloe. Uno de los huéspedes tiene un problema y tengo que atenderle —dijo, y se agachó junto a su hija—. Tengo que ir a ayudar a un señor. ¿Te quedas aquí con la tía Erica? No tardo nada.

Ella estuvo a punto de mirar hacia atrás para ver quién más estaba en la habitación, pero se dio cuenta de que la tía Erica era ella.

Y fue una idea incómoda.

Siempre se había negado a ser la tía Erica de los niños de Anna, pero, en aquella ocasión, no podía negarse, ¿no? Técnicamente, era la tía de Delphi.

Hattie la miró.

—¿Te importaría cuidarla un momento? No tardo. Tiene tanto sueño que seguramente se quede dormida. La llevaré a la cama cuando vuelva.

Había una manta sobre el brazo del sofá y la tomó para arropar a Delphi.

—Cierra los ojos —le dijo. Delphi cerró los ojos, apretándolos con fuerza—. Solo tardo unos minutos.

Hattie tomó su teléfono y salió de la habitación. Delphi abrió los ojos.

—¿Te gustan los tiburones?

—Yo... no es algo en lo que haya pensado nunca.

—A mí me gustan los tiburones. Mi favorito es el tiburón martillo. ¿Sabes cuántas noches faltan para que llegue Papá Noel?

—No. No las he contado.

—Son dieciséis.

—Ah —murmuró Erica, y parpadeó—. Bueno, gracias.

—Si no te acuestas en Nochebuena, son quince. Pero, si estás despierta, puede que Papá Noel no venga, así que tienes que fingir que estás dormida.

¿Se suponía que ella sabía todo aquello? Sufrió un fuerte ataque de síndrome del impostor. No tenía experiencia con niños. A diferencia de Anna, no era de esas personas que adoraban a los niños solo por ser niños. En su opinión, los niños eran como cualquier otro ser humano. Tenían que ganarse su respeto y amistad. Los hijos de Anna eran diferentes, no solo porque se habían convertido en personas interesantes, sino también porque Erica los veía como una extensión de Anna y Pete, a quienes ya quería.

Para llevar la conversación a un terreno más familiar, pensó en la pregunta más segura y genérica posible:

—¿Sabes qué te gustaría para Navidad, Delphi?

—Me gustaría un trineo. Uno pequeño está bien, y también uno de los gatitos de Panther, pero una mascota es una gran responsabilidad... —dijo la niña. Se le trabó la lengua; claramente, estaba recitando algo que le habían dicho—. Tienes que cuidarlo y quererlo siempre, no solo cuando te apetezca. Y tienes que alimentarlo y mantenerlo abrigado y, si está enfermo, tienes que llevarlo al veterinario. Además, tienes que limpiar la caca. Es mucho trabajo.

—Es cierto —dijo Erica, y recordó todas las razones por las que había decidido no tener nunca una mascota.

—No puedes arrepentirte y devolverlo, así que tienes que estar segura. Y ya tenemos a Rufus. Mi papá trajo a Rufus cuando era un cachorrito y ahora es uno más de la familia y es nuestro para siempre.

La mención de su padre fue tan natural que era obvio que Hattie y ella hablaban de él a menudo. Erica estaba pensando en eso, y en la diferencia con el enfoque de su madre, cuando se dio cuenta de que Delphi le había hecho una pregunta.

—Perdona, ¿podrías repetirlo?

—¿Te gustaría uno de los gatitos de Panther?

—¿A mí?

—Sí. Yo no puedo tener uno ahora mismo. Tú podrías tener uno, pero tendrías que estar segura porque, si no estás segura, no puedes tener una mascota.

A Erica le daba vueltas la cabeza.

—Claro.

Era obvio que no estaba lo suficientemente informada para mantener aquella conversación. Habría preferido sentarse frente a un auditorio de directores generales.

—Claramente, no puedo tener uno de los gatitos de Panther, pero gracias por pensar en mí.

—Hay otra cosa más que quiero por Navidad, pero no se puede comprar ni envolver —dijo Delphi, y bajó la voz—. Me gustaría que Noah viviera aquí. Con nosotras. Pero no estoy segura de que Papá Noel pueda arreglar eso, ¿tú lo sabes?

—¿Qué?

—¿Si Papá Noel puede hacer que Noah viva con nosotras?

Erica no sabía nada de Papá Noel, ni de Noah, pero sí sabía cuándo se le estaba yendo de las manos una situación.

—El trabajo de Papá Noel no es mi especialidad.

Se imaginó a Anna frunciéndole el ceño por esa respuesta e hizo un valiente intento por mejorar.

—Parece que Noah te cae muy bien.

—Sí. Es gracioso y amable. A Rufus también le cae bien. Y mamá siempre está contenta cuando está aquí, aunque a veces se le caen las cosas.

—¿Se le caen las cosas?

—Sí. Ayer se le cayó un vaso cuando él entró en la habitación. La semana pasada se le cayó la comida de Rufus. Pero no importó porque se la comió de todos modos.

Delphi la observó con un sincero interés.

—¿Qué le has pedido tú?

—¿A quién?

—A Papá Noel. Cuando escribiste la carta. ¿Qué le pediste? Si es un secreto, no tienes que decírmelo.

Erica se removió en el asiento.

—No le he escrito a Papá Noel.

—¿Por qué no?

—Bueno, porque...

¿Qué se suponía que debía decir? Si se aferraba a la verdad, diría que nunca había creído en Papá Noel. Su madre no estaba a favor de edulcorar la vida. Papá Noel había sido una figura fantástica, junto con el Ratoncito Pérez y el Conejo de Pascua. Pero no le correspondía a ella estropear la fantasía de Delphi.

—Seguro que está ocupado. Y no se me ocurre nada que necesite.

—¿Tienes perro?

—No, no tengo perro. No tengo mascotas.

Delphi arrugó la nariz.

—Si le prometes a Papá Noel que lo cuidarás muy bien para siempre, podrías pedirle un perro.

Erica habría pensado que la niña estaba confabulada con Anna.

—Paso mucho tiempo fuera de casa, así que no sería justo tener un animal. Seguro que Papá Noel estaría de acuerdo.

Delphi se acurrucó aún más en el sofá, sumida en sus pensamientos.

—¿De verdad eres mi tía?

—Sí, de verdad soy tu tía.

Fue un alivio dejar de hablar de Papá Noel.

—Nunca he tenido una tía —dijo Delphi, y apoyó la barbilla en la cabecita del dinosaurio—. ¿Qué hace una tía?

Erica buscó alguna respuesta que pudiera funcionar.

—Bueno, yo...

—No lo sabes, ¿verdad? —dijo Delphi, y abrazó al dinosaurio—. No te preocupes. Mamá siempre dice que está bien no saber una cosa, pero que siempre tienes que decirlo.

Erica daba el mismo consejo regularmente a sus altos ejecutivos.

—Es un consejo sabio.

—Si quieres, podemos averiguarlo juntas.

—Oh, me parece una buena idea —dijo Erica. Miró los rizos dorados y enredados de la niña, y sus ojos grandes, y sintió un cambio en su interior—. ¿Qué te gustaría que hiciera una tía?

Delphi encogió las piernas y reflexionó.

—¿Podrías leerme libros?

Erica se relajó un poco.

—Leer me parece una idea excelente. Divertida.

—Y podrías llevarme a Disneylandia. ¿Te gustan las montañas rusas? Mi amigo Jamie vomitó en una montaña rusa, pero fue porque su papá le dio helado justo antes de subirse.

—¡Delphi! —exclamó Hattie, que entró a la habitación en ese momento—. No puedes pedirle a desconocidos que te lleven a Disneylandia.

—Pero no es una desconocida. Tú dijiste que es la tía Erica.

—Estás hablando demasiado y durmiendo poco —respondió Hattie. Tomó a Delphi en brazos, junto con el dinosaurio—. Dale las buenas noches a la tía Erica.

—Pero...

—No hay peros en «Buenas noches, tía Erica».

Delphi sonrió y saludó con la mano.

—Buenas noches, tía Erica.

—Buenas noches, Delphi. Que duermas bien.

Hattie se ausentó menos de cinco minutos y, cuando volvió, llevaba una botella de vino y dos copas en la mano.

—Disculpa. ¿Te habló hasta el cansancio?

Erica reflexionó sobre la conversación.

—Ciertamente, tenía mucho que decir. Es muy segura de sí misma. No es que sepa mucho sobre lo que dicen los niños a diferentes edades, pero parece adelantada para su edad.

—Hablaba antes de empezar a andar —dijo Hattie. Dejó el vino y las copas en la mesa—. Y siempre tiene mucho que decir... Tiene cinco años y parece que cumple quince. Es culpa mía. Como siempre hemos estado solas nosotras dos, hablo con ella de todo tipo de cosas que probablemente no debería. Intento no usarla como apoyo emocional, aparte de dejarla dormir en mi cama de vez en cuando y fingir que lo hago por ella... —dijo, y esbozó una sonrisa irónica—. Para eso está Rufus, ¿verdad, Rufus?

Rufus levantó el hocico de sus patas y meneó la cola por la alfombra.

—Lo que estés haciendo, parece que funciona. He disfrutado de la compañía de Delphi.

Y nadie podía sorprenderse más que ella.

—No tienes idea de lo mucho que me alegra oír eso. Me preocupa que tenga una vida un poco extraña aquí, pero, al mismo tiempo, tiene muchas experiencias que no tendría en una familia convencional. Y siempre entretiene a los invitados, así que recibe más mimos y atención de los que debería. Pero es bastante sensata.

—Sí, eso me ha parecido. Me dio una explicación larga y racional de por qué no debería tener uno de los gatitos de Panther. ¿Quién es Panther, por cierto?

—Panther es una de las gatas de la granja —dijo Hattie—. ¿Sigue hablando de los gatitos de Panther? Creí que ese momento ya había pasado.

—No te preocupes. No puede ni pensar en limpiar la caca. Estás libre de culpa.

Hattie se echó a reír.

—¡Uf!

—Sospecho que si todos lo pensaran tan detenidamente como tu hija, habría menos mascotas abandonadas.

—Estoy muy centrada en inculcarle la responsabilidad. O, quizá, solo sea una aguafiestas. A veces me preocupa que, sin Brent para compensar, la esté volviendo cautelosa —dijo Hattie, mientras abría el vino—. Brent era más bien impulsivo. «Actúa ahora y afronta las consecuencias después». Se le ocurrían grandes ideas y las llevaba adelante sin pensar en los detalles. «Ya lo resolveremos, Hattie» era su frase favorita. Pero yo prefiero resolver las cosas antes de hacerlas. Pienso primero en las consecuencias. Brent decía que eso era como ir por la vida con los frenos puestos. ¿Vino?

—Sí, por favor. Considerar las consecuencias de un acto es parte de ser adulto, ¿no?

Erica observó a Hattie mientras servía el vino con cuidado en las copas. Ella era, por instinto, cautelosa con la gente que no conocía, así que le sorprendió que Hattie fuera tan... sincera con ella. Se sentía como si ya la conociera. Como si le hubieran dado un atajo hacia todo lo que era. El quién. El porqué.

—Pero quizá no sea la mejor persona para hablar de eso. En cierto modo, a eso me dedico. Me centro en las consecuencias.

Hattie dejó la botella y le entregó una copa.

—¿A qué te dedicas?

—Estoy especializada en gestión de crisis. Empecé trabajando en relaciones públicas y parecía que siempre acababa encargándome de lo más difícil cuando había una crisis. Gracias... —dijo al tomar la copa. Sentía que debería decir más sobre sí misma, pero las palabras se le atascaban en la garganta, negándose a salir. No era natural para ella revelar secretos sobre sí misma.

—Seguro que eres muy tranquila en una crisis —dijo Hattie, quitándose las botas—. Eso explica por qué estabas tan tranquila cuando Stephanie y el chef Tucker se marcharon y yo tenía un ataque de pánico.

—Es fácil estar tranquila cuando no es tu problema.

—Tal vez. A mí se me da mal tomar decisiones. Tengo tanto miedo a equivocarme que termino sin decidir —explicó Hattie, y tomó su copa—. Odio eso de mí. Me gustaría tener confianza y ser decidida.

—Todos tenemos algo que no nos gusta de nosotros mismos.

—¿Y tú?

Aquella conversación estaba resultando muy incómoda. Erica dudó.

—Me cuesta expresar mis emociones, incluso cuando realmente quiero expresarlas. Es como si estuvieran atrapadas dentro de mí —respondió. No podía creer lo que acababa de decir en voz alta. Casi esperaba que el mundo se derrumbara, y se sorprendió al ver que Hattie asentía.

—Ahora entiendo por qué te asustaste tanto cuando te abracé —dijo Hattie—. No fue porque fuera yo, sino porque era prácticamente una desconocida.

—Estaba fuera de mi zona de confort, te lo aseguro.

—Y sé lo difícil que es eso. He estado fuera de mi zona de confort cada minuto de los últimos dos años. Casi todos los días siento que nunca volveré a encontrarla —dijo Hattie, e hizo una mueca—. ¿Crees que estoy condenada a pasar el resto de mi vida en mi zona de incomodidad?

Era difícil ser distante con alguien tan agradable.

—Presiento que has llegado a un punto de inflexión.

—Ojalá —dijo Hattie. Se acurrucó en el sofá, encogiendo las piernas—. Y ¿cómo funciona tu trabajo? ¿Las empresas te llaman cuando pasa algo terrible?

—A veces. Si son inteligentes, me contratan antes de que suceda. Trabajo con equipos directivos para intentar identificar todas las posibles áreas de vulnerabilidad. Luego elaboramos un plan. Pero no todo se puede predecir. A veces sucede lo inesperado.

—Claro que sí —dijo Hattie—. La vida está llena de sorpresas inesperadas.

—Y tú has tenido algunas —comentó Erica, y tomó un sorbo de vino. Pensaba que no quería involucrarse, pero estaba descubriendo que quería saber más sobre Hattie—. Has tenido unos años difíciles. ¿Cómo lo estás llevando?

Hattie se encogió de hombros.

—No lo sé. No me lo pregunto. Me limito a afrontar el problema de hoy y luego paso al siguiente.

—Parece una estrategia excelente.

—Es la única estrategia, la verdad —dijo Hattie—. He aprendido que no tiene mucho sentido tener un plan porque siempre hay algo que lo desbarata.

—Me imagino que hay muchas interrupciones y perturbaciones, entre llevar una posada y ser madre soltera.

—No te haces una idea.

Erica dejó su copa.

—De hecho, sí. Me crio una madre soltera trabajadora y ocupada.

Se arrepintió de aquellas palabras en cuanto las pronunció.

—Disculpa si fue una falta de tacto.

—¿Te refieres a una falta de tacto porque papá fue quien la dejó sola? Eso no es falta de tacto, es sinceridad.

—Obviamente, sabes de mí desde hace mucho más tiempo que yo de ti.

—Eso parece —dijo Hattie. Se inclinó y rellenó la copa de Erica y, luego, la suya.

—Gracias. Y ¿cuándo lo supiste?

—¿Que tú existías? Siempre lo he sabido.

—¿Siempre?

—Sí —respondió Hattie. Dejó la botella en la mesa y tomó un trago de vino, asintiendo—. Esto está bueno.

Erica estaba más interesada en la conversación que en el vino.

—¿A qué te refieres con «siempre»?

—Papá nunca me ocultó nada. No recuerdo cuándo me dijo por primera vez que tenía otra hija. Me siento como si siempre lo hubiera sabido, así que supongo que debía de ser muy pequeña. Me contó que, siendo mucho más joven, había hecho algo terrible. Tuvo una relación con una mujer y, cuando ella se quedó embarazada, entró en pánico. Se fue. Fue lo peor que había hecho en su vida y lo dejó profundamente avergonzado. Dijo que no había excusa. En ese momento, le aterraba la responsabilidad. Le aterraba no poder ser la persona que necesitaba ser.

—A mi madre también la dejó aterrorizada. Salió de la sala de partos y nunca regresó.

—Lo sé. Fue algo horrible.

Hattie bebió vino. Lejos de defender el comportamiento de su padre, parecía que estaba completamente de acuerdo.

—Es realmente horrible. Ni siquiera puedo imaginarlo. Si Brent me hubiera hecho eso, lo habría rastreado y lo habría perseguido para siempre. Eso, si alguna vez me recuperaba lo suficiente del ataque de pánico para salir de la sala de partos. Y no es ningún consuelo, pero papá lo sabía. Nunca lo olvidó, y nunca, jamás, se perdonó a sí mismo. Pero sí aprendió de ello. Influyó en todo lo que hizo.

—¿Qué quieres decir?

Hattie se cubrió con la manta.

—Para empezar, estaba decidido a no decepcionar a nadie nunca más. Mi madre murió poco después de que yo naciera, y él dijo que sentía ese mismo terror porque la responsabilidad era abrumadora. Supongo que tenía una idea de cómo debió de sentirse tu madre al quedarse sola con un bebé. Pero esta vez estaba decidido a hacerlo bien, y no solo porque era la única persona en el mundo que me quedaba.

Erica pensó en la foto que había visto en el escritorio de Hattie cuando se registraron.

—Fue un buen padre para ti.

Sintió una punzada de algo que no reconoció. ¿Envidia? ¿Pérdida? ¿Cómo podía sentir pérdida por algo que no tuvo nunca?

—Realmente, sí, fue un buen padre. Y no sé si eso te hace sentir mejor o peor, pero es la verdad —dijo Hattie—. Y, quizá, en cierto modo, debo agradecerte que lo fuera. Aprendió una dura lección.

Erica sintió que el pasado cambiaba de forma a su alrededor. No era un hombre egoísta que se alejaba de la responsabilidad sin mirar atrás. Un error de juventud, un terrible error al tomar decisiones. Un remordimiento que lo acompañó toda la vida.

—Creo que, si alguien aprende de un error y hace un cambio importante en su vida gracias a él, es digno de aplauso. No todos aprenden.

Pensó en un director general en particular con el que había tratado en el pasado, que no logró controlar su comportamiento a pesar de que estaba dañando la reputación de la empresa. Había puesto excusas. Culpó a todos y a todo menos a sí mismo hasta que, al final, Erica abandonó el negocio y sintió lástima por sus altos ejecutivos, que eran menos capaces de hacerlo. Admiraba a la gente que asumía su responsabilidad. Parecía que su padre lo había hecho la segunda vez.

Hattie tomó un sorbo de vino.

—Papá era buena persona, pero tomó una mala decisión —dijo, y bajó la copa—. Intentó arreglarlo. Unos años después de que nacieras, contactó a tu madre, pero ella no quiso saber nada de él. Le dijo que nunca más lo intentara.

Erica tuvo una extraña sensación. Su madre tampoco había mencionado ese contacto, y había asumido que su padre nunca había vuelto a pensar en ella.

Pero imaginó por un momento cómo debió de sentirse su madre. Había superado esos duros primeros días sola, lidiando con un bebé y la pérdida de su amor. Había vivido con la esperanza de que él regresara o, al menos, se pusiera en contacto con ella, y como él no lo hizo, tuvo que convivir con el dolor. Aprendió a lidiar con lo práctico y lo emocional. Hizo todo lo posible por fortalecer los puntos vulnerables, incluido su corazón. No aceptó ayuda ni se acercó a nadie.

Había sido la única vida que Erica había conocido y, para ella, era lo normal, pero ahora se daba cuenta de lo sola que debía de sentirse su madre. Entre el trabajo y el cuidado de un bebé, no había tenido tiempo para buscar amistades, y para cuando su padre se puso por fin en contacto con ella, el instinto de protegerse a sí misma y a su hija estaba totalmente afianzado. Habría necesitado una gran dosis de coraje para confiar en él una segunda vez.

Pero ¿y si lo hubiera hecho? Si su madre hubiera aceptado aquel acercamiento, ¿se habría convertido él en parte de la vida de Erica o habría sido una fuente de mayor malestar? Era imposible saberlo, y, en realidad, ¿qué sentido tenía especular?

Se dio cuenta de que Hattie esperaba su respuesta.

Tenía la boca seca y tomó otro sorbo de vino.

—Después de que él se fuera, esperó a que se pusiera en contacto con ella, pero nunca lo hizo. Para mi madre era especialmente difícil en Navidad. Creo que le llevó mucho tiempo aceptar que se había ido para siempre y, una vez que lo asimiló, no pudo perdonarlo. Fue una cuestión de supervivencia.

—Papá lo entendía —dijo Hattie—. Se castigó por ello. Se dijo a sí mismo que merecía que lo sacaran de tu vida y que, probablemente, estabas mejor sin él. Después de lo que pasó con tu madre, evitó las relaciones durante mucho tiempo. Se centró en su trabajo.

—¿En qué trabajaba?

—Era fontanero. Fundó su propia empresa, contrató a un puñado de personas que compartían su pasión por ofrecer un excelente servicio al cliente y le fue muy bien. El negocio podría haber crecido, pero él nunca quiso perder ese toque personal.

—¿Y luego conoció a tu madre?

—Sí. Y me dijo que para entonces era otra persona. Una década mayor, para empezar, pero esa experiencia temprana también lo moldeó.

«Nos moldeó a todos», pensó Erica.

—¿En qué sentido?

—Era muy responsable. Si le decía a un cliente que podía hacer algo, lo hacía, incluso si eso significaba estar fuera media noche arreglando una tubería congelada. Terminaba lo que empezaba. Me animó siempre a seguir adelante sin importar lo difícil que fuera una cosa. En los últimos dos años, cuando las cosas han sido tan difíciles para mí, pienso a menudo en él. Al principio, había días en los que casi no podía levantarme de la cama y me lo imaginaba apartando las sábanas y diciéndome que me levantara e hiciera lo que tenía que hacer. ¿Es difícil oír esto? Si quieres que pare, dilo.

—No quiero que pares.

No era cierto. Una parte de ella quería que Hattie parara, pero otra parte, la más importante, quería saber más. Aquella era una faceta de su padre a la que nunca había tenido acceso. Y era real. Lo que sabía hasta aquel momento era lo que su madre le había transmitido y, para su madre, su padre era el hombre que abandonó a su familia cuando más lo necesitaban y quedó congelado en ese momento. Una figura en blanco. Aquel único acto suyo le había destrozado la vida a su madre, y la imagen que Erica tenía de él era la de una sola fotografía que su madre le había mostrado cuando ella le pidió verlo, al menos.

Pero Hattie estaba describiendo a una persona, no un error. Su padre, que siempre había sido una figura unidimensional para ella, estaba cobrando vida en su cabeza.

A lo largo de los años, había sentido rabia, frustración y un gran desprecio hacia el hombre que había jugado un papel decisivo en su vida y, sin embargo, nunca había formado parte de ella. Pero ahora sus sentimientos hacia él, antes tan claros, se habían vuelto turbios e imprecisos.

Hattie se levantó y echó más leña al fuego.

—Fue mi madre quien lo convenció de que volviera a ponerse en contacto contigo —dijo Hattie, mientras observaba cómo se encendían y parpadeaban las llamas—. Ella ya estaba embarazada de mí para entonces, así que eso contribuyó a que sus sentimientos fueran tan fuertes. Sentía que él te debía eso, al menos. Creo que él tenía miedo de hacerlo. Miedo al rechazo. Pero lo hizo de todos modos. Tenías doce años cuando yo nací. Te envió una tarjeta. Se molestó cuando tu madre le dijo por segunda vez que no volviera a ponerse en contacto con vosotras, pero no le sorprendió. Lo entendió y se culpó por completo, pero quería mantener la puerta abierta. Siempre tuvo la esperanza de poder construir una relación contigo. Quería que tuvieras esa opción.

A ella le tembló la mano mientras dejaba cuidadosamente su copa sobre la mesa.

—Encontré esa tarjeta cuando estaba recogiendo las cosas de mi madre después de que muriera.

—No sabía que habías perdido a tu madre.

—Hace dos años.

Hattie se enderezó y sus ojos se oscurecieron, llenos de compasión.

—Lo siento. Todo esto debe de ser muy difícil para ti. ¿Quieres parar?

—No.

Era difícil, pero no tanto como ella hubiera esperado. Tal vez porque la propia Hattie era tan directa y sincera en todo.

—Me interesan los detalles. Nunca me había pasado eso.

—Debiste de tener muchísimas preguntas cuando encontraste esa tarjeta —comentó Hattie. Volvió a sentarse y tomó su copa—. ¿Ese es el motivo por el que estás aquí? No, no puede ser. Si encontraste la tarjeta hace un tiempo, ¿por qué ahora? No fue una coincidencia, lo que significa que... decidiste buscarme. Pero luego no parecías precisamente contenta de verme.

Erica miró fijamente el fuego. Más allá de las ventanas caía la nieve, cubriendo los árboles con otra capa blanca.

—Cuando encontré la tarjeta, me sorprendí. Efectivamente, se me ocurrieron muchas preguntas.

—Pero no tenías a nadie que las respondiera.

—Cierto. Y tenía emociones muy contradictorias —dijo Erica. Era la primera vez que lo admitía—. Una parte de mí estaba molesta por que mi madre me lo hubiera ocultado. Pero también me sentía protectora hacia ella. Nunca hacía nada sin pensarlo detenidamente. Si hubiera querido que lo supiera, me habría dado la tarjeta.

Hattie hizo una pausa.

—Esa fue una decisión muy importante, dado que a ti también te afectó. ¿No te enfadaste con ella?

—Un poco, al principio. Pero luego recordé cómo había sido su vida. Él la dejó sola y asustada. Y, en esos primeros días, cuando aún podría haberlo perdonado, él no se puso en contacto.

Erica sintió una punzada al pensar en lo difícil que había sido para su madre.

—Ella también sintió ese pánico que hizo que él huyera. Sintió el peso de esa responsabilidad, pero cargó con ella y se volvió absolutamente independiente. No quiso volver a sentirse tan vulnerable, y me crio inculcándome la independencia también. Para manejar las cosas.

—Pobre madre —dijo Hattie, en voz baja—. Esa tarjeta que llegó cuando tenías doce años debió de conmocionarla. Debió de temer que, si le permitía volver a su vida, o a la tuya, de cualquier manera, pudiera amenazar todo lo que había construido.

—Exactamente. Y no la tiró, lo que da a entender que tenía un conflicto.

Erica miró a Hattie.

—Y yo también, por eso cuando encontré la tarjeta la guardé, junto con algunas otras cosas que conservé. No muchas —dijo, y sonrió brevemente—. No soy sentimental, como te confirmará Anna. Pero guardé la tarjeta y pensé en ello. Decidí que quería saber más sobre mi padre, así que contraté a un investigador privado.

Hattie arqueó las cejas.

—¿La gente hace eso en la vida real? Solo lo he visto en películas.

—Claudia dijo lo mismo, pero sí, existe. Me dijo que mi padre había muerto, pero también me habló de ti. Y de Delphi —dijo Erica, e hizo una pausa, preguntándose cuánto debía decir—. No había mucho en el informe, salvo algunas fechas y lugares. Datos. Pero te busqué, leí un artículo sobre este lugar y sobre todo lo que había sucedido.

—Pero ¿por qué decidiste venir a buscarme?

—No estoy segura. No podía dejar de pensar en ti. Tal vez fuese porque estabas criando a una hija tú sola, como mi madre.

—O, tal vez, fue porque sentías curiosidad por mí. Yo sentía curiosidad por ti. ¿Y por qué no? Somos parientes. Familia —dijo Hattie, mientras cambiaba de postura—. Yo pensaba en ti a menudo. Aunque, obviamente, no sabía nada de ti, así que mi imagen de ti era solo la de mi imaginación.

Erica tenía la boca seca.

—¿Qué te imaginabas?

—Cuando era más pequeña, me imaginaba que aparecías en mi puerta. Que me querías nada más verme, por supuesto, y nos convertiríamos en las mejores amigas al instante... —explicó Hattie, y esbozó una sonrisa triste—. Tenía expectativas muy altas por aquel entonces.

Erica sintió una punzada de culpabilidad al recordar lo poco amistoso que había sido su saludo cuando Hattie apareció en la puerta.

—No suelo querer a la gente nada más verla. Soy más precavida.

—Estoy segura de que sí. Después de lo que pasó, confiar en los demás debe de ser difícil para ti. Pero tienes un grupo de amigas tan unido que, claramente, lo has logrado.

Era cierto. Confiaba plenamente en Anna y en Claudia.

Hattie hizo una pausa.

—No espero que me quieras nada más verme, pero me gustaría tener la oportunidad de conocerte un poco y espero que, con el tiempo, podamos acercarnos. Creo que a nuestro padre le habría gustado. Más concretamente, a mí sí me gustaría y sé que a Delphi también —dijo, y jugueteó con el tallo de su copa—. Antes, cuando subí a tu habitación, no parecía que quisieras iniciar una relación, y si es así, por supuesto que lo entiendo.

Erica ya no sabía qué quería. Continuar con aquella relación no sería algo casual, especialmente con una niña de por medio. No podía serlo. Recordó la soledad de su propia infancia. La persistente sensación de que tal vez todo fuera culpa suya. De que, si hubiera hecho algo diferente, si hubiera sido una persona diferente, tal vez su padre no se habría ido o habría querido volver a vivir con ellas. No quería entrar en la vida de Delphi y luego irse, dejándola con la sensación de que, de alguna manera, había fallado. Hasta aquel momento, su interacción había sido bastante superficial. Todavía podía irse por la mañana. Ella dejaría atrás todo aquello y Delphi la olvidaría en una semana. Pero ¿era eso lo que quería realmente? Por primera vez en su vida, no sabía qué quería. Se sentía cobarde. Inquieta.

Pero sí sabía que le debía una disculpa a Hattie.

—Antes fui una grosera. Lo siento. No es excusa, pero subestimé lo emotivo que sería todo esto. No os conocía ni a mi padre ni a ti, así que no esperaba tal avalancha de sentimientos. Fue... —dijo, y se quedó callada. Se miró fijamente en la copa—. Es confuso.

—Para mí también es confuso. Eras una figura sombría en mi vida. Casi un recordatorio permanente de la importancia de comportarse con responsabilidad.

Hattie miró por la ventana, donde la nieve se arremolinaba en la oscuridad.

—Está nevando mucho —dijo—. A este paso, puede que no tengas la opción de irte mañana.

Su voz tenía un tono melancólico, y Erica sintió que

era el momento de decir que ya no quería irse, pero no podía forzar las palabras. No sabía cómo se sentía. Quedarse significaría profundizar en aquel vínculo, y no sabía si estaba lista para eso.

Hattie interrumpió el silencio.

—Cuéntame más cosas sobre ti. ¿Dónde vives?

—Tengo un apartamento en Manhattan. Pero no estoy mucho allí. Viajo mucho por trabajo.

—¿Dónde?

—A todas partes —dijo Erica, y se relajó un poco—. Voy a menudo a Europa y al Lejano Oriente.

—Suena glamuroso.

—A veces, lo es —respondió Erica, y pensó en las habitaciones de hotel, los spas, el servicio de habitaciones—. También puede ser solitario.

—¿Tienes a alguien especial en tu vida?

—¿Te refieres a una relación sentimental?

¿Jack contaba? No, su relación era práctica y satisfactoria, pero nada seria.

—No.

—Has dudado —dijo Hattie. Se inclinó y le pasó la botella a Erica para que pudiera rellenar su copa—. Cuéntame más. No te olvides de nada.

—Ahora pareces Anna.

—Bueno, está claro que quieres a Anna, así que lo tomaré como algo bueno.

Erica se sirvió un poco de vino.

—Hay alguien a quien veo de vez en cuando, pero es informal. Es más una cuestión de conveniencia. Nos apoyamos mutuamente cuando alguno necesita una cita.

—Pero te gusta. Mucho.

Erica frunció el ceño.

—No sé cómo sacas esa conclusión de lo que acabo de decir.

—Porque no me pareces el tipo de mujer que pierde el tiempo con alguien con quien no disfruta.

Erica se encogió de hombros.

—Valoro mi independencia.

Hattie ladeó la cabeza.

—¿Y por qué va una relación a amenazar tu independencia?

Era una pregunta razonable, pero a Erica le costó responder. Disfrutaba de la compañía de Jack. Jack no le había pedido que renunciara a nada ni que cambiara nada. Entonces, ¿por qué no le había dejado pasar la noche en su casa cuando él lo sugirió?

—Supongo que soy muy reservada —respondió, y cambió de tema—. ¿Y tú? Noah parece muy... atento.

—Ha sido un gran amigo.

Hattie se ruborizó y Erica pensó que Anna habría soltado de inmediato una pregunta más, pero ella no era Anna. ¿Debería mencionar que Delphi quería que Noah fuera a vivir con ellas? No. No sabía nada sobre ser tía, pero presentía que traicionar una confidencia no era un buen comienzo.

—Tienes razón en que el vino está bueno, por cierto. —Había estado tan concentrada en la conversación que solo ahora se había dado cuenta de lo bueno que estaba.

—Sí, está rico —dijo Hattie. Miró la botella—. Brent contrató a un sumiller para llenar nuestra bodega cuando abrimos. Nos dejó muchas notas, incluyendo cuándo beber ciertas botellas. Encontré esta cuando estuve en la bodega la semana pasada y decidí regalármela.

—Una excelente decisión —dijo Erica, y le dio otro sorbo—. Pero me siento culpable por beberme tus ganancias. Ponla en mi cuenta.

—No te preocupes. Ahora mismo no hay muchos beneficios, pero el hecho de que ya no tenga al chef Tucker ni a Stephanie en nómina puede significar que mis costos hayan bajado drásticamente. Eran el equivalente a la trufa blanca para empleados.

Erica se echó a reír.

—Has sido muy valiente esta noche. Lo gestionaste muy bien.

—¿De verdad? Creo que fue más bien como quedarme atrapada en un rincón. Y, si no fuera porque tienes amigas con muchos talentos, no creo que hubiéramos superado lo de esta noche, pero qué demonios...

Hattie jugueteó con su copa.

—Yo creo que fuiste muy valiente al venir aquí —le dijo a Erica.

¿Valiente? Había organizado el viaje sin decirle a nadie por qué lo hacía; había entrado en la posada, había visto la foto y la emoción que se desató en su interior la había perturbado tanto que había estado a punto de salir corriendo. A punto de hacerlo. Hasta el momento, técnicamente, solo había corrido hacia la librería. Estaba tan segura de que quería marcharse...

¿Y ahora?

Durante la conversación con Hattie, algo había cambiado. Ya no era una desconocida, sino una persona real. Y, además, estaba Delphi.

Alejarse de todo aquello le había parecido una respuesta fácil, pero ya no se lo parecía.

Podían irse de la posada a la mañana siguiente y pasar las vacaciones en la ciudad. Al día siguiente, ella retomaría su vida y fingiría que no había pasado nada. Tal vez le enviara un mensaje a Hattie de vez en cuando.

Sin embargo, ¿era eso lo que quería?

Capítulo 18
Claudia

—Te digo que el tipo era un matón —dijo Claudia, mientras le ponía sirope de arce a sus tortitas—. Y de los que intimidaba a la gente con su comida. La comida nunca debería ser intimidante. Si hubiera tenido que renombrar uno de sus platos, lo habría llamado «Una gran rebanada de ego servido sobre una cama de autoestima inflada».

Anna tomó su taza de café.

—¿No debería ser un suflé de autoestima?

—Tal vez —dijo Claudia, y sonrió.

Por dentro estaba rebosante. No recordaba haberlo pasado tan bien como la noche anterior. Había tenido total autonomía en la cocina, o tanta autonomía como era posible cuando se trabajaba con el menú creado por el ego de otra persona.

—He trabajado con gente como él y, créeme, fueron experiencias de las que podría haber prescindido. Era de los que pensaban que debería ser un honor que él preparara la comida.

El tipo de chef que la había desanimado a trabajar en una cocina.

Anna le dio un sorbo a su café. Llevaba un jersey de punto color crema, y el pelo oscuro y sedoso le caía hasta más abajo de los hombros.

—¿Crees que volverá?

—Espero que no. Estás estupenda, por cierto. Como

un anuncio de unas minivacaciones navideñas. ¿Ese es otro jersey nuevo?

Anna ladeó la cabeza.

—Depende de lo que consideres nuevo.

¿Alguna vez había ido ella tan bien arreglada como Anna? Cuando no estaba trabajando, solía usar ropa deportiva. Y, si no estaba haciendo deporte, casi siempre se ponía sus vaqueros más cómodos. Si alguien la visitaba sin avisar, se disculpaba por su aspecto y decía que no sabía que vería a nadie, pero Anna podía abrir la puerta en cualquier momento, sabiendo que lucía de maravilla.

Anna siempre parecía una adulta. Claudia siempre sentía que la adultez era algo que aún no había alcanzado. Decidió esforzarse más.

Anna se sirvió fruta de la cesta que había en la mesa.

—¿No crees que el chef cambie de opinión cuando se calme?

—Los de su clase nunca se calman. Hattie está mejor sin él. Y, por suerte, tiene un excelente chef de desayunos. Estas tortitas están buenísimas. No siempre es fácil hacerlas tan esponjosas —dijo, y examinó la textura—. Y la manzana caramelizada con nueces es un complemento perfecto.

—Quizá Hattie esté mejor sin él a largo plazo —dijo Anna—, pero, a corto plazo, necesita un jefe de cocina. A menos que el chef del desayuno también pueda trabajar por las tardes.

—Tiene habilidades diferentes —dijo Claudia, y dejó el tenedor—. ¿Estás diciendo que no hice un buen trabajo? Para que lo sepas, anoche salí de la cocina unas ocho veces para hablar con los comensales que querían agradecerme la cena en persona. Todos estaban contentos y el personal de cocina no se traumatizó. Lo considero un triunfo.

—¿Desde cuándo eres tan sensible? No digo que no hayas hecho un buen trabajo. Claro que hiciste un gran trabajo. Pero solo estabas sustituyendo a alguien, eso es todo. Nos vamos hoy —dijo Anna. Le echó un vistazo a Erica y luego cortó su tortita—. No eres una solución permanente y Hattie necesita una solución permanente.

Tomó un bocado de comida.

—Tienes razón —dijo—. Estas tortitas son excelentes. ¿Es canela lo que lleva la manzana?

—Sí.

La idea de irse aquel mismo día le bajaba el ánimo. La noche anterior había sido la primera vez en mucho tiempo que no había pensado ni una sola vez en John ni se había preguntado qué haría con su futuro. Estaba absorta en el momento, disfrutando cada segundo. El reto de intervenir en el último minuto en una situación difícil la había animado, y se sentía bien apoyando a Hattie. Estaba disfrutando de la posada, y su noche en la cocina había sido la más feliz como chef en mucho tiempo.

—Estás sonriendo —dijo Anna—. ¿Has conocido a alguien?

—¿Qué? ¡No! ¿Por qué sonreír significaría que he conocido a alguien? Yo sonrío todo el tiempo.

—Así no... —dijo Anna, agitando el tenedor—. Tienes una sonrisa tonta. Una sonrisa de «Me acabo de enamorar».

—No tiene nada que ver con un hombre. Anoche me divertí, eso es todo. Y descubrí que todavía me encanta cocinar.

Esperó a que Erica dijera «Te lo dije», pero su amiga estaba mirando por la ventana.

—Y no solo cocinar. Descubrí que me encanta ser chef si las circunstancias son las adecuadas. Y es un alivio, porque había perdido esa alegría y creía que se había ido para siempre. Es como descubrir que, después de todo, quieres a tu marido y ya no quieres divorciarte de él.

—No tengo ni idea de cómo se siente eso porque nunca he querido divorciarme de Pete, pero estoy contenta.

Claudia también estaba contenta.

—Esto cambia las cosas. Me enfrentaba al futuro sin saber qué quería hacer, pero ahora lo sé. Sigo queriendo ser chef, pero no en cualquier lugar. El ambiente es importante para mí. Necesito asegurarme de que no voy a dejarme llevar por la angustia y aceptar el primer trabajo que me ofrezcan. Necesito asegurarme de que el puesto es para mí.

Anna se acercó y le apretó la mano.

—Me alegra verte feliz —dijo, y volvió a sus tortitas—. ¿Qué va a hacer Hattie con el personal de la cocina esta noche?

—No lo sé. Nos reuniremos después del desayuno para hablar sobre cómo puede simplificar el menú, y quizá pueda arreglárselas con el equipo que tiene.

Quería ofrecer sus servicios, pero no estaba en condiciones de hacerlo.

Volvió a mirar a Erica. ¿Cambiaría de opinión?

Hattie parecía genial. Y bueno, la situación inicial y el primer encuentro habían sido incómodos, pero ya lo habían dejado atrás, así que ¿por qué Erica estaba tan decidida a marcharse?

Su amiga no había dicho nada desde que se habían sentado a la mesa del desayuno. Ni siquiera había tocado su comida. Únicamente se había tomado un café solo y se había dedicado a mirar por la ventana. Mirar por la ventana no era una mala ocupación, de todos modos. Había nevado durante toda la noche y ahora, por la mañana, el cielo estaba muy azul y todo estaba cubierto por una gruesa capa de nieve fresca. El sol brillante deslumbraba y le arrancaba brillos a la superficie blanca. Los árboles estaban cubiertos, sus ramas se curvaban bajo el peso de la nieve. La vista contribuía al ambiente festivo de la posada.

—¿Qué hicisteis vosotras dos mientras yo sudaba sobre los fogones? —preguntó, mientras terminaba sus panqueques, tomando nota mentalmente de que tenía que felicitar a la chef más tarde.

—Yo pasé una hora muy entretenida con Delphi —dijo Anna—. Que me recordó lo mucho que me gustan los niños pequeños. Y lo agotadores que son.

Claudia tomó su café.

—¿Cuántos años tiene?

—Cinco años y tres cuartos, como me dijo. Leímos, y ella hizo aproximadamente doscientas cincuenta preguntas en treinta minutos. También me inundó de datos interesantes. ¿Sabías que hay más de quinientas especies de tiburones? Además, existen desde hace más de cuatrocientos millones de años.

—¿Cuatrocientos millones? Voy a dejar de quejarme de tener casi cuarenta —dijo Claudia, y reprimió un bostezo—. Recuerdo a los tuyos haciendo un millón de preguntas cuando tenían esa edad. ¿Tú no, Erica?

Erica no respondió y Anna frunció el ceño ligeramente.

—¿Erica?

Erica giró la cabeza y parpadeó.

—Perdón, ¿qué me he perdido?

—Una conversación animada y las tortitas... —dijo Claudia, señalando el plato intacto que tenía delante—. Deberías comer.

—No tengo hambre.

—Vas a comer u ofenderás a la chef.

—Ayer me decías que lo importante son los huéspedes, no los sentimientos de un chef.

—Eso fue ayer. Y depende del chef. Resulta que me cae bien la chef del desayuno. Come. Y también dinos qué te preocupa —ordenó Claudia. Se inclinó sobre la mesa y se sirvió una pequeña porción de las tortitas de Erica—. Anna te lo sacará tarde o temprano, así que mejor será que nos lo digas ahora. ¡Ay!

Anna le dio una patada en el tobillo, con fuerza, y ella dejó de hablar.

—Llamé a tu puerta anoche —le dijo Anna a Erica—, pero no abriste. Y no respondiste a mi mensaje. Estaba preocupada.

—Tenía el teléfono silenciado.

Erica tomó un bocado de tortitas.

—Pasé la noche con Hattie.

—Qué bien. ¿O no? —dijo Claudia. Se agachó y se frotó el tobillo—. ¿Hablasteis?

—Sí. Y también nos bebimos una botella de vino tinto excepcionalmente bueno. He pedido una caja para regalársosla a Pete y a ti por Navidad, Anna.

—Gracias. Qué considerada —respondió Anna, y se inclinó hacia delante—. ¿Y? Danos detalles.

—Es un *pinot noir*. A Pete le va a encantar.

—No preguntaba por el vino.

Erica dejó el tenedor.

—Lo sé.

Llegaron algunos comensales más al restaurante y sonrieron a modo de saludo al pasar junto a las tres mujeres de camino a sus mesas. Anna esperó a que estuvieran sentados y fuera del alcance del oído.

—No tienes que hablar de ello si no quieres.

—Sí, sí quiere —dijo Claudia—. Si nos vamos esta mañana, entonces hay planes que hacer.

¿Era egoísta por su parte tener la esperanza de que no se fueran?

Anna se concentró en Erica.

—¿Te molestó la conversación?

Erica apartó su plato.

—Fue algo extraño. Inquietante. Hattie habló de mi padre largo y tendido. Supongo que fue la primera vez que pensé en mi padre desde otra perspectiva, y lo vi como un ser humano completo. Para mí, siempre fue el hombre que nos dejó. O el hombre que huyó, como solía llamarlo mi madre.

Claudia se sintió culpable por pensar en sí misma en un momento tan emocionalmente agotador para Erica. Si Erica quería irse, se irían. Quería decir lo correcto, pero no sabía qué era. Sería insultante fingir que lo entendía. Al igual que los de Anna, sus padres eran normales, fuera lo que fuese la normalidad, y estaba agradecida por ello. Seguían juntos después de cuarenta y cinco años de matrimonio, seguían peleando por las mismas nimiedades, seguían cuidando el jardín y terminando las frases uno del otro. No podía imaginarse estar en la situación de Erica.

—Claro que lo veías así —dijo Anna—. ¿Cómo no lo ibas a ver así? No tenías más información —añadió, y empujó el plato de Erica hacia ella—. Pero ahora sí.

Erica volvió a coger el tenedor y pinchó un pedazo de tortita.

—Para nosotras, él era el hombre que huyó, pero no huyó cuando se tuvo que hacer cargo de Hattie. No la abandonó. Era un padre soltero en circunstancias difíciles. Hizo concesiones que le permitieron centrarse en su hija.

—Es alentador. Dicen que la gente no puede cambiar, pero él cambió —dijo Anna, y terminó su café—. ¿Te resulta doloroso?

—Podría ser, ¿verdad? —respondió Erica, e hizo una pausa, como si estuviera comprobando en silencio si tenía alguna herida—. Pero no, no me resulta doloroso. De hecho, saber que mi padre no era una mala persona me resulta de ayuda. Todo indica que, a pesar de todo, al final, era un hombre decente.

Claudia escuchó mientras Erica les contaba los detalles de la conversación. Se preguntó si, en su lugar, ella se habría enfadado con su madre por no haber aceptado los intentos de acercamiento de su padre, pero Erica era leal a su madre y no parecía que estuviera enfadada. Solo un poco triste.

Se preguntó, también, cómo habría sido la vida de Erica si su padre hubiera vuelto. Si hubiera crecido viendo que los hombres podían huir, pero que también podían madurar y dar un paso al frente. ¿Habría cambiado eso las cosas?

—Me gusta que le hablara de ti a Hattie —dijo Anna—, pero es curioso pensar que ella creció sabiendo todo sobre ti, mientras que tú la descubriste hace poco. Es obvio que está contenta de que estés aquí.

—Sí.

Anna miró a Claudia y luego a Erica.

—¿Estás segura de que quieres irte? —le preguntó, como si no tuviera importancia, pero Claudia presentía que Anna sabía cuánto deseaba quedarse.

—No lo sé —respondió Erica, y dejó el tenedor—. No sé qué quiero hacer.

En todos sus años de amistad, Claudia nunca había visto a Erica luchar por tomar una decisión.

—¿Qué te dice tu instinto?

—No le hago caso a mi instinto cuando tomo decisiones. Uso la cabeza. Y mi cabeza me dice que no puedo hacer esto. No sé cómo ser lo que se supone que debo ser.

Claudia estaba confundida.

—¿Qué se supone que debes ser?

—Una hermana. No conozco la descripción del trabajo —respondió Erica, con un destello de pánico en la mirada—. Y no ayuda nada que me caiga bien.

—¿No es bueno?

—Sí, en cierto modo. Pero también aumenta la presión.

Anna reflexionó sobre eso.

—¿Quieres decir que, como ella te cae bien, te da miedo no caerle bien tú a ella?

Erica se removió en su asiento y luego miró a Anna con el ceño fruncido.

—¿Cómo eres tan buena en esto? ¿Cómo es que siempre logras ver cosas que yo no puedo ver?

—Porque te conozco —dijo Anna—. Siempre has tenido un poco de miedo a que te abandonen. En el fondo, por mucho que lo racionalices, una parte de ti siempre se preguntará si el abandono de tu padre fue culpa tuya. Pero tú sabes que no.

—En cierto, modo sí —respondió Erica, con una leve sonrisa—. No estaba listo para ser padre. Si yo no hubiera aparecido, tal vez se hubiera quedado. Y no conviertas esto en una profunda discusión filosófica sobre por qué no estoy casada ni tengo ocho hijos, porque la verdad es que no tiene nada que ver con ningún trauma paternal. Simplemente no quiero eso.

—Bien —dijo Claudia, y se sirvió más fruta—. No podría permitirme comprar regalos para tus ocho hijos.

—De verdad que me gusta mi vida.

Anna se encogió de hombros.

—Nadie te está sugiriendo que cambies tu vida. Solo deja entrar a algunas personas, eso es todo.

—¿A algunas?

—A Hattie y... a Delphi —respondió Anna. Titubeó un poco, y Claudia tuvo la sensación de que acababa de contenerse para no decir «al sexy Jack»—. Además, no hay ninguna razón por la que no le vayas a caer bien a Hattie. A nosotras nos caes bien.

—Habla por ti. A mí no me cae nada bien —dijo Claudia—, pero he estado demasiado ocupada como para encontrar una nueva amiga.

Erica se echó a reír y el ambiente se relajó.

—Supongo que...

Anna levantó la mano para terminar la conversación.

—Tenemos compañía. Hola, Delphi, ¿cómo estás esta mañana?

—Muy bien, gracias —dijo la niña.

Con una cortesía encantadora, se sentó en la silla vacía que había junto a Erica y le entregó una hoja grande de papel.

—Te he hecho un cuadro, tía Erica.

¿Tía Erica?

Sorprendida, Claudia miró a Erica y, luego, a Anna, que la observaba atentamente. Erica no dijo nada por un momento, pero luego tomó el cuadro y lo estudió.

—¿Esto es para mí?

—Sí. Es un cuadro de Navidad —dijo Delphi. Se puso de rodillas en la silla y fue señalando—. Esa es nuestra casa, y esa es mi mamá, y ese es Rufus, y esa eres tú de pie junto al árbol de Navidad. Ese es Noah, aunque no estará aquí el día de Navidad porque vive en otro lugar y tiene que ayudar a su papá en la granja. ¿Sabías que los tiburones no tienen huesos?

—Nunca lo había pensado. Es muy interesante.

Erica prestó toda su atención al cuadro.

—¿Qué sostengo? ¿Un regalo?

—Sí. Es un regalo para mí. No sabía si hacerlo grande o pequeño. Si el regalo de verdad que me has comprado es más pequeño que el del cuadro, no te preocupes. Lo que importa es la intención —dijo Delphi, y le dio una palmadita tranquilizadora en la mano.

Claudia tosió para disimular una carcajada. Tenía el presentimiento de que, si alguien iba a atravesar el muro de protección que Erica había construido a su alrededor, esa sería Delphi.

—Esto es muy especial. ¿De verdad soy yo? Tiene un parecido extraordinario. Y llevo mis mejores botas —dijo Erica, y se acercó el papel—. Hay alguien en el tejado.

—Es Papá Noel. Baja por la chimenea. Se supone que debemos estar dormidos cuando viene, pero dibujar a la gente en sus camas es difícil. Es un dibujo, así que no creo que impida que venga el verdadero Papá Noel. Pero tienes que escribir tu carta pronto porque necesita tiempo para conseguir lo que quieres. ¿Sabes lo que quieres? Porque si lo sabes, podrías escribir la carta ahora. Puedo ayudarte.

Claudia decidió que daría cualquier cosa por ver a Erica escribirle una carta a Papá Noel.

—¿Todavía no la has hecho, Erica? ¡Qué vergüenza!

Erica la miró fijamente.

—He estado ocupada. ¿Acaso tú ya has escrito la tuya?

—La escribí en noviembre. Me gusta complacer a la gente y, si hay una persona a la que es importante complacer, es Papá Noel.

Claudia robó el último trozo de tortita del plato de Erica y le dedicó una sonrisa de suficiencia.

—Me gusta darle mucho tiempo a Papá Noel. No me gusta poner plazos innecesariamente ajustados.

Tenía el presentimiento de que Erica iba a matarla más tarde, pero tendría que vivir con eso.

—Papá Noel está ocupado —dijo Delphi, asintiendo—, y por si acaso lo que quieres es difícil de conseguir, sería justo decírselo pronto.

Erica parecía desconcertada.

—Bien. Lo tendré en cuenta.

—¿Te gusta la nieve?

—Sí, a veces.

Claudia sospechaba que esas veces eran cuando la miraba por la ventana, sin ir a ningún lado.

—A mí me encanta la nieve —dijo Delphi—. A Rufus también le encanta la nieve. Tengo un trineo. ¿Tú tienes trineo?

—No. Y nunca he subido a un trineo.

Delphi abrió los ojos de par en par.

—¿Nunca? ¿Ni siquiera de pequeña?

—Vivía en una ciudad.

Delphi le dio una palmadita en la mano con lástima.

—Puedo enseñarte. Me gustaría que lo hiciéramos juntas. Ahora tengo que ir a pasear a Rufus, pero podemos escribir la carta a Papá Noel cuando vuelva —le dijo. Se deslizó de la silla justo cuando Hattie entraba corriendo en la sala.

—Delphi, no deberías estar en el restaurante —dijo, y tomó la mano a la niña.

—Pero es que le he pintado un cuadro a la tía Erica.

—Lo sé, pero la tía Erica es una huésped, y sabes que no molestamos a los huéspedes.

Delphi frunció el ceño.

—La tía Erica es de la familia.

—Sí, es cierto... —dijo Hattie, y les dirigió una mirada de disculpa—. Os dejaremos para que terminéis vuestro desayuno —añadió.

Delphi no tenía prisa por irse.

—Pero luego, ¿puede la tía Erica ver mis juguetes?

—La tía Erica está demasiado ocupada para ver tus juguetes y...

—Me encantaría ver tus juguetes —dijo Erica—, si te parece bien. ¿Es Rufus el que está junto a la puerta? No es que sepa mucho de perros, pero parece que te está esperando fuera del comedor, así que quizá sea mejor que lo saques a pasear y nos veamos luego.

Delphi corrió hacia el perro y los dos desaparecieron.

—¿Luego? —preguntó Hattie, mientras recogía del suelo la cinta del pelo de Delphi—. ¿No os marcháis?

Claudia contuvo la respiración y vio que Erica la miraba. Hubo una pausa cuando sus miradas se cruzaron, y Claudia se preguntó si Erica se daba cuenta de lo mucho que quería quedarse. ¿Se le notaba en la cara? Quizá sí, porque Erica esbozó una breve sonrisa.

—Tenemos las habitaciones reservadas para toda la semana —dijo, volviéndose a mirar a Hattie—. Tenemos un libro que comentar, vino que beber y conversaciones que mantener. Y parece que Claudia se está divirtiendo en tu cocina, así que no, no nos marchamos.

—Genial —dijo Hattie; parecía que estaba luchando por contener la emoción—. Me alegro.

Ella también se emocionó. Sospechaba que las razones de Erica para cambiar de opinión eran más complejas que la simple consideración por los sentimientos de su amiga, pero aun así, estaba agradecida, y tenía la intención de aprovechar la oportunidad al máximo.

—Me estoy divirtiendo en la cocina. Supongo que no estarás buscando un chef para cubrir el puesto esta semana, ¿verdad? —le dijo a Hattie—. Porque creo que conozco a alguien que puede ayudar.

—¿Estás segura? —preguntó Hattie—. Esta es tu semana del club de lectura. Tus vacaciones con tus amigas.

—Habrá mucho tiempo para hablar de libros, y además, mis amigas son aburridas.

—Gracias —dijo Anna, con dulzura—. Nosotras también te queremos.

—¿De verdad? —preguntó Erica, arqueando una ceja—. Personalmente, lo único que me encanta de ella es su comida.

—Pero yo pensaba que habíamos quedado en no decírselo nunca.

—Bueno, ahora ya ha salido a la luz. Tendrá que vivir con ello.

—Amor de nevera —dijo Anna—. Amor de cocina.

Erica señaló a Claudia con la mano.

—Ya tengo hambre. Ve a la cocina ahora mismo y ponte a trabajar.

Claudia sintió un torrente de cariño por sus amigas.

—Eso voy a hacer. Tengo que planificar los menús con Hattie y motivar a un equipo. Quedamos para comer algo rápido más tarde. Si empiezo a trabajar ahora, tendré tiempo para eso. ¿Qué vais a hacer vosotras dos?

—Yo voy a ir al pueblo para intentar terminar mis compras navideñas —dijo Anna. Tomó su bolso y se levantó—. Mientras tú sudas sobre los fogones, yo estaré tomando chocolate caliente con canela. Puede que me regale ese jersey brillante que vi en el escaparate.

Erica movió la cabeza.

—Porque Anna nunca ha visto un jersey que no haya querido comprar.

Anna se encogió de hombros.

—Es Navidad. Sería cruel dejarlo ahí solo, sintiendo que a nadie le importa. Sin cariño. Le voy a ofrecer un buen hogar. Y después de que el jersey se sienta como en casa entre todos mis otros jerséis, comprobaré que Chloe no necesita ayuda con las tareas de limpieza, y luego llamaré a mi Pete —dijo, y frunció el ceño—. O intentaré llamarlo. Ha estado inusualmente escurridizo esta semana.

«Mi Pete».

Por una vez, Claudia no sintió envidia. Estaba demasiado emocionada por la semana que se avecinaba. Sobre todo, estaba muy aliviada al descubrir que su amor por la cocina no había muerto. Fue como volver a enamorarse.

—¿Erica? ¿Qué vas a hacer tú?

—¿Yo? Voy a acompañar a Anna en sus compras para asegurarme de que compre un máximo de un jersey y, luego, le escribiré una carta a Papá Noel —respondió Erica—, y como no tengo ni idea de lo que estoy haciendo, Delphi se ha ofrecido generosamente a ayudarme.

Claudia le estaba tan agradecida que dio un paso adelante y la abrazó.

—Gracias por quedarte.

—Oh, una muestra pública de cariño. Mi cosa favorita —dijo Erica, pero le devolvió el abrazo a Claudia—. Tú te habrías ido por mí y, sin duda, yo puedo quedarme por ti. Y, de todas formas, no eres la única razón. Ve y prepara algo que nos deleite el paladar.

Capítulo 19

Anna

Anna se arrebujó aún más en su bufanda mientras caminaba con Erica por la calle principal. La nieve crujía bajo sus pies y cada respiración formaba una nube de vaho al encontrarse con el aire gélido.

—Este pueblo es tan bonito...

—Sí —respondió Erica. Se detuvo frente a la juguetería y miró el escaparate—. Debería comprarle algo a Delphi. Pero ¿qué? Obviamente, no tengo ni idea. ¿Me ayudarías?

—Me encantaría.

Ella, agradecida por la excusa para poder escapar del frío, empujó la puerta y entró antes de que Erica cambiara de opinión. Al igual que Claudia, estaba aliviada por quedarse, pero sobre todo estaba aliviada por que Erica hubiera formado un vínculo inicial con Hattie y Delphi. Tenía la intención de hacer todo lo posible para fomentarlo. Tal vez estuviera entrometiéndose un poco, pero ¿para qué estaban los amigos?

Estar con Delphi le recordaba a la niñez de sus hijos. En la juguetería, contemplando el caleidoscopio de juguetes de colores, sintió una punzada de nostalgia. En medio de la tienda, una vía rodeaba un gran árbol de Navidad, y un trenecito pasaba lentamente junto a una pila de juguetes con preciosos envoltorios. La esquina de la tienda se había convertido en una gruta y los empleados iban vestidos de elfos.

A los mellizos les encantaba visitar jugueterías cuando eran pequeños, sobre todo en Navidad.

—¿Qué te pasa? —le preguntó Erica—. Parece que estás triste.

—Estoy bien —respondió ella, y se obligó a sí misma a concentrarse en los juguetes de un estante—. Bueno, vamos a buscar algo.

—Sí, pero ¿qué? —preguntó Erica, e hizo un gesto de desesperación—. ¿Qué compro?

—Siempre se te ha dado muy bien elegir regalos para Meg y Daniel. Solo tenemos que pensar en el tipo de persona que es Delphi. Obviamente le encanta pintar, así que podrías comprarle algunos materiales de pintura —dijo Anna; escogió varios artículos que pensó que a Meg le habrían encantado a esa edad y se los dio a Erica—. Evita cualquier cosa con brillantina o tu relación con Hattie terminará antes de empezar.

Erica miró fijamente la esquina de la tienda.

—Esa batería de ahí es monísima.

—No. Nada ruidoso. Nada de baterías, ni guitarras eléctricas, ni trompetas.

—¿Eso no es divertido?

—No para los padres. No querrás darle un dolor de cabeza a Hattie. A menos que tengas un genio musical en la familia o una habitación insonorizada, deberían considerarse juguetes de venganza.

Erica tomó un rompecabezas.

—¿Juguetes de venganza? ¿Los niños piensan así?

—No los niños, sino los padres. Uno de los padres de la clase de Meg le regaló a su hijo una batería después de que su mujer se divorciara porque él tuvo una aventura con la niñera. Ella pasó el mes siguiente con tapones para los oídos. La mujer, no la niñera. Este cuaderno será perfecto para el calcetín navideño de Meg.

Anna se lo metió bajo el brazo y se adentró en la tienda. Se detuvo frente a un perchero.

—¿Qué tal un disfraz para Delphi? Meg pasó por una etapa de disfraces. Por otro lado, no sabemos qué tiene Delphi ya, así que probablemente sea mejor que nos quedemos con los materiales de arte.

—¿Eso no es poco imaginativo?

—No si te gusta el arte, que parece que a ella sí. Me pregunto qué más le gustará.

—Los tiburones —dijo Erica—. Le gustan los tiburones.

—Buena idea —dijo Anna. Fue a la sección de peluches y tomó un tiburón martillo de terciopelo gris—. Es una monada.

—No puedo creer que esté diciendo esto, pero es monísimo y da la casualidad de que el tiburón martillo es su tiburón favorito. Pero ya tiene un dinosaurio que va a todas partes con ella.

—Eso no significa que no le guste un tiburón —dijo Anna, y se lo entregó a Erica—. Y deberías comprarle libros. Le encantan los libros.

—No sabemos qué tiene ya.

—Seguro que en la librería lo cambiarían si comprára- ramos uno que ya tiene. ¿Qué tal este juego de construc- ción? A los míos les habría encantado —dijo Anna, y añadió la caja a la creciente pila de los brazos de Erica—. ¿Cuánto quieres gastar?

—No lo sé. La cantidad justa, sea lo que sea —respondió Erica. Parecía perdida, y Anna le apretó el bra- zo—. Esto no es un examen. No puedes equivocarte.

—Sí puedo. Nunca he sido tía.

—Eres la madrina de mis hijos y te adoran. No es tan diferente —dijo Anna, y la empujó hacia la caja—. Sé tú misma.

—Las dos sabemos que eso no va a funcionar —repli- có Erica, y se paró en seco—. No quiero fastidiar esto. No estoy dispuesta. Si estoy en su vida, estoy en su vida. Nada de largarme.

Anna intentó entender de dónde salía aquello.

—Tú nunca has abandonado nada.

—Estuve a punto de salir corriendo y alejarme de todo esto —dijo Erica—. Y lo que está en juego es importante. No voy a hacerle daño a una niña.

—El hecho de que hayas pensado en ello significa que no lo harás. Has pensado mucho, lo cual es importante. Ahora tienes que dejar de pensar y actuar.

—¿Y si Hattie empieza a desear que yo no hubiera aparecido?

—Hattie está encantada de que hayas aparecido. Creo que Hattie es una persona muy completa que entiende que todo el mundo tiene defectos. Excepto yo, claro. Yo no tengo defectos.

—Aparte de tu incapacidad para resistirte a comprar un jersey nuevo a la semana.

—No es a la semana, y eso no es un defecto. Es una peculiaridad encantadora.

Erica le entregó sus compras al alegre elfo que estaba detrás del mostrador y añadió un par de cosas más mientras esperaba para pagar.

—Gracias por esto. Y, ahora, necesito algunos consejos para la carta que voy a escribir con Delphi. ¿Qué le puedo pedir a Papá Noel?

—¿Una noche larga y apasionada con el sexy abogado Jack? ¿Dos noches de pasión, con desayuno incluido?

—Hay niños —murmuró Erica, tomando su tarjeta de crédito de manos del elfo—. Deberías bajar la voz.

—Es una carta. Escribir una carta no puede ser tan difícil —dijo Anna, y se apoyó en el mostrador—. Nunca te había visto tan insegura.

—Sí, bueno, estoy desbordada y dispuesta a admitirlo —respondió Erica. Tomó la bolsa de otra chica vestida de elfa y le dedicó una sonrisa de agradecimiento—. Esto es importante. Me gustaría mucho seguir en contacto. Construir una especie de relación —explicó, mientras atravesaban la tienda de camino a la salida—. Quizá algún día Delphi pueda venir a Manhattan y podamos ir de compras juntas. No a comprar juguetes, sino ropa. ¿Recuerdas cuando Meg hizo eso?

Anna decidió no mencionar que Delphi tenía cinco años y que las compras en Manhattan aún estaban muy lejos. Era bueno que Erica pensara en un futuro lejano.

—Meg disfrutó cada minuto. Todavía habla de ello.

—Claro. Entonces, quizás eso sería divertido también para Delphi. Podríamos visitar todos los lugares turísticos. Comer en un lugar elegante. ¿Crees que le gustaría?

—Estoy segura de que le encantaría —dijo ella. Tuvo una extraña sensación en el estómago. Aunque Erica no se diera cuenta, su futuro estaba cambiando. Había dado un paso importante. Un paso enorme. El futuro de Claudia también parecía más prometedor. Ambas tenían cosas que esperaban con ilusión.

Cuando ella miraba hacia el futuro, veía un cambio que no deseaba. No se sentía emocionada, sino triste. Y, por primera vez, sintió que Pete no lo entendía de verdad. Lo había mencionado de nuevo en su conversación de la noche anterior, pero él estaba inusualmente callado. Ella presentía que algo no iba bien, y todo le resultaba muy inquietante.

Erica le abrió la puerta y salieron a la calle.

—Gracias por tu ayuda. Te lo agradezco —dijo. Al ver la expresión de Anna, se detuvo—. ¿Va todo bien?

—Todo va genial —dijo ella. Necesitaba recomponerse—. Me alegra que te esté yendo bien. Hattie es estupenda. Y me alegro mucho de ver feliz a Claudia.

—Sí. Sabíamos que aún le encantaba cocinar, pero necesitaba descubrirlo por sí misma y, por suerte, lo ha hecho. Y Hattie tiene una chef temporal, así que son dos problemas resueltos de una vez —dijo Erica. Se hizo a un lado para dejar pasar a una pareja y preguntó—: ¿Dónde vamos ahora? ¿A la librería?

—Sí. Vamos a elegir algunos libros para Delphi y luego volveremos a la posada.

Quería hablar con Pete e intentar encontrar la conexión que había faltado la noche anterior.

Pasaron una hora en la librería y se fueron con más compras, además de papel de regalo y cinta para que

Erica pudiera copiar el paquete que había dibujado Delphi en su cuadro, y luego volvieron a la posada.

—Dale recuerdos a Pete de mi parte —dijo Erica, que casi se tambaleaba bajo el peso de los regalos—. Voy a envolver todo esto mientras tú te pones al día con él.

Anna abrió la puerta de su habitación.

—Te veo dentro de una hora para comer.

Cerró la puerta y se quitó las botas. Luego fue al baño y se miró en el espejo. Debería estar agradecida de que los gemelos pudieran salir de casa y llevar vidas independientes. El hecho de que estuvieran emocionados significaba que había hecho un buen trabajo como madre. Estaban seguros de sí mismos y eran autosuficientes.

Sin embargo, cada vez que pensaba en dejarlos en la universidad y luego regresar a una casa vacía, se sentía mal. Iba a echar de menos tener la nevera llena y escuchar sus divertidas observaciones sobre el mundo, ver varios pares de zapatillas de correr enormes en el pasillo cuando Dan tenía amigos de visita. ¿A quién iba a cuidar cuando se fueran? ¿Dónde iba a poner todo ese amor que llevaba dentro?

Se le llenaron los ojos de lágrimas y frunció el ceño al mirarse.

«Tranquilízate».

Se sentó en la silla junto a la ventana y llamó a Pete. Él respondió después de un par de tonos.

—Hola. ¿Cómo van las cosas? Pensé que estarías enfrascada en una conversación sobre libros. O practicando esquí de fondo.

—He quedado con Claudia y Erica para comer dentro de una hora. Quería oír tu voz —dijo. Miró los árboles por la ventana, con sus ramas arqueadas por el peso de la nieve recién caída—. ¿Cómo están los niños?

—Están bien. Meg está arriba terminando un proyecto y Dan está en casa de Alex ensayando.

—Ah, bueno.

—¿Todo bien?

—Sí —dijo ella, y apretó el teléfono con más fuerza—. Este sitio es fantástico. Muy navideño. Me alegra que me hayas animado a venir. Solo llevamos un día aquí y han pasado tantas cosas... ¿Recuerdas que te dije que creía que había alguna razón por la que Erica había elegido este lugar?

Le contó lo que había pasado con Erica y su relación con Hattie, y él escuchó sin interrumpir.

—Eso es importantísimo —dijo, cuando ella dejó de hablar—. ¿Y Erica no te lo contó?

—No. Nos lo contó cuando llegamos. Y estábamos preparadas para irnos a otro sitio porque era lo que ella quería, pero entonces todo se fue al traste.

Le contó la marcha de Stephanie y el chef.

—Parece que has estado rodeada de dramas.

—Sí, pero, en cierto modo, han sido algo bueno, porque Erica se vio obligada a involucrarse. Sabes lo bien que se le da gestionarlo todo en momentos de crisis, aunque, para ser justos, Hattie también lo hizo bastante bien, así que quizá sea un rasgo familiar.

—Todavía intento imaginarme a Erica escribiéndole una carta a Papá Noel.

Anna sonrió.

—Lo sé. Pero Delphi es adorable, y ya sabes cómo son los niños: no respetan límites ni son delicados. Simplemente dicen las cosas como son, y Erica es prácticamente igual.

—Así que está feliz, y Claudia también.

—Sí. Creo que esto es justo lo que necesitaba —dijo ella.

Hubo una pausa.

—¿Y tú? ¿Sigues pensando en que los niños se vayan de casa?

Anna entró en la habitación y se acurrucó en la cama.

—Sí. Y ojalá no me sintiera así.

Deseaba desesperadamente que Pete lo entendiera.

—Deberías haber visto la cara de Claudia anoche, cuando estaba trabajando en la cocina. Estaba llena de energía y emocionada. Y esta mañana, durante el desayuno, vi que se moría de ganas de volver a la cocina. Y Erica está planeando cómo construir una relación con Delphi y Hattie. Tienen tantas cosas que esperar en el futuro...

—¿Has pensado un poco más en la conversación que tuvimos?

—¿Sobre tener otro bebé? —preguntó ella. Se recostó en las almohadas y miró por la ventana—. ¿Iba en serio? ¿Quieres otro hijo?

—Quiero que seas feliz, Anna —dijo él. Parecía cansado—. Si tener otro bebé te hace feliz, entonces creo que al menos deberíamos hablar de ello.

¿La haría feliz?

—No lo sé. Cuando pienso sobre la marcha de los niños, solo quiero congelar el tiempo y, de alguna manera, evitar que suceda. Sé que así es la vida y que cambia constantemente para todos. Está cambiando para Claudia y Erica. Y también para Hattie. Es normal, pero no hace que sea más fácil aceptarlo. No sé cómo voy a sobrellevar la situación cuando se vayan.

Parecía que sus amigas gestionaban los cambios mejor que ella. Incluso Claudia, que llevaba medio año luchando, parecía emocionada y animada.

Tardó un momento en darse cuenta de que Pete no había hablado.

—¿Sigues ahí?

—Sigo aquí.

De repente, ella se sintió culpable.

—¿Me estoy quejando? No quiero quejarme. Sé que tengo suerte. Y esa es la mitad del problema. Adoro mi vida. No quiero que cambie.

—Lo sé.

Había algo en su tono de voz que no cuadraba.

—¿Qué ocurre? Sé que estás pensando algo, así que dilo.

Hubo un largo silencio.

—Sé cuánto te gusta ser madre, y eres una madre estupenda...

—¿Pero?

—Pero no es muy halagador saber que tienes pánico a que los niños se vayan. Sé que vas a echarlos de menos, y yo también, pero parece que se te olvida que todavía nos tenemos el uno al otro. Sé que el síndrome del nido vacío existe, y lo entiendo, pero hay una diferencia entre echarlos de menos, que es sano y natural, y desestimar lo que queda de tu vida. Cuando dices que no sabes cómo vas a afrontar su partida, me duele porque estás... Básicamente, estás diciendo que nuestra relación ya no te importa. Que yo no cuento.

Anna sintió como si le hubieran succionado todo el aire de los pulmones.

—Pete, eso no es verdad. Sabes que no es verdad.

—Te digo lo que siento, Anna. Estás ansiosa por cómo vas a afrontar su partida, pero ni una sola vez lo has visto como una oportunidad. Te centras en lo que te faltará en la vida, no en lo que queda. Y eso soy yo, por cierto. Nosotros. Somos lo que queda, pero parece que no estás nada emocionada con eso.

Ella abrió la boca para señalar lo equivocado que estaba, pero, cuando intentó encontrar pruebas que refutaran su acusación, se quedó en blanco. Pete tenía razón. Pensaba en lo que estaba perdiendo, no en lo que seguiría allí. No había sido capaz de verlo como una oportunidad. Y sintió una oleada de culpabilidad porque había tardado mucho en darse cuenta de cómo se habría sentido él. Como si quedarse solos los dos fuera algo malo. Algo que temía. Y, sí, temía el momento en que los gemelos se fueran, pero no porque no quisiera estar con Pete. Lo amaba. Lo adoraba.

Y le había hecho daño. A Pete, que había estado a su lado en las buenas y en las malas, que siempre escuchaba y prestaba atención a sus sentimientos. ¿Desde cuándo había sido tan descuidada con él? Había hecho que se sintiera como si no fuese suficiente, y la mera idea de haberle causado dolor le revolvía el estómago.

Apretó el teléfono, deseando con todas sus fuerzas arreglar las cosas, deseando que estuvieran teniendo esta conversación cara a cara.

—Pete...

—He perdido la cuenta de las veces que te he sugerido este año que nos fuéramos juntos de vacaciones. Incluso reservé ese fin de semana para nuestro aniversario, pero Meg tenía algo pendiente y tú quisiste que lo cancelara.

Su culpa se intensificó, y tuvo la necesidad de defenderse.

—Tenía un examen el lunes. Quería estar cerca de ella. No me parecía el momento adecuado para irnos.

—No, la verdad es que en algún momento dejamos de ser una prioridad. Nuestra relación es algo que se integra con los niños. Antes de que nacieran, antes de que formaran parte de nuestras vidas, disfrutábamos estando juntos —dijo él, hablando en voz baja—. ¿Recuerdas aquel viaje a París que hicimos después de terminar la universidad?

Hacía años que no pensaba en aquel viaje.

—No teníamos dinero. Nos alojamos en ese sitio con una cama que rechinaba tanto que solo podíamos hacer el amor en el suelo.

—No podíamos permitirnos comer en restaurantes, así que nos llevamos el pan y el jamón a la habitación.

Ella cerró los ojos y dejó que su mente volviera a aquel entonces. Habían bebido vino tinto barato y se habían estudiado la guía turística intentando calcular cuánto tardarían en llegar andando a la Torre Eiffel, porque no podían permitirse un billete de metro.

—Te olvidas del queso.

—Nunca he olvidado el queso. Y solo podíamos ir a lugares gratis. Íbamos andando a todas partes...

Ella sonrió.

—Se me gastaron un par de zapatos.

—Pero nos divertimos. Nos reímos mucho.

Sí, se habían reído mucho. ¿Cómo podía haber olvidado ese viaje?

—El vino estaba asqueroso.

—Era realmente malo, aunque quizá fue porque usamos una taza que había en el baño. Me parece recordar que fue idea tuya.

—Creo que sí.

No podía imaginarse haciéndolo ahora, pero en aquel entonces se sentía como si estuviera viviendo su mayor aventura. Había sido un viaje perfecto, y la razón por la que había sido perfecto era que estaba con Pete.

—¿Te acuerdas de cuando los gemelos eran pequeños y tu madre los cuidaba para que pudiéramos salir a cenar?

Él le recordaba aquellos primeros días, cuando el tiempo que tenían para estar juntos era escaso y preciado.

—Claro que lo recuerdo.

—Dijiste que te encantaba porque te daba una excusa para arreglarte y sentirte como algo más que una madre.

Eso era cierto. Atesoraba esos momentos en los que ella y Pete habían robado tiempo para estar juntos.

—Nos pusimos como regla que no podíamos hablar de los niños. La noche tenía que ser sobre nosotros. Éramos la prioridad. La primera vez que lo hicimos, nos sentamos en silencio durante la primera media hora porque a ninguno de los dos se nos ocurría nada que decir que no tuviera que ver con los niños.

—Lo sé. Y al principio de nuestra relación no podíamos parar de hablar. Tenías opiniones sobre todo, y me encantaba escucharlas —dijo él, con una suave risa—. Una vez que llegaron los gemelos, nos costó un tiempo recordar cómo hablar sobre algo que no fuera dormirlos, alimentarlos o mantenerlos con vida.

—Estábamos tan cansados...

—No me lo recuerdes.

Pero, de alguna manera, habían superado esas noches de insomnio y las constantes exigencias de los niños pequeños. Se turnaban para madrugar los fines de semana, permitiéndole al otro dormir hasta tarde. Habían compartido la carga. Habían aprendido juntos.

Y también deberían estar decidiendo juntos el siguiente paso.

«Éramos la prioridad».

—Pete...

—Sé que las cosas están cambiando —dijo él, en un tono tranquilo—. La vida y las relaciones evolucionan constantemente. Pero aún recuerdo la primera vez que te vi en la biblioteca. Pienso en aquella primera noche que pasamos juntos, cuando me contaste con detalle qué habrías cambiado del libro que estabas leyendo, y todos los planes que tenías para el futuro, y yo estaba desesperado por compartir ese futuro contigo. Construimos nuestra pequeña familia juntos, y siempre seremos una familia, aunque no vivamos todos bajo el mismo techo. Eso es suficiente para mí, pero parece que ya no es suficiente para ti. Quiero ayudar, pero no sé cómo.

Ella tenía una opresión en la garganta.

—Pete...

—Tengo que colgar, Anna. Lola está corriendo en círculos esperando a que la dejen salir al jardín y luego tengo que preparar la comida.

—Espera —dijo ella, y sintió algo parecido al pánico—. Llámame después. Te quiero.

Hubo una pausa.

—Este es tu momento con tus amigas. Disfruta de tu almuerzo y de tu charla sobre libros, Anna. Podemos hablar cuando estés en casa.

Ella esperó, expectante, pero entonces se dio cuenta de que él había colgado. Pete había colgado sin responderle a esas palabras. Nunca había dejado de responderlas...

Se acercó a la ventana, intentando calmarse mirando la nieve que cubría el mundo exterior, pero solo podía pensar en Pete.

Él estaba sufriendo, lo cual era terrible. Y peor aún era que ella era quien lo había lastimado.

Repasó las conversaciones que habían tenido recientemente. Las cosas que había dicho. Solo había pensado en sí misma y en cómo se sentía con la partida de los mellizos. La sensación de pérdida inminente la había envuelto como una niebla que oscurecía su futuro.

Como confiaba en él ciegamente, como habían sido cercanos durante tanto tiempo, ¿había cometido ese pecado tan común de darlo por sentado? Sin querer, tal vez, pero sí, lo había hecho.

«Éramos la prioridad».

Ellos deberían ser la prioridad de nuevo. Pete tenía razón: en lugar de pensar en lo que perdían, debería pensar en lo que ganaban. Debería pensar en todo lo que podrían hacer como pareja. La culpabilidad se apoderó de ella, junto con una claridad que le había faltado hasta entonces. Tenía razón: últimamente había priorizado a los niños sobre su relación, incluso cuando las necesidades de los gemelos eran menos importantes. Había sido lo más fácil. Y ahora deseaba haber aceptado su sugerencia de pasar un fin de semana fuera, aunque solo fuera porque le habría demostrado lo mucho que significaba para ella.

Respiró hondo e intentó calmarse.

Lo superaban todo juntos. No había nada que no pudieran manejar. Lo solucionarían. Todo estaría bien.

¿Pero por qué no le había dicho «Yo también te amo»?

¿Lo había olvidado? No, Pete nunca lo olvidaba.

Tomó su teléfono y lo llamó, pero él no contestó y su llamada fue al buzón de voz. Dejó un mensaje: «Siento mucho haberte lastimado. Te amo. Llámame cuando recibas esto».

Se quedó allí sentada, con el teléfono en la mano, hasta que llamaron a la puerta y se dio cuenta de que era Erica y que era hora de almorzar. Por un instante, pensó en decirles que no podía acompañarlas, pero sabía que era ridículo.

Pete también estaba cocinando, por eso no había contestado. O, tal vez, se había dejado el teléfono en otra habitación y se había olvidado de él, como le pasaba a veces.

La llamaría más tarde, pensó Anna. Y cuando lo hiciera, ella se disculparía y buscaría la manera de compensarlo.

Capítulo 20
Hattie

Hattie se quedó mirando el vestido en el espejo. Era negro, con un buen corte y... ¿seguro? Lo había comprado en la universidad y le había resultado útil en todo tipo de situaciones. Pero ¿sería adecuado para su noche con Noah?

Solo era una cena, había dicho él. Como si no fuera nada. Y quizá para él no fuera nada. Pero ¿para ella? No sabía exactamente qué era, pero desde luego no era nada insignificante.

Lo había dejado de lado mientras lidiaba con las consecuencias de la marcha de Stephanie y el chef Tucker, pero ahora necesitaba afrontarlo.

¿Era una cita? Si era una cita, debería arreglarse. Pero, si se arreglaba y él pensaba que era una noche informal con una amiga, entonces se estaría vistiendo de forma equivocada. Y no tenía ni idea de qué era lo correcto. Vivía con su uniforme, un falda corta sobre medias gruesas y sus botas favoritas. Esperaba dar una imagen profesional, pero, también, amigable y accesible. El día de Navidad del año anterior, se había puesto un jersey brillante, pero eso era lo máximo que se había esforzado por arreglarse en los últimos tiempos.

Revisó el armario, rechazando todo lo que veía. Era absurdo. Tenía que haber algo que pudiera ponerse.

Necesitaba la opinión de una amiga, pero no tenía ninguna. Pensó en Erica, Anna y Claudia y sintió una punzada de envidia. Se sentían tan cómodas las unas con las otras... Se apoyaban mutuamente. Se tomaban el pelo de una forma solo permitida a quienes se conocían bien. Sin duda, si alguna necesitaba una opinión sobre qué debía ponerse, no dudarían en llamarse.

Ella no tenía una amiga íntima a la que llamar. Había recibido mucho apoyo de la comunidad local y conocía a mucha gente buena, pero no había nadie con quien hablar de algo así. Brent había sido su mejor amigo y, desde su accidente, no había tenido tiempo de cultivar amistades.

Estaba Lynda, pero no podía preguntarle qué ponerse para salir por la noche con su hijo.

Delphi entró en la habitación con Rufus pisándole los talones y su dinosaurio bajo el brazo.

—¿Por qué llevas vestido?

—Porque voy a cenar con Noah el jueves y necesito algo que ponerme.

Delphi se subió a la cama y se sentó allí, toda rizos e inocencia.

—Vas a tener una cita.

—No, no es una cita —dijo Hattie, y se le aceleró el pulso—. ¿Quién te dijo que era una cita?

Se preguntó cómo serían sus conversaciones cuando Delphi llegara a la adolescencia.

—Lynda. Me dijo que me cuidará para que Noah y tú podáis tener una cita. ¿Te vas a casar con él?

—¿Qué? No, claro que no me voy a casar con él. ¿De dónde te has sacado esa idea?

—La mamá de Eddie se acaba de casar. Es su segunda vez y espera que sea la última porque su primer marido, el padre de Eddie, era un perdedor. Eddie oyó a su mamá decir eso.

Delphi frunció el ceño.

—No sé qué perdió. Eddie tampoco lo sabe, aunque su coche de juguete desapareció, así que a lo mejor fue eso.

Eddie estaba en la misma clase de la guardería que Delphi y, claramente, hablaba demasiado.

—No creo que debamos hablar de la familia de Eddie. No es amable hablar de la gente cuando no está. ¿Qué vas a hacer cuando Lynda esté aquí?

—Vamos a leer y a hacer adornos navideños. Y me voy a portar muy bien para que puedas disfrutar de tu cita.

—Suena divertido. Espero que también te vayas a la cama pronto y duermas. Y estaría bien si pudieras dejar de llamarlo «cita».

Hattie se giró.

—¿Qué te parece este vestido?

—Es demasiado negro. Necesita más purpurina. O plumas. Tengo algunas en mi caja de manualidades. Podríamos pegarlas.

¿Plumas? Eso era lo que pasaba cuando le pedías consejos de moda a una niña de cinco años.

—¿Qué crees que debería ponerme?

Delphi no lo dudó.

—Creo que deberías ponerte tu vestido de princesa.

—¿Mi vestido de princesa? —preguntó Hattie.

No sabía que tuviera semejante cosa, pero Delphi se bajó de la cama y se acercó a la ropa que Hattie había estado rebuscando.

—Este.

La niña tiró de un vestido de lentejuelas verde oscuro, que se deslizó de la percha.

—Es como un vestido de Cenicienta.

—Supongo que no te refieres a la parte en la que está limpiando la cocina. Y ¿desde cuándo lees cuentos de hadas?

—Nuestra maestra nos lo leyó.

—Espero que también te haya dicho que trabajes duro, consigas un trabajo decente y no esperes a un príncipe. En mi versión favorita de esa historia, Cenicienta crea su propia empresa de limpieza y se globaliza.

Hattie rescató el vestido. Lo había comprado hacía años y lo había usado una vez para salir con sus amigas en la universidad. No se acordaba de él.

—Soy demasiado mayor para este vestido.

—Me gusta —dijo Delphi, con énfasis—. Creo que a Noah también le gustará. Es muy alegre. ¿Qué te parece, Rufus?

Rufus ladró y meneó la cola. Genial. El vestido tenía el voto de una niña de cinco años y un perro. Solo por eso, debería volver a colgarlo en la percha. Y, además, era demasiado elegante. Probablemente, a Noah le daría un infarto si se lo pusiera.

—No me va a quedar bien.

—Pruébatelo.

Delphi insistió, así que Hattie se quitó el vestido negro y se puso el de lentejuelas. Al instante, se transportó a aquella noche del baile universitario. Música a todo volumen, el pelo suelto, bebidas fluyendo. Había sido antes de que su padre muriera, antes incluso de conocer a Brent. Era joven y vivía el momento. Otra vida.

Delphi sonrió.

—Te queda muy bien. Y parece de Navidad.

Sorprendentemente, le quedaba bien. Y entendía por qué a Delphi le parecía festivo; solo tenía que ponerse un lazo rojo en el pelo y parecería un adorno del árbol que se había caído.

Se alisó la tela por las caderas.

—No puedo llevar este vestido a una cena con Noah.

—¿Por qué no?

¿Cómo iba a explicarle a una niña de cinco años los matices del atuendo para una cena que no era una cita?

—Es demasiado brillante.

—El brillo es bueno —dijo Delphi, y la tomó de la mano—. Tenemos que preguntárselo a la tía Erica.

—¿Disculpa?

—Tú siempre dices que, si no sabes algo, hay que averiguarlo —dijo Delphi, tirando de ella hacia la puerta—. La tía Erica está en la biblioteca.

—Ya lo sé, pero está con sus amigas y están comiendo y hablando sobre un libro. No quiero molestarlas...

Sin embargo, estaba hablando consigo misma,

porque Delphi ya había echado a correr por el pasillo y la había dejado sin más remedio que seguirla.

Delphi llamó a la puerta de la biblioteca, pero no esperó a que respondieran para entrar. Hattie se dijo que tenía que hablar con ella para explicarle que no podía invadir el espacio de los huéspedes.

Oyó risas y el sonido de la voz de Delphi y, después, la de Erica.

Con timidez, siguió a su hija y vio a Erica, Anna y Claudia sentadas alrededor de la mesa de centro. Delante de ellas había un plato de sándwiches recién hechos y una cafetera. Había tres ejemplares de la novela que estaban leyendo, uno de ellos lleno de papeles con notas garabateadas.

—Disculpad la molestia...

Mortificada, intentó apartar a Delphi, pero Erica se levantó.

—No nos molesta. Y ese vestido es increíble. Delphi nos ha contado que tienes una cita el jueves.

¿Había dicho eso? Ahora le preguntarían con quién, y entonces le darían más importancia de la debida. ¿Y si Delphi le decía algo a Noah sin querer? Era una cena, nada más. La gente tenía que comer, ¿no?

Hattie notó mucho calor en las mejillas.

—No es una cita, exactamente. Es más bien una salida nocturna. Hace tiempo que no salgo y estaba buscando algo que ponerme y...

—Y creo que lo has encontrado —dijo Claudia—. Ese vestido es precioso. Y perfecto para Navidad.

—Solo es para cenar.

—No hay razón para que no puedas estar guapa para cenar —dijo Erica, y la observó desde todos los ángulos—. Ese vestido da ganas de bailar, pero estoy segura de que vale perfectamente para ir a cenar.

Hattie se alisó la tela sobre las caderas.

—No estoy segura de que esté bien.

—Umm —murmuró Erica, y entrecerró los ojos—. Solo tengo una pregunta. ¿Te sientes bien con él?

Sí que hacía que se sintiera bien. Más que eso, hacía que se sintiera un ser humano, alguien que tenía una vida y que, de vez en cuando, salía a bailar.

Le encantaba el vestido, así que quizá debiera ponérselo. Era Navidad, después de todo. Así que quizá Noah no pensara que iba demasiado arreglada o que intentaba deslumbrarlo. Quizá solo pensara que estaba aprovechando la temporada.

—Si te parece bien, me lo pongo.

—Buena decisión —dijo Erica. Se sentó y se sirvió un trozo de queso—. Deberías dejar que te ayudemos a prepararte para la noche. No hay nada que nos guste más. Anna es muy buena peinando —explicó.

Delphi se animó.

—¿Puedo maquillarte?

Hattie tuvo una visión horrible de cómo se vería si la maquillara Delphi.

—Eres muy amable, pero quizá lo dejamos para otro día.

Preferiblemente un día en que no la vieran en público.

—Yo me encargo del maquillaje —dijo Erica—, pero me vendría bien una ayudante si estás disponible, Delphi.

—¡Estoy disponible! —exclamó la niña. Rufus gimió desde la puerta y Delphi corrió hacia él.

—Tiene que hacer pis. Lo llevaré fuera. Vamos, Rufy.

Delphi desapareció, dejando a Hattie con las demás.

—Comed tranquilamente —les dijo, señalando la mesa con la mano—. Disfrutad. Si necesitáis algo, gritad.

—No te vayas corriendo —le dijo Claudia, y dio unas palmaditas en el espacio vacío del sofá a su lado—. Por favor, dinos que la cita que tienes es con el guapísimo Noah.

—Sí, pero no es para tanto. No creo que se pueda describir como una cita. No es romántico ni nada.

Aunque él la había llamado varias veces desde el incidente con Stephanie para comprobar que estaba bien.

—Pero sí es tan importante como para que estés pensando en qué ponerte.

—Eso es porque nunca voy a ningún sitio. O sea, obviamente voy a muchos sitios —dijo, corrigiéndose antes de que pensaran que tenía una vida muy triste—, pero sobre todo es a la granja con Delphi, o de compras con Delphi, o vamos a comer pizza, a tomar un batido o un helado. No vamos a sitios elegantes que te obliguen a arreglarte.

—Pero Noah te invitó a cenar.

—Técnicamente, fue su madre quien lo hizo.

Y como eran tan amables, parecían tan interesadas y comprensivas, y como no podía hablar con nadie de la comunidad local sobre esto, les contó lo sucedido.

—Ya me cae bien Lynda —dijo Anna. Cortó una loncha de queso y la añadió a su plato junto con unas uvas—. Y no me da la impresión de que Noah sea alguien que vaya a hacer algo que no quiera. Si aceptó, sospecho que quería invitarte a salir.

—Tal vez, pero todo esto es muy incómodo —dijo, y apretó las manos en su regazo—. Probablemente porque he perdido toda la práctica.

Y porque había besado a Noah, aunque de ninguna manera iba a revelar esa información.

—El último hombre con el que salí fue Brent, y eso fue hace mucho tiempo.

Anna dejó el plato.

—Estás nerviosa.

—Aterrada.

—Es comprensible.

—Sí —dijo Claudia—. Cuando llevas mucho tiempo con alguien, la idea de empezar de nuevo es abrumadora. Te sientes cómodo con esa persona, la vida tiene un ritmo y es previsible. Lo conoces, te conoce y compartes una especie de atajo emocional, lo que hace que todo sea fácil, y de repente, ¡zas!, eso desaparece. Salir con alguien es como llegar a un país extranjero donde no hablas el idioma —añadió, y miró a sus amigas de reojo—.

¿Qué? Solo digo que lo entiendo, nada más. Es difícil. A veces es más fácil quedarse en casa.

Hattie vio que Erica miraba a Claudia con compasión.

—¿Has perdido a alguien?

—No como tú —respondió Claudia—. Pero mi relación terminó después de diez años. No me imagino saliendo con otra persona, aunque admito que no siento las emociones más complejas que probablemente sientes tú.

—Diez años es mucho tiempo.

—Sí. Intento no pensar en que he desperdiciado una década de mi vida —respondió Claudia, y se encogió de hombros con indiferencia, aunque no fuera indiferente en absoluto—. Y no pretendo ni por un momento comparar mi situación con la tuya. Perder a alguien a quien querías y que te quería a ti también es muy difícil.

—Es complicado. Estar con otra persona es como una traición. No se lo había dicho a nadie, y no estoy segura de por qué lo cuento ahora, salvo porque es muy fácil hablar con vosotras. Parece que, al mostrar interés en otra persona, estoy diciendo que ya no me importa Brent.

Claudia frunció el ceño.

—Eso no es lo que estás diciendo en absoluto y estoy segura de que Brent no querría que te sintieras así. Él querría que fueras feliz.

—Si a mí me pasara algo, querría que Pete encontrara a otra persona —dijo Anna—. Aunque esa persona también tendría que querer a mis hijos o volvería y la atormentaría.

Hattie sonrió. Hablar con ellas hacía que se sintiera mejor. Tal vez la situación no fuera tan complicada, en realidad. Era ella quien la complicaba atormentándose con sentimientos de culpa. Pero era innecesario porque tenían razón en una cosa: Brent habría querido que ella fuera feliz.

—Siempre esperamos que los sentimientos sean simples y directos —dijo Anna—, pero nunca es así.

—Cierto —dijo Erica, y se tomó una uva—. Por eso suelo evitar las relaciones.

Hattie tenía curiosidad. Sabía muy poco de Erica y deseaba con todas sus fuerzas saber más.

—Pero luego te pierdes tanto... No digo que fuéramos la pareja perfecta, pero estar con Brent fue una aventura. Incluso con todo lo que ha pasado, no cambiaría nada.

Anna se recostó en los cojines.

—¿Cómo era?

—¿Brent? Era una persona excepcional. Si estuviera en una habitación, lo sabrías. Se oía su risa desde el otro lado del condado. No tenía miedo de arriesgarse; parecía que no necesitaba las garantías que yo siempre buscaba en la vida. Seguía su instinto y era impulsivo, lo que a veces me volvía loca y a menudo me daba un miedo terrible, pero también era bueno estar con alguien así. Si hubiera tenido mis propias reglas, habría ido a lo seguro, y entonces me habría perdido muchas cosas.

Claudia tomó una manzana del frutero.

—¿Cómo qué? —le preguntó.

Hattie recordó todas las veces que Brent la había obligado a salir de su zona de confort.

—Sin Brent, no tendría la posada. No tendría a Rufus. Tal vez ni siquiera tuviera a Delphi. Yo estaba decidida a esperar hasta el momento justo para tener un hijo porque quería hacerlo bien. Esa decisión fue especialmente difícil de tomar, seguramente por la influencia de mi padre. Fue Brent quien hizo que me diera cuenta de que nunca había un momento realmente adecuado. Su mantra siempre era: «Adelante, ya lo descubriremos sobre la marcha». Estar con él me hizo más valiente.

Erica dejó el plato sobre la mesa.

—Es muy bonito decir eso de alguien.

—Sí. Y, cuando murió, me olvidé de ser valiente. Durante los últimos dos años, he estado yendo a lo seguro porque no tenía la misma confianza en mí misma que él. Confiaba en él para que me dijera que todo iba a salir bien. Supongo que me dejé llevar por la creencia de que él era quien haría que todo funcionase. En lugar de fortalecer mi propia confianza, me apoyé en la suya. Y, después de su muerte, me dije a mí misma que iba a mantener las cosas como él quería porque era una forma de tenerlo cerca de mí.

Hizo una pausa y, de repente, vio las cosas con más claridad.

—La verdad es que mantuve las cosas como él quería porque tenía miedo. Tenía miedo de hacerlas a mi manera por si acaso lo echaba todo a perder. Solo yo tendría la culpa.

Anna se movió hacia ella.

—¿Y ahora?

—No me enorgullece haber esperado a que el chef Tucker y Stephanie se fueran para hacer algunos cambios, pero, al menos, los hice. Me siento mejor por ello. Con más control. Lista para tomar decisiones y asumir la responsabilidad en lugar de necesitar que alguien me diga lo que hay que hacer. Estoy agradecida de que estuvierais aquí.

Estaba segura de que no lo habría hecho si ellas no hubieran estado allí.

—No creo que se me dé bien el cambio. Me aferro desesperadamente a lo familiar, a lo conocido, porque, aunque no sea genial, parece más atractivo que lo desconocido. Siempre he optado por lo que creía seguro, pero me engañaba a mí misma. No hay nada seguro, porque la vida nos depara continuamente lo inesperado. ¿Tiene sentido algo de esto?

—Sí —dijo Erica, en voz baja—. Claro.

Se había sentido bien hablando de ello.

—Ser madre aumenta la presión. Si me equivoco, también afecta a Delphi. No solo soy responsable de la posada y de mí misma, soy responsable de una hija. Y, a veces, eso me parece una enormidad.

Anna sonrió con melancolía.

—Es verdad.

—No se trata solo de lo práctico, como preocuparme de si tomaré decisiones tan malas que me lleven a la quiebra. Es el aspecto emocional. La forma en que me comporto. Los niños lo ven todo. Y copian. Ven cómo reaccionas ante las cosas. Aprenden de ello. Para mí es importante que Delphi me vea fuerte y sólida, pero también necesito que me vea aceptar los cambios incluso cuando dan miedo y son difíciles. Y eso es algo que sucede a menudo, ¿no?

Las tres mujeres guardaron silencio y ella tuvo la sensación de haber tocado una fibra sensible.

—Sí —dijo Anna—. Los cambios pueden ser muy difíciles, sobre todo cuando se trata de algo que no has elegido. Quieres congelar el tiempo.

Hattie vio que Erica miraba a Anna y presintió que el comentario era más que una simple observación inteligente sobre el comportamiento humano. En cualquier caso, Anna tenía razón: a veces, ella quería congelar el tiempo. Eso era esencialmente lo que había hecho desde la muerte de Brent.

Y se dio cuenta de que todo lo que había estado aplicando a la gestión de la posada también lo aplicaba al resto de su vida. Se había quedado quieta, como si, al no seguir adelante, pudiera retener a Brent con ella.

—Obviamente, no conocía a Brent —dijo Erica—, pero estoy segura de que el hombre que describes no habría querido que te sintieras así. Parece que era un tipo audaz y aventurero. Querría que salieras y aprovecharas la vida al máximo.

—Sí, es cierto.

Ella hubiera querido lo mismo para él si la situación hubiera sido inversa. No habría querido que él dejara su vida en suspenso. Habría querido que aprovechara al máximo la vida que le había sido otorgada. Y, por fin, lo vio con claridad. No lo estaba traicionando por seguir adelante. La traición habría sido no hacerlo. Le debía vivir una vida plena y no dejar que la culpabilidad o el miedo afectaran a sus decisiones.

Se sintió más tranquila.

—Me alegra hablar con vosotras. Gracias.

—A nosotras también nos alegra hablar contigo. Nosotras, el Club de Lectura del Hotel, siempre estamos disponibles para dar consejos y celebrar sesiones de conexión. Así que esta cita con Noah... —dijo Claudia, y carraspeó—. Perdona, me refiero a esta no-cita con Noah, ¿dónde vais?

—No lo sé. Dijo que ya reservaría en algún sitio.

—Qué romántico.

Hattie se echó a reír. Noah era más sensato y práctico que romántico.

—Probablemente, en ese momento todavía no lo sabía. Lo que nos lleva de nuevo a este vestido.

Pero ya no tenía dudas sobre el vestido. No quería pasar desapercibida. No quería ir a lo seguro. Quería usar un vestido con el que se sintiera feliz, y este vestido, sin duda, cumplía ese cometido.

Anna hizo un gesto con la mano.

—El vestido queda bien dondequiera que vayáis a cenar. Y está dicho: vamos a peinarte y a maquillarte, y vas a disfrutar de una noche sin remordimientos.

—Y si te besa —dijo Claudia—, le devolverás el beso. Apuesto a que ese hombre besa de maravilla.

Hattie no dijo nada. Ya sabía que besaba muy bien, pero no estaba dispuesta a compartirlo. Algunos sentimientos eran solo suyos. Y tal vez, en lugar de esconderse de lo sucedido, era hora de abordarlo.

Capítulo 21
Erica

Erica arrastró el trineo hasta la cima del terraplén, siguiendo a Delphi, que tenía mucha más experiencia que ella. La chaqueta acolchada que había comprado para el viaje le resultaba muy voluminosa. No era favorecedora y era muy diferente a su ropa habitual, pero la protegía bien del frío.

Se detuvo para respirar y sintió que el aire gélido le llenaba los pulmones. A su alrededor había árboles y, más allá estaban las montañas. El terreno descendía en una suave pendiente hasta los jardines de la posada, y la capa de nieve recién caída convertía setos y plantas en esculturas congeladas.

Ella nunca había montado en trineo y no podía creer que lo estuviera haciendo ahora. Cuando le sugirió a Delphi que eligiera una actividad, esperaba que fuera colorear, leer o disfrutar de algo tranquilo y reflexivo. Pero Delphi quería salir al aire libre.

—Le encanta estar fuera —dijo Hattie. Había abrigado a la niña con varias capas y la había ayudado a ponerse las botas de nieve—. Es un montón de energía inagotable. Después de un día en el jardín de infancia, es lo que necesita.

Ella había logrado fingir que jugar con la nieve a temperaturas capaces de congelar la piel humana también era justo lo que ella necesitaba.

Por suerte, Anna estaba deseando ir con ellas, y las

tres habían caminado con dificultad hasta la parte trasera del hotel y luego hasta la cima de la pendiente, que, según les aseguró Hattie, ofrecía una bajada en trineo de primera clase y muy segura. Anna había sido la primera y había bajado la colina a gritos mientras Delphi la vitoreaba. Y ahora era el turno de Delphi.

Tratando de ser una tía responsable, Erica se giró para advertirle que tuviera cuidado, pero Delphi ya estaba en el trineo y bajaba a toda velocidad por la ladera hacia Anna. A ella se le llenó la cabeza con una avalancha de posibles catástrofes, pero Delphi llegó abajo sin ningún contratiempo. Entonces llegó su turno.

Se montó a horcajadas en el trineo. Desde aquel ángulo, la pendiente parecía más empinada de lo que había pensado. Por un segundo sintió miedo, y luego se rio de sí misma. Una niña de cinco años acababa de bajar por la misma pendiente sin dudarlo, y ahí estaba ella, preguntándose si sería buena idea. Se dio cuenta de que su vida era demasiado higiénica y controlada. Pasaba demasiado tiempo en hoteles de lujo y en oficinas de cristal sin alma.

Respiró el aire frío y penetrante y decidió que necesitaba salir más al aire libre. Quizá, en lugar de ir a los gimnasios de los hoteles, debiera empezar a correr. Quizá aprendiera a esquiar. Jack esquiaba y siempre hablaba de que la concentración que requería aquel deporte era la forma definitiva de relajación para él.

Se impulsó para bajar por la ladera y vio a Anna y a Delphi abajo, saludando. Detrás de ellas estaba la posada, con sus bonitas ventanas y sus balcones.

Durante los primeros segundos, el trineo se arrastró y ella pensó que todo iba bien, pero, de repente, ganó velocidad. ¿Cómo era posible que fuera tan rápido? Bajó la pendiente a toda velocidad, jadeando y luego riéndose porque se sentía completamente fuera de control y nunca, jamás, se sentía fuera de control. ¿Iba a detenerse? ¿Había ido Delphi tan rápido? Oyó a Anna gritar algo sobre usar los pies como freno, pero, antes de que pudiera hacer nada, se topó con un bache y terminó la carrera de espaldas con el trineo encima.

Se quedó allí tumbada un momento, sin aliento. La nieve se le coló por el cuello de la chaqueta y se le deslizó en riachuelos helados por el cuello. Delphi aplaudía y bailaba encantada.

—¿Verdad que es divertido, tía Erica?

Ella apartó el trineo y miró al cielo, intentando averiguar qué se había roto.

—Qué divertido.

Y entonces se echó a reír porque, en realidad, había sido divertido y no podía creer que estuviera allí tumbada, cubierta de nieve, con una niña de cinco años sonriéndole. Y tras empezar a reír, ya no pudo parar. Le dolían los costados y no podía respirar bien, pero aun así se rio como nunca.

Delphi también se echó a reír.

—Tienes nieve en el pelo. Te ves ridícula, tía Erica.

—¿De verdad? Bien. Es bueno no tomarse demasiado en serio a una misma...

Y lo hacía a menudo. Todo en su vida era serio. En lugar de centrarse en el momento, se centraba en las consecuencias. Y era su trabajo hacer eso, mirar hacia el futuro y predecir qué crisis podría descarrilar el plan a largo plazo de un cliente, pero ¿desde cuándo había vivido así en su vida personal? Desde siempre.

Anna se acercó apresuradamente, preocupada.

—¿Estás bien?

—Nunca he estado mejor.

Y se dio cuenta, con un inquietante destello de claridad, de que no se divertía lo suficiente. Disfrutaba leyendo, le encantaba relajarse en un spa, estaba muy interesada en el teatro y era adicta a la descarga de adrenalina que suponía hacer un gran negocio... Pero lo único en su vida que se acercaba a aquella sensación de ligereza vertiginosa que le había proporcionado bajar a toda velocidad por la pendiente oyendo los gritos emocionados de Delphi era el tiempo que pasaba con Jack.

—Tienes que conducir —dijo Delphi, amablemente—. Así no te caerás. Yo voy otra vez.

Sin esperar a que ninguna de las dos respondiera, se puso a subir la cuesta de nuevo, llena de energía y determinación, arrastrando su trineo.

Anna estaba moviendo la cabeza de un lado a otro.

—¿Qué te pasó?

—Según Delphi, no he conducido.

—No me refiero a tu habilidad en la montaña, me refiero a todas esas carcajadas. No puedo creer que estés disfrutando de esto. No es propio de ti en absoluto.

—Lo sé. Lo que demuestra que no siempre sabemos lo que nos conviene, porque no recuerdo cuándo me he divertido más —dijo ella. Levantó el brazo en busca de ayuda—. Recuérdame, ¿dónde está el hospital más cercano?

—Estás en medio de la nada. No hay hospital.

Sonriendo, pero desconcertada, Anna la ayudó a ponerse de pie.

—¿De verdad te estás divirtiendo? Yo creía que estarías fantaseando con ir de compras por las zapaterías de Manhattan.

—Los zapatos son bonitos, pero nunca me han hecho reír tanto. Me duelen los costados.

Erica intentó quitarse la nieve de la chaqueta, pero fue una batalla perdida.

—Me lo estoy pasando bien.

Anna la observó con una expresión extraña.

—Pareces otra persona.

—No, soy la misma, solo que tengo más frío de lo habitual. Y no estoy acostumbrada a que una niña de cinco años me dé lecciones sobre algo.

—Es tan graciosa y adorable... —dijo Anna, y miró hacia la ladera, hacia Delphi, que se estaba preparando para otro descenso—. Y tú eres genial con ella.

—¿Quieres decir que está disfrutando de mi humillación?

—No. Me refiero a que el hecho de que estuvieras dispuesta a participar en esto, aunque fuera lo último que querías hacer, dice mucho de ti.

—Y el hecho de que me lo esté pasando bien también dice mucho. Me dice que necesito hacer estas cosas más a menudo.

Erica se quitó la nieve de las botas y Anna la miró con curiosidad.

—¿Más deportes de invierno?

—Más cosas que me hagan reír —contestó ella. Se quitó los guantes y se sacudió la nieve que se había quedado atrapada en ellos—. Necesito hacer más cosas que me den alegría —añadió.

Anna fue a ver cómo estaba Delphi, la saludó con la mano y luego se volvió hacia Erica.

—¿Te refieres a pasar más tiempo en la cama con el sexy Jack?

A pesar de la nieve, Erica sintió una calidez que la invadía.

—Tal vez. Y puede que también tiempo fuera de la cama.

Anna abrió mucho los ojos y se llevó la mano al pecho con un gesto exagerado de sorpresa.

—¿No te estarás refiriendo a una relación?

Erica aceptó la broma.

—Disfruto de su compañía, que es la razón por la que me he mostrado reacia a verlo más.

—Eso solo tiene sentido para mí porque lo dices tú —respondió Anna, y pasó su brazo por el de Erica—. Tienes miedo de acabar necesitándolo.

—Las relaciones dan miedo —respondió ella. Se giró hacia su amiga y se encogió de hombros—. No espero que lo entiendas. Tú, precisamente, haces que esas cosas parezcan fáciles.

A Anna se le borró la sonrisa.

—Lo entiendo. Hay muchas cosas que pueden salir mal y, cuando quieres a alguien, hay mucho en juego. Y el amor nunca es fácil.

No era la respuesta que esperaba, y miró fijamente a su amiga.

—¿Va todo bien?

—Sí, bien —dijo Anna. Saludó de nuevo a Delphi, que se estaba preparando para subir la cuesta una tercera vez—. Te tocó la lotería con este lugar. Las vistas son increíbles.

«El amor nunca es fácil».

En todos los años que llevaba siendo amiga de Anna, nunca la había oído decir algo así. En cuanto a las relaciones, Anna era un modelo para todo el mundo. Erica se acercó y notó lo cansada que estaba su amiga. ¿Por qué no se había dado cuenta antes?

—¿Has dormido bien? —le preguntó.

—¿Yo? Sí, bien. ¿Y tú?

Erica se tambaleó. Anna solía ser tan franca...

—Genial. La cama es muy cómoda.

Sabía que algo andaba mal, pero no sabía cómo animar a Anna a hablar de ello. ¿Era así como se sentían sus amigas con ella? Se prometió a sí misma que intentaría ser más comunicativa. Pero, con respecto a Anna, solo podía esperar y confiar en que finalmente les contara lo que le ocurría.

—Es un lugar bonito, aunque quizá tenga que pensar mejor en mi equipaje si estas actividades al aire libre se van a convertir en la norma. ¿Cuánto tarda una persona en congelarse?

—Lo que necesitas es un baño caliente y, por suerte, tienes tiempo antes de cenar.

Erica se quitó otro trozo de nieve del cuello de la chaqueta.

—Un baño caliente me viene bien. Claudia no cenará con nosotras porque está cocinando, pero ¿podríamos quedar en la biblioteca para tomar algo antes de cenar? Sé que querrás llamar a Pete primero.

Anna no dijo nada y, cuando ella la miró, vio que tenía lágrimas en los ojos.

—¿Anna? —dijo y, con preocupación, la tomó del brazo—. Dime qué te pasa.

—¿A mí? —preguntó Anna. Buscó un pañuelo en su bolsillo—. No soy yo quien acaba de caerse de un trineo al bajar una ladera.

Extendió la mano y dejó caer los hombros.

—No tengo pañuelos.

Erica buscó en su bolsillo y sacó un paquete.

—Toma. Tómalos todos.

Anna sorbió por la nariz y sacó uno.

—Tú nunca llevas pañuelos.

—Pensé que podría necesitarlos, ya que estoy cuidando a una niña de cinco años. Estoy siguiendo tu ejemplo porque quiero estar preparada para todo. Dime qué pasa. Anoche, durante la cena, estuviste muy callada, y esta mañana, en el desayuno, también. Y después saliste a dar un largo paseo tú sola.

—Bueno, tú tenías que hacer llamadas de trabajo y Claudia estaba en la cocina, así que pensé que estaría bien tomar un poco de aire fresco —dijo Anna, y se sonó la nariz con fuerza.

—¡Tía Erica! ¡Anna! —gritó Delphi, y su voz resonó por el aire frío—. ¡Miradme!

Anna sonrió inmediatamente y agitó los brazos.

—¡Te estamos mirando! —le dijo. Se secó las lágrimas y dio un grito de alegría mientras Delphi bajaba corriendo la pendiente hacia ellas. Erica se maravilló de su capacidad para dejar siempre de lado sus propios sentimientos y sonreírle a la niña.

—¿Echas de menos tu casa? ¿Piensas en la Navidad?

Anna negó con la cabeza.

—No, para nada —respondió, con la mirada fija en Delphi—. Este lugar es muy navideño y estar con vosotras dos, mis mejores amigas... —se aclaró la garganta— es perfecto.

Con aquella respuesta, Erica quedó completamente segura de que algo andaba mal. Ojalá fuera más intuitiva. Necesitaba las habilidades de Anna.

—¿Se trata de que los niños se van de casa? ¿Toda esa charla sobre el cambio con Hattie te ha disgustado?

—No, no —dijo Anna, pero, aquella vez, su sonrisa fue una imitación patética de la real. Al ver la cruda tristeza, Erica le puso la mano en el brazo.

—Anna...

—Ignórame. Es por algo que dijo Pete hace unos días. ¡Ay, mírala! No tiene miedo. Meg era exactamente igual. Una pesadilla.

Anna aplaudió mientras Delphi corría hacia ellas. Erica quería preguntar qué había dicho Pete, pero Anna salió corriendo a recibir a Delphi, toda sonrisas y ánimos, y Erica la siguió, aceptando que, claramente, su amiga no quería hablar del tema. Observó a su amiga con Delphi, percibiendo la calidez y el interés. Anna tenía un don innato con los niños. No era difícil entender por qué se entristecía ante la perspectiva de que sus propios hijos se fueran de casa.

Frunció el ceño. ¿Acaso Pete estaba molesto porque Anna se hubiera ido con ellas tan cerca de Navidad? No. Pete era la persona más tranquila del mundo y nunca había intentado controlar a Anna. Entonces, ¿qué había pasado? Quiso preguntar, pero en ese momento Delphi se le acercó corriendo.

—¡Tía Erica! ¿Me has visto? —le preguntó, mientras le rodeaba las piernas y la abrazaba con fuerza. Erica sintió una oleada de calor. Era imposible no corresponder al cariño de Delphi.

—Sí, te he visto. Estuviste genial.

—Me encanta ir rápido. ¿Volvemos?

La mirada suplicante de Delphi fue difícil de resistir. Erica miró a Anna, que le dedicó una sonrisa exagerada.

—¿Por qué no? Va a oscurecer pronto. Vamos —dijo.

Se arrastraron de vuelta a la cima de la pendiente para una última bajada y, en aquella ocasión, Hattie las recibió abajo con Rufus. Hábilmente, convenció a Delphi de que era hora de entrar. Delphi se empeñó en tomarla a ella de la mano. Erica no tenía ni idea de qué había hecho para merecer una aceptación tan incondicional y se sorprendió de lo bien que se sentía.

—Tía Erica —le susurró Anna al oído, y le dedicó una rápida sonrisa mientras se dirigía a las escaleras y al santuario de su habitación.

Ella observó que se le encorvaban los hombros, y vio a Anna mirar su teléfono rápidamente y luego guardarlo.

—Anna, espera...

Quería hablar con ella, pero Anna no se detuvo.

—Nos vemos para tomar algo —dijo, y desapareció tras la curva de las escaleras. Ella no pudo seguirla porque Delphi le tiraba de la mano.

—¿Te gusta el chocolate caliente?

Erica apartó la mirada de Anna. Era inútil fingir que no estaba preocupada. Anna era la firme, la que las tranquilizaba cuando estaban en una crisis. Incluso con sus amigas, a veces hacía de madre. Si había un problema, lo hablaba. Era directa y transparente, lo cual aumentaba su ansiedad, porque en ese momento no podía descifrar lo que le ocurría.

—¿Tía Erica? —Sintió otro tirón en la mano y Hattie se agachó frente a su hija.

—La tía Erica está aquí de vacaciones con sus amigas, así que tenemos que dejarla estar un rato a solas.

—Yo también soy su amiga y me gusta jugar con ella —replicó Delphi.

Erica sintió una presión en el pecho.

—Un chocolate caliente me viene bien.

Anna había dejado claro que no estaba lista para hablar de lo que la preocupaba, así que mejor sería disfrutar un poco, pasar más tiempo con Delphi.

—Vamos a hacer eso. Luego iré a darme un baño caliente y me arreglaré para la cena —dijo.

Por primera vez, empezaba a comprender el placer que sentía Anna por la simple interacción con niños pequeños. Estar con Delphi era presenciar la felicidad desenfrenada en el momento. Ya fuera bajando una pendiente a toda velocidad en su trineo, coloreando un dibujo o preparando chocolate caliente, lograba convertir cada actividad en un momento de alegría. Los adultos, pensó Erica, podían aprender mucho de los niños.

Hattie se puso de pie.

—¿Bebes chocolate caliente?

No había tomado chocolate caliente desde que era niña, pero ¿qué daño podía hacerle? Tenía frío, así que al menos la calentaría.

—En los días de nieve, sin duda.

Cuando llegó a su habitación, ya estaba oscuro fuera y volvía a nevar. Se quitó la ropa, la colgó a secar y se dio un baño caliente. Mientras se acumulaba el vapor, se sentó en el borde de la bañera y añadió burbujas.

Siempre había vivido una vida de soltera, independiente. Cuando Anna le había hablado de su deseo de formar una familia, ella le había dicho que quería poder centrarse en su carrera. Nunca se hubiera imaginado que una familia proporcionaba la misma satisfacción que su trabajo. Sin embargo, ahora se preguntaba si...

Tía Erica.

Escuchar esas palabras debería provocarle inquietud, pero curiosamente no era así. Reflexionando sobre ello, se quitó el resto de la ropa y se metió en la bañera. El calor le calentó las extremidades congeladas. Si jugar en la nieve iba a ser algo más frecuente, necesitaba replantearse su vestuario. Hasta el momento, no había pensado en lo que iba a suceder más allá del final de aquella semana.

Le parecía extraño pensar que solo unos días antes había planeado irse sin ni siquiera presentarse a Hattie. Anhelaba volver a su vida sencilla en Manhattan, pero ya no lo sentía así, aunque aún tenía que decidir qué hacer.

Tía Erica.

Sonrió y echó más agua caliente a la bañera. No tenía ni idea de cómo ser tía. Hasta ahora, había seguido todas las indicaciones de Delphi, pero probablemente debería intentar hacerlo mejor. Seguro que había libros sobre el tema, ¿no? ¿Se suponía que una tía debía ser divertida y hacer todas las cosas que una madre desaprobaría, o se suponía que debía ser firme y disciplinaria?

Salió de la bañera, se envolvió en una toalla grande y miró fijamente su teléfono.

La necesidad de llamar a Jack era casi abrumadora. ¿Debería inventar una función a la que quisiera que asistiera? ¿Pensar en otra excusa?

No. Esto era ridículo. Tenía cuarenta años. Demasiado mayor para andarse con rodeos. Jack era directo y ella también. Si quería llamarlo, simplemente debía llamarlo.

¿Y decirle qué? ¿Que se arrepentía de no haberlo dejado quedarse la última vez que estuvieron juntos?

Impaciente consigo misma, regresó al dormitorio y se vistió para cenar.

Se tomó su tiempo para peinarse y maquillarse, y luego respiró hondo y cogió el teléfono.

Él respondió casi de inmediato.

—¿Erica?

Al oír su voz, sintió un vuelco en el estómago y una suave oleada de calor recorrió sus venas.

—Hola.

—¿Qué tal tu semana con tus amigas? ¿Os estáis pintando las uñas de los pies y haciendo fiestas a medianoche?

La imagen hizo que sonriera.

—¿Es eso lo que te imaginas que estamos haciendo?

—No tengo ni idea de qué estás haciendo, pero me divierto imaginándote haciendo el holgazán en ropa interior, así que no me estropees el día diciéndome que llevas una chaqueta de esquí con la cremallera hasta el cuello.

Había olvidado cuánto disfrutaba hablando con él. Había pocas personas con las que se sintiera tan cómoda.

—Siento decírtelo, pero hace unas horas llevaba una chaqueta de esquí con la cremallera hasta el cuello. Además, he montado en trineo. Y no, no estoy bromeando.

Hubo una pausa.

—¿Por qué iba a pensar que estabas bromeando?

—Porque ambos sabemos que no soy de trineos. Dudo que hubiera accedido si la persona con la que estaba no hubiera sido tan persuasiva, pero lo fue, así que lo hice. Y me divertí —dijo. Atravesó la habitación y eligió unas botas para la noche—. ¿Te sorprende?

—¿Que seas capaz de dejarte llevar y disfrutar del momento? Para nada. Siempre he sabido que tienes facetas ocultas —dijo él, e hizo una pausa—. Cuéntame más sobre la persona que te convenció para que conectaras con tu niña interior. ¿Es un vagabundo esquiador de 1,93 m, con hombros deformes y brazos prominentes? Quiero una descripción de mi rival. ¿Ganaría en una pelea?

Ella sintió un hormigueo. La palabra rival sugería que Jack y ella disfrutaban de una relación íntima. Le sorprendió lo mucho que le gustaba cómo sonaba aquello.

—Depende —dijo. Se puso las botas—. ¿Cuál es tu arma?

—Un portátil y una pluma estilográfica. Soy un crack con ambos. También tengo una memoria fotográfica y buen uso de la palabra. Gano con palabras.

Se lo imaginó en su despacho, sentado tras un gran escritorio, con hectáreas de cristal a sus espaldas y toda la ciudad a sus pies. Seguro que llevaba una camisa bien planchada y un traje elegante. Jack siempre iba impecablemente vestido.

Cuando entraba en una habitación, la gente lo notaba, aunque tenía el don de transmitir calma. Siempre estaba tranquilo y tenía el control de la situación. No se lo imaginaba siendo aniquilado en un trineo o amenazado por un rival.

—Mi compañera tiene cinco años. A menos que sepas mucho sobre tiburones o dinosaurios, no ganarás en la conversación.

—Resulta que tengo un conocimiento enciclopédico de dinosaurios, y estoy seguro de que podría defenderme en un interrogatorio sobre la era jurásica. Entonces, señora Chapman, ¿cuál es su dinosaurio favorito?

—¿Disculpe usted?

—Su dinosaurio favorito. Todos tenemos uno.

Ella se acercó a la ventana, sonriendo.

—¿De verdad? En ese caso, dime cuál es el tuyo.

—El velocirráptor —dijo él, sin vacilar—. Son inteligentes y rápidos, y no tienen miedo de matar.

—¿Quieres decir que son los abogados del mundo de los dinosaurios?

Jack se echó a reír.

—Tal vez. Ahora te toca a ti.

—No sé. Soy nueva en esto. Ayúdame. El único que conozco es el tiranosaurio rex, pero es un carnívoro feroz, lo cual es francamente asqueroso, y siempre me han echado para atrás los brazos pequeños.

—Nada de brazos pequeños. Anotado. Voy directo al gimnasio después de esta conversación. Un momento... —dijo él. Hubo una pausa y Erica oyó voces de fondo y el clic de una puerta al cerrarse—. Lo siento. Hay gente que cree que estoy aquí ejerciendo la abogacía, así que tengo que seguir fingiendo. ¿Dónde estábamos? Ah, sí, dinosaurios. Creo que te gustaría el diplodocus.

—¿Ese es un carnívoro salvaje?

—No, es un herbívoro. Intimidante por fuera, pero gentil por dentro. Un poco como tú.

—¿Te intimido?

—Olvidas que te he visto desnuda. Nadie intimida cuando está desnudo.

No, no lo había olvidado. De hecho, le había dado muchas más vueltas de las que le habría gustado.

—No tenía ni idea de que fueras experto en dinosaurios.

—Si me hubieras preguntado a los siete años, podría haberte contado todo lo que quisieras saber. Durante un tiempo quise ser paleontólogo, hasta que me di cuenta de que la proporción entre la excavación y el drama se inclinaba mucho hacia lo primero.

Su conversación seguía siendo superficial, pero ambos sabían que estaban dando vueltas a algo mucho más serio.

—Entonces... —rompió el silencio.

—Supongo que llamaste por algo. Dame la fecha.

—¿La fecha?

—Del evento al que quieres que asista. ¿De etiqueta?

Le hacían invitaciones para muchas cosas, la mayoría de las cuales no aceptaba. Sería fácil elegir cualquiera y usarla como excusa para quedar. Sin embargo, no quería poner excusas.

—No tengo ningún evento específico en mente. No he llamado por eso.

—Entonces, ¿por qué no me dices para qué has llamado? —preguntó él.

Su voz era como una caricia, y ella se llevó los dedos al cuello, imaginando el roce de su boca contra su piel.

—La última vez que nos vimos... —dijo Erica. Hizo una pausa y tragó saliva—. He estado pensando en ello.

—¿Umm?

Ella miró por la ventana, preguntándose por qué le resultaba tan difícil.

—Estaba pensando que, la próxima vez que nos veamos, podrías dejar algunas cosas en mi casa. Un cepillo de dientes. Lo que sea.

Se hizo el silencio y, por un momento, se preguntó si la había oído.

—¿Jack? ¿Sigues ahí? He dicho que...

—Te he oído, Erica.

La forma en que pronunció su nombre le cortó la respiración y, luego, por un instante, tuvo pánico.

—Probablemente no quieras. Eres muy independiente y te gusta tu propio espacio tanto como a mí y...

—Erica —dijo él. Había una sonrisa en su voz—. Respira.

—Oh —dijo ella. Se llevó la mano al pecho y sintió los fuertes latidos de su corazón—. Estoy respirando.

—¿Por qué crees que no quiero?

Ella se sentía tan insegura como una adolescente que comienza su primera relación.

—Porque eso no es lo que hacemos.

—Eso no es lo que hemos hecho hasta ahora, pero creo recordar que fui yo quien sugirió que me quedara a dormir la última vez que estuvimos juntos. ¿Recuerdas esa noche?

Ella cerró los ojos.

—Sí.

Sintió un calor intenso en las mejillas. Recordó su boca besándola en la ducha. Sus manos haciendo magia sobre su cuerpo tembloroso. Había sido abrumador y ella tuvo el deseo de que se quedara. Lo deseó casi tanto como que se fuera.

—Quería quedarme —dijo él—. Llevo mucho tiempo deseando quedarme.

Erica abrió los ojos, y fue como si viera el mundo por primera vez.

—¿Cuánto tiempo?

—Meses.

—¿Y no dijiste nada?

—Me lo estaba tomando con calma. Sé que eres cautelosa con quién dejas entrar en tu espacio personal.

Tenía las piernas temblorosas y se sentó en la silla.

—¿Jack?

—¿Sí?

—¿Y si te invitara a mi espacio personal?

—No tienes idea de cuánto tiempo llevo esperando esa invitación. ¿Dónde estás ahora? Vermont. ¿Cuánto tardaría en llegar a Vermont? Demasiado, maldita sea. Tengo una reunión dentro de una hora y mañana por la mañana estoy en el juzgado. En fin, estás con tus amigas y, si aún no has tenido una pelea de almohadas, probablemente tengas que programarla. No quiero interrumpir tu semana de club de lectura. Cuando estemos juntos, quiero toda tu atención.

A ella se le hizo un nudo en el estómago.

—Tengo una sugerencia.

—Hazla.

Erica respiró hondo. Era una idea loca.

—No tienes que decir que sí.

Y, de repente, se dio cuenta de que había muchísimo de la vida de Jack que desconocía por completo.

—Por lo que sé, estás saliendo con alguien más...

—No hay nadie más, Erica. Solo tú. Y te digo que sí. Ahora solo tienes que decirme a qué te he dicho que sí.

«Solo tú».

Cerró los ojos. Quizá fuera una idea descabellada, pero iba a hacerlo.

Capítulo 22
Claudia

—Esta mañana me he puesto en contacto con dos de nuestros proveedores. Tienes una red magnífica aquí —dijo Claudia. Estaba sentada en un rincón de la cocina con Hattie, repasando los planes de la semana.

—Me importaba mucho que, en la medida de lo posible, trabajáramos con productos de la zona. Es una forma de apoyar a la comunidad y de formar parte de ella. Todos nos necesitamos —explicó Hattie, y le dio un sorbo a su café—. Por cierto, este capuchino está delicioso. Y el árbol de Navidad de chocolate que hay en la espuma es una obra de arte. ¿Lo has hecho tú?

—Tengo talentos ocultos —dijo Claudia. Abrió un archivo y se lo pasó a Hattie—. Estaba pensando que deberíamos aprovechar más de lo que ya haces. Contárselo a la gente. De momento, les decimos a las personas de dónde viene su comida, lo cual es genial, pero podríamos hacer más.

Quizá no debería haberlo dicho en plural. Después de todo, la posada era de Hattie, no suya. Contuvo la respiración mientras Hattie cogía el archivo y pasaba las páginas.

—Has hecho una descripción detallada de cada proveedor. Fotografías. Su historia. Es tan humano, tan real... —dijo Hattie, y pasó otra página—. Un mapa para llegar a su granja.

—Solo de los que ofrecen tours y venden al público

—dijo Claudia, rápidamente—. No sugiero que fomentemos a los acosadores. Y, obviamente, tendríamos que consultar con ellos primero. Sería colaborativo. Pensé que tal vez en verano nosotros... Vosotros —se corrigió—, podríais ofrecer excursiones para mostrar los productos de un proveedor en particular. Y, quizás, ofrecer clases de cocina a grupos pequeños y selectos. Es solo una idea.

—Es una idea brillante —dijo Hattie. Pasó la página y sonrió—. Has incluido a los Peterson.

—Buena foto de Noah, ¿no crees? —dijo ella, y Hattie se sonrojó.

—Sí —dijo.

Claudia no indagó. No era asunto suyo y era la persona menos indicada para dar consejos sobre relaciones.

—¿Invitamos a los proveedores a cenar al restaurante? Porque deberíamos...

—¿Involucrarlos más? —preguntó Hattie, mientras garabateaba frenéticamente—. Tienes razón. Todo esto está genial, Claudia. ¿Puedo pedirte otro favor?

—Por supuesto —dijo Claudia, mientras terminaba su café—. Lo que sea.

—He escrito una descripción del puesto de jefe de cocina. ¿Podrías echarle un vistazo?

Claudia sintió que su burbuja de entusiasmo se desinflaba. Odiaba la idea de que otra persona se hiciera cargo de la cocina de Maple Sugar Inn, lo cual era ridículo, porque estaba de vacaciones y se iba a los pocos días.

—Claro. Envíamelo por correo electrónico. También he pensado que podríamos...

Al sonar su teléfono, se interrumpió.

—Perdón. Creí que lo había apagado.

Lo tomó y vio «John» en la pantalla.

¿John? Se le secó la boca y le temblaron ligeramente los dedos. No habían hablado desde el día que él la había dejado, hacía seis meses.

—Responde a la llamada. Podemos terminar luego —dijo Hattie, y se puso de pie—. Te dejo para que puedas hablar en privado.

Claudia no preguntó cómo sabía que iba a necesitar privacidad. Esperó a que Hattie se fuera y contestó. No dijo nada, porque no sabía qué podía decir.

—¿Claudia? ¿Claudy?

—¿Qué quieres, John? —le preguntó. Toda la tristeza y la inseguridad que había sentido durante aquellos pasados meses volvieron con fuerza.

—Me alegro de oír tu voz.

A ella le temblaron las rodillas y sintió una punzada de anhelo. Al instante, se odió a sí misma por ello. Aquel hombre no la había tratado con un mínimo respeto.

—Si querías oír mi voz, podías haberme llamado en cualquier momento.

—Lo siento. Me he comportado mal y sé que tengo que hacer mucho trabajo para conseguir que me perdones. ¿Cómo estás?

¿Que cómo estaba? Estaba bastante bien hasta que había respondido a aquella llamada. Y ¿qué quería decir con eso de que le perdonara? ¿Por qué pensaba que iba a perdonarlo? Y ¿por qué quería que lo perdonara?

—¿Qué quieres, John? ¿Por qué me llamas ahora, después de seis meses de silencio?

—Entiendo que estés enfadada. No esperaba que esta fuera una llamada fácil. Me merezco cualquier cosa que me digas.

—Estoy ocupada. ¿Podrías darte prisa?

—¿Dónde estás? Creía que ibas a estar en el apartamento cuando he venido. Pero mi llave no funciona.

Ella apretó con fuerza el teléfono.

—¿Estás en el apartamento?

—Fuera de nuestro apartamento. Parece que ya no puedo entrar. ¿Hay algún problema con la cerradura?

—La cambié —dijo ella, y le dio las gracias a Erica, que era quien lo había organizado—. Y el apartamento dejó de ser nuestro cuando te marchaste sin previo aviso y dejaste de pagar el alquiler. Por cierto, estoy con Anna y Erica. Club de lectura.

—¿No era en verano?

—No pudimos organizarlo este verano.

«Tú me dejaste. Estaba hundida».

—Todavía no me has dicho por qué has llamado.

—Quiero volver contigo, Claudia.

La habitación comenzó a dar vueltas. Debía de haberlo oído mal.

—¿Disculpa?

—Quiero que volvamos a estar juntos. Y sé que esto debe de ser un shock para ti.

Aquella conversación era increíble.

—¿Y Trudy?

—Trudy fue un error. Pero quizá yo necesitara estar con Trudy para darme cuenta de que tú eres la mujer de mi vida.

Entonces, ¿se suponía que tenía que enviarle a Trudy una nota de agradecimiento?

—¿Claudia? Te has quedado callada. He dicho que quiero que volvamos a estar juntos. Para siempre.

Para siempre.

Le estaba ofreciendo que recuperaran su antigua vida. Podría volver a su apartamento, conseguir otro trabajo y recuperar su vida en California, con John. Su John.

Se puso a mirar por la ventana. No era su John. Durante aquellos días, sus amigas la habían hecho ver que su relación distaba mucho de ser perfecta. Había confundido la duración de una relación con la calidad, pero ahora veía todos sus fallos.

Recordó el portazo que había dado John el día que se había marchado de casa, ignorando que le estaba suplicando que, al menos, hablara con ella. A pesar de los años que llevaban juntos, ni siquiera le había mostrado esa cortesía básica. Respeto, cariño, consideración... ¿Dónde estaban ese día? ¿Dónde estaban ahora? ¿Acaso creía que con solo llamarla ella volvería corriendo?

—Seguro que estás desconcertada —dijo John—. Tómate un momento si lo necesitas. Te quiero, Claudia. Estamos bien juntos.

—¿Me quieres? —preguntó ella, tratando de disimular el sarcasmo—. ¿Cuándo lo decidiste?

—Siempre te he querido.

La ira se mezcló con la incredulidad.

—Me engañaste. Lo traicionaste todo en nuestra relación.

Y, ahora, ella sabía con absoluta certeza que no quería volver con él. No quería reconstruir su antigua vida.

Estaba emocionada con su nueva vida, la que había empezado con cautela. Y John no formaba parte de ella. No había podido elegir nada de lo que le había sucedido aquel año, pero, en aquel momento, sí tenía una opción.

Se llevó el puño a la boca, sin saber si reír o llorar. Se sentía increíblemente poderosa por primera vez en la vida.

—¿Claudia?

—Ellen y Tilda, las vecinas de arriba, tienen una llave de repuesto. Les escribiré para que te la den. Haz lo que quieras con el apartamento, John. Quédatelo. No te quedes con él. Lo que sea. Me da igual. No voy a volver. Mandaré a alguien a recoger mis cosas.

—No lo dirás en serio.

—Lo digo muy en serio.

Él emitió un sonido de impaciencia.

—¿Es una especie de venganza porque yo hice lo mismo?

—No. Sin duda esto te va a hacer daño en el ego, pero ni siquiera estoy pensando en ti ahora mismo. Estoy pensando en mí —dijo ella, y se levantó, sonriendo—. No quiero volar hasta California solo para recoger todas mis cosas. Puedo encargárselo a alguien, pero gracias por darme la idea. Me enseñaste a despojarme de toda la emoción en una ruptura.

—Cometí un error, Claudia, lo admito —dijo él, como si estuviera desesperado—. Y me gustaría poder explicar por qué lo hice, pero... no lo sé —dijo, en un susurro—. Tal vez fue cuando cumplí los cuarenta. Me afectó un poco, ¿sabes?

—La edad no es razón para engañar a tu pareja.

—Lo lamento profundamente. Y no espero que me perdones de la noche a la mañana. Sé que tendré que esforzarme mucho para recuperar tu confianza.

—No te molestes. De verdad me da igual lo que hagas y con quién lo hagas. Acuéstate con quien te guste. No estamos juntos.

—¿Hay alguien más? ¿Estás enamorada de alguien?

Era típico de John asumir que la única razón por la que ella no querría estar con él era que había conocido a alguien.

—No hay nadie más. No estoy enamorada.

O quizá sí, en cierto modo. Pensó en los últimos días, en lo bien que lo había pasado con sus amigas, en la emoción de trabajar en la cocina de la posada, en la euforia que sentía al hablar de sus ideas con Hattie. En la esperanza que sentía al pensar en el futuro. Estaba enamorada de la idea de tener una nueva vida.

—Pero querías casarte...

—Me alegra que no lo hiciéramos. No eres el hombre indicado para mí. Probablemente debería agradecerte que me hayas abierto los ojos. Ahora tengo que colgar. Tengo trabajo. No vuelvas a llamarme.

Colgó y bloqueó su número. Luego leyó el correo electrónico que estaba esperando y fue a buscar a Hattie. Estaba hablando con Chloe, pero se disculpó en cuanto vio a Claudia.

—¿Estás bien?

—De verdad que sí —respondió ella. Se sentía como si hubiera dado un gran paso adelante—. Necesito hablar contigo sobre la descripción del puesto.

Hattie la observó atentamente.

—¿Crees que no funciona?

—Sí, funciona —dijo Claudia, y respiró hondo. Canalizó toda su energía y confianza recién descubiertas—. Me gustaría ofrecer mis servicios.

Hattie la miró fijamente.

—¿Tú?

—Entiendo que querrás ver quién más está interesado y hacer entrevistas —dijo Claudia—, aunque te aconsejo que a los candidatos elegidos les pidas que te cocinen algo, porque, en este caso, la clave está en comer. Pero me gustaría que me tuvieras en cuenta.

—Espera... —dijo Hattie, y se frotó la frente con los dedos—. Tú vives en California. Tu casa está allí.

—No es mi casa. Tengo un apartamento alquilado, lo cual es fácil de arreglar. Soy libre de ir a donde quiera... —dijo, e hizo una pausa—. Y me encantaría que fuera aquí. No quiero que te sientas presionada. Es importante que esta vez contrates exactamente a la persona que creas adecuada para el puesto. Alguien que pueda hacer realidad tu visión de este lugar.

—Claudia... —dijo Hattie, interrumpiéndola—. Si me estás diciendo que te gustaría el trabajo, que quieres que nuestro acuerdo sea permanente, entonces la respuesta es sí —añadió, con una risa de incredulidad—. Un gran sí.

—¿En serio? Probablemente quieras pensarlo.

—No necesito pensarlo. Me encantaría que te unieras al equipo. ¿Cómo puedes dudarlo? Pensamos igual. Queremos lo mismo. Ambas estamos emocionadas por probar cosas nuevas. Estoy impaciente por intercambiar ideas contigo —dijo Hattie, y le brillaron los ojos—. Que hayas venido es lo mejor que me ha pasado en mucho tiempo.

A Claudia se le formó un nudo en la garganta. Hacía mucho tiempo que ella no era la mejor opción para nadie.

—Necesitas salir más.

—Tengo la intención de hacerlo —respondió Hattie, con una sonrisa—. Mi cita importante es mañana.

—Bien. Llegó el momento de peinarse y maquillarse —dijo Claudia, y se alisó el uniforme. Estaba llena de energía y lista para empezar, como si alguien le hubiera cambiado las pilas—. ¿Entonces te interesa que esto sea permanente?

—Me interesa mucho. Haré el contrato enseguida. ¿Y el alojamiento? Después de que tú y tus amigas os marchéis, ya no quedará sitio, pero puedes alojarte en la Cabaña de Azúcar, que está detrás de la posada. No es lujosa, pero es acogedora y cómoda. Brent quería reformarla y alquilarla para tener otra fuente de ingresos, pero el chef Tucker insistió en que le proporcionáramos alojamiento como parte del acuerdo, así que se quedó viviendo allí. Bienvenida.

—No quiero privarte de una fuente de ingresos.

—Por ahora está vacía. Me encantaría que la usaras. Voy a pedirle a Chloe que se asegure de que esté limpia y preparada.

—Chloe tiene bastante que hacer. Lo haré yo misma esta semana. Será divertido. Gracias.

Ya estaba planeando lo que podía hacer para sentirse como en casa.

—Soy yo quien debería darte las gracias —dijo Hattie, y suspiró—. Me has salvado.

Claudia pensó en la cocina, con sus sartenes relucientes y sus encimeras impecables. Recordó el primer momento en que vio la posada, cubierta de nieve y adornada para las fiestas. En cierto modo, no había sido sincera con John. Estaba enamorada, pero no de un hombre. Estaba enamorada de un lugar, de aquel lugar tan especial y maravilloso, y de la gente que trabajaba allí. Estaba enamorada de la promesa de un futuro emocionante. Respiró hondo y sonrió a Hattie.

—Estoy completamente segura de que eres tú quien me ha salvado a mí.

Capítulo 23
Hattie

Noah la recogió, no en la camioneta familiar con el logotipo de Árboles de Navidad Peterson estampado en el lateral, sino en su propio coche, que era lo suficientemente resistente como para soportar cualquier clima y cualquier desafío. Un poco como el propio Noah, pensó Hattie, mientras se sentaba en el asiento del copiloto. Estaba segura de que, en algún lugar a su espalda, Lynda y Delphi tenían la cara pegada a la ventana, y los estaban observando. No miró. Aquello ya era lo bastante estresante sin tener que saludar a su público.

—¿Tienes suficiente calor? —le preguntó Noah, con las manos enguantadas sobre el volante, mientras esperaba a que se abrochara el cinturón de seguridad. La farola iluminaba el interior del coche, resaltando las gruesas capas de su pelo y sus hombros anchos. La miró un instante y sonrió—. Estás genial.

—Gracias.

Decidió no contarle que Erica y Anna, con Delphi como asistente principal, habían dedicado una hora a peinarla y maquillarla.

—También parece que estás nerviosa. Solo es una cena, Hattie. Una velada relajada con una amiga. Y no es asunto de nadie más que nuestro.

Él le apretó la mano. Ella se quedó inmóvil un momento, sintiendo su presión tranquilizadora y pensando en aquella noche en el granero, recordando el calor, la necesidad, la desesperación y el vértigo de darse cuenta de que aún era capaz de sentir algo que no fuera triste ni oscuro.

Y supo que no le preocupaba lo que pensara la gente, sino lo que ella misma pudiera sentir.

—Una noche relajada me parece bien. Es justo lo que necesito —dijo, con una deliciosa punzada de impaciencia. ¿Sería capaz de comer algo? Tenía tanta tensión en el estómago que dudaba que hubiera espacio para la comida—. ¿Cómo está tu madre?

Él le soltó la mano, arrancó el motor y se dirigió hacia la carretera.

—Es una molestia, pero no te preocupes. Ojalá no nos siga al restaurante y nos espíe por la ventana.

Hattie se echó a reír.

—Quiero a tu madre.

—Ella también te quiere —respondió él. Se detuvo en una intersección—. Pero eso no significa que no sea capaz de sobrepasar los límites.

Recordó a su padre diciéndole que no importaba la edad de un hijo, que siempre sería un hijo.

—Supongo que te hace esto todo el tiempo. Intenta prepararte citas.

—Esta es la primera vez —dijo él, y mantuvo la vista fija en la carretera, dejándola a cargo de aquella revelación.

Si Lynda nunca había interferido, ¿por qué ahora? ¿Por qué ella?

Miró al arcén, concentrándose en el reflejo brillante de los faros en la nieve. Estaba dándole vueltas a las cosas, como siempre. Cenar con una amigo. Eso era todo.

Y era agradable dejar atrás las presiones de la posada por una noche.

Qué bueno era estar con Noah. El interior del coche era acogedor y su abrigo era grueso y cálido. Bajo las capas de lana, sentía el sensual deslizamiento del vestido verde contra su piel.

—He pensado que estaría bien que nos alejáramos del pueblo —dijo él—. Así los dos podemos relajarnos y no tendremos que preocuparnos por quién nos vea.

—Me da igual quién nos vea —dijo ella. Se giró para mirarlo y vio el amago de una sonrisa en las comisuras de sus labios.

—Pues eso es un alivio, porque, por mucho cuidado que tengamos, podemos garantizar que la próxima vez que vayamos al pueblo por algún motivo nos preguntarán si disfrutamos de la velada.

—Seguro que tienes razón —dijo ella.

—Le di la espalda a la vida en la gran ciudad hace mucho tiempo, pero todavía me estoy acostumbrando a que la gente de aquí lo sepa todo sobre ti y, probablemente, sobre todos los lugares que has visitado en las últimas dos semanas. Por ejemplo, ayer —comentó Noah, ajustando el agarre del volante—, de camino a entregar un par de árboles a una familia que vive al otro lado del valle, pasé por la farmacia a comprar analgésicos para mi padre. Le duele el hombro cuando hace frío. Solo había otras dos personas, pero para cuando volví a casa, ya había recibido varias llamadas, un guiso, una bandeja de brownies recién horneados y varias ofertas de ayuda en la granja.

No le costó creerlo.

—Genial. Pero imagina si te hubieran visto recogiendo algo vergonzoso.

—Obviamente, conduciría hasta Boston. Y, si fuera algo muy vergonzoso, quizá tuviera que ir en avión a Alaska.

Ella se relajó.

—Cuando descubrí que estaba embarazada, Brent y yo decidimos mantenerlo en secreto un tiempo, pero alguien me había visto comprando la prueba de embarazo.

—No me lo digas. Llegaste a casa y encontraste un conjunto de bebé en la puerta.

—Casi. En mi siguiente viaje al pueblo, cuatro personas me preguntaron cómo estaba. Y una de ellas incluso me comentó que sería mucho trabajo tener un bebé mientras intentaba renovar la posada y establecer el negocio.

—Seguro que lamentaste no haber pensado tú misma en eso.

—Por supuesto. A veces es molesto, pero la mayoría de las veces es reconfortante —dijo ella. Prefería centrarse en lo positivo—. Me gusta el contacto con las personas. Hace que me sienta parte de algo. Quizás sea más difícil si tienes algo que ocultar.

—Seguro que sí. Sería difícil tener una aventura ilícita, por ejemplo. Si intentaras salir por la ventana de alguien para evitar que te vieran, puedes estar segura de que otro de la zona estaría ahí parado con una escalera.

—¿Hablas por experiencia?

Él sonrió.

—Prefiero las relaciones en las que puedo entrar por la puerta principal. Y, ahora, cuéntame cómo ha sido el resto de tu semana. Casi esperaba que cancelaras la cena, porque has estado demasiado ocupada.

Había estado a punto de cancelarla un millón de veces, no porque estuviera demasiado ocupada, sino por miedo. Miedo de sí misma. Miedo de dónde podría ir aquello o dónde no. Sabía instintivamente que Noah podía cambiar su futuro.

—No demasiado ocupada. De hecho, esta noche es la primera en mucho tiempo que me siento segura de poder irme de aquí sin preocuparme de que alguien deje su puesto mientras no estoy. Gracias por tus mensajes para saber cómo estaba. Has sido muy amable.

No le dijo que llevaba el teléfono consigo constantemente y que los releía varias veces.

—Estaba preocupado por ti. Quería saber que estabas bien. Y parece que sí estás bien —dijo él, y tomó el camino que conducía al siguiente pueblo—. Cuéntame.

Le habló de Erica y de que Delphi era quien las había ayudado a superar la incomodidad entre ellas. Y luego le habló de Claudia y de que Chloe había florecido en pocos días desde que tenía plena responsabilidad.

—Stephanie pensó que debería despedirla, pero está demostrando ser más que un activo ahora que Stephanie ya no está.

—La gente suele ser capaz de más de lo que cree, sobre todo cuando se le asignan responsabilidades y se les permite usar su iniciativa.

—Sí —dijo ella. Se preguntó si seguían hablando de Chloe.

—¿Y tú? La Navidad es tu época más ocupada.

—Sí, es cierto. Todos quieren un árbol de Navidad, aunque este año también nos ha ido bien la venta de coronas y de arbolitos de maceta.

Iban conduciendo por carreteras nevadas, atravesando pequeños pueblos y pasando junto a casas cubiertas de nieve y adornadas con luces. Hattie sintió una cálida satisfacción y, por un breve instante, la misma emoción infantil que había tenido cuando era pequeña y contemplaba la Navidad. Le alegró saber que aún podía sentirla, que seguía ahí, porque durante mucho tiempo temió que se hubiera ido para siempre.

—Me encantaba la Navidad. Era mi época favorita del año —dijo.

Pasó un momento antes de que él respondiera.

—¿Y ahora?

—Tengo muchas ganas. Y Delphi está fuera de sí. Muy pronto estará contando las horas, no las noches.

—¿Se va a quedar Erica ahora que os estáis conociendo?

Ella también se había hecho esa pregunta.

—Lo dudo. Es una mujer ocupada. Probablemente tenga planes. Me da la impresión de que no es de las que adoran las fiestas. Le escribió una carta a Papá Noel. La primera que le escribe.

—¿De verdad?

—Sí. Se la hizo a Delphi, quien se sorprendió de que nunca le hubiera escrito.

—Mi estima por ella ha aumentado —dijo él, y la miró con curiosidad—. ¿Qué pidió en esta carta?

—No lo sé. No me lo dijeron. Tampoco tengo ni idea de qué pidió Delphi. Y eso me preocupa. Si no lo sé, ¿cómo puede traérselo Papá Noel?

—Espero que no me estés pidiendo que responda a esa pregunta, porque, definitivamente, nos hemos desviado del ámbito de mi experiencia.

—No sé por qué no me lo dice. Siempre me lo dice —se quejó Hattie, frunciendo el ceño—. Solo espero que le guste lo que he elegido para ella.

—¿Y tú? ¿Qué quieres que te traiga a ti Papá Noel?

La pregunta hizo que sonriera.

—Creo que estoy en un lugar bajo en la lista de prioridades de Papá Noel.

—Tú siempre estás pensando en los demás. ¿Por qué no piensas en ti misma, para variar?

Durante los últimos años no había podido permitirse el lujo de hacerlo, pero, aquella noche, por primera vez, no tenía que pensar en nadie salvo en sí misma.

Hacía mucho tiempo que no pasaba una noche solo para ella, apartada de la posada. Y, aunque estar ocupada era bueno para ella y la ayudaba a superar los días, también tenía la sensación de que se había quedado atascada. Era mucho más fácil cumplir con sus obligaciones que buscar alternativas.

—Estoy pensando en mí misma —dijo—. Por eso estoy aquí.

Pero ¿por qué estaba él allí? Ella no sabía mucho de su vida sentimental, pero era imposible vivir en un pueblo como el suyo y no enterarse de algunas cosas. Había habido rumores sobre Noah y una de las médicas de la zona, y ella sabía, por comentarios, que muchas mujeres estaban interesadas en él, pero nunca lo había visto con nadie. No sabía si había querido a alguien y la había perdido o si nunca había estado enamorado.

—Hemos llegado —dijo él.

Aparcó delante de un restaurante que brillaba de ambiente navideño. Estaba rodeado de pinos y se veían las montañas por detrás. La nieve resplandecía suavemente bajo la luz de la luna.

Hattie se quedó inmóvil un instante, admirando el entorno.

—Qué lugar más perfecto. Es como una cabaña de madera, como si estuviéramos en Suiza. ¿Cómo es que no lo conocía?

—No has salido mucho. Pero, con suerte, vamos a cambiar eso.

Ella lo miró a los ojos y sintió una descarga de calor. Noah había dicho que aquello solo era una noche relajada entre dos amigos, pero estaba segura de que no miraba a sus amigas como la estaba mirando a ella en aquel momento. La había mirado así en la fiesta de Halloween, con el semblante lleno de anhelo, de deseo, unos segundos antes de que ella lo besara debido a que los dos vasos de «brebaje de brujas» y el déficit de contacto humano hubieran acabado con el dominio sobre sí misma.

Se pasó las manos por la tela del vestido y, de repente, se sintió azorada.

—¿Te parece demasiado? —le preguntó a él—. La culpa es de Delphi. Yo iba a ponerme mi sencillo vestido negro, pero ella dijo que es aburrido. Seguramente, habrás notado que los niños de cinco años no son precisamente sutiles. Para conseguir su aprobación, las cosas tienen que tener brillo o purpurina.

—Me parece perfecto —dijo él, con la voz enronquecida—. Recuérdame que le dé las gracias a Delphi cuando la vea.

Antes de que ella pudiera responder, una mujer salió de la cocina del restaurante y se acercó a ellos.

—¿Noah?

La mujer abrazó a Noah afectuosamente.

—¡Qué alegría! ¿Por qué no nos has avisado de que venías? Te habríamos reservado la mejor mesa.

—No quería molestar. Y todas vuestras mesas son estupendas, Sophie —dijo él. Le dio dos besos y le presentó a Hattie.

—Ah, has venido con acompañante. Bienvenida —dijo Sophie, observándola con curiosidad.

—Gracias. Este sitio es maravilloso.

—Gracias a ti —dijo la señora, con una gran sonrisa—. Espera... ¿Tú eres Hattie, la dueña de Maple Sugar Inn?

—Sí.

—Enhorabuena. Ese sitio es precioso. Mi compañero y yo fuimos ayer a desayunar antes de ir al mercadillo de Navidad. Tu nueva chef es un tesoro. Si no fueras amiga de Noah, intentaría robártela —le dijo, y le guiñó un ojo. Después, los guio hacia una mesa en un rincón tranquilo.

—Deberíais sentaros en esta mesa.

La chica que los estaba esperando empezó a decir algo, pero Sophie la despidió con un gesto.

—No pasa nada. Yo me encargo.

Se sentaron y Hattie se preguntó qué mesa acababan de ocupar.

—Las cartas —dijo Sophie, y se las ofreció con un gesto de cortesía—. O podríais preguntarme qué os recomiendo y os diría que pidáis el *bisque* de mariscos y la ternera.

—Es una maniática del control —dijo Noah, con suavidad.

—No tenéis por qué estar de acuerdo.

—El *bisque* de mariscos y la ternera me parece perfecto —dijo Hattie, y le devolvió el menú.

Sophie sonrió con aprobación.

—¿Alergias?

—Ninguna.

—Bien. ¿Qué os traigo de beber?

Noah miró a Hattie.

—¿Champán?

Había algo en sus ojos que ella no podía descifrar, y no poder descifrarlo la inquietaba. Estaba acostumbrada a sentirse cómoda con Noah.

—Un poco de champán estaría genial.

Se sintió un poco sin aliento, como si estuviera al borde de algo.

Sophie se alejó y Hattie la observó un momento.

—Es amable. ¿La conoces bien?

—Bastante bien. Llevamos años abasteciendo el restaurante, y nos compran sus árboles de Navidad. Es una buena clienta. Se hizo cargo del local de sus padres hace unos años y ha ido haciendo cambios poco a poco. Al principio fue duro. Sus padres levantaron este lugar desde cero y no entendían por qué había que cambiar nada.

—¿Se lo tomaron como algo personal?

—Siempre es delicado trabajar con la familia.

Hizo una pausa mientras Sophie les servía dos copas de champán con una sonrisa y luego se desvanecía discretamente. Hattie observó cómo subían las burbujas.

—¿Estamos celebrando algo?

—El momento. La cercanía de la Navidad. Una noche libre —dijo él. Levantó su copa y sonrió—. Elige.

—El momento me parece bien —dijo Hattie, y tomó un sorbo—. Recuerdo que me dijiste que tuviste algunas conversaciones animadas con tu padre cuando te uniste a él.

—Es cierto, aunque soy el primero en admitir que no lo llevé bien —dijo él. Dejó su copa en la mesa—. Me estremezco al pensarlo. Mi padre, probablemente, también. Me gusta decirme que era demasiado joven, pero sé que es una excusa bastante mala.

—¿Tenías veintitrés años?

—Veinticuatro. Después de graduarme, trabajé en una *startup* tecnológica en Boston. En esos primeros años pensé que iba a cambiar el mundo.

—No te imagino viviendo en una ciudad.

—De niño, no soñaba con otra cosa. Este lugar era... pequeño. Comprimido. Me desvelaba por las noches soñando con escapar.

—¿Tu padre se sintió decepcionado porque no querías unirte a él en el negocio?

—Quizá un poco, aunque nunca lo demostró. Mi madre y él me apoyaron mucho. Sabían que tenía que seguir mi propio camino. Fueron sabios —dijo él. Acarició el tallo de la copa con los dedos—. Creo que sabían que volvería, que solo era cuestión de tiempo. La vida urbana tardó un par de años en perder su encanto para mí. Me di cuenta de que volvía a casa más a menudo, para esquiar y hacer senderismo. Echaba de menos las montañas y los senderos. El aire limpio. Echaba de menos tener a mi familia cerca. Entonces, mi padre tuvo el accidente y eso fue el punto de inflexión. Decidí volver a casa. No tuve ni que pensarlo. Lo supe al instante —explicó, y dio una suave carcajada—. Creo que fue la excusa que buscaba. Me ahorró tener que admitir que, después de todo, la ciudad no era para mí.

—Pero lo intentaste. Tuviste un sueño y lo probaste. Eso es importante. Si hay algo que quieres hacer, debes hacerlo. Si no cumple con tus expectativas, entonces... —Hattie se encogió de hombros—, al menos lo sabes. Es mejor eso que pasarte la vida deseando haber hecho algo y preguntándote si habrías sido feliz o no. Pero supongo que no sería una transición fácil.

—Me esforcé demasiado. Quería demostrar mi valía. Cuando regresé, tenían un ordenador pero apenas lo usaban. Cambié todo eso, lo que generó algunos roces hasta que logré demostrarle a mi padre cuánto tiempo le estaba ahorrando. Otro punto de inflexión fue cuando los convencí de comprar un dron para que pudieran monitorear los cultivos y nuestro pequeño rebaño lechero. A papá le pareció genial. Fue todo un avance. Creo que fue entonces cuando se dio cuenta de que yo podía aportar algo al negocio, y yo me di cuenta de cuánto sabía él. Empezamos a escucharnos el uno al otro.

Llegó la comida, unos tazones hondos de cremosa sopa de mariscos con pan de nueces recién salido del horno.

—¿Crees que algún día volverás a Boston?

—¿A vivir? No —dijo él, y tomó la cuchara—. Ahora, este es mi hogar. Me encanta. Empezó como una vía de escape, pero ahora es donde quiero estar. La demanda de productos orgánicos ha crecido y disfruto participando en todo el proceso. En esta zona es cierto eso de «De la granja a la mesa». ¿Y tú? ¿Cómo te sientes con todo ahora?

Ella lo miró y una sensación de calidez le recorrió el cuerpo.

—A pesar de todo lo que pasó con Stephanie, o a causa de ello, esta semana ha sido la que más he disfrutado trabajando en mucho tiempo. Trabajar con Claudia ha sido genial. Ya hemos hecho algunos cambios. Es emocionante.

—Me alegra oírte hablar del lugar como si fuera tuyo —dijo él.

La miró desde el otro lado de la mesa y ella sintió un cambio y se preguntó si él también lo sentía. Conocía a Noah desde hacía años, pero aquella noche todo era diferente. Se sentía contenta de estar allí. No culpable, ni incómoda, ni siquiera triste. Tal vez esas emociones regresaran más tarde, pero, en aquel momento, estaban ausentes, y eso le daba esperanzas de que cuando volviera a caer en el pozo del dolor, podría salir.

—Comprar la posada fue idea de Brent, pero yo también me enamoré de ella —dijo. Era hora de ser sincera consigo misma—. La visitamos en primavera y era gloriosa. Nos mudamos en verano y pasamos unos meses felices trabajando y recorriendo los senderos. Era idílico. Y luego, nuestro primer invierno, tuvimos esa tormenta del noreste tan loca y nos quedamos sin electricidad. Luego hubo un ciclón. Estaba embarazada de Delphi... —explicó, e hizo una mueca.

—Recuerdo ese invierno. Os prestamos un generador.

—Sí, y te estaré eternamente agradecida, porque sin él probablemente nos hubiéramos congelado. Soy británica y no estamos acostumbrados a los inviernos extremos, así que todo fue un poco impactante. Pero también me mostró la fuerza de la comunidad. Nos habíamos mudado ese verano, pero la gente nos trataba como si fuéramos de aquí.

Hablaron de aquel invierno y sobre las experiencias de Noah aprendiendo a gestionar la granja, y Hattie le contó lo duros que habían sido los primeros días, cuando a Brent le impulsaba más el entusiasmo que el conocimiento.

—Después de su muerte, no sabía cómo iba a sobrellevarlo. No sabía cómo podía darle a Delphi la atención que necesitaba y mantenerlo todo en marcha. Sentía que era demasiado.

—¿Y ahora?

—Esta semana he vislumbrado cómo podría ser el futuro. Parte de eso ha sido por trabajar con Claudia. Tiene muchísimas ideas, y hablar con ella ha reavivado todas las que yo tenía al principio.

—Quizás deberías ofrecerle un trabajo fijo.

—Ya lo he hecho. Y ha dicho que sí.

Todavía no podía creerlo.

—Lo acordamos ayer. Tenemos grandes planes.

—Me alegro —dijo él. Se recostó en su silla y sonrió—. Es bueno verte así.

—¿Cómo?

—Con energía. No me imagino lo difíciles que han sido estos últimos años para ti.

—Ha sido difícil. Estoy agradecida de tener a Delphi. Y agradecida de tener gente como tus padres y el resto de la comunidad.

Y a él. Le estaba agradecida a él, pero no le parecía el momento adecuado para decírselo. Esperaría a que estuvieran solos, a que ya no estuvieran rodeados de gente. En cambio, se concentró en la comida mientras devoraban un menú de delicias. Después de la *bisque*, hubo costilla de res asada a fuego lento con verduras de la granja Peterson, y de postre compartieron un delicioso pastel de chocolate con crema de canela y frutos rojos frescos.

Hablaron de la granja, de la posada, de la familia y de cómo la vida rara vez resultaba como uno esperaba y, para cuando terminó su café, Hattie no sentía ni rastro de aprensión o azoramiento por aquella noche. No quería que terminara.

Se dirigieron al coche y ella se acomodó en el asiento del copiloto.

—Me alegro de que hayamos hecho esto esta noche. Lo he pasado genial. Has sido un buen amigo, Noah. El mejor —le dijo. Impulsivamente, se inclinó, con la intención de besarlo en la mejilla, pero él giró la cabeza y sus labios rozaron los de ella. Sintió una repentina punzada de azoramiento y se apartó—. Lo siento. No quería decir...

—¿Por qué lo sientes? —preguntó él—. He sido yo quien te ha besado. Y lo he hecho muy en serio.

Ella lo miró a los ojos y vio algo que le causó un cosquilleo en el estómago.

—Noah...

—Esa noche de Halloween... —dijo él, y le acarició la mandíbula con el pulgar—. Quizá ahora sea un buen momento para hablar de ello.

—¿Acabas de decir...? —preguntó ella. El corazón le latía con mucha fuerza—. Pensé que te arrepentías. Que te había avergonzado. Te agarré, probablemente porque bebí el «brebaje de las brujas» con el estómago vacío.

Él sonrió.

—Una cosa letal. Recuérdame que te regale una caja por Navidad —respondió Noah. Deslizó los dedos por su cabello—. ¿Por qué pensaste que me arrepentía?

—Nunca lo volviste a mencionar. Hemos estado evitando el tema —respondió ella, y se apartó para poder mirarlo.

—Porque pensé que eso era lo que querías. Parecía que estabas... en un conflicto. No quería hacer ni decir nada para lo que no estuvieras preparada. No quería que te sintieras incómoda conmigo.

—¿Por eso nunca lo mencionaste?

Él esbozó una leve sonrisa.

—Cariño, si hubiera sido por mí, te habría estado besando cien veces al día desde aquel momento en el granero —le dijo él. Su mano seguía en su pelo, su pulgar aún trazando una línea seductora en el borde de su mandíbula. A ella estaba a punto de salírsele el corazón del pecho.

—¿Harías eso?

—Sí, Hattie, lo haría. ¿De verdad no lo sabías? —le preguntó él, y estudió su rostro un largo momento—. Tal vez nuestra comunicación no verbal no sea tan buena como debería.

—Es totalmente posible —respondió ella, e hizo una pausa—. Probablemente deberíamos trabajar en ello.

—Sí.

Hattie se quedó sin aliento y, cuando él bajó lentamente la boca hacia sus labios, dejó de respirar por completo. Los recuerdos de su último beso seguían vivos en su mente, pero, en aquella ocasión, el desenfreno fue reemplazado por un descubrimiento pausado. Él le acunó la cabeza entre las manos, sujetándola firmemente mientras su boca la tentaba y la provocaba. El calor invadió su cuerpo y le devolvió el beso con la misma ansia que sentía él. Sintió sus dedos en los botones del abrigo, seguidos de una ráfaga de aire frío y, luego, el hábil roce de sus dedos en el pecho.

El corazón le latía con fuerza contra su mano, su boca anhelaba la de él. Intentó acercarse, pero sus movimientos estaban restringidos por el coche. Lo oyó maldecir y luego alejarse de ella.

—Estás temblando, lo siento —le dijo. La arropó con el abrigo y encendió el motor.

—No te disculpes.

Ella intentó decirle que, en aquel momento, habría estado encantada de revolcarse desnuda en la nieve con él, pero no parecía que fuera capaz de formar una frase completa.

Él agarró una manta del asiento trasero, la tapó y luego la atrajo hacia sí de nuevo, pero esta vez para que entrara en calor.

—El coche se calentará pronto.

—Me da igual.

Estaba apretada contra su pecho y podría haberse quedado allí para siempre. Por desgracia, no era posible.

—Deberíamos volver.

—Lo sé —dijo él. La soltó a regañadientes y se recostó en su asiento. Tenía los hombros tensos y dejó escapar un largo suspiro.

—Supongo que no tiene sentido que te diga que hay una ruta a mi granero que no pasa por la casa principal.

Nunca se había sentido tan dividida entre el deber y el deseo.

—Dije que iría directamente a casa después de cenar. No quiero aprovecharme de tu madre.

—Y ahora yo me arrepiento de que no nos hayamos saltado la cena y nos hayamos conformado con una botella de vino y una bolsa de patatas fritas en mi casa —dijo él. Su voz era baja y áspera, y era evidente que su frustración era igual a la de ella.

Hattie pensó en lo mucho que disfrutaba de su compañía, de su conversación, de su humor tranquilo, de cómo quería a Delphi. Pensó en cómo se sentía cuando la besaba y pensó en cuánto había disfrutado durante aquella velada que acababan de pasar juntos. No quería que terminara.

Sonrió y le acarició la cara con la mano.

—Una botella de vino y una bolsa de patatas fritas suena a la segunda cita perfecta.

Capítulo 24
Anna

Anna miró fijamente el fuego, preguntándose por qué no sentía calor. Llevaba el jersey brillante que había comprado cuando había ido de compras al pueblo con Erica, pero hasta el momento no se sentía ni remotamente navideña y festiva.

—Esta ha sido la semana del club de lectura más extraña y surrealista de mi vida —dijo Claudia. Su amiga se estiró en el sofá de la biblioteca y puso los pies en el regazo de Erica. Erica los apartó.

—Nuestra amistad tiene límites.

—Pensaba que me querías.

—No lo suficiente como para tener tus pies en mi regazo.

Claudia giró los tobillos.

—Tengo los pies cansados. He estado de pie sobre ellos todo el día.

—Exactamente —dijo Erica. Se cambió al sofá junto a Anna, dejando que Claudia se estirara cuan larga era—. Bien. ¿Tenemos algo más que decir sobre el libro o ya terminamos?

En la mesa baja que estaba entre los dos sofás había una botella de vino y copas, una tabla de quesos y unos ejemplares de la novela.

—Yo ya terminé —dijo Anna. Había comentado todo lo que quería decir sobre el libro. En aquel momento, se aferraba a su creencia en el amor y el romanticismo.

No quería pensar en relaciones que hubieran fracasado.

—Yo también he terminado —dijo Claudia—. Y tengo una cosa que contaros.

Erica sirvió unas copas de vino.

—Espero que sea profundo y trascendental.

—Sí, lo es. Anna, ¿estás bien? —preguntó Claudia, y movió la mano delante de la cara de su amiga—. Estás muy callada. ¿Es por el libro? La próxima vez elegiremos uno romántico. Tú elegirás.

—Estoy bien —dijo Anna—. Cuéntanos tu noticia.

—Es importante —respondió Claudia, y se frotó las pantorrillas. Estaba cansada, pero feliz—. En primer lugar, tengo un trabajo nuevo.

—¿Qué? —preguntó Anna, con asombro—. ¿Dónde? ¿Qué es?

—Aquí. Tenéis ante vosotras a la nueva chef de Maple Sugar Inn. Buena comida garantizada, elaborada con productos de la zona en un entorno sano y libre de rabietas —explicó Claudia, brillando de felicidad—. Me lo he pasado muy bien trabajando aquí esta semana. Trabajar con Hattie es estupendo. Tiene muchas ideas. Pensamos de forma muy parecida y somos un buen equipo, así que vamos a convertirlo en algo permanente.

Erica sonreía.

—Es una excelente noticia. Enhorabuena.

—Sí —dijo Anna, que estaba encantada por su amiga—. Eso significa que no vas a volver a California.

—Esa es mi segunda noticia. Antes me ha llamado John.

A Erica se le derramó el vino por el regazo.

—¿Después de seis meses? ¿No tenías su número bloqueado?

—No, aún no, y me alegro, porque ha sido una buena llamada.

—Debió de ser difícil para ti hablar con él después de todo este tiempo y de todo lo que te ha hecho.

Erica no tuvo paños calientes.

—No deberías haber respondido a su llamada —dijo. Anna le había dado una servilleta y se estaba secando el vino del traje—. Acabo de estropear mi vestido favorito. ¿Por qué me lo has dicho cuando tenía una copa en la mano?

—Por lo menos, el vestido es negro. Y me alegro de haber respondido.

Erica dio un gruñido.

—¿Qué quería?

—Que volviéramos.

—Oh, Claudia... —dijo Anna, con cara de horror.

—No os preocupéis, eso no va a suceder.

—Me alegro —dijo Erica.

—¿Qué ocurrió? —preguntó Anna.

—Sé que pensáis que no debería haber hablado con él, pero es lo mejor que pude hacer. Cuando me dejó de esa manera, me sentí completamente inútil y perdí el control de todo. Pero el hecho de estar aquí esta semana, con vosotras, y enamorarme otra vez de la cocina me ha demostrado que tengo mucho control sobre lo que pueda suceder en la vida.

Erica examinó las manchas de su vestido.

—No puedo creer que respondieras.

—Estuvimos juntos diez años y no hubo cierre, no hubo final. Yo quería oír lo que él tuviera que decir. Y no fue lo que me esperaba.

—No me lo digas. Te quiere —dijo Erica, con sarcasmo—. Cometió un gran error y quería que lo perdonaras para que pudierais ser felices y comer perdices para siempre.

—Pues lo que me dijo es bastante parecido a eso.

Erica se quedó boquiabierta.

—¿En serio?

—Sí. Yo también me quedé horrorizada. No me esperaba que volviera arrastrándose. Y fue raro, porque mis pensamientos eran muy confusos últimamente. Estaba enfadada, triste, confundida, pero, mientras él hablaba, todo se me aclaró.

—¿Y?

Claudia se acurrucó en los cojines del sofá.

—Cuando llevas mucho tiempo con una persona, es fácil que todo se convierta en una rutina cómoda. No es como los primeros tiempos del enamoramiento, y te convences de que todo eso es normal en una relación duradera. Yo creía que era feliz, o que estaba contenta. Y, cuando él se marchó, fue un shock, porque no me lo esperaba. Pero ahora me doy cuenta de que había muchas cosas malas en nuestra relación. Al estar con vosotras esta semana se me han abierto los ojos. Lo que habéis dicho sobre Pete y sobre Jack ha hecho que vea que lo que yo tenía con John no era tan estupendo como creía. Y debería haberme dado cuenta mucho antes. El hecho de que cambiara de tema cuando le mencioné el matrimonio debería haberme dado alguna pista. Y no intenté hablar de ese tema, algo que también debería haberme puesto sobre aviso.

—Si te lo hubiera pedido, ¿le habrías dicho que sí? —preguntó Anna.

—No lo sé. Lo cierto es que vivía en una rutina muy cómoda, como os he dicho antes. Nuestra vida no estaba mal, pero no era buena tampoco. Así que, en cierto modo, John me hizo un favor. Yo no soy de las personas que se van cuando algo no funciona, me aferro a ellas. Necesito que me obliguen a cambiar. Y, ahora, aquí estoy.

—¿De verdad John pensaba que ibas a volver con él? —preguntó Erica, cabeceando—. Es increíble.

—Ya lo sé. Cuando acabó la llamada, estaba realmente afectado. Y, obviamente, soy una persona horrible, porque me complació un poco.

A Anna le dolía mucho la cabeza.

—Él te hizo daño.

—Y te costó mucho dinero —añadió Erica—. Te dejó con un apartamento demasiado caro para una sola persona.

Anna frunció el ceño.

—¿Él se va a mudar allí?

—No lo sé y no me importa. Que lo decida él. Mi nueva casa es una cabaña reformada que hay en la finca de la posada, detrás del edificio. Se llama la Cabaña de Azúcar. Y el nuevo amor de mi vida es este lugar —dijo ella, señalando las estanterías de la biblioteca y la chimenea encendida—. Hattie y yo lo vamos a pasar muy bien.

Erica se irguió.

—Tenemos que celebrar lo de tu nuevo trabajo. Enhorabuena.

Tomó su copa y Anna hizo lo mismo.

—Felicidades —dijo.

No quería ser una aguafiestas y admitir que le dolía la cabeza, así que dio un pequeño sorbo.

—¿Entonces se acabaron las relaciones?

Claudia se encogió de hombros.

—No digo que nunca vaya a suceder, pero, si pasa, seré más perspicaz. Supongo que aspiro a tener lo que tenéis Pete y tú. Claro, vosotros lleváis mucho tiempo juntos, pero todavía hay chispa. Os hacéis reír. Bromeáis. Os alegráis de veros. Siempre os tratáis con respeto y sois considerados. Pete incluso cocina para la familia a veces. ¿Sabes que John nunca cocinó para mí en todo el tiempo que estuvimos juntos? Vosotros sois la pareja perfecta —dijo Claudia, y extendió las manos—. Incluso decir todo esto en voz alta me da envidia.

¿La pareja perfecta?

Anna sintió que la emoción la invadía tan rápido que no pudo contenerla. La abrumó y superó sus defensas.

—¿Anna? —dijo Claudia. Se incorporó y bajó las piernas del sofá, horrorizada—. ¿Qué pasa? ¿Qué he dicho?

—No somos la pareja perfecta. Le hice daño —confesó ella, y se tapó la boca con la mano, dejando de fingir que estaba bien.

—¿A quién has hecho daño?

—A Pete. Él piensa en mí constantemente y he sido desconsiderada y descuidada con sus sentimientos. Hice algo terrible: lo di por sentado.

Sintió arrepentimiento y algo parecido al pánico.

—¿Cómo? Anna, adoras a Pete —dijo Claudia, en un tono tranquilizador—. Todas lo sabemos. Pete lo sabe.

¿En serio? Ella le decía con frecuencia que lo quería, pero lo más importante era demostrarlo. Hacerle sentir cuánto lo quería. Y parecía que eso no lo había hecho.

Sintió que el sofá se hundía cuando Erica se acercó y la rodeó con el brazo.

—¿Quieres contarnos qué ha pasado?

—Es culpa mía. Sabéis cuánto miedo me da que se vayan los niños —dijo. Se inclinó y tomó la única servilleta de papel que no se había usado para secar el vino—. Y he hablado con Pete sobre eso porque siempre hablamos de todo —dijo, y se sonó la nariz—. Él me escuchaba, como siempre, pero últimamente algo no cuadraba en nuestras conversaciones.

—¿Casi nada?

—Pequeñas cosas. No sentía que conectáramos como solemos hacerlo. Y, después de nuestra visita a la juguetería, me sentía un poco deprimida, así que lo llamé y... Básicamente, me dijo que estaba haciendo que se sintiera irrelevante.

—¿Irrelevante?

—Como si no importara. Cuando le dije cuánto miedo me daba que se fueran, se lo tomó como algo personal. Como si le estuviera diciendo que no quedaba nada en mi vida. Como si, una vez que los niños se hubieran ido, todo se hubiera acabado. Obviamente, llevaba un tiempo sintiéndose así y no había dicho nada. Y yo me centro mucho en los niños. Lo sé. Probablemente, demasiado. No se equivoca.

—Los niños son una parte fundamental de tu vida.

—Lo sé —dijo ella, e hizo una pausa—. Para mí era muy importante ser una buena madre.

—Y lo eres. Tienes una relación estupenda con tus hijos.

—Pero ¿a qué precio? Pete y yo solíamos ser disciplinados con las citas y con pasar tiempo juntos, pero, últimamente, cada vez que Pete sugería un fin de semana fuera, casi siempre encontraba una excusa para no ir. Creo que, inconscientemente, quería aprovechar al máximo este tiempo con los niños. ¿Para qué íbamos a hacer algo solo nosotros dos, cuando podíamos hacerlo los cuatro? Y ni siquiera lo pensé. Todo el mundo habla de conciliar la vida laboral y personal. De encontrar el equilibrio. Pero yo no conseguí un equilibrio en mi familia. Y ahora lo veo, pero no puedo deshacerlo.

—Estás temblando —dijo Erica. Puso su mano sobre la de ella y la apretó—. Así que tuvisteis esta conversación después de que fuéramos a la librería. ¿Cómo han sido las cosas desde entonces?

—No hemos hablado desde entonces. Y eso no es normal para nosotros —explicó Anna, y se sonó la nariz de nuevo—. Hemos intercambiado algunos mensajes, pero cada vez que llamo no contesta. Luego me envió un mensaje diciendo que llamaría cuando tuviera un momento libre. ¿Un momento libre? ¿Qué significa eso? —preguntó. Se dio cuenta de que se descontrolaba y trató de calmarse.

—Quizá realmente no tuviera un momento libre —dijo Claudia y se encogió de hombros cuando ambas la miraron.

—¿Qué? Estamos hablando de Pete. Pete no es un malhumorado.

—Es cierto —dijo Erica, y le agarró la mano a Anna con firmeza—. Una de las cosas que siempre he admirado, envidiado, de Pete y de ti es vuestra capacidad para encontrar siempre una solución que funcione para los dos. Recuerdo una conversación que tuvimos una vez. Me dijiste que es importante elegir las batallas. Me dijiste que había cosas de Pete que te enfurecían...

—Que deje el tazón encima del lavavajillas —dijo Anna. Sorbió por la nariz e intentó sonreír.

—Y cosas que a él lo enfurecían de ti.

—Que siempre llego al menos diez minutos tarde a todo.

—Exactamente. Pero sabéis cuándo hay que dejar pasar las cosas. Lo más importante es que sois muy buenos resolviendo problemas.

Era cierto, pero, en aquella ocasión, el problema era ella.

—Erica tiene razón —dijo Claudia—. No hay nada que Pete y tú no podáis arreglar.

—No lo sé —respondió Anna. Ella pensaba eso, pero su confianza se había visto afectada. Estaba avergonzada, pero también estaba confundida—. Lo que pasa es que me da miedo que se vayan los niños, y no puedo fingir que no.

Pero se había dado cuenta de que podría haber sido más sensible al respecto. Estaba furiosa por no haber pensado ni una sola vez cómo podía afectarle su reacción a Pete.

Erica guardó silencio un momento.

—Puedes querer a Pete y disfrutar de su compañía y, aun así, sentirte triste por la partida de los niños —dijo finalmente—. Es un chico inteligente. Seguro que no cree que una emoción anula a la otra.

—No lo sé. Pero entiendo por qué está herido —dijo ella. Era doloroso admitirlo—. Nunca he hablado de lo positivo, solo de lo negativo. Nunca he dicho: «Oye, Pete, podemos ir de crucero o pasar un mes en París aprendiendo francés».

—Bueno, tiene trabajo —dijo Claudia, con energía—, así que pasar un mes en París sería difícil.

—Tengo que arreglar esto —dijo Anna, y se frotó la cabeza palpitante con los dedos—. Pero no sé cómo.

—¿No podrías reservar un hotel elegante y comprar lencería nueva?

—Creo que es más complicado que eso. Necesito ver las cosas de otra manera. Ver oportunidades en lugar de nubarrones. Esta Navidad, por ejemplo. Tenemos muchas tradiciones, pero, poco a poco, se están desvaneciendo. En lugar de emocionarme, pienso: «¿Y si es la última vez?». Es como si fuera el final —dijo. Retiró la mano de

Erica y se sirvió un vaso de agua—. No sé qué hacer. ¿Qué voy a hacer?

—No nos preguntes —murmuró Claudia—. Tú eres la experta en relaciones. Pete y tú sois...

—Sí, solo que no lo somos —dijo Anna.

Y se dio cuenta de lo mucho que necesitaba que sus amigas le dijeran que todo iba a arreglarse. Necesitaba que alguien se lo dijera, preferiblemente Pete, pero, si no era él, entonces que se lo dijeran sus amigas.

Sin embargo, ellas no lo hicieron. Guardaron silencio, como si ese temblor en los cimientos de la única relación que siempre habían considerado sólida como una roca también las hubiera sacudido.

Claudia se encogió de hombros con impotencia.

—No sé, Anna. ¿Erica? Tú eres la experta en crisis.

—No una experta en crisis matrimoniales —dijo Erica. Se pasó la mano por la nuca y respiró—. Tenemos que mantener la calma. Tal vez, si hicieras un par de cosas de forma diferente, le demostrarías que has prestado atención a sus sentimientos.

Al ver que Erica también estaba preocupada, la ansiedad de Anna aumentó.

—¿Qué? Me cuesta mentir y decir que estoy deseando que los niños se vayan a la universidad.

—No lo sé —dijo Erica—. Pero quizá tenga que ver con el hecho de no aferrarse a las pequeñas cosas. ¿Claudia?

—¿Por qué me miras a mí? Mi relación se desmoronó sin que me diera cuenta. Soy la persona menos adecuada para ayudar.

Erica se giró de nuevo hacia Anna.

—Estabas disgustada por lo del árbol. Los niños tenían planes y tú querías seguir como siempre. Pete sugirió que fuerais a comer.

—Y eso fue muy considerado —dijo ella, y se tapó la cara con las manos—. Y le contesté mal. Debería haber sido flexible y haber agradecido que se esforzara tanto.

Erica le frotó la espalda suavemente.

—Quizá sea hora de crear nuevas tradiciones en lugar de aferrarse a las antiguas.

Anna dejó caer las manos sobre su regazo. Estaba agotada.

—¿Alguna sugerencia?

Erica se encogió de hombros.

—Prepara una aventura.

—¿En Navidad? —preguntó Anna, y tomó un sorbo de agua—. ¿Qué tipo de aventura?

—No sé. Pero haz algo diferente —dijo Erica—. Así no te quedarás sentada preguntándote si esta será la última vez que lo haréis, porque será la primera. Toma el control. Por otro lado, ves tu vida como un gran vacío, pero hay muchísimas cosas que podrías hacer.

—Se te dan genial los niños —dijo Claudia—. ¿No puedes hacer algo relacionado con eso? Haz voluntariado en una escuela. Trabaja en una biblioteca. Conoces todos los libros que hay. Organiza un club de lectura infantil o algo así.

Anna la miró fijamente.

—¿Un club de lectura infantil?

—Sí, estoy segura de que tu biblioteca lo organizaría. Les encantaría. O, quizá, podrías recorrer las escuelas. Montar un club de lectura itinerante.

Anna sintió que algo se agitaba en su interior. Un club de lectura infantil.

—Me gusta la idea. No sé cómo funcionaría, pero puedo pensar en ello.

Estaba a punto de hablar de ello más a fondo cuando vibró su teléfono. Lo tomó y sintió que se le aceleraba el corazón.

—Es Pete. —Tenía los dedos tan sudorosos que estuvo a punto de caérsele el teléfono—. Quiere que lo llame si no estoy ocupada

—No estás ocupada. Llámalo. Y luego vuelve y cuéntanos qué ha pasado, porque el estrés nos está matando —dijo Claudia, y señaló la puerta—. Nosotras nos quedamos aquí comiendo, bebiendo y hablando de todas las razones por las que las mujeres podrían matar a sus maridos.

—Si ya hemos acabado de hablar de este libro, me gustaría terminar la conversación diciendo que me sorprende que no lo matara antes.

Erica tomó el libro y le dio a Anna un suave empujón.

—Vete. Y dale un beso a Pete de nuestra parte. Ahora, Claudia, tú y yo vamos a hablar de cómo matar a un hombre y salir de rositas.

—Siempre me ha gustado la idea de usar comida.

Anna puso los ojos en blanco.

—Sois encantadoras —dijo.

Sin embargo, agradeció sus intentos de aligerar el ambiente. Tomó la llave de su habitación y el bolso y se dirigió a la puerta.

—Espero que salga bien —dijo Claudia.

Se esforzó por que su tono fuera despreocupado y Anna se dio cuenta de que sus amigas estaban casi tan tensas como ella.

—Gracias.

Volvió a su habitación, lamentando no haber tenido más tiempo para pensar qué iba a decir. Le temblaban las manos al cerrar la puerta y quitarse las botas. Había estado con Pete más de la mitad de su vida. Era su mejor amigo y era ridículo sentirse nerviosa, pero, aun así, se sentía nerviosa mientras sostenía el teléfono y se preparaba para la llamada.

Durante todos los años que habían pasado juntos, nunca habían tenido un bache tan grande como aquel. En aquel momento, aquella le parecía la conversación más importante que iba a tener en la vida. ¿Y si decía algo incorrecto? Además, le había causado un gran impacto el hecho de que pudiera conocer a alguien tan bien como conocía a Pete, y querer a alguien tanto como quería a Pete y, aun así, equivocarse.

Cerró los ojos, respiró hondo y lo llamó.

—Hola.

—Hola. Disculpa que no me haya puesto en contacto

antes. He estado un poco ocupado. Espera un momento. Lola ha encontrado uno de los zapatos de Meg y lo está mordiendo. ¡Lola! Suéltalo. Te he dicho que...

Hubo una pausa y se oyeron los ladridos alegres de Lola.

—Maldición. Pensé que nada podía salir mal en los cinco minutos que he tardado en llamarte. ¿Dónde lo ha encontrado? He tenido cuidado. Lo siento.

Anna quería preguntar qué zapatos eran, pero decidió que no le importaba. Los zapatos de Meg eran problema de Meg. No quería hablar de Meg.

—Si Meg dejó los zapatos donde Lola pudiera encontrarlos, es culpa suya.

—No habría pasado bajo tu cuidado.

—Claro que sí.

—Los dos sabemos que no, Anna. Eres genial en todo esto. Eres la madre perfecta.

Ella se sentó al borde de la cama. No era perfecta en nada.

—He intentado llamarte varias veces.

—Lo sé, y siento que haya tardado tanto en devolverte la llamada. Haces que llevar la casa parezca sencillo, pero yo no soy como tú. Las cosas me llevan un tiempo. Y me da vergüenza admitirlo porque ¿puede ser muy difícil poner la lavadora sin inundar la cocina?

—¿Se ha inundado la cocina?

—No te preocupes, logramos solucionarlo, pero cuando me enviaste el mensaje no iba a contestar tu llamada y admitir mi incompetencia.

¿Por eso no había respondido?

—Pero también te escribí ayer.

—Sí, y no pude contestar porque me dejé el teléfono en casa.

—Si tu teléfono estaba en casa, ¿dónde estabas tú?

—En casa no —dijo él, con un suspiro—. Me quedé fuera de casa. Cerré la puerta y olvidé recoger las llaves. Y sé que tú nunca lo haces porque eres organizada y se te da bien hacer nueve cosas a la vez, pero soy de las personas que se concentran en una sola tarea, y estaba intentando sacar a Lola a pasear, y sonó el teléfono al salir y estaba distraído. ¿Sabes una cosa...? Bueno, no importa. Pero cuando recuperé el teléfono ya era demasiado tarde para llamarte.

—Sharon y Mike, los vecinos de al lado, tienen nuestra llave.

—Me acordé de eso media hora después de entrar por la ventana de abajo.

Ella hizo una mueca.

—Parece que lo has pasado muy mal mientras yo no estaba.

—No ha sido mi mejor semana. Y el pobre Daniel tiene problemas con las chicas, así que he estado intentando apoyarlo.

—¿Problemas con las chicas?

Aunque estaba decidida a centrarse en Pete, no pudo evitar sentir una punzada de ansiedad por su hijo.

—¿Te habló de ello?

—Un poco. No mucho. Pero lo tengo controlado. No te preocupes.

—¿Qué hiciste?

—Jugar con él a videojuegos. Me destrozó, claro, algo que Meg no me dejará olvidar fácilmente.

Se los imaginó, uno al lado del otro en el sofá, y la angustia que sentía se fue calmando poco a poco. Pete le había demostrado a Daniel que, pasara lo que pasara, él estaba a su lado. Siempre a su lado.

Se le hizo un nudo en la garganta. A veces sentía que los niños eran su responsabilidad, pero no era cierto, ¿verdad? Desde el momento en que nacieron, Pete también los había cuidado. Y seguía cuidándolos.

—¿Por qué no me contaste todo esto cuando hablamos?

—¿Lo de Daniel? Porque no hacía falta. Sabía que ibas a preocuparte y no quería. Me encargué yo. En cuanto al resto, soy orgulloso y testarudo, y me gusta pensar que soy un hombre moderno. Pero, al parecer, hay ciertas tareas del hogar que me superan, lo cual es humillante. No sé cómo, pero hemos caído en los roles tradicionales. Saco la basura, preparo los neumáticos de invierno, arreglo las ventanas que no se abren y aparto la nieve. Tú haces todo lo demás.

Anna sintió que su amor por él llenaba hasta el último recoveco de su alma.

—Me alegro de que hagas todas esas cosas, porque yo las odio. Además, ¿a quién le importa que seamos tradicionales en las tareas domésticas? Estamos contentos con el arreglo. Eso es lo que importa —le dijo, con los ojos llenos de lágrimas—. Y se te olvida mencionar todos los años que tú te has pasado yendo a la oficina, incluso cuando el trabajo era terrible. Hiciste todo lo que había que hacer para mantenernos y yo pude quedarme en casa con los niños. Oh, Pete..., estoy tan satisfecha...

—¿Satisfecha porque yo sea un incompetente?

—Tú no eres ningún incompetente. Estoy muy contenta de que estas sean las razones por las que no me has llamado.

—¿Qué otra razón iba a haber?

—Te disgusté, porque últimamente solo he podido pensar en que los niños se van a ir de casa.

—Estaba disgustado, pero ese es mi problema. Cuando te veo angustiada por algo que no puedo remediar me siento un inútil.

Ella se quedó asombrada.

—¿Inútil? ¿Por qué?

—Porque esta es nuestra familia. Mi trabajo es asegurarme de que la situación es estable y de que todo el mundo está feliz. Si uno de los niños tiene un problema, haré todo lo posible por arreglarlo o les ayudaré para que lo arreglen por sí mismos. Y lo mismo por ti. Pero no veía la manera de ayudarte con esto.

De repente, las cosas empezaron a tener más sentido.

—¿Por eso me sugeriste que tuviéramos otro hijo?

—Medidas desesperadas. No sabía qué hacer, Anna.

Quería que hubiera una solución sencilla. Quería que nosotros dos fuéramos suficientes.

A ella le costó un gran esfuerzo contener la emoción.

—Somos suficientes. Más que suficientes.

—¿Te acuerdas de la conversación que tuvimos en la cocina cuando estábamos hablando del árbol de Navidad? Dijiste que no te arrepentías de haber tenido a los niños, que eran lo mejor que te había ocurrido en la vida, y yo estaba de acuerdo.

—Sí.

—Me equivoqué. Los niños no son lo mejor que me ha pasado, Anna. Eres tú, porque sin ti no habría habido niños. Eres tú, Anna. Para mí, tú siempre lo has sido todo.

A ella se le cayeron las lágrimas por las mejillas.

—Tú también lo eres todo para mí, y te debo una disculpa —le dijo—. Te he hecho daño y me siento muy mal por eso. No he tenido cuidado ni consideración y no volverá a suceder. No sé cuándo me obsesioné tanto con los niños, pero eso va a cambiar. Por supuesto, me siento triste porque se van, pero también estoy emocionada por todas las cosas que vamos a hacer cuando estemos a solas. Y debería habértelo dicho mucho antes. Lo siento, Pete.

Había gastado todos los pañuelos en el incidente del vino del vestido de Erica, así que se secó las lágrimas con la manga.

—No llores, cariño —le dijo él, con suavidad—. ¿Sabes? En el fondo, es bueno saber que no eres tan perfecta.

A ella se le escapó una carcajada.

—¿De qué estás hablando? Por supuesto que soy perfecta.

Era un alivio poder bromear, sentir que entre ellos volvía a haber calidez.

—De hecho, eres bastante perfecta. Después de esta semana, estoy entendiendo más por qué te sientes así. Este trabajo de la casa es muy exigente y, a veces, se me olvida que es tu mundo. Es más que quedarse sin trabajo, porque, normalmente, si te quedas sin trabajo, aún tienes un hogar. Pero en tu caso, el hogar llena tu vida. Siento no haberlo entendido bien.

Finalmente, ella encontró un pañuelo y se sonó la nariz.

—Y siento haberte hecho sentir por un segundo que no eras suficiente. O importante. O que no tenía ganas de explorar una nueva vida juntos —dijo, y se le quebró la voz—. Te quiero muchísimo.

—Lo sé. Y yo te quiero a ti. Lo que dije sobre tener otro bebé... Sé que fue una sugerencia descabellada, pero lo decía en serio. Si eso es lo que quieres, hagámoslo.

En aquella ocasión, la respuesta fue fácil.

—No es lo que quiero, pero gracias por preocuparte siempre por mi felicidad.

—En ese caso, tenemos que empezar a pensar en cómo podemos facilitarte esta transición.

Ella se recostó en los cojines. No sabía si mencionar la idea del club de lectura infantil. No. Antes, quería pensarlo un poco más.

—Esta semana ha sido buena para eso. Me ha dado algo de perspectiva. Necesito aceptar que va a ser un proceso de adaptación, y dejarme llevar y centrarme en otras cosas. Quizá pudiéramos volver a París, y alojarnos esta vez en un lugar con vistas y comer en sitios románticos en lugar de hacer un pícnic en la alfombra.

—Me encanta la idea. Reservaremos el viaje para justo después de llevarlos a la universidad. Así no nos quedaremos en casa deprimidos.

—¿Crees que tú también te deprimirás?

—Puede que sí, aunque obviamente lo haría de forma masculina. Le haría arreglos al motor del coche o haría algo a la barbacoa y fingiría ser el fuerte. No confesaría que le he enviado cinco mensajes a Meg para comprobar que estaba bien.

Ella se echó a reír.

—París me parece una buena idea.

—Y estaba pensando más en lo molesta que estabas

por nuestra excursión tradicional para comprar el árbol de Navidad. Me lo tomé demasiado a la ligera. Sé cuánto te gustan nuestras tradiciones, sobre todo en Navidad, así que voy a esforzarme más para asegurarme de que las mantengamos.

—No te lo tomaste a la ligera. Es que yo me aferraba demasiado a la tradición. ¿Qué importa cuándo recogemos el árbol? He estado pensando mucho en la Navidad en general y tengo una sugerencia.

La idea se le había ocurrido mientras hablaba con Erica y Claudia y, cuanto más lo pensaba, más se convencía de que era la solución perfecta.

Esperaba que a su familia también se lo pareciera. Y en cuanto al futuro, cuando los niños se fueran a la universidad, ellos aprenderían a ser Anna y Pete de nuevo.

Tal vez Catherine Swift hubiera renunciado al romance, pero ella no. A veces, al afrontar un cambio, no era necesario hacer algo drástico o importante. A veces, lo necesario era simplemente cambiar el enfoque.

Capítulo 25
Erica

Erica cerró la cremallera de su maleta y la dejó junto a la puerta. Era difícil creer que hubiera pasado una semana. Difícil creer que hacía menos de siete días estaba buscando formas de escapar de aquella terrible experiencia.

Llamaron a la puerta y la abrió. Anna estaba allí, con un aspecto fresco y feliz, con un jersey del color de las bayas de acebo.

—¿Es otro jersey nuevo?

—Tal vez. Posiblemente —dijo Anna, y se sonrojó—. Me queda bien, ¿no crees?

—Lo que te queda bien es esa gran sonrisa —dijo ella. Tomó el abrigo y cerró la puerta de la habitación al salir—. La verdad es que nos preocupaste por un momento. Nos alivia saber que Pete y tú habéis vuelto a vuestro estado normal de armonía matrimonial tan idílica que resulta enfermiza.

—Tengo muchas ganas de verlo, aunque os voy a echar de menos a Claudia y a ti.

—Nos volverás a ver pronto —dijo ella, y levantó la vista cuando Hattie apareció en el pasillo—. ¿Ha habido suerte?

—Sí —dijo Hattie, con una gran sonrisa—. Acabo de tener una cancelación. Una pareja de San Francisco ha tenido una emergencia familiar y han tenido que posponer el viaje, así que tengo una habitación para tres noches. ¿Te parece bien?

Erica sintió un ligero nerviosismo. Ya no había vuelta atrás.

—Perfecto —dijo.

Anna la miró con curiosidad.

—¿Vas a volver?

—Sí. Jack y yo venimos de vacaciones de Navidad.

—¿Qué? —exclamó Anna. Su grito resonó por todo el pasillo—. Es lo más romántico que he oído en mi vida.

—Estamos hablando de mí, así que probablemente no lo sea —dijo Erica—. Sabes que no me va el romanticismo.

—Qué lástima —dijo Hattie—. Había planeado llenar la habitación con globos rosas gigantes en forma de corazón y ya le he pedido a Claudia que haga una tarta con un mensajito: *Erica adora a Jack*.

—No te olvides de llenar la cama de pétalos de rosa —dijo Anna, sonriendo también.

—Qué buena noticia. Si tienes suerte, puede que incluso te quedes atrapada aquí por la nieve en Navidad.

—Me pregunto si es demasiado tarde para reservar habitaciones en otro lugar —dijo Erica, y se preguntó qué pecado había cometido para acabar rodeada de románticos—. Y no quiero quedarme atrapada por la nieve. Sería un inconveniente.

—Eres demasiado práctica.

—Y tú eres demasiado soñadora, sobre todo para ser una mujer de cuarenta.

—Casi cuarenta —dijo Anna, y levantó la barbilla—. Y esos cuarenta años me han enseñado que el romanticismo no tiene edad.

Erica pensó en sí misma y en Jack, y en que, tal vez, Anna tuviera razón, aunque no iba a admitirlo.

En cambio, miró a Hattie.

—¿Ves con lo que tengo que lidiar?

—Te he asignado la Suite Montaña —dijo Hattie—. Tiene unas vistas preciosas. Llenaré la nevera de champán. No tendrás que levantarte de la cama.

Erica no sabía si reír o gritar.

—¿Estás de acuerdo con Anna?

—No exactamente de acuerdo, pero, como Anna, prefiero un final feliz esté donde esté.

Erica había visto a Hattie al volver de su cita con Noah y presentía que su propio final feliz no estaba muy lejos.

—El champán es un buen detalle, pero, si veo un pétalo de rosa en algún lugar, me voy —sentenció, y se giró hacia Anna—. Vamos a venir conduciendo desde Manhattan. Al parecer, Jack suele hacer este viaje cuando va a esquiar a Vermont. Podríamos visitaros a Pete y a ti de camino si estáis en casa, siempre que prometas no interrogarlo.

—No puedo prometer eso —respondió Anna—. Da la casualidad de que no estaremos. Nos vamos de viaje.

—¿Por Navidad? Siempre te quedas en casa por Navidad.

—¿No fue sugerencia tuya que cambiara algunas de nuestras tradiciones? Decidí que en lugar de pasar la Navidad en casa, vendríamos aquí. Los niños están emocionados, y yo estoy aún más emocionada ahora que sé que por fin voy a conocer al sexy Jack.

La idea de Erica de pasar unos días tranquilos y discretos de viaje con Jack se desvanecía. ¿Sería buena idea presentárselo a sus amigas en aquel punto tan delicado de su relación? Quizá no. Pero, por otro lado, si aquello era realmente una relación, entonces tendría que incluir a sus amigas.

—¿Vais a avergonzarme?

—Me esforzaré mucho por no hacerlo, pero tampoco puedo prometerlo —respondió Anna, con una sonrisa—. Te pido disculpas de antemano.

—Claudia está preparando un menú especial para la comida de Navidad —dijo Hattie—. Puedo sentaros por separado, a menos que prefiráis compartir la mesa.

Erica miró a su amiga.

—Si Anna promete que va a comportarse como es debido, podemos compartir la mesa. Si Jack va a conocerme bien, más le vale saber la verdad sobre mí desde el principio. Incluyendo mi cuestionable gusto por las amistades.

—A los niños les encantaría —dijo Anna—. Meg luchará por sentarse a tu lado, aunque lo hará discretamente, intentando parecer atractiva.

—Me gustaría sentarme al lado de Meg —dijo Erica, mirando a Hattie—. ¿Dónde se sentará Delphi?

—Siempre estoy disponible para los huéspedes —dijo Hattie—, así que Delphi suele estar conmigo. Es bastante informal. Ella y yo solemos celebrarlo por la noche, cuando todo se ha calmado.

—¿Por qué no se sienta con nosotras a la mesa? Así puedes concentrarte en el trabajo sin preocuparte por ella. Puede sentarse al otro lado de mí.

Erica intentó parecer despreocupada, pero vio que Anna la miraba boquiabierta.

—¿Qué ocurre? Estoy pendiente de sus instrucciones para saber cómo debo comportarme el día de Navidad.

—Te estás adaptando cómodamente al papel de tía Erica —dijo Anna, con un guiño—. Yo me sentaré junto al sexy Jack para conocerlo mejor.

—En ese caso, estoy segura de que nuestra relación terminará esa misma noche.

Se sentía extraña hablando de Jack como si fueran una pareja, aunque, siendo honesta consigo misma, llevaban mucho tiempo siéndolo, solo que se había negado a reconocerlo. «No hay nadie más, Erica».

—Entonces, está decidido. —Hattie tomó la maleta de Erica—. Técnicamente, sigues aquí como huésped, no como familiar, así que te llevaré la maleta abajo.

—No seas ridícula —dijo Erica, y recuperó su maleta—. Si quieres ayudar a alguien, podrías ayudar a Anna a llevar todos sus jerséis nuevos.

Recorrieron el pasillo y bajaron las escaleras, donde Delphi estaba jugando con Rufus.

—¡Tía Erica! —exclamó la niña, y salió corriendo hacia Erica. La abrazó con fuerza—. Odio que la gente se vaya.

Erica se recogió el pelo y sintió que se le formaba un nudo en la garganta.

—Odio irme —dijo, y se agachó para quedar a la altura de los ojos de Delphi—. Pero vuelvo para Navidad.

Rufus le puso la pata en su abrigo color crema y ella tomó nota mental de comprarse un vestuario más apto para perros. Delphi la abrazó de nuevo.

—¿Prometes que volverás?

Erica no lo dudó.

—Lo prometo.

—¿Sabías que los dinosaurios vegetarianos tenían ojos a los lados de la cabeza?

Erica sonrió.

—No lo sabía, pero voy a estudiar mucho antes de verte de nuevo.

Ya lo estaba deseando.

Capítulo 26
Hattie

—Perdón por la demora. «Una historia más» se convirtió en diez historias más y necesito aprender a ser más firme. Sé que es Nochebuena y no esperaba que fuera fácil, pero creía que no se iba a ir a dormir.

Hattie se desplomó en el sofá junto a Noah, que estaba cómodamente estirado. El corazón le dio un vuelco. Lo veía todo el tiempo, pero no así. No tirado en su sala como si fuera parte de sus vidas.

—¿Qué estás leyendo?

—El libro de dinosaurios de Delphi.

Cerró el libro y volvió a dejarlo sobre la mesa.

—¿Sabías que el estegosaurio tenía una cabeza muy pequeña en comparación con su cuerpo?

—Sí. Me sé cada palabra de esos libros de memoria —dijo Hattie, y reclinó la cabeza en el sofá—. Por favor, no me bombardees con más datos sobre dinosaurios. A veces sueño con ellos.

Noah arqueó una ceja.

—¿Sueñas con dinosaurios?

—Son muy importantes para mí. Nada de ballet ni muñecas.

—¿De verdad? —preguntó él. La rodeó con el brazo y la atrajo hacia sí—. Quizá sea hora de que te demos algo más con lo que soñar.

Su boca estaba muy cerca de la de ella, y la mirada en sus ojos hizo que se le olvidara el tema de su conversación.

Sueños. Estaban hablando de sueños.

—Me gustaría soñar con otra cosa —dijo, con la voz entrecortada—. ¿Tenías algo en mente?

Él le dedicó una lenta sonrisa.

—¿Qué tal tiburones?

Ella se echó a reír, pero entonces él la besó, y ella le devolvió el beso con el corazón acelerado. Lo rodeó con los brazos, sintiendo la firmeza de sus hombros bajo las manos. Su beso fue brusco y hábil, un preludio íntimo de algo más profundo, pero ambos sabían que no iba a suceder esa noche. Incluso consumida por el placer, Hattie era plenamente consciente de que Delphi dormía en la habitación de al lado. Se apartó a regañadientes.

—Delphi...

—Sí, lo sé —dijo él, con la voz enronquecida. Se apartó y cerró los ojos un momento—. Dame un segundo. Hablemos de algo poco sexy.

¿Poco sexy?

—Eh... ¿sabías que un tiranosaurio rex pesaba unos siete mil kilos?

Él abrió los ojos.

—¿No había probado el ayuno intermitente?

Ella sonrió y se acurrucó más cerca, mirando el fuego.

—Me encantaba la Navidad.

Él le apretó la mano.

—¿Y ahora?

—Este año me encanta otra vez —dijo, y se movió para poder mirarlo—. Es por ti. No puedo creer que estés aquí, en mi sala, en Nochebuena. Es...

—¿Cómo es?

—Es... bueno. Es como se supone que debe ser la Navidad.

Ella le acarició el rostro, la aspereza de la mandíbula, la seda de su cabello. Él le tomó la mano y le besó la palma.

—A mí también me parece Navidad.

—Delphi estaba tan emocionada de que estuvieras aquí esta noche... Y has sido adorable con ella.

—¿Adorable?

Sin soltarle la mano, Noah frunció el ceño.

—No me considero adorable. Me considero un hombre duro, que vive al aire libre y que puede encender una fogata frotando palos mientras lucha contra un oso.

Ella abrió mucho los ojos.

—¿Has luchado contra muchos osos últimamente?

—Unos diez al día. Veinte, algunos días.

—¿No se supone que los osos hibernan en esta época del año?

Noah se encogió de hombros.

—Se emocionan con la Navidad, igual que todos nosotros.

Ella apoyó la cabeza en su hombro, sintiéndose contenta, relajada, por primera vez en mucho tiempo.

—¿Recuerdas cuando Delphi te llamaba «el hombre del árbol de Navidad»?

—Sí. Estaba muy contento con ese título. ¿Quién no querría ser el hombre del árbol de Navidad?

Hattie hizo una pausa. Sentía que estaba al borde de algo trascendental.

—Ella te quiere, Noah.

—Yo también la quiero —respondió él, con naturalidad, sin dudarlo, y luego la atrajo suavemente hacia sí—. Y a ti también te quiero, por si acaso te lo preguntabas.

Las palabras la dejaron sin aliento.

—Noah...

—No tengo ningún plan —dijo él. Deslizó los dedos bajo su barbilla y le levantó la cara para que lo mirara directamente—. Te digo la verdad, eso es todo. Y ahora vas a decirme que te preocupa que Delphi pueda sufrir, pero sabes que yo nunca le haría daño. Tampoco te haría daño a ti, pero entiendo que es complicado y que probablemente no estés lista. Solo quería que supieras cómo me siento, para que, si estás preparada, me lo hagas saber.

—Yo también te quiero —respondió ella.

No dudó al decir las palabras, porque eran ciertas. Quería a Noah. Ahora lo sabía. También sabía que la relación no sería fácil, que no podía borrar rápidamente sus sentimientos por Brent, que la culpabilidad se iría y volvería. No había pensado que se enamoraría de otro hombre, pero había sucedido y podía ignorarlo o aceptarlo como un regalo, y estar agradecida de que la felicidad le hubiera llegado dos veces en la vida.

—Y sé que nunca le harías daño a Delphi. Has sido el mejor amigo de las dos.

También sabía que nunca tendría que ocultar cómo se sentía cuando estuviera con él. Nunca tendría que fingir que estaba bien si pasaba por un momento de tristeza, culpa o dolor. Noah nunca intentó hacer sugerencias ni solucionar nada, como tanta gente. No minimizó su dolor. No le dijo que solo necesitaba tiempo. Parecía que aceptaba que algunas cosas en la vida eran difíciles, y que, a veces, no había atajos y que uno tenía que encontrar su propio camino, y que lo único que podían hacer otras personas era escuchar y ofrecer apoyo.

—Escucharte decir eso es el mejor regalo de Navidad que podría haber tenido. Espero que algún día haya un lugar para mí en tu pequeña familia.

La besó de nuevo, lentamente, y ella podría haberse quedado así para siempre, con sus labios en la boca y sus palabras en el corazón.

—Ya eres parte de nuestra familia —le dijo.

Pero la madre que había en ella estaba siempre de servicio y, al final, se apartó.

—Es tarde, y Delphi se va a levantar antes del amanecer. Deberías marcharte, aunque yo no quiero que te marches. No quiero que termine esta noche.

—Yo tampoco —dijo él y le acarició el pelo—. ¿Qué vas a hacer mañana?

—Será como cualquier otro día, pero con los regalos de Papá Noel y una niña sobreexcitada e hiperactiva.

Él enarcó las cejas.

—¿Estás hablando de ti misma?

—Naturalmente. Delphi es una adulta contenida y sosegada —dijo, maravillándose de que casi todas las conversaciones con él le provocaran una sonrisa—.

Después de haber abierto mis regalos con desenfreno, me tomaré varias tazas de café fuerte y me pondré a servir la comida de Navidad a un comedor lleno de huéspedes, incluidos mi hermana y sexy Jack.

—¿Sexy Jack? ¿A ti te parece sexy?

—¿Por qué? ¿Estás celoso?

—No lo sé. ¿Puede luchar contra los osos y talar árboles?

—Ni idea. No lo conozco. Chloe los recibió en la recepción y no han vuelto a salir de la habitación.

—Entonces, ¿cómo sabes que es sexy?

—No lo sé, pero así es como le llama Anna. Estoy esperando para formarme mi propia opinión.

—Decidido, entonces. Mañana vendré a ayudar.

Se inclinó hacia ella para volver a besarla, pero oyeron un ruido a su espalda.

Los dos se pusieron de pie de un salto, con cara de culpabilidad.

—¡Delphi! ¿Qué haces? Se supone que estás dormida.

—Lo he intentado, pero no puedo —respondió la niña, y corrió hacia ella con los brazos extendidos. Hattie la tomó en brazos y sintió su peso y su calor, con el corazón lleno.

—Tienes que dormir.

—No puedo, porque no tengo sueño. Además, Noah está aquí, y eso significa que la Navidad ha empezado ya.

—No, porque Noah se marcha ahora.

Delphi cabeceó.

—No, no puede irse.

—¿Qué quieres decir?

—Que no puede irse, porque tiene que estar aquí mañana cuando yo me despierte, y seguro que será muy pronto —dijo Delphi, casi sin aliento por la emoción—. Sabía que si se lo pedía, iba a suceder.

—¿Si se lo pedías a quién? —preguntó Hattie, desconcertada—. Y Noah va a venir a vernos mañana, pero no estará aquí todavía cuando te despiertes. A menos que duermas hasta tarde.

Y sabían que eso era improbable.

—Sí, va a estar —dijo Delphi, con énfasis—. Porque eso es lo que le pedí a Papá Noel.

—¿Se lo pediste a Papá Noel? —preguntó ella, boquiabierta. ¿Era este el misterioso regalo que tanto le preocupaba?—. ¿Qué le pediste exactamente?

—Le dije a Papá Noel que me gustaría que Noah viviera con nosotras. Y, como sus regalos me esperan la mañana de Navidad, supuse que Noah estaría aquí en algún momento de la noche. Y aquí está —explicó Delphi, y cerró los ojos con fuerza—. Se supone que no debo ver mis regalos antes de la mañana.

—En ese caso, será mejor que te lleve directamente a la cama. Dale las buenas noches a Noah.

—Buenas noches, Noah.

—Buenas noches, Delphi. Nos vemos por la mañana.

Con la cabeza dando vueltas, Hattie llevó a Delphi a su habitación y la tapó de nuevo en la cama, con su dinosaurio.

—Ahora, cierra los ojos y te quedarás dormida. Te quiero.

Se inclinó, besó a su hija y salió de puntillas, dejando la puerta entreabierta. Noah seguía donde lo había dejado, en medio de la sala, con el abrigo en la mano.

—Parece que eres su regalo de Navidad —le dijo, y lo miró con curiosidad—. ¿Sabías esto?

—No. Si lo hubiera sabido, al menos me habría asegurado de estar envuelto para regalo. Con un lazo o dos —dijo él, y la atrajo hacia sí—. ¿Significa esto que no tengo que irme a casa? Si se va a despertar sobre las cinco y media, significa que tengo que estar de vuelta aquí a las cinco. Ya es casi medianoche.

Hattie aún estaba asimilando que su hija quería que Noah viviera con ellas.

—¿Por qué no me dijo nada antes?

—Probablemente pensó que era algo entre Papá Noel y ella —respondió Noah, y la abrazó—. ¿Qué te parece si llegamos a un acuerdo? Esta noche dormiré aquí en tu sofá. Así seré el primero en ver a Delphi cuando venga a buscar sus regalos bajo el árbol por la mañana.

—¿Y después?

—Bueno, vayamos día a día.

—No sé si podré dormir mucho sabiendo que estás al otro lado de la pared.

—Pues ya somos dos. Pero prometo mantener los ojos cerrados para que Papá Noel no sepa que estoy despierto.

Ella se echó a reír.

—Eres un verdadero héroe, Noah.

—Me gusta pensar que sí.

Hattie le rodeó el cuello con los brazos y lo besó, aprovechando al máximo el momento. El presente. Y seguiría haciéndolo. Iba a aprovechar al máximo cada día, no solo porque sabía que era lo que Brent hubiera querido, ni porque quisiera dar un buen ejemplo a su hija, sino, también, por sí misma. Brent se había ido, pero ella seguía allí. Dañada, magullada, pero estaba allí. Tenía a Delphi, tenía la posada y tenía a toda una comunidad dispuesta a apoyarla.

Y tenía a Noah.

Sonrió y hundió el rostro en su cuello.

Ese era el mejor regalo.

Epílogo
Hattie

—Es la primera vez en mi vida que como una comida de Navidad que no he cocinado yo misma. ¡Y qué comida! —exclamó Lynda, y dobló su servilleta con cuidado—. ¿Qué opinas, Roy? ¿No es la mejor comida que has comido?

—¿De verdad esperas que te responda eso? ¿Crees que no he aprendido nada después de todos estos años de matrimonio? Si digo que es la mejor comida que he tomado, te ofendo, y si digo que no es la mejor comida que he tomado, ofendo a Hattie y a Claudia. Así que simplemente diré que ha sido una comida excelente.

Roy sonrió a Hattie y miró alrededor del comedor.

—Y no soy el único que lo piensa. Todos tus invitados están felices.

—Bien. Me alegro mucho.

Hattie había estado corriendo entre la cocina y el comedor, comprobando que todos tuvieran lo necesario. Estaba bastante segura de que su rostro estaba del mismo tono rojo que el traje de Papá Noel.

—Siento haberos descuidado.

—No estás descuidando a nadie. Estás haciendo tu trabajo, y lo estás haciendo muy bien —respondió Lynda, y tomó un sorbo de vino—. He estado hablando con tu hermana. Es una mujer impresionante.

Hattie miró a Erica por encima de la mesa; se estaba riendo de algo que había dicho Jack. Resultó que Jack tenía un conocimiento enciclopédico de los dinosaurios, lo que le había convertido en un éxito inmediato para Delphi. Noah, Erica y él tuvieron a Delphi entretenida durante el almuerzo, dejando a Hattie a cargo de los invitados.

Había pasado poco tiempo desde que Erica y Anna se habían ido de la posada después de su semana de club de lectura, pero Erica había llamado a Hattie todos los días.

Sabía que, probablemente, esas llamadas diarias serían menos frecuentes una vez que terminara la Navidad y Erica tuviera que viajar por trabajo, pero, aun así, atesoraba cada conversación y disfrutaba aprendiendo más sobre su hermana. Habían superado la incomodidad de compartir la información sobre sus vidas y experiencias pasadas y su relación se había vuelto más cómoda y natural. Erica le había confesado que su relación con Jack se estaba volviendo seria tan rápidamente que la aterrorizaba, y Hattie, a su vez, le había confesado sus verdaderos sentimientos por Noah. Ella también estaba nerviosa, pero, si la vida le había enseñado algo era que, al rechazar los riesgos, también se rechazaba la felicidad, y estaba decidida a no hacerlo. Protegerse emocionalmente significaba perder muchas cosas. Para Hattie, el amor era un riesgo que valía la pena correr y, presumiblemente, Erica empezaba a sentir lo mismo.

A través de los grandes ventanales del comedor, vio a Noah agachándose para recoger a Delphi de la nieve, donde se había caído. Él le había regalado un trineo nuevo por Navidad, pero Hattie sabía que Delphi solo quería a Noah en su vida, y parecía que lo tenía.

Y de repente, anhelaba estar ahí fuera, en la nieve, jugando con su familia. Porque Noah era su familia, lo sabía, al igual que Erica. Pensó en que la vida podía parecer tan sombría y apenas sabías cómo seguir adelante, y luego, de alguna manera, lograba ofrecer algo mágico que hacía que apreciaras el hecho de estar viva.

Sabía que habría días en los que se sentiría triste y extrañaría a Brent, pero también habría días en los que se sentiría tan feliz como aquel. Aceptaría ambas cosas. Así era la vida, como dirían las hermanas Bishop.

Las dos hermanas estaban sentadas en su mesa habitual, junto a la ventana, observando con indulgencia cómo Delphi jugaba en la nieve con Rufus y Noah. Habían llegado cargadas de regalos y ya habían reservado otra semana, tanto para la primavera como para el verano.

—Este lugar es nuestro segundo hogar, cariño —le dijo Ellen, mientras Hattie les mostraba su habitación favorita, cuidadosamente decorada por Chloe, que había demostrado una notable habilidad para ofrecer exactamente lo que necesitaba cada huésped.

Sintió una mano en su brazo y, al girarse, vio a Lynda sonriéndole.

—Ponte el abrigo y sal fuera. Diviértete. Te lo has ganado. Podemos llamarte si te necesitamos.

Hattie estaba a punto de decir que no podía hacer eso cuando Delphi pegó la cara al cristal del comedor y saludó a su madre, indicándole que se uniera a ellos.

Ella le devolvió el saludo. Se habían despertado temprano y habían abierto los regalos bajo el árbol, y Noah había preparado el desayuno y le había dado un buen café fuerte, algo que ambos necesitaban después de una noche en la que dormir no había sido una prioridad.

—Vete —le dijo Lynda, y le dio un suave codazo—. Tómate un tiempo con ellos. Has trabajado duro toda la mañana, ahora es hora de disfrutar de tu propia Navidad.

—De verdad que no debería...

—Por supuesto que sí deberías.

Erica se sumó a la voz de Lynda.

—Podemos con esto. Ve a jugar en la nieve.

—Vete.

Anna se sumó a la voz de las demás. Llevaba un suéter nuevo que le había tejido su hija, que, en aquel momento, estaba charlando animadamente con su hermano.

Hattie veía lo unida que estaba su familia por la forma en que se comunicaban, y el amor entre Anna y Pete era evidente. Anna les había llevado los calcetines a los niños desde casa, y Chloe la había ayudado a llenarlos de regalos a medianoche. Era una forma de integrar las viejas tradiciones con las nuevas.

El cambio era inevitable, pensó Hattie, y era mejor aceptarlo que luchar contra él. Era mejor ver el futuro como una oportunidad que como una amenaza.

—Por cierto, tu nueva chef no solo es un genio de la cocina, sino que, además, le encanta leer —dijo Lynda—. Ya la he inscrito en nuestro club de lectura. Nuestra próxima reunión será en enero. La celebraremos aquí, en la biblioteca, ya que funcionó tan bien. Espero que te parezca bien. Todas esperamos que te unas a nosotras.

—Me parece perfecto.

Se imaginó ampliando esa idea y dando la bienvenida a pequeños grupos de lectores a la posada.

—Y me encantaría unirme a vosotras.

—Claudia me ha contado que habéis diseñado un menú especial para el club de lectura. Deberías cambiarle el nombre y ponerle El Hotel del Club de Lectura.

Hattie sonrió.

—No es mala idea.

Había tantas cosas que podía hacer... Las infinitas posibilidades eran emocionantes en lugar de abrumadoras. Quizá fuera porque ya no se sentía sola. Tenía a Claudia y a Chloe, a Erica y a Lynda...

Y, sobre todo, tenía a Noah.

Su mirada se encontró con la de él a través del cristal y vio algo en sus ojos que la dejó sin aliento.

Sin esperar a que se lo dijeran de nuevo, salió del comedor y cerró la puerta dejando atrás las risas y las celebraciones. Tomó el abrigo y salió al paraíso invernal, apreciando el cielo azul y el brillo helado de la nieve justo antes de que Delphi la viera. La niña corrió hacia ella tan rápido como pudo, porque sus movimientos estaban restringidos por la ropa de abrigo. Hattie la levantó y la abrazó con fuerza. Y entonces llegó Noah y las rodeó con los brazos.

Hattie cerró los ojos un momento, aspirando su aroma y sintiendo en la mejilla la caricia del pelo de su hija. La niña y el hombre. Su presente y su futuro.

AGRADECIMIENTOS

Publicar un libro es un esfuerzo de equipo y tengo que dar las gracias a muchas personas. Agradezco a mis equipos editoriales, CSP en Estados Unidos y HQ en el Reino Unido, su dedicación y creatividad. Tengo la suerte de que el apoyo que ofrecen no solo se centra en el libro, sino también en mí, la autora. No podría haber tenido una editorial mejor.

Gracias a mi brillante editora, Flo Nicoll, que mejora cada libro con entusiasmo y generosidad. Gracias también a mi maravillosa agente, Susan Ginsburg, a Catherine Bradshaw y a todo el equipo de Writers House.

A todos los libreros, bibliotecarios, blogueros y críticos: gracias por apoyar mis libros. Y a mis lectores, muchos de los cuales han leído mi obra desde el principio. Gracias por seguir leyendo mis historias y por vuestros mensajes de aliento. Me encanta saber de vosotros.

Finalmente, les doy las gracias a mis amigos y familiares por su apoyo inquebrantable. Sois los mejores.